CARTADA FINAL

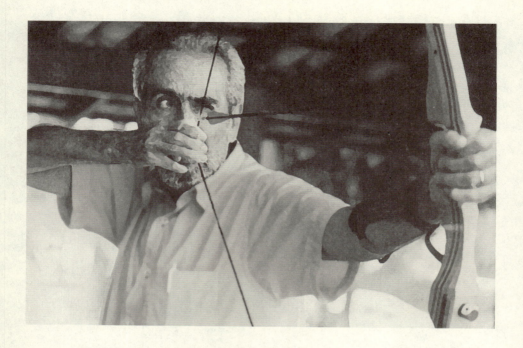

O Arqueiro

GERALDO JORDÃO PEREIRA (1938-2008) começou sua carreira aos 17 anos, quando foi trabalhar com seu pai, o célebre editor José Olympio, publicando obras marcantes como *O menino do dedo verde*, de Maurice Druon, e *Minha vida*, de Charles Chaplin.

Em 1976, fundou a Editora Salamandra com o propósito de formar uma nova geração de leitores e acabou criando um dos catálogos infantis mais premiados do Brasil. Em 1992, fugindo de sua linha editorial, lançou *Muitas vidas, muitos mestres*, de Brian Weiss, livro que deu origem à Editora Sextante.

Fã de histórias de suspense, Geraldo descobriu *O Código Da Vinci* antes mesmo de ele ser lançado nos Estados Unidos. A aposta em ficção, que não era o foco da Sextante, foi certeira: o título se transformou em um dos maiores fenômenos editoriais de todos os tempos.

Mas não foi só aos livros que se dedicou. Com seu desejo de ajudar o próximo, Geraldo desenvolveu diversos projetos sociais que se tornaram sua grande paixão.

Com a missão de publicar histórias empolgantes, tornar os livros cada vez mais acessíveis e despertar o amor pela leitura, a Editora Arqueiro é uma homenagem a esta figura extraordinária, capaz de enxergar mais além, mirar nas coisas verdadeiramente importantes e não perder o idealismo e a esperança diante dos desafios e contratempos da vida.

John Grisham

CARTADA FINAL

ARQUEIRO

Título original: *The Guardians*

Copyright © 2019 pela Belfry Holdings, Inc.
Copyright da tradução © 2020 por Editora Arqueiro Ltda.

Todos os direitos reservados. Nenhuma parte deste livro pode ser utilizada ou
reproduzida sob quaisquer meios existentes sem autorização por escrito dos editores.

Esta é uma obra de ficção. Nomes, personagens, lugares e acontecimentos são fruto
da imaginação do autor ou foram usados de forma fictícia. Qualquer semelhança
com pessoas reais, vivas ou mortas, eventos ou localidades é mera coincidência.

tradução: Roberta Clapp e Bruno Fiuza
preparo de originais: Cristiane Pacanowski | Pipa Conteúdos Editoriais
revisão: Ana Grillo, Guilherme Bernardo e Hermínia Totti
diagramação: Valéria Teixeira
capa: Raul Fernandes
imagem de capa: Paul Knight / Trevillion
impressão e acabamento: Bartira Gráfica

CIP-BRASIL. CATALOGAÇÃO NA PUBLICAÇÃO
SINDICATO NACIONAL DOS EDITORES DE LIVROS, RJ

G888c

Grisham, John
    Cartada final / John Grisham ; tradução Roberta Clapp, Bruno
Fiuza. - 1. ed. - São Paulo : Arqueiro, 2020.
    320 p. ; 23 cm.

    Tradução de: The guardians
    ISBN 978-65-5565-047-1

    1. Ficção americana. I. Clapp, Roberta. II. Fiuza, Bruno. III. Título.

	CDD: 813
20-66380	CDU: 82-3(73)

Meri Gleice Rodrigues de Souza - Bibliotecária - CRB-7/643

Todos os direitos reservados, no Brasil, por
Editora Arqueiro Ltda.
Rua Artur de Azevedo, 1.767 – Conj. 177 – Pinheiros
05404-014 – São Paulo – SP
Tel.: (11) 2894-4987
E-mail: atendimento@editoraarqueiro.com.br
www.editoraarqueiro.com.br

PARA JAMES MCCLOSKEY, O LIBERTADOR DE INOCENTES

1

Duke Russell não é culpado dos crimes indescritíveis pelos quais foi condenado; no entanto, sua execução está marcada para daqui a uma hora e 44 minutos. Como sempre, em noites atrozes como esta, o ponteiro do relógio parece andar mais rápido à medida que o momento final se aproxima. Atravessei penosamente duas dessas contagens regressivas em outros estados. Uma delas chegou ao fim, e meu parceiro disse suas últimas palavras. Na outra, o sujeito conseguiu escapar num milagroso desfecho.

A contagem regressiva não vai se completar, pelo menos não nesta noite. As pessoas que governam o Alabama talvez um dia consigam servir a Duke sua última refeição antes de enfiar uma agulha em seu braço, mas não nesta noite. Ele está no corredor da morte há apenas nove anos. A média no estado é de quinze. E não é incomum chegar a vinte. Há um recurso em trâmite em algum lugar do Décimo Primeiro Circuito em Atlanta, e quando ele pousar na mesa do assessor certo durante os próximos sessenta minutos, esta execução será interrompida. Duke retornará para os horrores da solitária, à espera de um novo dia para morrer.

Ele é meu cliente há quatro anos. A equipe que cuida do seu caso inclui um escritório gigantesco em Chicago, que lhe dedicou milhares de horas *pro bono*, e um grupo de Birmingham contrário à pena de morte, extremamente atuante. Quatro anos atrás, quando me convenci de que Duke era inocente, cheguei para liderar a equipe. Hoje tenho cinco casos, todos com condenações injustas, pelo menos a meu ver.

Já assisti a um cliente morrer. Ainda acredito na inocência dele. Só não consegui prová-la a tempo. E um já está de bom tamanho.

Pela terceira vez hoje, chego ao corredor da morte do Alabama e passo pelo detector de metais que bloqueia a entrada, onde dois guardas carrancudos protegem o recinto. Um deles segura uma prancheta e me olha como se já tivesse esquecido meu nome desde minha última visita, duas horas atrás.

– Post, Cullen Post – digo para o tapado. – Visita para Duke Russell.

O guarda examina a prancheta como se ela contivesse informações valiosas, encontra o que quer e acena para uma bandeja plástica sobre uma curta esteira rolante. Dentro dela deixo minha pasta e meu celular, exatamente como fiz antes.

– Relógio e cinto também? – pergunto, bancando o espertinho.

– Não – resmunga ele com algum esforço.

Eu passo pelo detector, sou liberado, e uma vez mais um advogado de defesa consegue entrar no corredor da morte com decência, sem portar uma arma. Pego minha pasta e meu celular e acompanho o outro guarda por um corredor estéril até uma parede repleta de barras de ferro. O homem assente, os interruptores fazem um clique seguido por um ruído metálico, a porta gradeada se abre e seguimos por outro corredor, penetrando ainda mais fundo neste miserável edifício. O corredor faz uma curva e logo a seguir alguns homens aguardam diante de uma porta de aço sólida. Quatro estão de uniforme, dois de terno. Um destes é o diretor.

Ele me encara de um jeito sério e se aproxima.

– Tem um tempinho?

– Não muito – respondo.

Nós nos afastamos do grupo para falar em particular. Ele não é um cara mau, está apenas fazendo seu trabalho, ainda está começando e, portanto, nunca participou de uma execução. Ele é também o inimigo e, seja lá o que queira, não será através de mim que conseguirá.

Ficamos bem próximos um do outro, como se fôssemos amigos, e ele sussurra:

– O que te parece?

Olho para o lado como se avaliasse a situação e respondo:

– Putz, não sei. Parece que ele vai ser executado.

– Para com isso, Post. Nossos advogados estão dizendo que existe uma chance.

– Seus advogados são uns idiotas. Já conversamos sobre isso.

– Vamos, Post. Quais são as chances neste momento?

– Meio a meio – minto.

Isso o deixa confuso, e ele não sabe ao certo como responder.

– Eu gostaria de ver meu cliente – digo.

– Claro – responde um tom mais alto, como se estivesse frustrado.

Ninguém pode pensar que o diretor está cooperando comigo, então ele se apressa em ir na frente. Os outros guardas se afastam quando um deles abre a porta.

Dentro da Sala da Morte, Duke está deitado num catre com os olhos fechados. Para as festas de fim de ano, as regras permitem um pequeno televisor em cores para que ele possa assistir ao que quiser. Está sem som, o noticiário do canal a cabo transmitindo uma cobertura dramática dos incêndios a oeste. Sua contagem regressiva ainda não é relevante para o jornalismo nacional.

Cada um dos estados nos quais a pena de morte é aplicada tem seus próprios rituais idiotas, todos criados para acrescentar o máximo de dramaticidade possível ao momento da execução. Aqui eles permitem que, durante a visita, condenados e familiares próximos estejam em contato, numa grande sala. Às 22 horas, transferem o condenado para a Sala da Morte, que fica ao lado da Câmara da Morte, onde ele será executado. Ninguém além de um capelão e de um advogado tem autorização para permanecer no local com ele. Sua última refeição é servida por volta das 22h30, e ele pode pedir o que quiser, exceto bebida alcoólica.

– Como você está? – pergunto, enquanto ele se senta e sorri.

– Nunca me senti melhor. Alguma novidade?

– Ainda não, mas continuo otimista. Em breve vamos ter alguma notícia.

Duke é branco e tem 38 anos, e antes de ser preso por estupro e assassinato sua ficha criminal consistia em duas ocorrências por dirigir embriagado e um punhado de multas por excesso de velocidade. Nenhum caso de violência. Ele era festeiro e vivia arrumando confusão quando jovem, mas depois de nove anos na solitária se acalmou consideravelmente. Meu trabalho é libertá-lo, o que no momento parece um sonho insano.

Pego o controle remoto e troco para um canal de Birmingham, mas deixo a televisão no mudo.

– Você parece extremamente confiante – diz ele.

– Posso me dar a esse luxo. Não sou eu que vou tomar uma agulhada.

– Você é um cara engraçado, Post.

– Relaxa, Duke.

– Relaxa? – ecoa ele, balançando os pés e sorrindo mais uma vez. Ele de fato parece bastante relaxado diante das circunstâncias. Dá uma risada e diz: – Você se lembra de Lucky Skelton?

– Não.

– Conseguiram executá-lo, cerca de cinco anos atrás, mas não antes de servir a ele a última refeição três vezes. Ele andou na prancha três vezes antes de levar o empurrão. Pizza de calabresa e uma Cherry Coke.

– E você? Pediu o quê?

– Bife com batata frita e um engradado com seis cervejas.

– Eu não contaria com as cervejas.

– Você vai me tirar daqui, Post?

– Não hoje, mas estou trabalhando nisso.

– Se eu sair, vou direto pro bar, tomar cerveja até cair.

– Eu vou com você. Olha aí o governador.

O governador aparece na tela e eu aumento o volume.

Está diante de uma bancada cheia de microfones com luzes e câmeras apontadas em sua direção. Terno escuro, gravata estampada, camisa branca, todos os fios de seu cabelo tingido arrumados com gel de uma maneira meticulosa. Um cartaz de campanha ambulante. Visivelmente estressado, ele diz: "Analisei minuciosamente o caso de Russell mais uma vez e o examinei de ponta a ponta junto aos meus investigadores. Também estive com a família de Emily Broone, vítima dos crimes do Sr. Russell, e eles são absolutamente contra a concessão do indulto da pena. Depois de levar em consideração todos os aspectos desse caso, decidi pela manutenção da condenação. A decisão judicial continua válida e a execução terá seguimento. O povo se manifestou. Portanto, está negado o pedido de indulto da pena do Sr. Russell."

Ele faz o pronunciamento com o máximo de dramaticidade possível, depois cumprimenta os presentes com uma reverência e se afasta lentamente das câmeras, dando fim à sua grandiosa apresentação. Nada mais para se ver ali. Três dias atrás, o governador encontrou tempo para me conceder uma audiência de quinze minutos, e logo em seguida debateu nossa reunião "particular" com seus repórteres favoritos.

Se sua análise tivesse sido assim tão minuciosa, ele saberia que Duke

Russell não tinha nada a ver com o estupro e o homicídio de Emily Broone onze anos atrás.

– Nenhuma surpresa – digo, depois de tirar novamente o som da TV.

– Ele alguma vez já concedeu comutação de pena? – pergunta Duke.

– Claro que não.

Ouve-se uma batida forte e a porta se abre. Dois guardas entram e um deles empurra um carrinho com a última refeição de Duke. Eles o deixam ali e saem. Duke encara o bife com fritas e uma fatia bem fina de bolo de chocolate e diz:

– Nada da cerveja.

– Bom chá gelado pra você.

Ele se senta no catre e começa a comer. A comida tem um cheiro delicioso, e me dou conta de que não como nada há pelo menos 24 horas.

– Quer batata frita? – pergunta ele.

– Não, obrigado.

– Eu não vou comer isso tudo. Por alguma razão, estou meio sem apetite.

– Como estava sua mãe?

Ele enfia um pedaço grande de bife na boca e mastiga devagar.

– Não muito bem, como era de se esperar. Muito choro. Foi péssimo.

O celular no meu bolso vibra e eu o pego. Olho para o identificador de chamadas e digo:

– Olha ele aí.

Sorrio para Duke e digo "Alô". É o assessor do Décimo Primeiro Circuito, um cara que conheço muito bem, e ele me informa que seu chefe acaba de assinar uma ordem de suspensão da execução, alegando que é necessário mais tempo para determinar se Duke Russell recebeu ou não um julgamento justo. Pergunto quando a suspensão será anunciada, e ele diz que imediatamente.

Olho para o meu cliente e digo:

– Você conseguiu a suspensão. Nada de agulhadas hoje. Quanto tempo pra terminar esse bife?

– Cinco minutos – diz com um sorriso largo, enquanto corta mais um pedaço da carne.

– Você pode me dar dez minutos? – pergunto ao assessor. – Meu cliente gostaria de terminar sua última refeição. – Debatemos por um tempo e no fim concordamos em sete minutos. Agradeço, encerro a ligação e digito outro número. – Coma rápido – digo a Duke.

11

Seu apetite voltou de repente, e ele está igual a pinto no lixo.

O arquiteto da condenação injusta de Duke chama-se Chad Falwright, o típico promotor de justiça de cidade pequena. Neste momento, ele aguarda no edifício da administração do presídio a pouco menos de um quilômetro daqui, preparado para viver o momento mais importante de sua carreira. Ele acha que às 23h30 será escoltado até uma van da prisão, junto com a família Broone e o xerife local, e levado até o corredor da morte, onde eles serão conduzidos a uma pequena sala com uma grande janela de vidro coberta por uma cortina. Uma vez ali, acredita Chad, eles vão esperar o momento em que Duke estará amarrado à maca com agulhas enfiadas nos braços e a cortina se abrirá de maneira dramática.

Para um promotor, não há maior sentimento de realização do que teste-munhar uma execução pela qual ele é responsável.

Chad, no entanto, não terá direito a vivenciar essa emoção. Eu digito seu número e ele logo atende.

– Sou eu, Post – anuncio. – Estou aqui no corredor da morte. Tenho más notícias. O Décimo Primeiro Circuito acabou de expedir uma ordem de suspensão da execução. Parece que você vai voltar para Verona com o rabo entre as pernas.

Ele gagueja e por fim consegue dizer:

– Como assim?

– Você me ouviu, Chad. A farsa dessa condenação está vindo à tona, e isso é o mais perto que você vai chegar do pescoço do Duke, o que, devo dizer, já é bem perto. O Décimo Primeiro Circuito tem dúvidas sobre um detalhezinho chamado julgamento justo, então eles estão devolvendo os autos. Acabou, Chad. Desculpe estragar seu grande momento.

– Isso é uma piada, Post?

– Ah, com certeza. Aqui no corredor da morte só escuto risadas. Você se divertiu falando com os repórteres o dia todo, agora se divirta com isso.

Dizer que eu detesto esse cara seria um tremendo eufemismo.

Desligo e olho para Duke, que está se banqueteando. Com a boca cheia, ele pergunta:

– Você pode ligar pra minha mãe?

– Não. Só os advogados podem usar celulares aqui, mas ela vai ficar sabendo em breve. Come logo.

Ele dá um gole no chá gelado para ajudar a engolir a comida e ataca o bolo de chocolate. Pego o controle remoto e aumento o volume da TV. Enquanto Duke raspa o prato, um repórter ofegante aparece na tela, em algum lugar do presídio, e, gaguejando, informa que a suspensão da execução foi concedida. Ele parece perdido e confuso, e está tudo caótico ao seu redor.

Segundos depois, alguém bate à porta e o diretor entra. Ele olha para a televisão e diz:

– Então, imagino que já esteja sabendo.

– Sim, diretor, desculpe estragar a festa. Fala pros seus garotos que eles podem descansar, e, por favor, chame a van pra mim.

Duke limpa a boca na manga da camisa, começa a rir e diz:

– Não fique tão decepcionado, diretor.

– Não, na verdade estou aliviado – responde ele, mas a verdade é óbvia.

Ele também passou o dia todo falando com repórteres e saboreando os holofotes. De repente, no entanto, todos os seus emocionantes dribles em campo acabaram com a bola caindo de suas mãos quando ele estava prestes a marcar o *touchdown*.

– Vou nessa – anuncio, enquanto aperto a mão de Duke.

– Obrigado, Post – diz ele.

– Eu entro em contato com você. – Dirijo-me à porta e digo ao diretor: – Por favor, transmita minhas saudações ao governador.

Sou escoltado para fora do prédio, onde bate um ar frio forte e revigorante. Um guarda me leva até uma van do presídio parada a alguns metros de distância, sem identificação. Eu entro e ele fecha a porta.

– Para o portão da frente – aviso ao motorista.

Enquanto atravesso o complexo do Centro Correcional Holman, sou tomado pela exaustão e pela fome. E pelo alívio. Fecho os olhos, respiro fundo e tento assimilar aquele milagre: Duke viverá para ver mais um dia. Eu salvei a vida dele, pelo menos por enquanto. Conseguir sua liberdade exigirá outro milagre.

Por razões conhecidas apenas pelas pessoas que administram o presídio, o local permaneceu isolado durante as últimas cinco horas, como se presos enfurecidos fossem se amotinar como na tomada da Bastilha e invadir o corredor da morte para resgatar Duke. Agora o bloqueio está sendo desmontado; a agitação acabou. O contingente extra trazido para manter a ordem está se retirando, e tudo o que quero é sair daqui. Estou parado num pequeno estacionamento próximo ao portão da frente, onde as equipes de TV estão recolhendo seus equipamentos e indo embora. Agradeço ao motorista, entro no meu pequeno Ford SUV e saio apressado. Pouco mais de três quilômetros depois de pegar a autoestrada, paro junto a uma loja fechada para fazer uma ligação.

O nome dele é Mark Carter. Homem branco, 33 anos, mora numa pequena casa alugada na cidade de Bayliss, a dezesseis quilômetros de Verona. Nos meus arquivos, tenho fotos da casa dele, do caminhão e de sua atual namorada. Há onze anos, Carter estuprou e matou Emily Broone, e nesse momento tudo o que preciso fazer é provar isso.

Usando um aparelho pré-pago, digito o número do celular dele, um número que eu não devia ter. Depois de cinco toques, ele atende:

– Alô.

– Quem fala? Mark Carter?

– Quem quer saber?

– Você não me conhece, Carter, mas estou ligando da prisão. O Duke Russell acabou de conseguir a suspensão da execução. Lamento informar que o caso continua aberto. Você está com a televisão ligada?

– Quem é?

– Tenho certeza de que você está assistindo à TV, Carter, com essa sua bunda gorda sentada no sofá, junto com a sua namorada, torcendo e rezando para que o Estado finalmente mate Duke pelos crimes que você cometeu. Você é desprezível, Carter, disposto a ver alguém morrer por algo que você fez. Que covarde.

– Vem dizer isso na minha cara!

– Ah, eu vou, Carter. Um dia, no tribunal. Vou conseguir provas e, em breve, o Duke vai sair de lá. Você vai ficar no lugar dele. Vou pegar você, Carter.

Desligo antes que ele possa dizer qualquer outra coisa.

2

Como a gasolina é um pouco mais barata que hotéis de beira de estrada baratos, passo muito tempo dirigindo por rodovias desertas madrugada afora. Como sempre, digo a mim mesmo que um dia vou poder dormir, como se uma longa hibernação me esperasse logo adiante. A verdade é que eu tiro muitos cochilos, mas raramente durmo, e é improvável que isso mude. Estupradores e assassinos vagam livremente por aí enquanto pessoas inocentes apodrecem na prisão, e decidi dividir esse fardo com elas.

Duke Russell foi condenado numa cidadezinha de interior no fim do mundo, onde metade dos jurados mal sabia ler e todos acabaram sendo facilmente ludibriados por dois peritos pomposos e farsescos convocados por Chad Falwright. O primeiro era um dentista aposentado de uma cidade pequena do Wyoming, e como ele foi parar em Verona, no Alabama, é outra história. Cheio de autoridade, vestindo um belo terno e causando uma boa impressão com seu vocabulário, ele declarou em juízo que três cortes nos braços de Emily Broone haviam sido infligidos pelos dentes de Duke. Esse palhaço ganha a vida prestando depoimentos em todo o país, sempre a favor da acusação e sempre por bons honorários, e em sua mente perversa um estupro não pode ser considerado violento a menos que o estuprador morda a vítima com força suficiente para lhe deixar marcas.

Uma teoria tão infundada e ridícula devia ter sido submetida ao questionamento da defesa, mas o advogado de Duke ou estava bêbado ou cochilando.

O segundo perito era do laboratório forense estadual. Sua área de especialização era e ainda é a análise de pelos e fios de cabelo. Sete fios de pelos pubianos foram encontrados no corpo de Emily, e esse cara convenceu o júri de que eram de Duke. Eles não são. Provavelmente eram de Mark Carter, mas não sabemos disso. Ainda. Os caipiras locais encarregados da investigação tiveram apenas um interesse passageiro em Carter enquanto suspeito, embora tenha sido ele a última pessoa a ser vista com Emily na noite em que ela desapareceu.

As marcas de mordida e a análise dos pelos foram descartadas nas instâncias superiores. Ambas pertencem a esse campo patético e mutável do conhecimento que os advogados de defesa desprezam (e com razão) como *junk science*. Só Deus sabe quantas pessoas inocentes estão cumprindo longas penas por conta de peritos ineptos e suas infundadas teorias incriminatórias.

Qualquer advogado de defesa que se preze teria se divertido muito arguindo os dois peritos na audiência, mas o advogado de Duke não valia os 3 mil dólares que o Estado pagou por seus serviços. Na verdade, ele não valia nada. Tinha pouquíssima experiência nessa área, cheirava a bebida durante o julgamento, era lamentavelmente despreparado, acreditava que seu cliente era culpado, foi pego três vezes dirigindo embriagado no ano seguinte ao julgamento, perdeu a licença profissional e acabou morrendo de cirrose.

Agora cabe a mim juntar as pontas e garantir que a justiça seja feita.

Mas ninguém me convocou para esse caso. Como sempre, sou voluntário.

Estou na estrada interestadual em direção a Montgomery, a duas horas e meia de distância, e tenho tempo para me planejar. Mesmo que eu parasse num desses hotéis às margens da rodovia, não seria capaz de dormir. Estou agitado demais com o milagre de última hora que consegui tirar da cartola. Envio uma mensagem de texto para o assessor em Atlanta e agradeço. Envio outra para minha chefe, que, com sorte, já está dormindo a essa hora.

O nome dela é Vicki Gourley e ela trabalha no escritório da nossa pequena fundação, na parte velha da cidade de Savannah. Há doze anos ela fundou a Guardiões da Inocência com recursos próprios. Vicki é uma cristã devota que acredita que seu trabalho tem inspiração direta nos Evangelhos. Jesus disse para pensar nos prisioneiros. Ela não passa muito tempo circulando por presídios, mas trabalha quinze horas por dia tentando libertar os inocentes. Anos atrás, participou de um júri que condenou um jovem por assassinato e o sentenciou à morte. Dois anos depois, a injustiça da condenação veio à tona. O promotor ocultou provas exculpatórias e apresentou um depoimento falso de um detento dedo-duro. A polícia havia plantado provas e mentido para o júri. Quando o verdadeiro assassino foi identificado pelo exame de DNA, Vicki vendeu sua empresa de instalação de pisos para os sobrinhos, pegou o dinheiro e começou a Guardiões da Inocência.

Eu fui seu primeiro funcionário. Agora temos mais um.

Também temos um freelancer chamado François Tatum. Ele é um negro de 45 anos que percebeu na adolescência que a vida na zona rural do estado da Geórgia poderia ser mais fácil se ele se apresentasse como Frankie, em vez de François. Parece que a mãe dele tinha sangue haitiano e deu aos filhos nomes franceses, nenhum dos quais era comum naquele canto remoto do mundo de língua inglesa.

Frankie foi meu primeiro cliente a ser libertado após uma condenação injusta. Quando o conheci, ele cumpria prisão perpétua na Geórgia por um homicídio cometido por outra pessoa. Na época eu trabalhava como pastor de uma pequena igreja episcopal em Savannah. Realizávamos leituras do Evangelho no presídio, e foi assim que conheci Frankie. Ele era obcecado por sua inocência e não falava em outra coisa. Era um sujeito brilhante, um autodidata, e conhecia a lei de trás para a frente. Depois de duas visitas ele já havia me convencido.

Na primeira fase da minha carreira jurídica, defendi pessoas que não podiam pagar pelos serviços de um advogado. Eu tinha centenas de clientes e, em pouco tempo, cheguei a um ponto em que presumia que todos eram culpados. Nunca havia parado para considerar quão dura era a situação dos que foram condenados injustamente. Frankie mudou tudo isso. Mergulhei numa investigação do seu caso e logo percebi que podia provar sua inocência. Então conheci Vicki, e ela me ofereceu um emprego que pagava ainda menos do que meu trabalho como pastor. Ainda paga.

Assim, François Tatum se tornou o primeiro cliente registrado pela Guardiões da Inocência. Após catorze anos de prisão, ele havia sido completamente abandonado pela família. Todos os amigos desapareceram. Sua mãe o largara junto com os irmãos na porta da casa de uma tia e nunca mais foi vista. Ele não conheceu o pai. Eu fui a sua primeira visita em doze anos. Toda essa negligência parece terrível, mas teve um lado bom. Uma vez liberto e absolutamente isento de qualquer responsabilidade, Frankie recebeu muito dinheiro do estado da Geórgia e das pessoas que contribuíram para sua prisão. E sem família nem amigos para correrem atrás dele por dinheiro, ele iniciou a nova vida em liberdade como um fantasma sem passado. Vive num pequeno apartamento em Atlanta, tem caixa postal em Chattanooga e passa a maior parte do tempo na estrada aproveitando as atividades ao ar livre. Seu dinheiro está depositado em vários bancos no sul do país, para que ninguém possa encontrá-lo. Ele evita relacionamentos, porque todos lhe deixaram marcas. Além do mais, tem sempre medo de que alguém tente meter a mão no bolso dele.

Frankie confia em mim e em mais ninguém. Quando seus processos chegaram ao fim, ele me ofereceu honorários generosos. Eu recusei. Ele merecia cada centavo daquele dinheiro por ter sobrevivido à prisão. Quando entrei para a Guardiões, fiz um voto de pobreza. Se meus clientes conseguem sobreviver com dois dólares por dia para comer, o mínimo que posso fazer é economizar o máximo possível.

A leste de Montgomery, estaciono numa parada de caminhões perto de Tuskegee. Ainda está escuro, não são nem seis da manhã e o amplo estacionamento de cascalho está repleto de imensas carretas com motores roncando, enquanto seus motoristas tiram um cochilo ou tomam café da manhã. A cafeteria está cheia e o aroma de bacon e linguiça me arrebata assim que entro. Alguém acena dos fundos. Frankie tinha guardado lugares num reservado.

Como estamos na zona rural do Alabama, nos cumprimentamos apenas com um aperto de mão em vez de um abraço, como faríamos em outro contexto. Dois homens, um negro e o outro branco, se abraçando numa parada de caminhões lotada poderiam atrair olhares, não que a gente realmente se importe. Frankie tem mais dinheiro do que todos esses caras juntos, e ainda é forte e rápido como nos tempos da prisão. Ele não arranja brigas. Simplesmente tem a aparência e a confiança necessárias para desencorajá-las.

– Parabéns – diz ele. – Foi quase.

– Duke tinha acabado de começar sua última refeição quando recebi a ligação. Teve que comer rápido.

– Mas você parecia confiante.

– Estava fingindo, a velha e dura rotina de advogado. Por dentro, meu estômago se revirava.

– Falando nisso, aposto que você está morrendo de fome.

– Sim, estou. Liguei pro Carter depois que saí do presídio. Não consegui evitar.

Ele franze a testa e diz:

– Tudo bem. Tenho certeza de que havia um motivo.

– Não exatamente. Eu só estava puto demais para evitar ligar. O cara estava lá sentado, contando os minutos pro Duke receber a injeção. Dá para imaginar ser o verdadeiro assassino e aplaudir quietinho das sombras enquanto outra pessoa é executada? A gente precisa pegar ele, Frankie.

– Nós vamos pegar.

Uma garçonete aparece e eu peço ovos e um café. Frankie pede panquecas e linguiça.

Ele sabe tanto dos meus casos quanto eu. Lê todas as petições, os memorandos, os relatórios e as transcrições de audiências. Para Frankie, diversão significa chegar a Verona, no Alabama, onde ninguém nunca o viu, e desencavar informações. Ele é destemido, mas nunca se arrisca a ponto de ser pego. Sua nova vida é boa demais, sua liberdade é especialmente valiosa, porque ele sofreu tempo demais sem ela.

– Temos que conseguir o DNA do Carter – digo. – De qualquer maneira.

– Eu sei, eu sei. Estou trabalhando nisso. Você precisa descansar, chefe.

– Sempre, não é? E, como sabemos bem, na condição de advogado, não posso obter o DNA dele por meios ilegais.

– Mas *eu* posso, certo? – Ele sorri e toma um gole de café.

A garçonete me traz uma xícara e também me serve.

– Talvez. Vamos falar sobre isso mais tarde. Pelas próximas semanas, ele vai ficar agitado por conta da minha ligação. Ele merece. Em algum momento vai cometer um deslize e nós estaremos lá.

– Para onde você vai agora?

– Savannah. Vou ficar lá por alguns dias e depois vou pra Flórida.

– Flórida. Seabrook?

– Sim, Seabrook. Decidi pegar o caso.

O rosto de Frankie nunca revela muita coisa. Seus olhos raramente piscam, sua voz é firme e estável, como se ele estivesse medindo cada palavra. A sobrevivência na prisão exigia saber blefar. Era comum atravessar longos períodos de solidão.

– Tem certeza? – pergunta.

Está claro que ele tem dúvidas sobre Seabrook.

– O cara é inocente, Frankie. E ele não tem advogado.

Os pratos chegam e nos ocupamos com manteiga, melado e molho picante. O caso Seabrook esteve em nosso escritório por quase três anos, enquanto nós, da equipe, discutimos se devíamos ou não nos envolver. Isso não é incomum no nosso meio. Como é de se esperar, a Guardiões é inundada por cartas de pessoas presas em todos os cinquenta estados americanos, todas alegando serem inocentes. A maioria não é, então nós examinamos, analisamos, selecionamos e escolhemos cada caso com cuidado, só aceitando aqueles com os argumentos mais fortes de inocência. E ainda assim erramos.

– Pode ser que você encontre uma situação bem complicada por lá – diz Frankie.

– Eu sei. Empurramos com a barriga por tempo demais. Enquanto isso, ele está lá com os dias contados, cumprindo a pena de outra pessoa.

Ele mastiga as panquecas e assente de leve, ainda não muito convencido.

– Quando foi que nós fugimos de uma luta das boas, Frankie?

– Talvez seja hora de deixar essa passar. Você recusa casos todo dia, não? Talvez esse seja mais perigoso que todos os outros. Sabe lá Deus quantos clientes em potencial você tem por aí afora.

– Você está ficando mole?

– Não. Só não quero que você se machuque. Ninguém nunca me vê, Cullen. Eu vivo e trabalho nas sombras. Mas seu nome aparece nas petições. Quando você começa a desencavar coisas num lugar horroroso feito Seabrook, pode acabar incomodando uns sujeitos bem desagradáveis.

Sorrio e digo:

– Mais um motivo pra fazer isso.

O SOL JÁ tinha nascido quando deixamos a cafeteria. No estacionamento, nos despedimos com um abraço. Não faço ideia de para que lado ele vai, e aí está a beleza em Frankie. Ele acorda todas as manhãs, livre, agradece a Deus pela sorte que tem, entra em sua caminhonete novinha e mete o pé na estrada.

Sua liberdade me revigora e me faz continuar trabalhando. Se não fosse pela Guardiões da Inocência, ele ainda estaria apodrecendo na cadeia.

3

Não há rota direta entre Opelika, Alabama e Savannah. Saio da interestadual e começo a cortar a região central da Geórgia por estradas de mão dupla que ficam mais movimentadas pela manhã. Já passei por aqui antes. Nos últimos dez anos, percorri praticamente todas as rodovias do Cinturão da Morte, da Carolina do Norte ao Texas. Uma vez, quase peguei um caso na Califórnia, mas Vicki me impediu. Não gosto de aeroportos, e a Guardiões não podia arcar com os custos dos voos de ida e volta. Então dirijo por longos períodos, regado a café e audiolivros. E alterno entre momentos de reflexão profunda e silenciosa e discussões frenéticas ao celular.

Numa cidade pequena, passo em frente ao tribunal do condado e observo três jovens advogados em seus melhores ternos entrando no prédio, sem dúvida a caminho de algo importante. Poderia ter sido eu, não muito tempo atrás.

Eu tinha 30 anos quando abandonei o Direito pela primeira vez, e por um bom motivo.

AQUELA MANHÃ COMEÇOU com a repugnante notícia de que um casal de jovens brancos de 16 anos fora encontrado morto com um corte na garganta. Ambos tinham sido sexualmente mutilados. Ao que tudo indicava, haviam estacionado o carro numa área afastada do condado quando foram atacados por um grupo de adolescentes negros, que roubaram o automóvel. Horas depois, o carro foi encontrado. Alguém de dentro da gangue abriu o bico. Prisões estavam sendo feitas. Detalhes estavam sendo relatados.

Esse era o tipo de notícia-padrão apresentada no telejornal matinal de Memphis. A violência da noite anterior era relatada a um público exausto, que vivia sob o grande questionamento: "Quanto mais seremos capazes de aguentar?" No entanto, mesmo para Memphis, uma notícia como aquela era chocante.

Brooke e eu assistimos ao jornal na cama com nossas primeiras xícaras de café, como sempre. Após a primeira reportagem, resmunguei:

– Vai dar merda.

– *Já* deu – ela me corrigiu.

– Você entendeu o que eu quis dizer.

– Você vai pegar um deles?

– Comece a rezar desde já – respondi.

Ao entrar no banho, estava me sentindo doente e arquitetava de que maneira poderia não ter que ir para o trabalho. Não tinha apetite nem havia tomado café da manhã. Quando estava de saída, o telefone tocou. Meu supervisor dizia para eu me apressar. Dei um beijo de despedida em Brooke e falei:

– Deseje-me sorte. Hoje o dia vai ser longo.

O escritório do defensor público fica no centro da cidade, no Complexo de Justiça Criminal. Quando entrei lá, às oito horas, o lugar parecia um cemitério. Aparentemente todos estavam entocados em seus gabinetes, tentando evitar contato visual. Minutos depois, nosso supervisor nos chamou para uma sala de reunião. Havia seis de nós na área de crimes hediondos e, como trabalhávamos em Memphis, tínhamos muitos clientes. Com 30 anos, eu era o mais novo e, ao olhar em volta, soube que meu número estava prestes a ser chamado.

Nosso chefe disse:

– Parece que há cinco deles, todos presos neste momento. As idades variam de 15 a 17 anos. Dois concordaram em falar. Parece que encontraram o casal no banco de trás do carro do garoto, dando uns amassos. Dos cinco réus, quatro são aspirantes a membros de uma gangue, os Ravens, e para serem devidamente iniciados é preciso estuprar uma garota branca. De cabelos louros. Crissy Spangler era loura. O líder, um tal de Lamar Robinson, deu a ordem. O garoto, Will Foster, foi amarrado a uma árvore e obrigado a assistir enquanto eles se revezavam com Crissy. Como ele não calava a boca, os rapazes o mutilaram e cortaram a garganta dele. As fotos da polícia de Memphis estão a caminho.

Nós seis ficamos em silêncio, horrorizados, conforme a realidade se apresentava. Olhei para uma janela com um trinco. Pular de cabeça no estacionamento lá embaixo parecia uma opção razoável.

Ele prosseguiu:

– Eles pegaram o carro do Will e avançaram um sinal vermelho na South Third Street, os espertinhos. A polícia parou o carro, notou o sangue e levou os três. Dois abriram a boca e deram os detalhes. Eles alegaram que os outros fizeram tudo, mas as confissões implicam os cinco. As autópsias começaram hoje cedo. Não preciso nem dizer que estamos metidos nisso até o pescoço. A audiência de custódia está marcada para as duas da tarde e vai ser um circo. A imprensa vai estar por todo lado, e detalhes vão vazar aos montes.

Cheguei mais perto da janela. Ouvi ele dizer:

– Post, você fica com Terrence Lattimore, de 15 anos. Até onde a gente sabe, ele não abriu a boca.

Depois que os outros casos foram distribuídos, o supervisor disse:

– Quero todo mundo indo até o presídio agora mesmo para conhecer seus novos clientes. Informem à polícia que eles não devem ser interrogados sem que vocês estejam presentes. Eles são membros de uma gangue e provavelmente não vão cooperar, pelo menos não tão cedo.

Quando terminou, ele olhou para cada um de nós, os desafortunados, e disse:

– Sinto muito.

Uma hora depois, eu estava passando pela entrada do presídio da cidade quando alguém, provavelmente uma repórter, gritou:

– Você representa um dos assassinos?

Fingi não ouvir e continuei andando.

Quando entrei na pequena sala de espera, Terrence Lattimore estava algemado nos pulsos e nos tornozelos, e acorrentado a uma cadeira de metal. Ao ficarmos sozinhos, expliquei que havia sido designado para o caso dele e que precisava fazer algumas perguntas, apenas coisas básicas para começar. Não consegui nada além de um sorriso de desdém e um olhar de relance. Ele podia só ter 15 anos, mas era um garoto durão que já tinha visto de tudo. Endurecido em meio às gangues, às drogas e à violência. Ele me odiava e odiava todas as pessoas de pele branca. Disse que não tinha endereço e me mandou ficar longe da família dele. Seu registro criminal incluía duas expulsões escolares e quatro acusações na Vara da Infância e da Juventude, todas envolvendo atos de violência.

Por volta do meio-dia eu estava pronto para pedir demissão e buscar outro emprego. Comecei a trabalhar junto à Defensoria Pública, três anos antes, só porque não conseguia entrar num escritório de advocacia. E, depois de três anos atuando na sarjeta do nosso sistema de justiça criminal, eu já questionava seriamente os motivos de ter escolhido cursar Direito. Não conseguia mais lembrar. Minha carreira me colocou em contato diário com pessoas de quem eu nem chegaria perto fora do tribunal.

Almoçar estava fora de questão, porque ninguém seria capaz de engolir a comida. Nós, os cinco defensores escolhidos, nos encontramos com o supervisor e examinamos as fotos da cena do crime e os relatórios da autópsia. Qualquer comida no meu estômago teria ido parar no chão.

Que diabo eu estava fazendo da minha vida? Na condição de defensor criminal, eu já tinha me cansado da pergunta "Como você pode representar uma pessoa que sabe que é culpada?". Eu sempre havia oferecido a resposta-padrão da faculdade: "Bem, todo mundo tem direito a uma defesa justa. É o que diz a Constituição."

Mas eu não acreditava mais nisso. A verdade é que existem alguns crimes tão hediondos e cruéis que o assassino devia ser (1) executado, para quem defende a pena de morte, ou (2) ficar preso para o resto da vida, para quem não defende a pena de morte. Depois daquela reunião horrenda, não sabia mais em qual das duas opções eu acreditava.

Fui até o cubículo que eu chamava de sala, mas que pelo menos tinha uma porta que podia ser trancada. Da minha janela, olhei para a calçada lá embaixo e me imaginei pulando e flutuando em segurança até uma praia exótica, onde a vida era maravilhosa e todas as minhas preocupações se resumiriam a escolher o próximo drinque gelado que tomaria. Estranhamente, Brooke não estava comigo no sonho. E o telefone da minha mesa me arrancou dele.

Eu estava alucinando, não sonhando. De repente, tudo ficou em câmera lenta e lutei para dizer "Alô". A voz se identificou como uma repórter e explicou que tinha apenas algumas perguntas sobre os assassinatos. Como se eu fosse discutir o caso com ela. Desliguei. Uma hora se passou e não me lembro de ter feito nada. Eu estava paralisado e nauseado e só queria fugir do edifício. Lembrei de ligar para Brooke e dar a ela a terrível notícia de que eu tinha sido escolhido para assumir o caso de um dos cinco.

A audiência de custódia das duas da tarde foi transferida de uma sala de audiências pequena para outra maior, que mesmo assim não era grande o suficiente. Por conta de sua taxa de criminalidade, Memphis tinha muitos policiais, e a maioria estava no edifício naquela tarde. Eles bloquearam as portas e revistaram todos os repórteres e espectadores. Dentro da sala de audiências, se postaram de dois em dois pelo corredor central e se alinharam nas laterais e no fundo.

O primo de Will Foster era bombeiro em Memphis. Ele chegou com um grupo de colegas, e pareciam prontos para atacar a qualquer momento. Alguns negros foram para um canto no fundo da sala, o mais longe possível das famílias das vítimas. Havia repórteres por toda a parte, mas nada de câmeras. Advogados que não tinham motivo algum para estar ali se aglomeravam, curiosos.

Cheguei à sala do júri por uma entrada de serviço e espiei por uma porta, para dar uma olhada na multidão. O lugar estava lotado. A tensão era densa, palpável.

O juiz subiu à tribuna e pediu ordem. Os cinco réus foram trazidos, todos em macacões laranja, todos acorrentados. Os espectadores ficaram boquiabertos com essa primeira cena. Os desenhistas começaram a trabalhar. Mais policiais formaram uma linha atrás dos cinco, como se fossem um escudo. Os réus ficaram de pé diante da tribuna, de cabeça baixa. Uma voz alta e forte vinda do fundo da sala gritou:

– Solta eles, caramba! Solta eles!

Os policiais se esforçaram para manter o silêncio.

Uma mulher gemeu, em prantos.

Fui até um lugar atrás de Terrence Lattimore, ao lado dos meus quatro colegas. Ao fazer isso, dei uma olhada nas pessoas sentadas juntas nas duas primeiras fileiras. Elas obviamente eram próximas das vítimas e me encaravam com puro ódio.

Odiado pelo meu cliente. Odiado por suas vítimas. Que diabo eu estava fazendo naquele tribunal?

O juiz bateu com o martelo e advertiu:

– Vou manter a ordem neste tribunal! Esta é uma audiência de custódia, cujo objetivo é indicar a identidade dos réus e garantir que eles sejam representados por um advogado. Nada mais. Então, quem é o Sr. Lamar Robinson?

Robinson ergueu a cabeça e resmungou algo.

– Quantos anos tem, Sr. Robinson?

– Dezessete.

– A Dra. Julie Showalter, da Defensoria Pública, foi designada para representá-lo. Você já esteve com ela?

Minha colega Julie deu um passo à frente e ficou entre Robinson e o réu seguinte. Como eles estavam acorrentados uns aos outros, aquilo era o máximo que os advogados conseguiam se aproximar. As algemas e as correntes eram sempre removidas na sala de audiências, e o fato de isso não ter sido feito naquele caso dizia muito sobre o temperamento do juiz.

Robinson lançou um olhar para Julie, à sua direita, e deu de ombros.

– Você quer que ela o represente, Sr. Robinson?

– Posso ter um advogado negro? – perguntou ele.

– Você pode contratar quem quiser. Você tem dinheiro para um advogado particular?

– Talvez.

– Bem, discutiremos isso mais tarde. Próximo, Sr. Terrence Lattimore. – Terrence olhou para o juiz como se também quisesse cortar a garganta dele. – Quantos anos você tem, Sr. Lattimore?

– Quinze.

– Você tem dinheiro para um advogado particular?

Ele negou com a cabeça.

– Quer que o Dr. Cullen Post, da Defensoria Pública, o represente?

Ele deu de ombros, como se não se importasse.

– Dr. Post, o senhor já esteve com o seu cliente? – perguntou o juiz, ao olhar para mim.

O Dr. Post não conseguiu responder. Abri a boca, mas não saiu nada. Dei um passo para trás e fiquei olhando para a tribuna, de onde Sua Excelência me encarava inexpressivamente.

– Dr. Post?

O tribunal estava em completo silêncio, mas em meus ouvidos zunia um som estridente e penetrante que não fazia sentido. Meus joelhos estavam bambos e era difícil respirar. Dei outro passo para trás, depois me virei e me enfiei pelo meio do paredão de policiais. Consegui chegar até a divisória, abri a portinha na altura dos joelhos e segui pelo corredor central. Fui me esquivando por entre os policiais e nenhum deles tentou me parar. Sua Excelência disse algo como "Dr. Post, aonde o senhor vai?". O Dr. Post não fazia ideia.

Atravessei a porta principal, deixando o tribunal para trás, e fui direto para o banheiro masculino, onde me tranquei numa cabine e vomitei. Golfei e engasguei até não sobrar nada, depois fui até uma pia e joguei água no rosto. Tive a ligeira consciência de que estava numa escada rolante, mas não tinha noção de tempo, espaço, som ou movimento. Não me lembro de sair do prédio.

Eu estava no meu carro, indo na direção leste na Poplar Avenue, me afastando do centro da cidade. Sem querer, avancei o sinal vermelho e evitei por pouco o que teria sido uma colisão grave. Ouvi buzinas raivosas atrás de mim. Em algum momento, percebi que havia esquecido a pasta no tribunal, e esse pensamento me fez sorrir. Eu jamais a veria de novo.

Meus avós maternos moravam numa pequena fazenda dezesseis quilômetros a oeste de Dyersburg, no Tennessee, minha cidade natal. Cheguei lá em algum momento daquela tarde. Perdi completamente a noção do tempo e não me lembro de tomar a decisão de ir para lá. Meus avós ficaram surpresos ao me ver, eles me contaram mais tarde, mas logo perceberam que eu precisava de ajuda. Fizeram várias perguntas, mas todas foram respondidas com um olhar vazio e distante. Eles me deixaram na cama e ligaram para Brooke.

Naquele mesmo dia à noite, os médicos me colocaram numa ambulância. Brooke me acompanhava, e viajamos por três horas até um hospital psiquiátrico perto de Nashville. Não havia leitos disponíveis em Memphis, e, de todo modo, eu não queria voltar para lá. Nos dias que se seguiram, tiveram início a terapia, os medicamentos e as longas sessões com psiquiatras. Lentamente, comecei a lidar com a minha crise. Depois de um mês, fomos notificados de que eu tinha atingido o limite da cobertura do plano de saúde. Era hora de sair, e eu estava pronto para deixar aquele lugar.

Eu me recusei a voltar ao nosso apartamento em Memphis, então fiquei com meus avós. Foi durante esse período que Brooke e eu resolvemos desistir. Na metade do nosso casamento de três anos, ambos percebemos que não poderíamos passar o resto da vida juntos e que tentar fazer isso nos traria muito sofrimento. Não falávamos sobre esse assunto na época e raramente brigávamos ou discutíamos. De alguma forma, durante aqueles dias sombrios na fazenda, encontramos coragem para ter uma conversa franca. Ainda nos amávamos, mas já vínhamos nos afastando. A princípio, concordamos em fazer a experiência de passar um ano separados, mas até isso foi deixado de lado. Eu nunca a culpei por me abandonar diante da minha crise nervosa. Eu queria aquilo tanto quanto ela. Nos separamos de coração partido, mas prometemos continuar amigos, ou pelo menos tentar. Também não deu certo.

Ao mesmo tempo que Brooke deixava minha vida, Deus batia à porta. Ele veio na pessoa do reverendo Bennie Drake, o sacerdote da igreja episcopal que eu frequentava desde antes, em Dyersburg. Bennie tinha cerca de 40 anos, era descolado e desbocado. Vestia calça jeans desbotada a maior parte do tempo, sempre usando o clérgima e uma jaqueta preta, e rapidamente se tornou a parte boa do meu processo de recuperação. Suas visitas semanais logo se tornaram quase diárias, e eu ansiava por nossas longas conversas na varanda da frente da casa. Confiei nele de imediato e lhe confessei que não sentia nenhuma vontade de voltar ao exercício do Direito. Eu tinha apenas 30 anos e queria uma nova carreira que me permitisse ajudar os outros. Não desejava passar o resto da vida processando pessoas, defendendo culpados ou trabalhando num escritório de advocacia sob pressão constante. Quanto mais eu me aproximava de Bennie, mais queria ser como ele. O reverendo viu algo em mim e sugeriu que eu pelo menos cogitasse o ministério. Passamos muito tempo em oração e mais tempo ainda conversando, e aos poucos comecei a sentir o chamado de Deus.

Oito meses após minha última aparição no tribunal, eu me mudei para Alexandria, na Virgínia, e entrei no seminário, onde passei os três anos seguintes estudando diligentemente. Para me sustentar, trabalhava vinte horas por semana como assistente de pesquisa num gigantesco escritório de advocacia em Washington. Eu odiava o trabalho, mas conseguia disfarçar meu desprezo. Toda semana eu me lembrava do motivo de ter largado a profissão.

Fui ordenado aos 35 anos e consegui um cargo de pastor associado na Igreja Episcopal da Paz, na Drayton Street, no centro histórico de Savannah. O clérigo era um homem maravilhoso chamado Luther Hodges, e havia anos ele fazia leituras dos Evangelhos na prisão. O tio dele tinha morrido atrás das grades e ele estava determinado a ajudar aqueles que haviam sido esquecidos. Três meses depois de me mudar para Savannah, conheci o Sr. François Tatum, uma alma realmente esquecida.

Tirar Frankie da prisão, dois anos depois, foi a maior emoção da minha vida. Eu encontrei o meu chamado. Por intervenção divina, conheci Vicki Gourley, uma mulher com uma verdadeira missão.

4

A Guardiões da Inocência está estabelecida num cantinho de um velho armazém na Broad Street, em Savannah. O restante do prédio é ocupado pela empresa de instalação de pisos de Vicki, vendida anos atrás. Ela ainda é dona do armazém e o aluga aos sobrinhos, que administram o negócio. A maior parte da renda do aluguel é absorvida pela Guardiões.

É quase meio-dia quando estaciono e entro no escritório. Não estou esperando pompas de herói, e definitivamente não é assim que sou recebido. Não há recepcionista nem recepção, nem um lugar agradável para dar boas-vindas a nossos clientes. Todos eles estão presos. Não temos secretárias porque não podemos pagar por elas. Fazemos todo o trabalho de digitação, arquivamento, agendamento e atendimento telefônico, preparamos o café e tiramos o lixo.

Durante o almoço, na maior parte dos dias, Vicki faz uma refeição rápida com a mãe num lar para idosos que fica na mesma rua. Sua imaculada sala está vazia. Olho para a mesa dela, nem uma única folha de papel fora do lugar. Atrás, num aparador, está uma foto colorida de Vicki e Boyd, seu falecido marido. Ele montou o negócio e, quando morreu, ainda jovem, ela assumiu o controle e o administrou com mão de ferro, até que o sistema judicial a irritou e ela fundou a Guardiões.

Do outro lado do corredor fica a sala de Mazy Ruffin, nossa diretora de casos contenciosos e o cérebro da equipe. Ela também não está à mesa, provavelmente levando as crianças de algum lugar para outro. Mazy tem quatro filhos, e eles geralmente podem ser encontrados pelo chão da Guardiões durante a tarde. Assim que o momento creche começa, Vicki discretamente fecha sua porta. Eu também, se estiver no escritório, o que é raro. Quando contratamos Mazy, há quatro anos, ela tinha duas condições inegociáveis. A primeira era permissão para ter os filhos com ela em sua sala, quando necessário. Não é sempre que ela pode pagar pela babá. A segunda era o salário. Ela precisava de 5.500 dólares por mês para sobreviver, nem um centavo a menos. Juntos, Vicki e eu não chegávamos nesse patamar, mas não temos filhos para criar nem nos importamos com nossos salários. Concordamos com os dois pedidos, e Mazy continua sendo o membro mais bem pago da equipe.

E ainda assim é uma pechincha. Ela cresceu num complexo habitacional barra-pesada no sul de Atlanta. Morou nas ruas por um tempo, embora não fale muito sobre esses dias. Por ser muito inteligente, uma professora do ensino médio a notou e deu a ela um pouco de afeto. Ela se formou na faculdade de Direito da Universidade de Emory com bolsa de estudo integral e notas excelentes. Recusou vagas em grandes escritórios e optou por trabalhar pela comunidade negra no Fundo de Assistência Jurídica da NAACP, a Associação Nacional para o Progresso das Pessoas de Cor. Essa fase se encerrou quando seu casamento se desfez. Um amigo me falou dela bem na ocasião em que procurávamos outro advogado.

O primeiro andar é o território dessas duas fêmeas alfa. Quando estou aqui, passo o tempo todo no segundo andar, onde me escondo num cômodo atulhado que chamo de sala. Do outro lado do corredor fica a sala de reuniões, embora não ocorram muitas delas na Guardiões. Ocasionalmente a usamos para depoimentos ou para reuniões com um cliente já em liberdade e sua família.

Entro na sala de reuniões e acendo as luzes. No centro, há uma longa mesa de jantar oval que comprei num mercado de pulgas por cem dólares. Em torno dela, há um conjunto de dez cadeiras diferentes que fomos agregando ao longo dos anos. O que o cômodo não tem em estilo e bom gosto mais do que compensa em caráter. Numa das paredes, no nosso Mural da Fama, há uma fileira com oito retratos coloridos, ampliados e emoldurados dos nossos clientes já em liberdade, começando por Frankie. Seus rostos sorridentes são o coração e a alma da nossa instituição. Eles nos inspiram a continuar avançando, lutando contra o sistema, batalhando por liberdade e justiça.

Apenas oito. Com outros milhares esperando. Nosso trabalho jamais chegará ao fim e, embora essa realidade possa parecer desanimadora, também é uma tremenda motivação.

Em outra parede, há cinco fotos menores de nossos clientes atuais, todos com o uniforme do presídio. Duke Russell, no Alabama. Shasta Briley, na Carolina do Norte. Billy Rayburn, no Tennessee. Curtis Wallace, no Mississippi. O pequeno Jimmy Flagler, na Geórgia. Dois brancos e três negros, entre eles uma mulher. Cor da pele e gênero não afetam nossas decisões. Ao redor da sala há uma coleção de fotos emolduradas, recortadas de jornais, que registram os momentos gloriosos em que tiramos nossos clientes inocentes da prisão. Estou na maioria delas, junto com outros advogados que ajudaram. Mazy e Vicki estão em algumas. Os sorrisos são altamente contagiosos.

Subo mais um lance de escadas até minha cobertura. Moro sem pagar aluguel num apartamento de três cômodos no último andar. Não vou descrever a mobília. Basta dizer que as duas mulheres presentes na minha vida, Vicki e Mazy, se recusam a chegar perto dele. Passo em média dez noites por mês aqui, e o desleixo é evidente. Mas a verdade é que meu apartamento ficaria ainda mais bagunçado se eu vivesse nele em período integral.

Tomo banho em meu banheiro apertado, depois caio atravessado na cama.

APÓS DUAS HORAS dormindo profundamente, acordo com barulhos vindos lá de baixo. Eu me visto e saio tropeçando. Mazy me cumprimenta com um sorriso largo e um abraço de urso.

– Parabéns – diz ela repetidas vezes.

– Foi por pouco, garota, por bem pouco mesmo. Duke estava comendo um bife com batata frita quando recebemos a ligação.

– Ele conseguiu terminar?

– Claro.

Daniel, seu filho de 4 anos, corre na minha direção para me dar um abraço. Ele não faz ideia de onde eu estava ontem à noite nem do que eu estava fazendo, mas está sempre pronto para um abraço. Vicki ouve as vozes e se junta a nós. Mais abraços, mais parabéns.

Quando perdemos Albert Hoover, na Carolina do Norte, sentamos na sala de Vicki e choramos. Isto agora é muito melhor.

– Vou fazer um café – diz Vicki.

Sua sala é um pouco maior e não está cheia de brinquedos nem de mesas dobráveis cobertas de jogos e livros de colorir, então nos refugiamos por lá para uma rápida reunião. Como já havia estado em contato com as duas por telefone ao longo da contagem regressiva ontem à noite, elas sabem de quase todos os detalhes. Conto da minha reunião com Frankie e discutimos o próximo passo no caso de Duke. De uma hora para outra, não temos prazos nem data de execução, nem a temida contagem regressiva diante de nós, e não estamos sob pressão. Os casos de pena de morte se arrastam por anos a passos lentos, até que seja agendado o dia da injeção letal. Aí, então, as coisas ficam frenéticas, trabalhamos sem parar, e, quando uma suspensão é expedida, sabemos que meses e anos se passarão antes do próximo susto. Ainda assim, nunca relaxamos, porque nossos clientes são inocentes e estão lutando para sobreviver ao pesadelo que é a prisão.

Discutimos os outros quatro casos, nenhum dos quais está diante de um prazo apertado.

Abordo o assunto mais desagradável entre nós quando pergunto a Vicki:

– E o orçamento?

Ela sorri como sempre e diz:

– Ah, estamos quebrados.

– Preciso fazer uma ligação – avisa Mazy. Ela se levanta, me dá um beijinho na testa e diz: – Belo trabalho, Post.

O orçamento é algo que ela prefere evitar, e Vicki e eu não a incomodamos com isso. Ela volta para a sua sala.

– Recebemos o cheque de 50 mil da Fundação Cayhill, então por enquanto dá pra pagar as contas – diz Vicki.

São necessários pouco mais de 40 mil por mês para financiar nossas operações, e obtemos essa quantia pedindo e implorando a pequenas organizações sem fins lucrativos e a algumas pessoas. Se eu tivesse estômago para angariar fundos, passaria metade dos meus dias ao telefone, escrevendo cartas e fazendo discursos. Existe uma correlação direta entre a quantidade de dinheiro que podemos gastar e o número de pessoas inocentes que podemos libertar, mas eu simplesmente não tenho tempo nem desejo de implorar. Vicki e eu há muito decidimos que não podíamos lidar com as dores de cabeça de ter uma grande equipe nem com a pressão constante para arrecadar fundos. Preferimos ser uma instituição pequena e enxuta, e assim somos.

Uma libertação bem-sucedida pode levar muitos anos e exigir pelo menos

200 mil dólares em dinheiro. Quando precisamos do dinheiro extra, sempre conseguimos.

– Estamos bem – assegura ela, como sempre. – Estou buscando recursos e correndo atrás de alguns doadores. A gente vai sobreviver. A gente sempre sobrevive.

– Vou fazer algumas ligações amanhã – afirmo.

Por mais desagradável que seja, eu me forço a passar algumas horas por semana entrando em contato com advogados simpáticos à causa para pedir dinheiro. Também tenho uma pequena rede de igrejas às quais peço doações.

– Imagino que você esteja indo até Seabrook – diz Vicki.

– Sim. Tomei minha decisão. A gente está empurrando isso com a barriga faz três anos e estou meio cansado dessa discussão. Estamos convictos de que o cara é inocente. Ele está preso há 22 anos e não tem advogado. Ninguém está trabalhando no caso dele e, por mim, nós assumimos.

– Mazy e eu estamos com você.

– Obrigado.

A verdade é que sou eu quem dá a última palavra sobre aceitar ou rejeitar um caso. Avaliamos cada um por bastante tempo e nos inteiramos dos fatos o máximo possível, e se um dos três se opuser firmemente à nossa representação, então recuamos. Esse em especial nos atormenta há muito tempo, sobretudo porque temos certeza de que armaram para o nosso futuro cliente.

– Vou fazer um frango assado hoje à noite – diz Vicki.

– Deus te abençoe. Eu estava esperando um convite.

Ela mora sozinha e adora cozinhar, e quando estou na cidade geralmente nos reunimos em seu pequeno e aconchegante bangalô a quatro quarteirões de distância e partilhamos uma longa refeição. Vicki se preocupa com a minha saúde e com meus hábitos alimentares. Mazy se preocupa com a minha vida amorosa, que não existe e que, portanto, não me incomoda nem um pouco.

5

A cidade de Seabrook está localizada numa zona rural bastante isolada do norte da Flórida, longe dos crescentes complexos residenciais e das comunidades de aposentados. Tampa fica duas horas ao sul, Gainesville uma hora a leste. Embora o golfo do México esteja a apenas 45 minutos de distância por uma estradinha de mão dupla, o litoral nunca atraiu a atenção das frenéticas empreiteiras do estado. Com 11 mil habitantes, Seabrook é a sede do condado de Ruiz e centro da maior parte da atividade comercial numa área negligenciada. A evasão populacional foi um tanto amenizada por alguns aposentados atraídos pela possibilidade de viver em condomínios de casas pré-fabricadas de baixo custo. A Main Street continua lá, com alguns prédios vazios, e ainda existem grandes varejistas nos arredores da cidade. O belo tribunal, um edifício de estilo espanhol, está bem preservado e em funcionamento, e duas dezenas de advogados cuidam das questões legais mundanas do condado.

Vinte e dois anos atrás, um desses advogados foi encontrado morto em seu escritório e, durante alguns meses, Seabrook protagonizou as únicas manchetes de sua história. O nome da vítima era Keith Russo, de 37 anos. Seu corpo estava caído no chão atrás da mesa, com sangue por todo lado. Levou dois tiros de espingarda calibre 12 na cabeça e não sobrou muita coisa do seu rosto. As fotos da cena do crime eram medonhas e mesmo nauseantes, pelo menos para alguns dos jurados. Ele estava sozinho no escritório, trabalhando até tarde naquela fatídica noite de dezembro. Pouco antes de morrer, a eletricidade do prédio foi cortada.

Keith praticava advocacia em Seabrook havia onze anos, na companhia de sua sócia e esposa, Diana Russo. Eles não tinham filhos. Nos primeiros anos do escritório, trabalharam duro em diversas áreas, mas ambos queriam melhorar de status e escapar da monotonia que era redigir testamentos, cuidar de inventários e de divórcios amigáveis. Eles aspiravam a ser advogados audiencistas e aproveitar o lucrativo sistema de responsabilidade civil do Estado. Nessa conjuntura, porém, a concorrência se mostrou acirrada, e eles lutaram para assumir casos importantes.

Diana estava no salão de beleza quando o marido foi assassinado. Ela encontrou o corpo três horas depois, quando ele não voltou para casa nem atendeu ao telefone. Após o enterro, ela se isolou e ficou de luto por meses. Fechou o escritório, vendeu o edifício e, em determinado momento, vendeu também a casa deles e voltou para Sarasota, sua cidade natal. Recebeu 2 milhões de dólares em seguro de vida e herdou a parcela de Keith em seus ativos conjuntos. Os investigadores chegaram a falar sobre a apólice do seguro de vida, mas não se aprofundaram no assunto. Desde o início do casamento, o casal defendia vigorosamente a importância da cobertura do seguro de vida. Havia uma apólice idêntica no nome dela.

De início, não havia suspeitos, até Diana citar o nome de um tal Quincy Miller, um ex-cliente do escritório muito descontente com seus serviços. Quatro anos antes do assassinato, Keith havia representado Quincy em seu divórcio, e o cliente não tinha ficado muito satisfeito com o resultado. O juiz o condenara a pagar uma pensão alimentícia com valor superior àquele com o qual ele podia arcar, e isso arruinou sua vida. Quando Quincy não conseguiu mais pagar os honorários advocatícios para recorrer da decisão, Keith abandonou o caso, renunciou ao mandato, e o prazo para a apelação expirou. Quincy ganhava um bom salário como motorista de caminhão de uma empresa local, mas perdeu o emprego quando sua ex-mulher confiscou seus pagamentos por obrigações em atraso. Não podendo honrar com o que devia, ele alegou falência e acabou fugindo. Foi pego, levado de volta a Seabrook e jogado na prisão por inadimplência. Cumpriu três meses, até que o juiz o soltou. Fugiu novamente e foi preso por vender drogas em Tampa. Cumpriu um ano antes de obter liberdade condicional.

Como se pode imaginar, ele culpava Keith Russo por todos os seus problemas. A maioria dos advogados da cidade concordava em segredo que Keith poderia ter sido mais assertivo em sua representação. Keith odiava trabalhar com divórcios e considerava aquilo humilhante para um verdadeiro aspirante a advogado. Segundo Diana, Quincy esteve no escritório em pelo menos duas ocasiões, ameaçou a equipe e exigiu ver seu ex-advogado. Não havia registro de que tivessem chamado a polícia. Ela afirmou também que Quincy ligou para seu telefone residencial fazendo ameaças, mas eles nunca se preocuparam tanto a ponto de mudar de número.

A arma do crime jamais foi encontrada. Quincy jurou que nunca tivera uma espingarda, mas sua ex-mulher contou à polícia que achava que ele tinha uma. O caso deu uma guinada duas semanas após o assassinato, quando a polícia confiscou o carro dele com um mandado de busca e apreensão. No porta-malas, encontraram uma lanterna com pequenas manchas de uma substância espalhadas na lente. Presumiram que fosse sangue. Quincy alegou nunca ter visto a lanterna, mas sua ex-mulher disse que achava que o objeto pertencia a ele.

Adotou-se rapidamente uma teoria e o assassinato foi solucionado. A polícia acreditava que Quincy tinha planejado o crime meticulosamente e que esperou até um dia em que Keith estivesse sozinho no escritório, trabalhando até tarde. Ele teria cortado a eletricidade no relógio de força que ficava atrás do escritório, entrado pela porta dos fundos, que estava destrancada, e, uma vez que havia estado lá diversas vezes, sabia exatamente onde encontrar Keith. Usando uma lanterna em meio à escuridão, ele invadiu a sala de Keith, efetuou dois disparos com a espingarda e fugiu. Dada a quantidade de sangue no local, havia respingos em muitos objetos, como era de se esperar.

A dois quarteirões de distância, numa rua transversal, uma viciada em drogas chamada Carrie Holland viu um homem negro fugindo da região. Ele parecia estar carregando um pedaço de madeira ou algo assim, ela não tinha certeza. Quincy é negro. Seabrook tem população 80% branca, 10% negra e 10% hispânica. Carrie não conseguiu identificar Quincy, mas jurou que ele tinha a mesma altura e a mesma estrutura física do homem que havia visto.

O advogado nomeado pelo tribunal para defender Quincy conseguiu mudar o local do julgamento, que acabou sendo realizado no condado vizinho, com uma população 83% branca. Havia uma única pessoa negra no júri.

O caso girava em torno da lanterna encontrada no porta-malas de Quincy. Um perito em análise de manchas de sangue vindo de Denver declarou em juízo que, dada a localização do corpo, a provável trajetória do tiro da espingarda, a altura tanto do falecido quanto a do réu e o grande volume de sangue encontrado nas paredes, no chão, nas estantes e no aparador, ele tinha certeza de que a lanterna estava presente na cena do crime. As manchas misteriosas em sua lente foram descritas como respingos de sangue que se projetam no sentido oposto ao da bala. Elas eram pequenas demais para serem testadas, então não foi feita a correspondência com o sangue de Keith. Resoluto, o perito afirmou ao júri que as manchas sem dúvida eram de sangue. Surpreendentemente, ele admitiu jamais ter visto a lanterna, embora a tivesse examinado "em minúcias" a partir da análise de uma série de fotos coloridas tiradas pelos investigadores. A lanterna desapareceu meses antes do julgamento.

Em juízo, Diana declarou, bastante segura de si, que o marido conhecia bem o ex-cliente e tinha pavor dele. Muitas vezes ele lhe confidenciara que sentia medo de Quincy e que chegara a andar armado em alguns momentos.

Carrie Holland também depôs e fez tudo o que pôde para incriminar Quincy. Ela negou estar sendo coagida a testemunhar em prol da acusação, assim como negou o fato de terem lhe oferecido indulto num caso de envolvimento com drogas.

Enquanto aguardava o julgamento, Quincy foi levado para um presídio em Gainesville. Nenhuma explicação foi dada para a transferência. Ele passou uma semana lá, depois o levaram de volta para Seabrook. No entanto, enquanto esteve no outro presídio, foi colocado numa cela com um dedo-duro da cadeia chamado Zeke Huffey, que depôs no julgamento afirmando que Quincy se gabava do assassinato e que estava muito orgulhoso de si. Huffey conhecia os detalhes do homicídio, entre eles o número de disparos e o calibre da espingarda. Para apimentar seu depoimento, ele disse ao júri que Quincy rira ao lhe contar sobre ter dirigido até a costa no dia seguinte e jogado a espingarda no golfo do México. Ao ser interrogado pela defesa, Huffey negou ter feito um acordo com o promotor para receber um indulto.

De acordo com o depoimento de um investigador da polícia estadual, não foi encontrada nenhuma impressão digital de Quincy no local nem no relógio de força atrás do escritório, o que levou à especulação de que "o criminoso provavelmente estaria usando luvas".

Um patologista também depôs e apresentou grandes fotografias coloridas da cena do crime. O advogado de defesa protestou com veemência, alegando que as fotos eram altamente desfavoráveis ao réu, até mesmo incendiárias, mas o juiz as aceitou mesmo assim. Vários jurados pareceram chocados com as imagens nítidas de Keith coberto de sangue, sem a maior parte do rosto. A causa da morte era óbvia.

Por conta de sua ficha criminal e de outros problemas legais, Quincy não foi levado ao banco das testemunhas. Seu advogado era um novato chamado Tyler Townsend, nomeado pelo tribunal, que não tinha nem 30 anos. O fato de ele nunca antes ter defendido um cliente acusado de um crime sujeito a pena de morte poderia ter significado uma defesa com muitas lacunas, mas não no caso de Quincy. O advogado foi tenaz. Atacou todas as testemunhas da acusação e todas as provas. Desafiou os peritos e seus pareceres, apontou as falhas em suas teorias e debochou da equipe do xerife por ter perdido a lanterna, a evidência mais importante do caso. Agitou fotos coloridas do objeto na frente do júri e questionou se as manchas na lente eram realmente sangue. Ridicularizou Carrie Holland e Zeke Huffey e os chamou de mentirosos. Insinuou que Diana não era bem uma viúva indefesa e a fez chorar durante o depoimento, o que não exigiu muito esforço. Foi repetidamente advertido pelo juiz, mas permaneceu inabalável. Sua defesa foi tão zelosa que os jurados muitas vezes não foram capazes de esconder seu desprezo por ele. O julgamento se transformou numa briga de bar à medida que o jovem Tyler criticou os promotores, desrespeitou o juiz e repreendeu as testemunhas da acusação.

A defesa apresentou um álibi. Segundo uma mulher chamada Valerie Cooper, Quincy estava com ela no momento do assassinato. Era uma mãe solteira que morava em Hernando, uma hora ao sul de Seabrook. Havia conhecido Quincy num bar, e eles tinham um relacionamento de idas e vindas. Ela alegou ter certeza de que Quincy estava com ela, mas, ao se sentar no banco das testemunhas, foi intimidada e desacreditada. Quando o promotor trouxe à tona uma condenação por drogas, ela desmoronou.

Em sua acalorada alegação final, Tyler Townsend usou dois adereços – uma espingarda calibre 12 e uma lanterna – e argumentou que teria sido quase impossível disparar dois tiros certeiros segurando os dois objetos ao mesmo tempo. Os jurados, a maior parte oriunda de zonas rurais, pareciam entender aquele raciocínio, mas não fazia diferença. Tyler chorou ao implorar por um veredito de inocência.

Ele não conseguiu. O júri não demorou muito para condenar Quincy pelo homicídio. Sua punição se mostrou mais complicada, pois o júri se viu num impasse. Por fim, após dois dias de intenso e acalorado debate, o único membro negro continuava defendendo a prisão perpétua sem concessão de liberdade condicional. Os onze brancos estavam decepcionados por não terem chegado à pena de morte.

Os recursos de Quincy seguiram seu curso e sua condenação foi confirmada por unanimidade em todas as instâncias. Há 22 anos ele alega inocência, mas ninguém lhe dá ouvidos.

O jovem Tyler Townsend ficou arrasado com a derrota e jamais se recuperou. A cidade de Seabrook se voltou contra ele, e sua recente carreira jurídica definhou. Pouco tempo depois que os recursos se esgotaram, ele desistiu de vez e se mudou para Jacksonville, onde manteve um emprego de meio período na Defensoria Pública antes de seguir outro rumo.

Frankie o encontrou em Fort Lauderdale, onde ele parece levar uma vida agradável com a família e com um bom negócio de construção de shopping centers em sociedade com o sogro. Aproximar-se dele exigirá cuidado e prudência, algo que fazemos bem.

Diana Russo nunca retornou a Seabrook e, até onde sabemos, nunca se casou de novo. Mas não temos certeza. Trabalhando com um grupo de segurança privada que contratamos de vez em quando, Vicki a encontrou um ano atrás, vivendo na Martinica. Pagando um pouco mais, nossos espiões podem cavar mais fundo e nos trazer mais informações. No momento, porém, ainda não faz sentido gastar esse dinheiro. Tentar conversar com ela seria perda de tempo.

Libertar Quincy Miller é o nosso objetivo. Encontrar o verdadeiro assassino não é prioridade. Para termos sucesso, precisamos desmantelar o argumento da acusação. Resolver o crime não é problema nosso, e, depois de 22 anos, pode apostar que não há ninguém trabalhando nisso. Não se trata de um caso que foi arquivado. O estado da Flórida conseguiu uma condenação. A verdade é irrelevante.

6

Quincy passou os últimos oito anos num presídio chamado Instituto Correcional Garvin, próximo a Peckham, uma cidade rural cerca de uma hora ao norte da região metropolitana de Orlando. Minha primeira visita ao local foi há quatro meses, quando era pastor, na época das leituras dos Evangelhos na prisão. Eu ainda usava minha velha camisa preta e o clérgima. É impressionante notar como eu era mais respeitado na condição de pastor do que como advogado, pelo menos dentro dos presídios.

Hoje estou usando o clérgima de novo, só para zoar com eles. Vicki resolveu toda a burocracia e estou oficialmente nos autos como advogado de Quincy. O guarda na recepção analisa a papelada, analisa minha indumentária, tem perguntas a fazer, mas está confuso demais para isso. Entrego meu celular, passo pelo raio x e aguardo uma hora numa sala de espera sombria, onde folheio revistas de fofoca e me pergunto mais uma vez aonde o mundo vai parar. Por fim, um guarda aparece para me buscar e eu o sigo para fora do primeiro prédio, ao longo de uma passagem ladeada por cercas e arame farpado. Já vi o interior de tantas prisões que a aspereza delas não me choca mais. São todas iguais em diversos e terríveis aspectos: edifícios de concreto sem janelas, pátios cheios de homens em uniformes idênticos, matando o tempo, guardas carrancudos exalando desdém, pois sou um invasor que está ali para ajudar marginais. Entramos em outro prédio e chegamos a uma sala comprida com uma fileira de cabines. O guarda abre a porta de uma delas e eu entro.

Quincy já está lá, do outro lado de uma grossa janela de acrílico. A porta se fecha e ficamos sozinhos. Para dificultar as visitas o máximo possível, não há nenhuma abertura na divisória e somos obrigados a conversar usando interfones pesados, com pelo menos trinta anos de existência. Se eu quiser entregar um documento para o meu cliente, preciso chamar um guarda, que primeiro o examina e depois o leva até o outro lado.

Quincy sorri e bate com o punho na janela. Retribuo a saudação, e o gesto faz as vezes de um aperto de mãos. Ele agora tem 51 anos e, exceto pelos cabelos que começam a ficar grisalhos, poderia passar por 40. Levanta pesos todos os dias, pratica caratê, tenta evitar a gororoba que lhe servem para comer, mantém o corpo esguio e medita. Ele pega o fone e diz:

– Primeiro, Dr. Post, quero agradecer ao senhor por pegar o meu caso.

Seus olhos ficam logo marejados, e ele é tomado pela emoção.

Nos últimos quinze anos, no mínimo, Quincy não contou com um advogado ou qualquer tipo de representação legal, nem uma única alma no mundo trabalhando para provar sua inocência. Na minha vasta experiência, sei que este é um fardo quase insuportável. Um sistema corrupto o encarcerou, e não existe ninguém lutando contra esse sistema. Seu fardo já é pesado o bastante por ser inocente, mas ele fica em absoluto desamparo por não ter voz.

– Não há de quê – respondo. – Me sinto honrado em estar aqui. A maioria dos meus clientes me chama de Post, então vamos deixar de lado essa coisa de "doutor".

Outro sorriso.

– Combinado. E eu sou só Quincy mesmo.

– Já demos entrada na papelada, então estou oficialmente representando você. Alguma pergunta sobre isso?

– Sim, você parece mais um padre ou algo assim. Por que essa gola?

– Porque sou pastor episcopal, e essa gola às vezes me garante um pouco mais de respeito.

– A gente teve aqui um padre que usava uma dessas. Nunca entendi por quê.

Ele foi criado na Igreja Episcopal Metodista Africana, e seus ministros e bispos também usam clérgimas. Abandonou quando era adolescente. Aos 18 anos, ele se casou com a namorada porque ela estava grávida, mas o casamento nunca foi estável. Tiveram dois outros filhos depois. Sei o nome, o endereço e o local de trabalho deles, e sei que não falam com o pai desde o julgamento. A ex-mulher depôs contra ele. Seu único irmão é Marvis, um santo que o visita todo mês e lhe envia de vez em quando um cheque com uma pequena quantia.

Quincy tem sorte de estar vivo. Um jurado negro salvou sua vida. Caso contrário, ele teria ido para o corredor da morte numa época em que a Flórida estava executando gente a torto e a direito.

Como sempre, o arquivo da Guardiões sobre ele é volumoso e sabemos o máximo possível a seu respeito.

– Então, o que a gente faz agora, Post? – pergunta com um sorriso.

– Ah, temos muito trabalho pela frente. Começamos com a cena do crime e investigamos tudo.

– Isso foi há muito tempo.

– É verdade, mas Keith Russo ainda está morto, e as pessoas que prestaram depoimento contra você ainda estão vivas. Vamos encontrá-las, tentar ganhar a confiança delas e ver o que vão dizer agora.

– E o dedo-duro?

– Bem, para nossa surpresa as drogas não mataram o Huffey. Ele está preso de novo, desta vez no Arkansas. Dos seus 40 anos, ele passou dezenove atrás das grades, tudo por causa de drogas. Vou lhe fazer uma visita.

– Acha que ele vai dizer que mentiu?

– Talvez. Esses dedos-duros são imprevisíveis. Mentirosos profissionais costumam se gabar das mentiras que contam. Durante essa triste carreira, ele abriu o bico em pelo menos outros cinco casos, sempre em troca de acordos com a polícia. Ele não tem nada a ganhar sustentando as mentiras que contou pro júri.

– Nunca vou esquecer a hora que eles trouxeram aquele garoto, todo limpinho, usando uma camisa branca e gravata. No começo eu não reconheci ele. Fazia meses desde que a gente esteve na mesma cela. E quando ele começou a falar sobre a minha confissão, eu quis gritar com ele. Ficou óbvio que os policiais tinham dado detalhes do crime pra ele, a eletricidade cortada, a lanterna, tudo isso. Naquela hora eu entendi que tinha me ferrado. Olhei pros jurados e dava pra ver que eles estavam engolindo aquilo. Tudo aquilo. Ele mentiu do início ao fim. E quer saber, Post? Fiquei sentado ouvindo o Huffey e pensei: "Cara, esse sujeito jurou dizer a verdade." E o juiz está aqui pra garantir que todas as testemunhas digam a verdade. E o promotor sabe que a testemunha dele está mentindo. Ele sabe que o cara fez um acordo com a polícia pra salvar a própria pele. Todo mundo sabia, todo mundo, menos aqueles idiotas do júri.

– Tenho vergonha de dizer que isso acontece o tempo todo, Quincy. Esses dedos-duros de cadeia prestam depoimento todos os dias, no país inteiro. Outros países civilizados não permitem isso, mas aqui é assim.

Quincy fecha os olhos e balança a cabeça.

– Bem, quando você se encontrar com aquele merda, fala que eu não me esqueci dele.

– Pensar em vingança não ajuda em nada, Quincy. É desperdício de energia.

– Talvez, mas tenho tempo de sobra pra pensar sobre tudo. Você vai conversar com a June?

– Se ela falar.

– Aposto que não vai.

A ex-mulher dele se casou três anos após o julgamento, depois se divorciou e se casou de novo. Frankie a encontrou em Tallahassee com um novo sobrenome, June Walker. Ao que parece, ela finalmente conseguiu alguma estabilidade e se tornou a segunda esposa de Otis Walker, eletricista no campus da Universidade Estadual da Flórida. Eles vivem num bairro de classe média predominantemente negro e têm um filho juntos. Ela tem cinco netos do primeiro casamento, netos que Quincy jamais viu, nem ao menos em foto. Tampouco viu os filhos desde o julgamento. Para ele, os três só existem como crianças, congeladas no tempo em seus primeiros anos de vida.

– Por que ela não falaria comigo? – pergunto.

– Porque ela mentiu também. Vamos, Post, todo mundo mentiu, entendeu? Até os peritos.

– Não tenho certeza se os peritos achavam que estavam mentindo. Eles simplesmente não dominavam o conhecimento e deram pareceres ruins.

– Que seja. Você que descubra isso. Eu sei muito bem que a June mentiu. Mentiu sobre a espingarda e a lanterna, e mentiu quando disse pro júri que eu estava pela cidade na noite do crime.

– E por que ela mentiu, Quincy?

Ele balança a cabeça como se a minha pergunta fosse idiota. Coloca o fone no gancho, esfrega os olhos e o pega de novo.

– A gente estava em guerra, Post. Eu nunca devia ter me casado, e precisava me separar dela de qualquer maneira. O Russo me ferrou muito no divórcio e, de repente, eu não tinha como pagar tudo aquilo de pensão alimentícia. Ela estava mal e sem trabalho. Depois que eu fui preso, ela me processou várias vezes. O divórcio foi ruim, mas não tão ruim quanto o que aconteceu depois. A gente passou a se odiar profundamente, cada dia mais. Quando me prenderam pelo homicídio, eu devia algo perto de 40 mil dólares. Acho que ainda devo. Dane-se, ela que me processe de novo!

– Então foi vingança?

– Foi mais ódio. Eu nunca tive uma espingarda, Post. Pode checar os registros.

– Nós fizemos isso. Não tem nada.

– Viu?

– Mas esses registros não significam muita coisa, ainda mais neste estado. Existem centenas de formas de conseguir uma arma.

– Em quem você acredita, Post, em mim ou naquela mentirosa?

– Se eu não acreditasse em você, Quincy, não estaria aqui.

– Eu sei, eu sei. Quase consigo entender a espingarda, mas por que ela ia mentir sobre a lanterna? Eu nunca vi aquilo antes. Porra, eles não conseguiram nem trazer a lanterna pro julgamento!

– Bem, se estamos considerando que a sua prisão, a denúncia e a condenação foram cautelosamente planejadas para incriminar um homem inocente, a gente precisa levar em consideração também que a polícia pressionou a June a dizer que a lanterna pertencia a você. E que o ódio que ela sentia foi a motivação.

– Mas como ela acha que eu ia fazer pra pagar todo aquele dinheiro estando no corredor da morte?

– Ótima pergunta, e aí você está pedindo que eu entre na mente dela.

– Ah, não, não faça isso. Ela é doida de pedra.

Damos uma boa gargalhada. Ele se levanta, se alonga e pergunta:

– Quanto tempo você tem por aqui hoje, Post?

– Três horas.

– Aleluia! Sabe de uma coisa, Post? A minha cela mede 1,80 por 3 metros, quase o mesmo tamanho dessa fossa onde a gente está agora. Meu companheiro de cela é um garoto branco do sul do estado. Drogas. Ele não é um mau garoto, nem um mau companheiro de cela, mas você pode imaginar passar dez horas por dia vivendo com outro ser humano dentro de uma jaula?

– Não.

– E, claro, não trocamos uma palavra há mais de um ano.

– Por que não?

– A gente não se suporta. Nada contra os brancos, Post, mas tem muita diferença, sabe? Eu gosto dos artistas da Motown, ele gosta daquela merda de música country. Meu beliche é extremamente organizado. Ele é um porco. Eu nem chego perto de drogas. Ele passa metade do tempo chapado. Mas chega disso, Post. Desculpa por falar desse assunto. Eu odeio gente reclamona. Fiquei muito feliz por você estar aqui, Post. Você não faz ideia.

– Estou honrado em ser seu advogado, Quincy.

– Mas por quê? Você não ganha muito dinheiro, né? Quer dizer, não dá pra ganhar muito dinheiro representando pessoas como eu.

– Nós ainda não falamos de honorários, né?

– Me manda a conta. Aí depois você pode me processar.

Nós rimos e ele se senta, o fone enganchado no pescoço.

– Sério, quem paga você?

– Eu trabalho pra uma organização sem fins lucrativos e, não, não ganho muito dinheiro. Mas eu não faço isso por dinheiro.

– Deus te abençoe, Post!

– Diana Russo disse em juízo que em pelo menos duas ocasiões você foi ao escritório deles e ameaçou Keith. Isso é verdade?

– Não. Eu estive no escritório dele várias vezes durante o processo de divórcio, mas parei de ir quando o caso terminou. Na época em que ele se recusou a falar comigo por telefone, eu fui ao escritório uma vez e, aí sim, pensei em pegar um taco de beisebol e explodir a cabeça dele. Mas a jovenzinha que ficava na recepção disse que ele não estava lá, que estava em audiência. Era mentira, porque o carro dele, um Jaguar preto chique, estava estacionado nos fundos do escritório. Eu sabia que ela estava mentindo e comecei a criar caso, mas desisti. Segurei a língua e fui embora, nunca mais voltei. Eu juro que é verdade, Post. Juro! A Diana mentiu, igual a todo mundo.

– Segundo o depoimento dela, você ligou pra casa deles várias vezes e ameaçou Keith.

– Mentira de novo. Ligações telefônicas deixam um rastro, Post. Eu não sou tão idiota. Meu advogado, Tyler Townsend, tentou conseguir os registros da companhia telefônica, mas a Diana impediu. Ele tentou conseguir um mandado, mas não tivemos tempo suficiente durante o julgamento. Depois que fui condenado, o juiz não ia expedir o mandado. Nós nunca conseguimos aqueles registros. Aliás, você já falou com o Tyler?

– Não, mas ele está na lista. A gente sabe onde ele está.

– É um cara bom, Post, um cara muito bom mesmo. Aquele garoto acreditou em mim e lutou pra cacete, um guerreiro de verdade. Sei que os advogados têm uma reputação ruim, mas ele era um dos bons.

– Algum contato com ele?

– Não mais, faz muito tempo. Trocamos cartas por anos, mesmo depois que ele largou a advocacia. Uma vez ele escreveu numa carta que meu caso acabou com ele. Ele sabia que eu era inocente e, quando fui condenado, ele perdeu a fé no sistema. Disse que não ia conseguir fazer parte daquilo. Ele esteve aqui faz mais ou menos uns dez anos e foi uma bênção vê-lo, mas também trouxe de volta lembranças ruins. Ele até chorou quando me viu, Post.

– Ele tinha alguma teoria sobre quem seria o verdadeiro assassino?

Quincy abaixa o fone e olha para o teto, como se a pergunta fosse delicada demais. Levanta o fone novamente e pergunta:

– Você confia nesses interfones, Post?

É ilegal a prisão espionar conversas confidenciais entre um advogado e seu cliente, mas isso acontece. Balanço a cabeça. Não.

– Nem eu – diz ele. – Mas é seguro eu mandar uma carta pra você, certo?

– Certo.

Uma penitenciária não pode abrir correspondências relacionadas a questões legais, e sei por experiência própria que eles não tentam fazer isso. É muito fácil perceber se alguém mexeu num envelope.

Quincy usa a linguagem de sinais para indicar que vai me dizer por escrito. Eu concordo com um aceno de cabeça.

O fato de ele ter passado 22 anos dentro de uma prisão, onde presumivelmente está protegido do mundo lá fora, e mesmo assim continuar preocupado é revelador. Keith Russo foi assassinado por um motivo. Alguém que não foi Quincy Miller planejou o homicídio, conseguiu realizá-lo com precisão e em seguida fugiu. Depois disso, jogaram a culpa num homem, e diversos conspiradores estavam envolvidos. Pessoas inteligentes, quem quer que tenham sido. Encontrá-las pode ser impossível, mas se eu não acreditasse que somos capazes de provar a inocência de Quincy, eu não estaria sentado aqui.

Eles ainda estão por aí, e Quincy ainda está pensando neles.

As três horas passam depressa conforme abordamos inúmeros assuntos: livros (ele lê dois ou três por semana); os clientes que consegui libertar (Quincy é fascinado por eles); política (ele fica por dentro de tudo lendo jornais e revistas); música (ele ama coisas da Detroit dos anos 1960); penas (ele se opõe a um sistema que faz tão pouco para reabilitar seus presos); esportes (ele tem uma pequena televisão em cores e assiste a toda e qualquer partida, mesmo as de hóquei). Quando o guarda bate à minha porta, me despeço e prometo voltar. Nós tocamos os punhos pela divisória e ele me agradece mais uma vez.

7

O Chevrolet Impala, de propriedade de Otis Walker, se encontra num estacionamento para funcionários nos fundos do prédio da manutenção num canto do campus. Frankie está estacionado por perto, esperando. O carro é modelo 2006 e foi comprado por Otis já usado, financiado por uma cooperativa de crédito. Vicki tem os registros. Sua segunda esposa, June, dirige um sedã Toyota quitado. O filho deles, de 16 anos, ainda não tem carteira de motorista.

Às 17h05, Otis deixa o prédio com dois colegas de trabalho e segue em direção ao estacionamento. Frankie sai do carro e finge verificar um dos pneus. Os colegas de trabalho se dispersam e se despedem em voz alta. Quando Otis está prestes a abrir a porta do motorista, Frankie surge do nada e diz:

– Com licença, Sr. Walker, o senhor tem um minuto?

Otis fica imediatamente desconfiado, mas Frankie é um cara negro com um sorriso simpático, e Otis não é o primeiro estranho que ele aborda na vida.

– Talvez – diz ele.

– Meu nome é Frankie Tatum – diz Frankie, estendendo a mão – e trabalho como investigador para um advogado de Savannah.

Agora Otis fica ainda mais desconfiado. Ele abre a porta, arremessa sua marmita para dentro, fecha a porta e diz:

– Certo.

Frankie levanta as duas mãos para o alto como se tivesse sido rendido e anuncia:

– Eu vim em paz. Só estou atrás de informações sobre um caso antigo.

Nesse ponto, um homem branco teria sido enxotado, mas Frankie parece inofensivo.

– Pode falar – diz Otis.

– Tenho certeza de que sua esposa lhe contou sobre o primeiro marido dela, Quincy Miller.

O nome faz Otis dar de ombros ligeiramente, mas ele é curioso o bastante para prosseguir por mais um tempo.

– Não muito – responde. – Faz tanto tempo. Qual a sua relação com o Quincy?

– O advogado pra quem trabalho representa o Quincy. Estamos convencidos de que ele foi incriminado injustamente por esse homicídio, e estamos tentando provar isso.

– Boa sorte pra vocês. O Quincy teve o que merecia.

– Na verdade, não, Sr. Walker. O Quincy é um homem inocente que cumpriu 22 anos pelo crime de outra pessoa.

– Você realmente acredita nisso?

– Acredito. E o advogado pra quem eu trabalho também acredita.

Otis para um instante para pensar. Ele não tem antecedentes criminais, nunca esteve na prisão, mas seu primo está passando por um momento difícil por ter agredido um policial. Nos Estados Unidos dos brancos, presídios são lugares bons onde homens maus pagam por seus crimes. Nos Estados Unidos dos negros, esses espaços são muitas vezes utilizados como depósitos para manter as minorias longe das ruas.

– Então, quem matou o advogado? – pergunta Otis.

– A gente não sabe e talvez nunca descubra. Mas estamos tentando só descobrir a verdade e tirar o Quincy de lá.

– Não sei bem se eu tenho como ajudar.

– Mas a sua esposa tem. Ela depôs contra o Quincy. Tenho certeza de que ela contou tudo pra você.

Otis dá de ombros e olha ao redor.

– Talvez, mas faz muito tempo. Tem anos que ela não fala no nome do Quincy.

– Será que eu podia falar com ela?

– Sobre o quê?

– O depoimento dela. Ela não disse a verdade, Sr. Walker. Ela falou pro júri que o Quincy tinha uma espingarda calibre 12. Essa era a arma do crime, e pertencia a outra pessoa.

– Olha, eu conheci a June anos depois do assassinato. Ela inclusive teve outro marido antes de me conhecer. Eu sou o terceiro, entende? Sei que ela passou por uma fase difícil quando era mais nova, mas a nossa vida é muito boa agora. A última coisa que ela quer é lidar com um problema de Quincy Miller.

– Estou pedindo ajuda, Otis. Só isso. Tem um dos nossos apodrecendo numa cadeia a menos de duas horas daqui. Os policiais brancos, o promotor branco e o júri branco disseram que ele matou um advogado branco. Mas não foi isso que aconteceu.

Otis escarra, se apoia na porta do carro e cruza os braços sobre o peito. Frankie insiste um pouco mais:

– Escuta, eu cumpri catorze anos na Geórgia por conta de um assassinato que não cometi. Eu sei o que é isso, entende? Tive sorte e saí, mas deixei uns caras inocentes pra trás. Caras como eu e você. Muitos dos nossos estão na cadeia. O sistema está contra nós, Otis. A gente só está tentando ajudar o Quincy.

– Tá, mas o que a June tem a ver com isso?

– Ela alguma vez já falou da lanterna?

Otis pensa por um segundo e balança a cabeça. Frankie não quer deixar nenhuma brecha na conversa:

– Parece que tinha uma lanterna suja de sangue na história. A polícia disse que tinha vindo da cena do crime. O Quincy nunca viu essa lanterna, nunca tocou nela. A June disse pro júri que ele tinha uma muito parecida. Isso não é verdade, Otis. Não é verdade. Ela também disse pro júri que o Quincy estava em algum lugar perto de Seabrook na noite do assassinato. Não é verdade. Ele estava com uma namorada a uma hora de distância da cidade.

Otis está casado com June há dezessete anos. Frankie considera que ele sabe bem da dificuldade que ela tem em dizer a verdade, então por que não ir direto ao ponto?

– Você está chamando ela de mentirosa? – perguntou Otis.

– Não, não hoje em dia. Mas você disse que a June era uma mulher diferente naquela época. Ela e o Quincy estavam em guerra. Ele devia uma montanha de dinheiro pra ela e não tinha como pagar. Os policiais pressionaram ela a depor e a acusar o Quincy.

– Faz muito tempo, cara.

– Exatamente. Imagina então pro cara. Ele está há 22 anos na cadeia.

– Bem, digamos que ela não tenha dito a verdade naquela época. Você espera que ela admita isso agora? Fala sério.

– Eu só quero conversar com ela. Eu sei onde ela trabalha. Poderia ter ido lá, mas a gente não age assim. Não é pra ser uma emboscada, Otis. Eu respeito a privacidade de vocês, e estou pedindo que me ajude a chegar na June. Só isso.

– Parece uma emboscada.

– O que mais eu podia fazer? Mandar um e-mail? Enfim. Estou saindo da cidade. Você fala com a June e vê o que ela diz.

– Eu sei o que ela vai dizer. Que ela não tem nada a ver com Quincy Miller.

– Olha, eu acho que ela tem, sim. – Frankie lhe entrega um cartão de visita da Guardiões da Inocência. – Aqui, o meu telefone. Só estou pedindo um favor, Otis.

Otis pega o cartão e lê a frente e o verso.

– Isso é tipo uma igreja?

– Não. O cara que está à frente é o advogado que me tirou da cadeia. Ele também é pastor. Um cara bom. É só isso que ele faz, tira gente inocente da prisão.

– Branco?

– Aham.

– Não deve ser bom.

– Você ia gostar dele. A June também. Dá uma chance pra gente, Otis.

– Não conte com isso.

– Obrigado pelo seu tempo.

– Não há de quê.

8

Na Guardiões, temos uma coleção de folhetos que usamos para uma série de fins. Se nosso alvo é um cara branco, eu uso um com o meu rosto sorridente na frente e no verso. Com o clérgima. Se precisamos abordar uma mulher branca, usamos o que mostra o rosto da Vicki. Os negros recebem o que tem a Mazy de braços dados com um de nossos clientes libertos, também negro. Gostamos de dizer que a cor da pele não importa, mas isso nem sempre é verdade. Costumamos usar isso para abrir portas.

Como Zeke Huffey é branco, enviei a ele o folheto com a minha foto junto com uma carta eloquente, informando que as péssimas condições nas quais ele se encontra chamaram a atenção da nossa pequena fundação e por isso estávamos entrando em contato. Duas semanas depois, recebi uma carta manuscrita numa folha de caderno agradecendo meu interesse. Encaminhei minha resposta de praxe e perguntei se ele precisava de algo. Como era de se esperar, na carta seguinte ele pedia dinheiro. Enviei-lhe duzentos dólares com outra carta, perguntando se havia problema em visitá-lo. Claro que não.

Zeke é um criminoso de carreira que já tinha cumprido pena em três estados. É originalmente da região de Tampa, mas não encontramos nenhum vestígio de sua família. Quando tinha 25 anos, casou com uma mulher que logo pediu o divórcio quando ele foi condenado por tráfico de drogas. Até onde sabemos, ele não tem filhos, e presumimos que raramente receba visitas. Três anos atrás, ele foi preso em Little Rock, Arkansas, e está cumprindo cinco anos por lá.

Sua carreira como dedo-duro começou com o julgamento de Quincy Miller. Ele tinha 18 anos na ocasião do depoimento e, um mês depois, as acusações envolvendo drogas foram retiradas e ele se safou. Esse acordo funcionou tão bem que ele fez isso outras vezes. Todo presídio tem um usuário de drogas cumprindo pena e ansioso para escapar. Com a orientação adequada de policiais e promotores, um dedo-duro pode ser bastante eficaz com seus perjúrios. Os jurados simplesmente não são capazes de acreditar que uma testemunha, qualquer que seja, vá fazer o juramento, jurar dizer a verdade e depois contar uma história bizarra que é pura ficção.

Atualmente, Zeke está cumprindo pena numa prisão-satélite, um campo prisional de segurança mínima, no meio das plantações de algodão do nordeste do Arkansas. Não sei por que é chamada de satélite. É uma prisão, com a arquitetura sem graça e os muros de sempre. Infelizmente, as instalações são administradas com fins lucrativos por uma corporação de outro estado, o que significa que os guardas ganham ainda menos e que há menos deles, que a comida horrenda é ainda pior, que tudo lá dentro, desde manteiga de amendoim a papel higiênico, é controlado pelos oficiais, e que os cuidados médicos são quase inexistentes. Suponho que nos Estados Unidos tudo, incluindo a educação e o sistema carcerário, seja um prato cheio para quem quer lucrar.

Sou levado até uma sala com uma fileira de cabines fechadas para VISITAS DE ADVOGADOS. Um guarda me tranca lá dentro. Eu me sento e olho para uma divisória de acrílico grosso. Minutos se passam, e quando percebo já se foi meia hora, mas não tenho pressa. A porta do outro lado se abre e Zeke Huffey entra. Ele me dá um sorriso enquanto o guarda tira suas algemas. Quando ficamos a sós, ele pergunta:

– Por que estamos na sala dos advogados? – Está olhando para o meu clérgima.

– Prazer em conhecê-lo, Zeke. Obrigado por compartilhar o seu tempo.

– Ah, eu tenho tempo de sobra. Não sabia que você era advogado.

– Sou advogado e pastor. Como estão te tratando aqui?

Ele ri e acende um cigarro. Obviamente a sala não tem ventilação.

– Já passei por alguns presídios, e este deve ser o pior de todos – responde. – É do estado, mas foi arrendado por uma empresa chamada Atlantic Corrections Corporation. Já ouviu falar?

– Sim. Já estive em várias unidades. As condições são bem ruins, não é?

– Quatro dólares por um rolo de papel higiênico. Devia ser um dólar. Eles nos dão um rolo por semana, uma lixa que você usa e mal consegue andar direito depois. Acho que tenho sorte por você ter me mandado aquele dinheiro. Obrigado, Dr. Post. Alguns dos meus parceiros não recebem um centavo lá de fora.

Tatuagens de prisão medonhas sobem pelo pescoço dele. Seus olhos e suas bochechas são encovados, a aparência de um viciado que passou a maior parte da vida drogado.

– Vou mandar mais quando puder, mas nós funcionamos com um orçamento bem baixo – respondo.

– Quem são "nós", e por que você está aqui de verdade? Um advogado não vai me ajudar.

– Eu trabalho numa organização sem fins lucrativos dedicada a salvar homens inocentes. Um de nossos clientes é Quincy Miller. Lembra-se dele?

Ele ri e solta uma nuvem de fumaça.

– Então está aqui com segundas intenções, hein?

– Você prefere que eu vá embora?

– Depende do que você quer.

Como criminoso de carreira, Zeke sabe que o jogo de repente virou. Quero algo que só ele tem, e ele já está pensando em como tirar proveito disso. Já jogou esse jogo antes.

– Vamos começar com a verdade – sugiro.

Ele ri e diz:

– Verdade, justiça e o estilo de vida americano. Você deve ser um idiota, Dr. Post, procurando a verdade num lugar como este.

– É o meu trabalho, Zeke. É o único jeito de tirar o Quincy da prisão. Você e eu sabemos que você é um dedo-duro experiente que mentiu pro júri no julgamento do Quincy. Ele nunca confessou o crime pra você. Os policiais e o promotor forneceram os detalhes e ensaiaram a história com você. O júri comprou, e o Quincy está preso há 22 anos. Está na hora de tirar ele de lá.

Ele sorri como se estivesse apenas querendo me agradar.

– Estou com fome. Você me arruma uma Coca-Cola e uns amendoins?

– Claro.

Não é incomum, mesmo num lugar como este, os visitantes comprarem lanches. Dou uma batida na minha porta e um guarda enfim a abre. Ele e eu nos dirigimos até uma parede cheia de máquinas de venda automática, onde começo a enfiar umas moedas. Dois dólares por uma lata de refrigerante, um dólar cada por dois pacotinhos de amendoim. O guarda me leva de volta à cabine e alguns minutos depois reaparece ao lado de Zeke e lhe entrega as guloseimas.

– Obrigado – diz ele, e dá um gole no refrigerante.

É importante manter a conversa fluindo, então pergunto:

– Como a polícia convenceu você a depor contra o Quincy?

– Você sabe como funciona com eles, Dr. Post. Estão sempre atrás de testemunhas, ainda mais quando não têm provas. Não lembro todos os detalhes. Faz muito tempo.

– Sim. Com certeza já faz muito tempo pro Quincy. Você pensa nele às vezes, Zeke? Você sabe como a prisão é ruim. Já parou pra pensar que ajudou a pôr um homem inocente atrás das grades pro resto da vida?

– Na verdade, não. Estava ocupado demais fazendo outras coisas, sabe?

– Não, não sei. O Quincy tem uma chance de sair. É um tiro no escuro, mas sempre é. Esse é o meu trabalho, Zeke, e sei o que estou fazendo. A gente precisa da sua ajuda.

– Ajuda? O que que eu posso fazer?

– Dizer a verdade. Assinar uma declaração juramentada dizendo que mentiu no julgamento e fez isso porque os policiais e os promotores ofereceram um acordo que era favorável pra você.

Ele mastiga um punhado de amendoins e olha atento para o chão. Eu insisto:

– Eu sei o que você está pensando, Zeke. A Flórida é muito longe daqui, e você não quer se envolver num caso tão antigo. Está pensando que, se falar a verdade agora, a polícia e o promotor vão acusar você de perjúrio e prendê-lo de novo. Mas isso não vai acontecer. O prazo de prescrição do perjúrio expirou há muito tempo. Além disso, eles não estão mais na ativa. O xerife se aposentou. O promotor também. O juiz já faleceu. O sistema não tem nenhum interesse em você. Você não tem nada a ganhar nem a perder ajudando o Quincy a sair. É realmente muito simples, Zeke. Faça a coisa certa, diga a verdade e siga a sua vida.

– Olha, Dr. Post, eu saio em menos de um ano e meio e não vou fazer nada que possa estragar isso.

– O Arkansas não se importa com o que você fez num tribunal da Flórida 22 anos atrás. Você não cometeu perjúrio aqui. Esses caras não estão nem aí pra isso. Assim que estiver em condicional, a única preocupação deles vai ser ocupar a sua cela com o próximo. Você sabe como essas coisas funcionam, Zeke. Você é profissional nesse jogo.

Ele é idiota o bastante para sorrir com esse elogio. Adora pensar que está no controle. Ele bebe a Coca-Cola, acende outro cigarro e por fim diz:

— Não sei, Dr. Post, isso me parece absurdamente arriscado. Por que eu deveria me envolver?

— Por que não? Você não deve lealdade aos policiais nem aos promotores. Eles não se importam com o que acontece com você, Zeke. Você está do outro lado da história. Faça uma coisa boa pra um dos seus.

Há uma longa pausa na conversa. O tempo não significa nada. Ele termina um dos pacotes de amendoins e abre o segundo.

— Nunca ouvi falar de advogados que fazem o que você faz – comenta. – Quantos inocentes já soltou?

— Oito, nos últimos dez anos. Todos inocentes. Agora estamos com seis clientes, incluindo o Quincy.

— Não consegue me tirar daqui? – pergunta Zeke, e isso soa como piada tanto para mim quanto para ele.

— Bem, Zeke, se eu achasse que você é inocente, eu podia tentar.

— Provavelmente ia ser uma perda de tempo.

— Provavelmente. Você pode ajudar a gente, Zeke?

— Quando vai ser isso?

— Bem, a gente está trabalhando duro agora. Investigamos tudo e então montamos um caso defendendo a inocência dele. Mas é um trabalho lento, como você pode imaginar. Não temos pressa exatamente com você, mas eu queria manter contato.

— Faça isso, então, Dr. Post, e se conseguir uns dólares extras, manda pra mim. Amendoim e Coca-Cola são um belo jantar nesse chiqueiro.

— Vou mandar um dinheiro pra você, Zeke. E, se conseguir uns minutos extras, pense no Quincy. Você deve uma a ele.

— Devo mesmo.

9

Carrie Holland tinha 19 anos quando disse ao júri de Quincy que viu um homem negro correndo por uma rua escura na mesma hora do assassinato. Ele tinha a mesma altura e estrutura física de Quincy e carregava o que parecia ser um pedaço de madeira ou algo assim. Ela disse que tinha acabado de estacionar o carro em frente a um prédio residencial quando ouviu dois disparos vindos da direção do escritório de Russo a três quarteirões dali, e viu um homem passar correndo. Ao interrogá-la em juízo, Tyler Townsend partiu para cima. Ela não morava no prédio, mas disse que estava lá para visitar um amigo. O nome do amigo? Quando ela hesitou, Tyler reagiu com descrença e zombou dela. Quando ele disse "Me digam o nome desse amigo e aí eu passo a chamar Carrie de testemunha", o promotor protestou e o juiz aceitou. A transcrição dava a entender que ela não conseguia lembrar o nome.

Tyler se concentrou no fato de a rua ser escura, sem iluminação. Usando um mapa, ele localizou os prédios e destacou a distância do carro até o escritório de Russo, questionando se era possível ela ter visto aquilo que alegava. Ele discutiu com ela até que o juiz interveio e o impediu de prosseguir.

No ano anterior, Carrie havia sido incriminada por uso de drogas, então Tyler tentou atingi-la com isso. Perguntou se ela estava sob a influência de entorpecentes no banco das testemunhas, e deu a entender que ela ainda lutava contra o vício. Ele exigiu saber se era verdade que ela estava namorando um dos assistentes do xerife do condado de Ruiz. Ela negou. À medida que o interrogatório se estendeu, o juiz pediu a ele que se apressasse. Quando ele protestou dizendo que o promotor parecia levar todo o tempo que quisesse, o juiz o advertiu por desacato, e já não era a primeira vez que fazia isso. Depois que terminou de interrogar Carrie Holland, Tyler questionou sua credibilidade, mas também a agrediu verbalmente a ponto de fazer o júri se solidarizar com ela.

Pouco depois do julgamento, Carrie saiu daquela região. Morou por um tempo perto de Columbus, na Geórgia, casou com um homem de lá, teve dois filhos, se divorciou e desapareceu. Vicki passou um ano sentada na frente do computador investigando, até por fim encontrá-la com o nome Carrie Pruitt numa parte remota do oeste do Tennessee. Ela trabalha numa fábrica de móveis perto de Kingsport e mora na beira de uma estrada do condado, numa casinha barata que divide com um homem chamado Buck.

Pelo menos ela tinha conseguido ficar longe de confusão. Em sua ficha criminal consta apenas uma acusação por uso de drogas em Seabrook, que nunca foi arquivada. Estamos supondo que Carrie esteja limpa e sóbria e, no nosso trabalho, essa é sempre uma vantagem.

Um mês atrás, Frankie chegou à região e, como sempre, fez um reconhecimento da área. Ele tem fotos da casa onde Carrie vive e dos arredores, e também da fábrica onde ela trabalha. Em parceria com um investigador de Kingsport, descobriu que ela tem um filho servindo no Exército e outro morando em Knoxville. Buck dirige um caminhão e não tem antecedentes criminais. Por incrível que pareça, o pai dele era pastor de uma igrejinha a trinta quilômetros de onde eles moram, na zona rural. Talvez houvesse algum princípio de estabilidade na família.

Há também uma chance enorme de que nem Buck nem ninguém a menos de oitocentos quilômetros dali saiba algo sobre o passado de Carrie. Isso complica as coisas. Por que ela reviveria seu breve encontro com Quincy Miller duas décadas atrás só para atrapalhar sua vida atual?

Encontro Frankie numa lanchonete em Kingsport, e falamos sobre as fotos enquanto comemos waffles. A casa fica afastada, com um canil feito de cerca de arame na parte de trás, onde Buck mantém alguns cães de caça. Ele dirige uma caminhonete, como era de se esperar. Ela tem um Honda. Vicki verificou os números das placas e confirmou os nomes dos proprietários. Nenhum dos dois tem registro eleitoral. Há um barco a motor de qualidade abrigado ao lado da casa. Buck obviamente leva a sério a caça e a pesca.

– Não gosto da aparência desse lugar – comenta Frankie, repassando as fotos.

– Já vi coisa pior – digo, e sem dúvida já vi. Bati em muitas portas onde imaginava que seria recebido ou por um dobermann, ou por um fuzil. – Mas vamos supor que Buck não sabe do passado da Carrie e nunca ouviu falar em Quincy. Se levarmos isso em conta, também podemos supor que ela definitivamente quer manter tudo em segredo.

– Concordo. Então vou manter distância da casa.

– A que horas ela sai pro trabalho?

– Não sei, mas ela entra às oito, vai embora às cinco, não sai para almoçar. Ganha cerca de nove dólares por hora. Ela trabalha numa linha de montagem, não num escritório, então não dá pra ligar pra ela no trabalho.

– E ela não vai falar no meio dos colegas de fábrica. Qual a previsão do tempo pro sábado?

– Sol e céu aberto. Dia perfeito pra pescar.

– Vamos torcer por isso.

AO AMANHECER DE sábado, Frankie está abastecendo num posto de gasolina a menos de dois quilômetros da casa de Carrie. É o nosso dia de sorte, ou pelo menos é o que achamos por ora. Buck e um amigo passam por ele rebocando o barco, rumando para algum lago ou rio. Frankie me liga e eu imediatamente disco para o número fixo que constava na lista telefônica.

Uma mulher sonolenta atende. Com uma voz amigável, digo:

– Sra. Pruitt, meu nome é Cullen Post e sou advogado em Savannah, na Geórgia. A senhora tem um minuto?

– Quem? O que você quer? – A sonolência desaparece.

– Meu nome é Cullen Post. Gostaria de falar sobre um julgamento em que a senhora esteve envolvida muito tempo atrás.

– Você ligou pro número errado.

– Naquela época o seu nome era Carrie Holland, e você morava em Seabrook, na Flórida. Tenho todo o seu histórico, Carrie, e não estou aqui para lhe causar nenhum problema.

– Número errado, senhor.

– Eu represento Quincy Miller. Ele está preso há 22 anos por sua causa, Carrie. O mínimo que você pode fazer é me conceder trinta minutos do seu tempo.

A ligação cai. Dez minutos depois, estaciono em frente à casa dela. Frankie está por perto, apenas para o caso de eu levar um tiro.

Carrie enfim chega à porta, abre-a lentamente e sai para a estreita varanda de madeira. Ela é magra e usa uma calça jeans apertada. Seu cabelo louro está penteado para trás. Ela está sem maquiagem e não é uma mulher feia, mas os anos de nicotina lhe renderam pesadas rugas ao redor dos olhos e da boca. Ela segura um cigarro enquanto me encara.

Estou usando o clérgima, mas isso não a impressiona. Sorrio e digo:

– Desculpe aparecer assim, mas por acaso eu estava pela região.

– O que você quer? – pergunta, antes de dar uma tragada.

– Quero tirar meu cliente da prisão, Carrie, e é aí que você entra. Olha, não estou aqui pra te constranger nem te assediar. Aposto que o Buck nunca ouviu falar em Quincy Miller, certo? Não julgo você por isso. Eu também não falaria desse assunto. Mas o Quincy ainda está cumprindo pena por um homicídio cometido por outra pessoa. Ele não matou ninguém. Você não viu um homem negro fugindo da cena do crime. Só falou aquilo porque os policiais te pressionaram, não foi? Você estava namorando um dos policiais e eles te conheciam. Eles precisavam de uma testemunha e você tinha um probleminha com drogas, não tinha, Carrie?

– Como foi que me achou?

– Você não está exatamente se escondendo.

– Sai daqui antes que eu chame a polícia!

Eu ergo as mãos como se estivesse rendido.

– Sem problemas. É sua propriedade. Estou indo. – Jogo um cartão de visitas na grama e digo: – O meu número está aí. Meu trabalho não vai deixar que eu me esqueça de você, então vou voltar. E prometo que não vou te desmascarar. Só quero conversar, só isso, Carrie. Você fez uma coisa terrível 22 anos atrás e está na hora de consertar.

Ela me observa ir embora sem se mover.

A CARTA DE Quincy é cuidadosamente manuscrita em letras maiúsculas. Deve ter lhe tomado horas. Diz o seguinte:

CARO POST:
OBRIGADO, SENHOR, MAIS UMA VEZ, POR ACEITAR O MEU CASO. VOCÊ NÃO FAZ IDEIA DO QUE

SIGNIFICA FICAR PRESO ASSIM, SEM NINGUÉM AÍ FORA ACREDITANDO EM VOCÊ. EU HOJE SOU UMA PESSOA DIFERENTE, POST, E ISSO GRAÇAS A VOCÊ. AGORA É TRABALHAR PARA ME TIRAR DAQUI.

VOCÊ ME PERGUNTOU SE MEU QUERIDO JOVEM ADVOGADO, TYLER TOWNSEND, TINHA UMA TEORIA SOBRE O VERDADEIRO ASSASSINO. ELE TINHA. ELE ME DISSE MUITAS VEZES QUE ERA DE CONHECIMENTO GERAL NAQUELA REGIÃO DA FLÓRIDA QUE KEITH RUSSO E SUA ESPOSA ESTAVAM ENVOLVIDOS COM AS PESSOAS ERRADAS. ELES ERAM ADVOGADOS DE ALGUNS TRAFICANTES DE DROGAS. COMEÇARAM A GANHAR MUITO DINHEIRO E ISSO CHAMOU ATENÇÃO. NÃO HÁ MUITO DINHEIRO EM SEABROOK, NEM MESMO PARA ADVOGADOS, ENTÃO AS PESSOAS COMEÇAM A DESCONFIAR. O PRÓPRIO XERIFE PFITZNER ERA UM BANDIDO E, DE ACORDO COM TYLER, ESTAVA ENVOLVIDO COM DROGAS. E PROVAVELMENTE COM O ASSASSINATO.

EU TENHO CERTEZA DISSO, POST. ALGUÉM COLOCOU AQUELA MALDITA LANTERNA NO PORTA-MALAS DO MEU CARRO E SEI QUE FOI O PFITZNER. ELES FIZERAM DE TUDO PARA ME INCRIMINAR. SABIAM QUE SERIA MAIS FÁCIL CONDENAR UM HOMEM NEGRO EM SEABROOK DO QUE UM HOMEM BRANCO, E ELES TINHAM RAZÃO.

FOI UM AMIGO QUE ME DISSE QUE EU DEVIA CONTRATAR RUSSO PARA CUIDAR DO MEU DIVÓRCIO. PÉSSIMO, PÉSSIMO CONSELHO. ELE ME COBROU MUITO DINHEIRO E FEZ UM TRABALHO TERRÍVEL. NA METADE DO CAMINHO, EU JÁ TINHA ENTENDIDO QUE ELE NÃO QUERIA SER ADVOGADO DE FAMÍLIA. QUANDO O JUIZ ME CONDENOU A PAGAR TUDO AQUILO DE PENSÃO ALIMENTÍCIA, EU DISSE AO RUSSO: CARA, VOCÊ SÓ PODE ESTAR BRINCANDO COMIGO. EU NÃO TENHO A MENOR CONDIÇÃO DE PAGAR TUDO ISSO. VOCÊ SABE O QUE ELE DISSE? ELE DISSE: VOCÊ TEM SORTE DE NÃO TER SIDO MAIS. O JUIZ ERA MUITO RELIGIOSO E NÃO GOSTAVA NEM UM POUCO DE HOMENS MULHERENGOS. A MINHA EX DISSE QUE EU FICAVA POR AÍ CORRENDO ATRÁS DE MULHER. O RUSSO AGIU COMO SE EU TIVESSE MERECIDO AQUILO.

O PRÓPRIO RUSSO ERA UM MULHERENGO. ENFIM, CHEGA DISSO. ELE ESTÁ MORTO.

O TYLER NÃO SABIA POR QUE MATARAM O RUSSO, MAS, COMO ESTAMOS FALANDO DE UMA QUADRILHA DE TRAFICANTES, DÁ PARA SUPOR QUE ELE TRAIU OS CARAS DE ALGUM JEITO. TALVEZ TENHA FICADO COM UMA PARTE MAIOR DO DINHEIRO. TALVEZ ELE ESTIVESSE DEDURANDO. TALVEZ SUA ESPOSA NÃO QUISESSE PERDER TUDO O QUE ELES TINHAM. ESTIVE COM ELA UMAS VEZES QUANDO FUI AO ESCRITÓRIO E NÃO GOSTAVA DELA. UMA MOÇA DURONA.

DEPOIS DO MEU JULGAMENTO, O TYLER RECEBEU AMEAÇAS E FICOU BEM ASSUSTADO. NO FIM ELES CONSEGUIRAM EXPULSAR O GAROTO DA CIDADE. ELE DISSE QUE TINHA GENTE RUIM POR LÁ E QUE ELE IA SEGUIR COM A VIDA. MAIS TARDE, ANOS DEPOIS QUE ESGOTEI MEUS RECURSOS E TYLER NÃO ERA MAIS MEU ADVOGADO, ELE ME DISSE QUE UM DOS ASSISTENTES DO XERIFE TINHA SIDO MORTO EM SEABROOK. DISSE QUE ACHAVA QUE ISSO ESTAVA LIGADO AO ASSASSINATO DO RUSSO E ÀS QUADRILHAS DE TRAFICANTES. MAS ERAM SÓ ESPECULAÇÕES DELE.

ENTÃO É ISSO, POST. ESSA É A TEORIA DO TYLER SOBRE QUEM REALMENTE MATOU O RUSSO. ALÉM DISSO, ELE ACHAVA QUE A ESPOSA DO CARA PROVAVELMENTE ESTAVA ENVOLVIDA TAMBÉM. MAS É TARDE DEMAIS PARA PROVAR ISSO TUDO.

OBRIGADO MAIS UMA VEZ, POST. ESPERO QUE ISSO SEJA ÚTIL E QUE O REVEJA EM BREVE. MÃOS À OBRA!

SEU CLIENTE E AMIGO QUINCY MILLER

10

O perito em análise de manchas de sangue que depôs contra Quincy era um ex-detetive da divisão de homicídios de Denver chamado Paul Norwood. Depois de trabalhar em cenas de crimes por alguns anos, ele decidiu abrir mão de seu distintivo, comprar uns ternos alinhados e se tornar perito criminal. Havia abandonado a faculdade e não tinha mais tempo para correr atrás de um diploma em criminologia ou qualquer coisa ligada a uma ciência de fato, então participou de seminários e workshops sobre investigação forense e leu livros e artigos de revistas escritos por outros peritos. Falava num tom suave, tinha um bom vocabulário e certa facilidade em convencer os juízes de que sabia o que estava fazendo. Uma vez qualificado como perito criminal, descobriu que era ainda mais fácil convencer jurados pouco instruídos de que suas opiniões se baseavam na mais pura ciência.

Norwood sem dúvida não era o único. Nas décadas de 1980 e 1990, o depoimento de peritos se proliferou pelas cortes criminais à medida que autoridades autoconsagradas de todos os ramos percorriam o país impressionando jurados com meras opiniões. Para piorar a situação, programas policiais de TV bastante populares retratavam investigadores forenses como detetives brilhantes, capazes de resolver crimes complexos recorrendo a uma ciência infalível. Os famosos eram capazes de dizer o nome do assassino no intervalo de uma ou duas horas só de olhar para o cadáver ensanguentado. Na vida real, milhares de réus em casos criminais acabaram condenados e encarcerados, vítimas de teorias duvidosas sobre manchas e respingos de sangue, incêndios criminosos, marcas de mordida, fibras de tecido, cacos de vidro, fios de cabelo e pelos pubianos, pegadas, exames de balística e mesmo impressões digitais.

Bons advogados de defesa desafiaram a credibilidade desses peritos, mas raramente obtiveram sucesso. Os juízes com frequência se impressionavam com aquela ciência e quase não tinham tempo para estudar o assunto. Se alguma das testemunhas arroladas tivesse algum treinamento e parecesse saber do que estava falando, era autorizada a depor. Com o tempo, os juízes passaram a seguir a lógica de que, tendo sido qualificada como perita em outros julgamentos de outros estados, aquela testemunha sem sombra de dúvida devia ser uma autoridade. Os tribunais de segunda instância entraram no jogo, confirmando condenações sem questionar seriamente a ciência por trás da investigação forense, reforçando assim a reputação dos peritos. À medida que os currículos engordavam, aumentavam também as opiniões para abarcar ainda mais teorias incriminatórias.

Quanto mais Paul Norwood depunha em juízo, mais inteligente ele se tornava. Um ano antes do julgamento de Quincy em 1988, Norwood passou 24 horas num seminário de análise de manchas de sangue realizado por uma empresa privada em Kentucky. Ele passou no curso, recebeu um certificado que provava sua expertise e acrescentou outro campo de conhecimento ao seu crescente repertório. Pouco tempo depois, estava impressionando júris com seu conhecimento científico sobre as muitas e complexas maneiras como o sangue pode se espalhar em crimes violentos. Especializou-se em sangue, reconstrução de cenas de crime, balística e análise de pelos e fios de cabelo. Divulgava seus serviços, tinha contatos na polícia e na promotoria e até escreveu um livro sobre investigação forense. Sua reputação cresceu, e ele era muito requisitado.

Ao longo de uma carreira de 25 anos, Norwood depôs em centenas de julgamentos criminais, sempre pela acusação e sempre comprometendo o réu. E sempre por bons honorários.

Então surgiu a análise de DNA, causando sérios problemas aos seus negócios. A análise de DNA não apenas mudou o futuro das investigações criminais, mas também trouxe um exame minucioso e devastador para a *junk science* que Norwood e sua corja vinham comercializando. Em pelo menos metade dos casos em que homens e mulheres inocentes foram libertos graças ao DNA, uma investigação forense de má qualidade havia sido a pedra angular das evidências apresentadas pela promotoria.

Em um único ano, 2005, três condenações das quais Norwood participara foram invalidadas depois que a análise de DNA expôs seus métodos e depoimentos repletos de defeitos. Suas três vítimas haviam passado, juntas, 59 anos na prisão, uma delas no corredor da morte. Ele se aposentou, sob pressão, após participar de um único julgamento em 2006. Ao ser interrogado pela defesa, depois de fazer sua análise-padrão de manchas de sangue, foi desacreditado como nunca havia sido antes. O advogado de defesa o conduziu penosamente pelas três condenações injustas do ano anterior. O interrogatório foi brilhante, brutal e revelador. O réu foi inocentado. O verdadeiro assassino foi identificado algum tempo depois. E Norwood jogou a toalha.

No entanto, o dano estava feito. Quincy Miller fora condenado longos anos atrás graças à análise das manchas de sangue na lanterna, realizada por Norwood, objeto que ele obviamente nunca tinha visto. Sua análise precisa consistiu no exame de grandes fotos coloridas da cena do crime e da lanterna. Ele jamais encostou na evidência mais importante do caso, e em vez disso se baseou em fotos. Resoluto, declarou com total segurança que as manchas nas lentes eram respingos de sangue, que haviam se projetado no sentido oposto ao das balas disparadas da espingarda que matou Keith Russo.

A lanterna desapareceu antes do julgamento.

NORWOOD SE RECUSA a conversar comigo a respeito do caso. Escrevi para ele duas vezes. Ele respondeu uma vez e disse que não falaria sobre o assunto, nem mesmo por telefone. Alega que está com problemas de saúde; que o caso foi há muito tempo; que sua memória está ruim; e por aí vai. Não que uma conversa fosse ser muito produtiva. Até o momento, pelo menos sete condenações das quais Norwood participou foram expostas como injustas, e ele é usado regularmente como garoto-propaganda de quão errôneo foi recorrer à *junk science*. Advogados criminalistas especialistas em casos de pena de morte o atacam com frequência. Ele foi inclusive processado. Blogueiros o criticam pelo sofrimento que causou. Juízes de segunda instância detalham sua carreira deplorável. Um grupo que trabalha para reverter condenações injustas está tentando arrecadar uma fortuna para revisar todos os casos em que ele esteve envolvido, mas dinheiro assim é difícil de conseguir. Se eu tivesse a oportunidade, pediria a Norwood que refutasse o próprio trabalho e tentasse ajudar Quincy, mas até agora ele não demonstrou nenhum sinal de remorso.

Com ou sem Norwood, não temos escolha a não ser contratar nossos próprios peritos, e os melhores custam caro.

Estou em Savannah por uns dias apagando incêndios. Vicki, Mazy e eu estamos na sala de reuniões discutindo investigação forense. Na mesa à nossa frente estão quatro currículos, os quatro finalistas. Todos são peritos criminais de ponta com credenciais impecáveis. Começaremos com dois e lhes enviaremos o caso. O que cobrou menos pediu 15 mil dólares pela análise e consultoria. O que cobrou mais caro pediu 30 mil, sem margem para negociação. À medida que se intensificaram as iniciativas pró-inocência na última década, esses indivíduos passaram a ser muito procurados por grupos que defendem pessoas condenadas injustamente.

O melhor deles é o Dr. Kyle Benderschmidt, da Virginia Commonwealth University, em Richmond. É professor da instituição há décadas e criou um dos principais departamentos de ciência forense do país. Entrei em contato com outros advogados e eles o elogiaram bastante.

Tentamos manter sempre uma reserva de 75 mil dólares para o pagamento de peritos, investigadores particulares e advogados, quando necessário. Não gostamos de pagar advogados e, com o passar dos anos, ficamos muito bons em implorar para que profissionais simpatizantes à causa façam o serviço *pro bono*. Contamos com uma ampla rede por todo o país. E alguns cientistas até reduzem o valor de seus honorários para ajudar um inocente, mas isso é raro.

O valor médio de Benderschmidt é de 30 mil dólares.

– Nós temos isso tudo? – pergunto a Vicki.

– Claro – responde ela com um sorriso, sempre otimista. Se não tivermos, ela corre para o telefone e aciona alguns doadores.

– Então vamos contratá-lo – arremato. Mazy concorda. Passamos para o segundo perito.

– Parece que mais uma vez você está meio devagar nesse comecinho, Post – diz Mazy. – Quer dizer, vocês já estiveram com June Walker, Zeke Huffey e Carrie Holland. Ninguém até agora quis falar com vocês.

Como em qualquer escritório, provocações bem-humoradas são muito comuns na Guardiões. Vicki e Mazy até que se dão bem, embora mantenham certa distância uma da outra. Quando estou na cidade, me torno um alvo fácil. Se não nos amássemos, estaríamos trocando farpas.

Eu rio e digo:

– Jura? E você pode fazer o favor de me lembrar quando foi a última vez que o começo não foi devagar?

– Somos tartarugas, não coelhos – diz Vicki, dando uma de suas respostas favoritas.

– Aham. Levamos três anos pra começar – comento. – Quer que ele seja solto em um mês?

– Só mostra pra gente algum avanço – retruca Mazy.

– Ainda não usei o meu charme – devolvo.

Mazy sorri.

– Quando você vai pra Seabrook?

– Não sei. Estou adiando o máximo que posso. Ninguém lá sabe que estamos envolvidos nisso, e gostaria de ficar à paisana.

– Qual o seu grau de medo? – pergunta Vicki.

– Difícil dizer, mas isso definitivamente é um fator relevante. Se quem apagou o Russo foi mesmo uma quadrilha de traficantes, esses caras ainda estão por lá. O assassino está no meio deles. Quando eu aparecer, provavelmente vão ficar sabendo.

– Parece bem arriscado, Post – diz Mazy.

– Sim, mas esse risco existe na maioria dos nossos casos, né? Nossos clientes estão presos porque outras pessoas puxaram o gatilho. Elas ainda estão por aí, dando risada porque os policiais enquadraram o cara errado. A última coisa que querem é um advogado investigando um caso antigo.

– Só toma cuidado – aconselha Vicki.

É óbvio que essas duas vivem preocupadas comigo sem dizer nada.

– Eu sempre tomo. Vai cozinhar hoje à noite?

– Não, desculpa. Hoje é noite de bridge.

– Hoje vamos comer pizza congelada – diz Mazy. Ela não gosta de cozinhar e, com quatro filhos em casa, recorre com frequência à seção de congelados.

– O James está por aí? – pergunto. Mazy e o marido se separaram há alguns anos e tentaram o divórcio. Não funcionou, mas morar juntos também não. Ela sabe que eu me importo de verdade e que não estou xeretando.

– Ele está sempre indo e vindo, passa um tempo com as crianças.

– Eu rezo por vocês.

– Eu sei, Post. E nós por você.

NÃO COSTUMO TER comida em casa porque ela tende a estragar por falta de cuidados. Como não consegui filar o jantar de nenhuma das minhas colegas, trabalho até o anoitecer e depois faço uma longa caminhada pela parte antiga da cidade. O Natal é daqui a duas semanas e o ar está gelado. Estou em Savannah há mais de dez anos, mas não conheço a cidade de fato. Estou sempre viajando para lá e para cá e acabo não apreciando seu charme e sua história. E é difícil fazer amizades tendo um estilo de vida nômade, mas o primeiro amigo que fiz aqui está em casa e quer companhia. Luther Hodges me descobriu no seminário e me convenceu a vir para Savannah. Está aposentado agora, e sua esposa morreu há alguns anos. Ele mora num pequeno chalé de propriedade da diocese, a dois quarteirões da praça Chippewa. Está esperando na varanda, ansioso para sair de casa.

– Olá, reverendo! – digo, enquanto nos abraçamos.

– Olá, meu filho! – exclama ele piamente. Nossos cumprimentos de sempre. – Você parece mais magro – comenta. Ele se preocupa com meu estilo de vida: alimentação ruim, poucas horas de sono, estresse.

– Bem, você com certeza não está – respondo.

Ele dá um tapinha na barriga e diz:

– Não consigo ficar longe do sorvete.

– Estou morrendo de fome. Vamos.

Estamos na calçada, de braços dados, passeando pela Whitaker Street. Luther tem quase 80 anos e, a cada visita, percebo que ele se move um pouco mais devagar. Está mancando um pouco e precisa de um joelho novo, mas diz que peças de reposição são para coroas. "Você só não pode deixar a velhice chegar" é uma de suas frases favoritas.

– Por onde você andou? – pergunta.

– A mesma coisa de sempre. Pra lá e pra cá.

– Me conta sobre o caso – pede ele.

Luther é fascinado pelo meu trabalho e quer saber as novidades. Sabe o nome de todos os clientes da Guardiões e acompanha o andamento dos casos pela internet.

Falo sobre Quincy Miller e sobre como o começo é sempre devagar. Ele ouve com atenção e, como sempre, fala pouco. Quantos de nós temos um amigo de verdade que ama o que fazemos e está disposto a nos ouvir por horas? Sou abençoado por ter Luther Hodges.

Abordo os pontos principais sem revelar nada confidencial e pergunto sobre o trabalho dele. Todos os dias ele passa horas escrevendo cartas para homens e mulheres atrás das grades. Essa é sua missão religiosa, e ele é bastante comprometido. Mantém registros detalhados e cópias de toda a correspondência. Se você está na lista de Luther, recebe não só cartas, mas também cartões de aniversário e de Natal. Se ele tivesse dinheiro, mandaria tudo para os prisioneiros.

Há sessenta pessoas na lista atual dele. Uma morreu semana passada. Um jovem do Missouri se enforcou, e a voz de Luther fica embargada quando ele fala sobre isso. O cara havia mencionado o suicídio em algumas cartas e Luther estava preocupado. Ele ligou para a prisão diversas vezes em busca de ajuda, mas não conseguiu chegar a lugar algum.

Descemos até o rio Savannah e caminhamos pela rua de paralelepípedos próxima à água. Nosso pequeno bistrô favorito é um restaurante de frutos do mar que está ali há décadas. Luther me levou para almoçar lá na minha primeira visita. Na porta, ele diz:

– É por minha conta.

Ele conhece minha situação financeira.

– Já que você insiste – respondo.

11

A Virginia Commonwealth University é um campus urbano que parece ocupar a maior parte do centro de Richmond. Numa tarde fria de janeiro, vou até o Departamento de Ciência Forense, localizado na West Main Street. Kyle Benderschmidt chefia o departamento há duas décadas e manda no lugar. Sua sala ocupa quase um quarto do andar. A secretária me oferece um café, e eu nunca recuso. Os alunos passam de um lado para o outro. Pontualmente às três da tarde, o renomado cientista forense aparece e me recebe com um sorriso.

O Dr. Benderschmidt tem pouco mais de 70 anos, é esbelto e cheio de vida, e ainda se veste como o membro de fraternidade que foi no passado. Calça cáqui engomada, mocassins, camisa de botão. Embora seja requisitado para atuar como perito, ele ainda ama a sala de aula e é responsável por duas disciplinas a cada semestre. Não gosta de tribunais e procura evitar o banco das testemunhas. Ele e eu sabemos que, se chegarmos a um novo julgamento no caso de Quincy, isso levará anos. Normalmente, ele analisa um caso, organiza suas descobertas, encaminha os pareceres e avança para o próximo, enquanto os advogados fazem o seu trabalho.

Eu o sigo até uma pequena sala de reuniões. Sobre a mesa está a pilha de materiais que lhe enviei três semanas atrás: fotos e esquemas da cena do crime, fotos da lanterna, o relatório da autópsia e a transcrição do julgamento inteiro, quase 1.200 páginas.

Aceno para a papelada e pergunto:

– Então, o que acha?

Ele sorri e balança a cabeça.

– Eu li tudo e não sei como o Sr. Miller foi condenado. Mas isso não é incomum. O que de fato aconteceu com a lanterna?

– Houve um incêndio no depósito de evidências criminais. Ela nunca foi encontrada.

– Eu sei, também li essa parte. Mas o que aconteceu de verdade?

– Ainda não sei. Não investigamos o incêndio e provavelmente não vamos conseguir.

– Então vamos admitir que o incêndio foi provocado e alguém queria que a lanterna desaparecesse. Não existe nenhuma ligação com Miller sem ela. O que a polícia ganha ao destruir a lanterna e não deixar o júri chegar perto dela?

Me sinto como se fosse uma testemunha sendo bombardeada de perguntas pela outra parte.

– Boa pergunta – respondo, e dou um gole no café. – Já que estamos trabalhando com suposições, vamos supor então que a polícia não quisesse que um perito da defesa desse uma olhada mais de perto.

– Mas a defesa não tinha um perito – argumenta ele.

– Claro que não. Foi um caso de defesa dativa, com um advogado nomeado pelo tribunal. O juiz se recusou a fornecer verba para que a defesa contratasse um perito. Os policiais provavelmente sabiam que ia ser assim, mas preferiram não arriscar. Chegaram à conclusão de que daria pra encontrar um cara feito o Norwood, que ficaria feliz em fazer análises e especulações usando só as fotos.

– Acho que faz sentido.

– Estamos só conjecturando aqui, Dr. Benderschmidt. É tudo o que dá pra fazer agora. E talvez essas pequenas manchas de sangue pertençam a outra pessoa.

– Exatamente – diz ele com um sorriso, como se já tivesse descoberto algo. Ele tira uma foto colorida ampliada da lente de cinco centímetros da lanterna. – Examinamos isso com todo tipo de ferramenta que pudesse realçar a imagem. Eu e alguns dos meus colegas. Não tenho nem certeza se essas manchas são de sangue humano, nem mesmo se são de sangue.

– Se não são de sangue, são de quê?

– Impossível saber. O que é mais preocupante é que a lanterna não foi obtida na cena do crime. Não sabemos de onde ela veio nem como o sangue, se é que é sangue, chegou à superfície da lente. Há uma amostra tão pequena para se trabalhar que é impossível chegar a qualquer conclusão.

– Se esses respingos se projetaram mesmo no sentido contrário, a espingarda e até o assassino não teriam ficado cobertos de sangue?

– É mais do que provável, mas a gente nunca vai saber. Nem a espingarda, nem as roupas do assassino foram recuperadas. Mas a gente sabe que era uma espingarda por causa dos cartuchos. Dois disparos numa área tão pequena representam uma quantidade enorme de sangue. Acho que as fotos provam isso. O que surpreende é que o assassino não deixou nenhuma mancha de pegada quando saiu.

– Não tem nenhum registro disso.

– Então eu diria que o assassino fez um esforço tremendo pra evitar ser identificado. Não há impressões digitais, então ele provavelmente estava usando luvas. Nem marcas de sapatos ou botas, então as solas dos pés deviam estar protegidas por alguma coisa. Parece um assassino bastante sofisticado.

– Pode ter sido uma quadrilha, um assassino profissional.

– Bom, aí é com você. Está fora da minha alçada.

– É possível uma pessoa disparar uma espingarda com uma mão enquanto segura uma lanterna com a outra? – pergunto, embora a resposta seja bem óbvia.

– Altamente improvável. Mas é uma lanterna pequena, com uma lente de cinco centímetros. Seria possível segurar a lanterna numa mão e com a mesma mão firmar a coronha da espingarda. Isto é, considerando que você acredite na teoria da promotoria. Mas duvido muito que a lanterna estivesse na cena do crime.

– Mas o Norwood disse em julgamento que aquilo era sangue na lanterna e que era resultado dos respingos que se projetaram no sentido contrário.

– Norwood estava errado, mais uma vez. Ele é que devia estar preso.

– Então vocês já se cruzaram?

– Ah, sim. Duas vezes. Eu o desmascarei em duas condenações, apesar de os dois homens ainda estarem presos. O Norwood era bem conhecido na área quando estava no auge, um entre vários. Felizmente ele se aposentou, mas ainda tem muitos desses caras por aí, ainda na ativa. Chega a dar náuseas.

Benderschmidt tem sido fervoroso em suas críticas aos cursinhos de uma semana nos quais policiais, investigadores e qualquer pessoa com dinheiro suficiente para se matricular têm a chance de aprender num piscar de olhos, obter um certificado de conclusão e se declarar perito.

– Foi absolutamente irresponsável da parte dele dizer ao júri que essas manchas são sangue do corpo do Russo. – Benderschmidt balança a cabeça em descrença e repulsa. – Não existe nenhuma ciência capaz de provar isso.

Norwood disse ao júri que respingos projetados no sentido contrário são capazes de se deslocar no ar até apenas uma distância máxima de 1,20 metro, uma crença comum na época. Portanto, o cano da espingarda estaria próximo à vítima. Benderschmidt diz que não é bem assim. A distância percorrida pelo sangue varia muito de acordo com o disparo, e Norwood estava completamente equivocado com tamanha precisão.

– Existem variáveis demais envolvidas aqui para emitir uma opinião.

– Qual a sua opinião?

– Não há base científica para o que Norwood disse ao júri. Não existe nenhuma forma de saber se a lanterna estava no local. Há grandes chances de que essas manchas de sangue não sejam sangue coisa nenhuma. Tenho muitas opiniões, Dr. Post. Vou escrever todas elas de forma bem clara, pra que não reste nenhuma dúvida.

Ele olha para o relógio, diz que precisa atender uma ligação e pergunta se tem problema. Claro que não. Assim que ele sai, faço algumas anotações, algumas perguntas a que não sou capaz de responder. Ele também não, mas suas opiniões são valiosas. Elas valem o preço. Ele volta quinze minutos depois, com uma xícara de café.

– Então, o que está deixando você com a pulga atrás da orelha? – pergunto. – Deixe a ciência de lado e vamos especular.

– Isso é quase tão divertido quanto a parte científica – diz ele com um sorriso. – Primeira pergunta: se a polícia plantou a lanterna no porta-malas do carro do Miller, por que não foi mais longe e plantou também a espingarda?

Eu fiz essa pergunta a mim mesmo centenas de vezes.

– Talvez estivessem preocupados em ter que provar que ele era o dono da espingarda. Tenho certeza de que ela não estava registrada. Ou talvez fosse mais difícil plantar uma arma no porta-malas. A lanterna é muito menor e mais fácil de simplesmente colocar lá. Pfitzner, o xerife, disse no depoimento que encontrou a lanterna enquanto fazia uma busca no porta-malas. Havia outros policiais no local.

Ele escuta com atenção e assente.

– É plausível.

– É mais fácil tirar uma simples lanterna do bolso e jogar no porta-malas. Não dá pra fazer isso com uma espingarda.

Ele continua assentindo.

– É uma hipótese válida. Próxima pergunta: de acordo com o dedo-duro, Miller disse que foi de carro até o golfo do México no dia seguinte e jogou a espingarda no mar. Por que ele não jogou a lanterna também? As duas estavam na cena do crime. As duas estavam respingadas de sangue. Não faz nenhum sentido se desfazer apenas de uma delas.

– Não tenho uma resposta pra isso, e é uma lacuna gigante na história que os policiais passaram pro dedo-duro.

– E por que jogar numa parte rasa do oceano, onde a maré sobe e desce o tempo todo?

– Não faz sentido – concordo.

– Não faz. Próxima pergunta: por que usar uma espingarda? Elas fazem muito barulho. O assassino teve sorte de ninguém ouvir os disparos.

– Bem, Carrie Holland disse que ouviu alguma coisa, mas ela não é confiável. Eles usaram uma espingarda porque é a arma que um cara como o Miller teria usado, talvez. Um profissional usaria uma pistola com silenciador, mas eles não iam incriminar um profissional. Eles queriam o Miller.

– Concordo. O Miller tinha o hábito de caçar?

– Não. Diz ele que nunca caçou na vida.

– Ele tinha armas?

– Ele diz que guardava duas pistolas em casa como proteção. A esposa disse no depoimento que o Quincy tinha uma espingarda, mas ela também não é confiável.

– Você é muito bom, Post.

– Obrigado. Eu tenho alguma experiência no mundo lá fora. Assim como você, Dr. Benderschmidt. Agora que você conhece o caso, gostaria de saber qual o seu palpite. Como acha que esse assassinato aconteceu?

Ele se levanta e caminha em direção à janela, por onde fica olhando por algum tempo.

– Alguém planejou tudo muito bem, Dr. Post, e é por isso que provavelmente você não vai conseguir resolver esse crime, a não ser por um milagre. A Diana Russo contou uma história convincente sobre um conflito entre o Miller e o marido dela. Suspeito que ela tenha exagerado, mas o júri acreditou.

Ela apontou para um negro numa cidade branca. E um que, ainda por cima, tinha um motivo. Eles, os que fazem parte da conspiração, sabiam o suficiente sobre como funcionam as provas num crime pra usar a lanterna como elo entre o Miller e os fatos. O verdadeiro assassino não deixou nenhuma pista que pudesse ser rastreada, o que é notável e diz muito sobre o grau de planejamento dele. Se ele de fato cometeu algum erro, os policiais deixaram passar ou talvez encobriram. Depois de 22 anos, parece que estamos mesmo diante de um caso impossível de ser solucionado. Você não vai encontrar o assassino, Dr. Post, mas talvez consiga provar que seu cliente é inocente.

– Existe uma chance de ele ser culpado?

– Quer dizer que você tem dúvida em relação a isso?

– Sempre. Dúvidas me tiram o sono toda noite.

Ele volta a se sentar e toma um gole de café.

– Eu não vejo como. O motivo é fraco. Claro, ele pode ter sentido ódio do ex-advogado, mas explodir a cabeça dele seria ir direto pro corredor da morte. Miller tinha um álibi. Não há nada que o ligue à cena do crime. Meu palpite é de que não foi ele.

– É bom ouvir isso – respondo com um sorriso.

Ele não é um homem complacente e depôs mais vezes pela acusação do que pela defesa. Vai direto ao ponto e não tem medo de criticar outro perito, mesmo que seja um colega próximo, quando discorda. Passamos alguns minutos conversando sobre outros casos famosos em que houve respingos de sangue no sentido contrário e logo chega a hora de partir.

– Obrigado, doutor – digo, enquanto junto minhas coisas. – Sei que seu tempo é valioso.

– Você está pagando por ele – responde com um sorriso.

Sim, 30 mil dólares. Quando abro a porta, ele diz:

– Uma última coisa, Dr. Post, e isso é ainda mais fora da minha alçada, mas essa situação pode acabar se complicando. Sei que não é da minha conta, mas é melhor você tomar cuidado.

– Obrigado.

12

Minhas viagens me levam ao próximo presídio da minha curta lista. O lugar se chama Tully Run e está escondido no sopé das montanhas Blue Ridge, na Virgínia Ocidental. Esta é a minha segunda visita ao local. Por causa da internet, agora existem centenas de milhares de condenados por crimes sexuais. Por diversos motivos, eles não se saem muito bem junto à população carcerária em geral. A maioria dos estados vem tentando isolá-los em instalações separadas. A Virgínia envia a maior parte deles para Tully Run.

O nome do homem é Gerald Cook. Branco, 43 anos, condenado a vinte anos por agredir sexualmente suas duas enteadas. Como tenho muitos outros clientes em potencial para escolher, sempre tentei evitar os condenados por crimes sexuais. No entanto, nesta linha de trabalho, aprendi que alguns deles são mesmo inocentes.

Durante a juventude, Cook era um desvairado, um caipira que bebia demais e que tinha uma queda por brigas e por correr atrás de mulher. Nove anos atrás ele se meteu com a mulher errada e se casou com ela. Passaram alguns anos difíceis juntos, e um deles estava sempre saindo de casa e depois voltando. Ambos tinham dificuldade para se manter num emprego e dinheiro era sempre um problema. Uma semana depois que sua esposa pediu o divórcio, Gerald ganhou 100 mil dólares na loteria estadual da Virgínia e tentou manter isso em segredo. Ela soube quase imediatamente e seus advogados ficaram empolgados. Gerald fugiu com o dinheiro, e o divórcio se arrastou. Para chamar a atenção dele e conseguir pelo menos parte do dinheiro, ela conspirou com as filhas, na época com 11 e 14 anos, para acusá-lo de abuso sexual, crimes que nunca haviam sido mencionados antes. As meninas assinaram termos de depoimento que detalhavam um padrão de estupro e agressão sexual. Gerald foi preso, jogado na cadeia com uma fiança estipulada num valor exorbitante e nunca deixou de alegar que era inocente.

Na Virgínia é difícil defender esse tipo de acusação. No julgamento, as duas garotas testemunharam e, em depoimentos desoladores, descreveram as coisas horríveis que o padrasto supostamente teria feito. Gerald rebateu com o próprio depoimento, mas, como era cabeça-quente, não foi uma boa testemunha. Acabou condenado a vinte anos. Quando foi preso, o dinheiro que ganhara na loteria já tinha acabado fazia tempo.

Nenhuma de suas enteadas terminou o ensino médio. A mais velha levou uma vida de promiscuidade assustadora e, aos 21 anos, está no segundo casamento. A mais nova tem um filho e ganha um salário mínimo trabalhando num restaurante fast-food. A mãe delas é dona de um salão de beleza nos arredores de Lynchburg e fala demais. Nosso investigador de lá conseguiu declarações juramentadas de duas ex-clientes relatando que a mulher vive contando histórias hilárias sobre ter incriminado Gerald com falsas acusações. Temos também uma declaração de um ex-namorado dela com uma história parecida. Ela o deixou tão apavorado que ele se mudou de lá.

Cook chamou nossa atenção há dois anos com uma carta enviada da prisão. Recebemos cerca de vinte por semana, e o acúmulo de correspondência nos deixa frustrados. Vicki, Mazy e eu passamos o máximo de tempo possível lendo-as e tentando descartar os casos em que não podemos ajudar. A grande maioria é de presos culpados que têm tempo de sobra para trabalhar em suas alegações de inocência e escrever longas cartas. Quando viajo, costumo levar uma pilha delas, que leio quando devia estar dormindo. Na Guardiões, temos uma política de responder a cada carta.

A história de Cook parecia plausível, e eu escrevi de volta. Trocamos algumas cartas e ele nos enviou a transcrição do julgamento e os autos. Realizamos uma investigação preliminar e ficamos convencidos de que ele estava dizendo a verdade. Fiz uma visita um ano atrás e de cara não gostei dele. Ele confirmou o que eu havia notado durante a troca de correspondência:

é obcecado por vingança. Seu objetivo é sair de lá e agredir fisicamente a ex-esposa e as filhas dela, ou, o mais provável, acusá-las de envolvimento com drogas e vê-las presas. Ele sonha um dia visitá-las na prisão. Tentei aplacar esse sentimento explicando que temos expectativas em relação a nossos clientes depois de eles serem libertados, e que não nos envolvemos com ninguém que esteja planejando se vingar.

Quase todos os presos que visito na prisão são calados e ficam gratos pelo tempo que passo com eles. Mas, novamente, Cook é agressivo. Ele me olha com desdém pela divisória de acrílico, pega o fone e diz:

– Por que está demorando tanto, Post? Você sabe que eu sou inocente, me tira logo daqui.

– Prazer em ver você, Gerald – digo com um sorriso. – Como você está?

– Não me vem com esse sorrisinho de merda, Post. Quero saber o que está fazendo por aí enquanto estou preso aqui com um bando de pervertidos. Há sete anos estou tendo que me defender desses depravados e estou de saco cheio.

– Gerald, talvez a gente devesse recomeçar esta sessão – explico bem calmo. – Você já está gritando comigo e eu não gosto disso. Você não está me pagando. Eu sou voluntário. Se não conseguir manter um tom educado, eu vou embora.

Ele baixa a cabeça e começa a chorar. Espero pacientemente enquanto ele tenta se recompor. Enxuga o rosto nas mangas da camisa e não faz contato visual.

– Eu sou completamente inocente, Post – diz ele, com a voz embargada.

– Eu acredito nisso, senão nem estaria aqui.

– Aquela desgraçada fez as garotas mentirem e as três ainda estão por aí, rindo de tudo isso.

– Acredito nisso também, Gerald. Acredito mesmo, mas tirar você daqui vai levar muito tempo. Simplesmente não tem como acelerar as coisas. Como eu disse antes, é muito fácil condenar um homem inocente, mas quase impossível tirá-lo da prisão.

– Isso é tão errado, Post.

– Eu sei, eu sei. O problema agora, Gerald, é o seguinte. Se você saísse amanhã, acho que acabaria fazendo alguma besteira. Já falei várias vezes sobre o perigo de alimentar sentimentos de vingança, e se você ainda estiver fazendo isso, eu não vou me envolver.

– Eu não vou matar ela, Post. Prometo. Não vou fazer nada idiota o suficiente pra voltar pra um lugar como esse.

– Mas...?

– Mas o quê?

– Você vai acabar fazendo alguma coisa, não é, Gerald?

– No fim das contas, vou mesmo. Ela merece passar um tempo na cadeia depois do que fez comigo, Post. Não posso simplesmente deixar isso pra lá.

– Você precisa deixar pra lá, Gerald. Tem que ir pra algum lugar bem longe e se esquecer dela.

– Não dá, Post. Não consigo parar de pensar naquela mentirosa desgraçada. E nas duas filhas dela. Eu odeio as três com todas as forças. Eu, um homem inocente, estou aqui, e elas estão lá fora vivendo a vida delas rindo de mim. Onde está a justiça nisso?

Por ser cauteloso além da conta, ainda não sou advogado dele. Embora a Guardiões tenha gastado quase 20 mil dólares no caso e dois anos investigando, não estamos oficialmente envolvidos. Ele me preocupou desde o começo e sempre mantive um pé atrás.

– Você ainda quer vingança, não é, Gerald?

Os lábios dele tremem e os olhos se enchem de lágrimas de novo. Ele olha para mim e assente.

– Sinto muito, Gerald, mas vou ter que dizer não. Não vou representar você.

De repente, ele irrompe num acesso de raiva.

– Você não pode fazer isso, Post! – ele grita no fone, depois o atira para longe e se lança na divisória. – Não! Não! Você não pode fazer isso, porra! Eu vou morrer aqui! – E começa a socar o acrílico.

Fico assustado e me afasto.

– Você precisa me ajudar, Post! Você sabe que eu sou inocente! Não pode simplesmente ir embora e me deixar morrer aqui. Eu sou inocente! Eu sou inocente e você sabe muito bem que eu sou inocente!

A porta atrás de mim se abre e um guarda entra.

– Sentado! – grita ele para Gerald, que está do outro lado esmurrando a divisória de acrílico. O guarda grita com ele enquanto a porta atrás do prisioneiro se abre e outro guarda aparece. Ele agarra Gerald e o afasta da divisória.

Quando passo pela porta para sair dali, ele está gritando:

– Eu sou inocente, Post! Eu sou inocente!

Eu quase consigo ouvi-lo enquanto pego o carro e deixo Tully Run.

QUATRO HORAS DEPOIS, entro no Instituto Correcional Feminino da Carolina do Norte, o NCCIW, em Raleigh. O estacionamento está cheio e, como sempre, reclamo do dinheiro que o país gasta em penitenciárias. É um baita negócio, consideravelmente lucrativo em alguns estados, mas sem dúvida um grande empregador para qualquer comunidade que tenha a sorte de ter seu próprio presídio. Existem mais de 2 milhões de pessoas presas nos Estados Unidos, e são necessários um milhão de funcionários e 80 bilhões de dólares em impostos por ano para cuidar delas.

O NCCIW devia ser fechado, assim como todas as prisões femininas. Muito poucas mulheres são de fato criminosas. O erro delas é escolher péssimos namorados.

Na Carolina do Norte, as que recebem pena de morte são encaminhadas para o NCCIW. Há sete delas lá nesse momento, incluindo nossa cliente, Shasta Briley. Ela foi condenada pelo assassinato de suas três filhas, a pouco mais de trinta quilômetros de onde está agora encarcerada.

A história dela é mais uma das tristes histórias de uma criança que nunca teve oportunidades. Sua mãe era usuária de crack, e Shasta passou a vida entre lares adotivos e orfanatos, depois foi morar na casa dos sogros num conjunto habitacional. Abandonou os estudos, teve uma filha, morou com uma tia, trabalhou aqui e ali sempre recebendo um salário mínimo, teve outra filha, virou viciada. Depois que a terceira filha nasceu, ela teve sorte e conseguiu um quarto num abrigo onde uma assistente social a ajudou a largar o vício. Um funcionário de uma igreja lhe deu um emprego e meio que a adotou junto com as crianças, e ela alugou uma casinha geminada. No entanto, cada dia era uma batalha, e ela foi presa por passar cheques sem fundos. Vendeu o corpo por dinheiro, em seguida passou a vender drogas.

A vida dela era um pesadelo; por isso, ela era uma pessoa fácil de ser condenada.

Oito anos atrás, sua casa pegou fogo no meio da noite. Ela escapou por uma janela, sofrendo cortes e queimaduras, e saiu gritando pelo quintal enquanto os vizinhos corriam para ajudar. Suas três filhas morreram no incêndio. Após a tragédia, a comunidade lhe deu apoio total. O velório foi dilacerante e virou notícia nos jornais locais. Foi quando chegou à cidade um investigador da divisão de incêndios criminosos do estado. Quando mencionou as palavras "incêndio criminoso", toda a solidariedade por Shasta desapareceu.

No julgamento, o estado provou que ela contratara diversos seguros nos meses anteriores ao incêndio: três apólices de 10 mil dólares pela vida de cada criança, e uma apólice de 10 mil dólares por tudo o que havia na casa. Em depoimento, um parente afirmou que Shasta havia tentado lhe vender suas filhas por mil dólares cada. O perito em incêndios criminosos foi claro em seu posicionamento. Shasta tinha um baita histórico: antecedentes criminais, três filhas de três homens diferentes e um passado marcado pelo uso de drogas e pela prostituição. No dia do incêndio, seus vizinhos tinham dito à polícia que ela tentou entrar na casa em chamas, mas que o fogo era intenso demais. Ela estava coberta de sangue, tinha queimaduras nas mãos e estava completamente fora de si. No entanto, quando a teoria do incêndio criminoso se espalhou, a maioria dos vizinhos voltou atrás. No julgamento, três deles disseram ao júri que ela parecia despreocupada conforme o fogo se espalhava. Um deles chegou a especular que ela estaria drogada.

Sete anos depois, Shasta passa os dias sozinha numa cela com quase nenhum contato humano. Sexo é a moeda de troca das mulheres na prisão, mas por enquanto os guardas a estão deixando em paz. Ela é franzina, come pouco, passa horas lendo a Bíblia e livros velhos, e fala num tom de voz suave. Conversamos por uma divisória sem que os interfones sejam necessários. Ela me agradece por ter vindo e pergunta sobre Mazy.

Com quatro filhos, Mazy raramente sai de Savannah, mas já visitou Shasta aqui duas vezes e criou um vínculo com ela. As duas trocam cartas toda semana e se falam por telefone uma vez por mês. A essa altura, Mazy sabe mais sobre incêndios criminosos do que a maioria dos peritos.

– Recebi uma carta da Mazy ontem – diz ela com um sorriso. – Parece que os filhos dela estão bem.

– Estão bem, sim.

– Sinto falta das minhas filhas, Dr. Post. Essa é a pior parte. Sinto falta dos meus bebês.

Hoje o tempo não importa. Aqui permitem que os advogados fiquem o tempo que quiserem, e Shasta gosta de ficar fora da cela. Falamos sobre o caso dela, os filhos de Mazy, o clima, a Bíblia, livros, qualquer coisa que lhe interesse. Depois de uma hora, pergunto:

– Você leu o parecer?

– Cada palavra, duas vezes. Parece que o Dr. Muscrove entende do assunto.

– Vamos torcer para que sim.

Muscrove é nosso perito em incêndios criminosos, um verdadeiro cientista que desmascarou por completo a investigação do estado. Ele tem uma opinião convicta de que o incêndio não foi deliberado. Em outras palavras, não houve crime algum. Mas conseguir colocar o parecer dele nas mãos de um juiz simpático à causa será uma tarefa difícil. Nossa melhor chance seria obter o perdão concedido pelo governador, outro cenário improvável.

Enquanto conversamos, lembro a mim mesmo que este é um caso que provavelmente vamos perder. Dos nossos seis atuais clientes, Shasta Briley é quem tem as menores chances de sobrevivência.

Tentamos falar sobre o parecer de Muscrove, mas a ciência geralmente é um tanto cansativa, até mesmo para mim. Ela volta a comentar sobre o último romance que leu e eu a acompanho, com prazer. Muitas vezes fico impressionado com a quantidade de conhecimento que alguns desses presos adquirem durante o período de encarceramento.

Um guarda me lembra de que está tarde. Estamos conversando há três horas. Tocamos as mãos pela divisória e nos despedimos. Como sempre, ela me agradece pelo meu tempo.

13

Na época do assassinato de Russo, o comandante da polícia de Seabrook era Bruno McKnatt, que, segundo nossa pesquisa, praticamente não se envolveu com a investigação. Na Flórida, o xerife do condado é o principal agente da lei e pode reivindicar jurisdição em relação a qualquer crime, até nas regiões que dispõem de aparato judicial, embora nas cidades maiores os departamentos de polícia tomem a frente nos assuntos. Russo foi assassinado dentro dos limites da cidade de Seabrook, mas McKnatt foi enxotado por Bradley Pfitzner, xerife de longa data.

McKnatt foi comandante de polícia de 1984 a 1990, e depois transferido para o trabalho de campo na cidade de Gainesville. Lá sua carreira declinou e ele começou a trabalhar com venda de imóveis. Vicki o encontrou vivendo numa comunidade de aposentados chamada Sunset Village, perto de Winter Haven. Ele tem 66 anos e recebe duas pensões, uma da Previdência Social e a outra do Estado. É casado e tem três filhos já adultos espalhados pelo sul da Flórida. As informações que temos sobre McKnatt são limitadas porque ele praticamente não se envolveu com a investigação. Não foi arrolado como testemunha para o julgamento, e seu nome mal foi mencionado.

Entrar em contato com McKnatt é minha primeira incursão de verdade em Seabrook. Ele não é da cidade e só passou alguns anos ali. Presumo que tenha deixado poucos contatos por lá e que tenha demonstrado pouquíssimo interesse no assassinato. Liguei um dia antes de chegar e ele pareceu disposto a conversar.

Sunset Village é formada por uma série de casas pré-fabricadas, organizadas em círculos perfeitos em torno de um centro comunitário. Cada casa tem uma grande árvore ao lado da entrada da garagem, e nenhum dos veículos estacionados tem menos de dez anos. Os moradores parecem ansiosos para escapar de seus aposentos apertados e passam grande parte do tempo sentados nas varandas, socializando. Muitas das casas possuem rampas improvisadas para cadeiras de rodas. Ao passar diante do primeiro círculo, sou atentamente observado. Alguns dos idosos acenam de modo amigável, mas a maioria olha para o meu Ford SUV com placa da Geórgia como se estivesse assistindo à invasão de um intruso. Estaciono perto do centro comunitário e, por um instante, observo alguns idosos lentamente jogarem *shuffleboard* sob um enorme pavilhão. Outros estão jogando damas, xadrez e dominó.

Aos 66 anos, McKnatt está definitivamente entre os mais jovens desse grupo. Eu o vejo de longe, usando um boné azul do Atlanta Braves, e caminho em sua direção. Sentamos a uma mesa de piquenique perto de uma parede com dezenas de pôsteres e comunicados. Ele está acima do peso, mas parece estar em boa forma. Pelo menos não está preso a um balão de oxigênio.

– Gosto daqui, tem muitas pessoas de bom coração que cuidam umas das outras – diz ele, em tom um pouco defensivo. – Ninguém tem dinheiro, então é todo mundo muito simples. A gente tenta continuar ativo e tem muita coisa pra fazer.

Respondo algo banal, como "Parece ser um lugar bacana". Se ele está desconfiado, não aparenta. Quer conversar e parece orgulhoso de receber uma visita. Falamos sobre sua carreira na polícia por uns minutos, e por fim ele chega ao ponto.

– Então, por que está interessado em Quincy Miller?

– Ele é meu cliente e estou tentando tirá-lo da cadeia.

– Faz bastante tempo, né?

– Vinte e dois anos. Você conhecia ele?

– Não, não até o assassinato.

– Você esteve na cena do crime?

– Claro. Pfitzner já estava lá, chegou muito rápido e pediu que eu levasse a Sra. Russo pra casa. Ela tinha encontrado o corpo e, enfim, foi ela quem ligou pra emergência. A coitada estava um bagaço, como você pode imaginar. Levei ela pra casa e fiz companhia até alguns amigos aparecerem, foi horrível, depois voltei pro local do crime. Pfitzner estava à frente, como sempre, dando ordens a todo mundo. Eu disse que achava melhor a gente entrar em contato com a polícia estadual, que era o que *devíamos* fazer, na verdade, mas Pfitzner disse que ia fazer isso depois.

– Ele fez?

– No dia seguinte. Fez no tempo dele. Não queria mais ninguém trabalhando no caso.

– Como era o seu relacionamento com o Pfitzner?

Ele sorri, mas não de um jeito agradável.

– Vou ser sincero com você – diz, como se não tivesse sido até aquele momento. – O Pfitzner foi responsável pela minha demissão, então eu não tinha serventia pra ele. Ele já era xerife há vinte anos quando fui contratado como comandante, e ele nunca respeitou ninguém, nem eu nem qualquer outro oficial do meu departamento. Ele controlava o condado com mão de ferro e não queria mais ninguém com um distintivo invadindo o seu território. Era assim que funcionava.

– Como ele conseguiu que você fosse demitido?

McKnatt resmunga e observa os velhos jogando *shuffleboard*. Por fim, dá de ombros e diz:

– Você precisa entender como é a política nas cidades pequenas. Eu tinha cerca de dez homens, o Pfitzner tinha o dobro disso. Ele tinha um grande orçamento, conseguia o que quisesse, e eu ficava com o que sobrava. A gente nunca se deu bem porque ele me via como uma ameaça. Demitiu um assistente dele e, quando eu contratei o cara, o Pfitzner ficou puto. Todos os políticos tinham medo dele, daí ele mexeu uns pauzinhos e, pronto, conseguiu que me mandassem embora. Tive que sair de lá o mais rápido possível. Você já esteve em Seabrook?

– Ainda não.

– Não vai encontrar muita coisa. O Pfitzner sumiu de lá há muito tempo e tenho certeza de que não deixou nenhuma pista pra trás.

É uma afirmação importante, como se ele quisesse que eu perguntasse mais, mas eu deixo passar. Este é o nosso primeiro encontro e não quero parecer ansioso demais. Preciso conquistar sua confiança, e isso leva tempo. Chega do xerife Pfitzner. Voltarei a esse assunto no devido tempo.

– Você conhecia Keith Russo? – pergunto.

– Claro. Eu conhecia todos os advogados. É uma cidade pequena.

– Qual a sua opinião sobre ele?

– Inteligente, convencido, não era um dos meus preferidos. Partiu pra cima de alguns dos meus homens uma vez num julgamento, eu não gostei. Acho que ele só estava fazendo o trabalho dele. Russo queria ser um advogado importante e acho que estava no caminho certo. De repente, um dia, ele apareceu dirigindo um Jaguar preto novinho em folha, provavelmente o único na cidade. Rolaram boatos de que ele tinha ganhado um caso importante em Sarasota e levado uma bolada. Era do tipo que gostava de ostentar.

– E a esposa dele, Diana?

Ele balança a cabeça, como se sentisse dor.

– Coitada. Acho que vou sempre me sentir mal por ela. Você imagina o que ela passou encontrando o corpo dele daquele jeito? Ela estava um lixo.

– Nem imagino. Ela era boa advogada?

– Acho que sim. Nunca tratei nada com ela. Mas era muito bonita, de parar o trânsito.

– Você assistiu ao julgamento?

– Não. Transferiram o processo pro condado de Butler, e eu não tinha como tirar uma folga pra assistir a um julgamento.

– Na época, você achava que Quincy Miller tinha cometido o crime?

Ele dá de ombros e diz:

– Claro. Eu nunca tive motivo algum pra duvidar disso. Pelo que me lembro, ele tinha um motivo bem forte pro assassinato, alguma animosidade. Não tinha uma testemunha que viu ele fugindo do local?

– Sim, mas ela não conseguiu identificar ele.

– Não encontraram a arma do crime no carro do Miller?

– Não exatamente. Eles acharam uma lanterna com um pouco de sangue.

– E o DNA bateu, não foi?

– Não, não existia exame de DNA em 1988. E a lanterna acabou sumindo.

McKnatt pensa nisso por um momento, e é óbvio que não lembra os detalhes importantes. Foi embora de Seabrook dois anos após o assassinato e fez de tudo para esquecer aquele lugar.

– Eu sempre achei que não houvesse muitas dúvidas nesse caso. Você deve pensar o contrário, certo?

– Sim, senão não estaria aqui.

– Então, depois de todos esses anos, o que faz você pensar que o Miller é inocente?

Não estou disposto a partilhar minhas teorias, pelo menos não neste momento. Talvez mais para a frente. Respondo:

– A teoria da acusação não se sustenta – respondo vagamente, depois prossigo: – Você manteve algum contato em Seabrook depois que saiu de lá?

Ele balança a cabeça.

– Na verdade, não. Não fiquei muito tempo lá e, como eu disse, meio que saí depressa. Não foi bem o ponto alto da minha carreira.

– Você conheceu um assistente do xerife chamado Kenny Taft?

– Claro, conhecia todos, alguns um pouco melhor do que os outros. Quando ele foi morto, li nos jornais sobre o que aconteceu. Eu estava em Gainesville, na divisão de narcóticos. Eu me lembro da foto dele. Gente boa. Por que está curioso sobre ele?

– Neste momento, Sr. McKnatt, estou curioso sobre tudo. Kenny Taft era o único assistente negro trabalhando pro Pfitzner.

– Traficantes de drogas não se importam se você é preto ou branco, muito menos numa troca de tiros.

– Tem razão. Só estava curioso pra saber se você conhecia ele.

Um senhor idoso de bermuda, meia preta e tênis vermelho se aproxima e coloca dois copos de limonada na mesa.

– Ora, ora, obrigado, Herbie. Já estava na hora – diz McKnatt.

– Vou te mandar a conta – devolve Herbie, e segue em frente.

Tomamos um gole da bebida e assistimos à partida de *shuffleboard* em câmera lenta.

– Então, se o seu parceiro Miller não matou o Russo, quem matou? – pergunta McKnatt.

– Não faço ideia, e provavelmente nunca vamos saber. O meu trabalho é provar que não foi o Miller.

Ele balança a cabeça e sorri.

– Boa sorte. Se outra pessoa fez isso, ela teve mais de vinte anos pra fugir e se esconder. Acho que é um caso sem solução.

– Também acho – concordo com um sorriso. – Mas todos os meus casos são assim.

– E é isso que você faz? Resolve casos antigos e tira as pessoas da prisão?

– Isso aí.

– Quantos?

– Oito, nos últimos dez anos.

– E todos os oito eram inocentes?

– Sim, tão inocentes quanto eu e você.

– Quantas vezes você encontrou o verdadeiro assassino?

– Nem todos foram casos de homicídio, mas em quatro deles conseguimos identificar os culpados.

– Bom, boa sorte com esse.

– Obrigado. Vou precisar.

Eu passo a falar de esportes. Ele é torcedor fanático do Florida Gators e está orgulhoso das vitórias de seu time. Falamos do tempo, de aposentadoria, um pouco de política. McKnatt não é o cara mais genial que conheci na vida e parece ter pouco interesse no assassinato de Russo.

Depois de uma hora de conversa, agradeço seu tempo e pergunto se posso voltar. "É claro", diz ele, ansioso por receber uma visita.

No carro, saindo de lá, de súbito me dou conta de que ele não emitiu nenhum alerta em relação a Seabrook e ao histórico suspeito da cidade. Embora ele claramente não tenha nenhuma afeição pelo xerife Pfitzner, também não fez sequer uma menção à corrupção.

Há mais coisas sobre ele a descobrir.

14

Depois de dois meses devagar, damos nossa primeira guinada no caso: um telefonema de Carrie Holland Pruitt, e ela quer conversar. Saio antes do amanhecer no domingo de manhã e dirijo seis horas em direção a Dalton, na Geórgia, a meio caminho entre Savannah e Kingsport, no Tennessee. A parada de caminhões fica na saída da interestadual 75 e já estive lá antes. Estaciono de frente para a entrada e aguardo Frankie Tatum. Falamos por telefone e vinte minutos depois ele estaciona perto de onde estou. Eu o observo entrar no restaurante.

Lá dentro, ele escolhe uma mesa no fundo, pede um café e um sanduíche e abre um jornal. Na mesa junto à parede está a variedade usual de condimentos e um porta-guardanapos. Usando o jornal como escudo, ele remove os saleiros e os pimenteiros e os substitui pelos nossos, itens baratos comprados num mercado qualquer. No fundo do nosso saleiro há um dispositivo de gravação. Quando seu sanduíche chega, ele coloca um pouco de sal para garantir que não há nada suspeito. Ele me manda uma mensagem e diz que está tudo bem, o lugar não está tão cheio.

À uma da tarde, horário da nossa reunião, envio uma mensagem para Frankie e digo para ele comer devagar. Não há sinal da caminhonete de Buck ou do Honda de Carrie Pruitt. Tenho fotos coloridas dos veículos em minha pasta e memorizei os números das placas, ambas do Tennessee. Quando são 13h15, vejo a caminhonete reduzir a velocidade na rampa de saída e mando uma mensagem para Frankie. Desço da minha suv, entro no restaurante e vejo Frankie no balcão pagando a conta. Uma garçonete está limpando a mesa e pergunto se posso me sentar ali.

Carrie trouxe Buck com ela, o que é um bom sinal. Ela obviamente lhe contou sua história e precisa do apoio dele. Ele é um cara robusto, com braços grossos e barba grisalha e, erroneamente suponho, de pavio curto. Assim que eles cruzam a porta, me levanto num pulo e aceno. Após um momento embaraçoso de apresentações, faço sinal para que sentem. Agradeço a ela pelo encontro e insisto em que o almoço seja por minha conta. Estou mesmo morrendo de fome e peço ovos e café. Eles pedem hambúrgueres e batata frita.

Buck olha para mim com muitas dúvidas. Antes que eu chegue ao ponto, ele diz:

– Fizemos uma pesquisa na internet. Guardiões da Inocência. Você é pastor ou advogado?

– As duas coisas – digo com um sorriso vitorioso e depois divago um pouco sobre o meu passado.

– Meu pai era pastor, sabia? – diz ele orgulhoso.

Ah, nós sabemos. Quatro anos antes, o pai dele se aposentou depois de três décadas como pastor de uma pequena igreja na zona rural, nos arredores de Blountville. Eu finjo interesse e falamos brevemente sobre teologia. Suspeito que Buck tenha se afastado da fé há muito tempo. Apesar de sua aparência rústica, ele tem uma voz suave e um jeito agradável.

– Por muitas razões, Dr. Post, eu nunca falei muito sobre o meu passado pro Buck – diz Carrie.

– Por favor, pode me chamar só de Post.

Ela sorri, e mais uma vez fico impressionado com seus lindos olhos e traços marcantes. Hoje ela está usando maquiagem, e os cabelos louros estão novamente penteados para trás.

– Tudo bem, uma coisa de cada vez – diz Buck. – Como a gente sabe que pode confiar em você? – Ele está perguntando isso a um homem que está secretamente gravando aquela conversa. Antes que eu possa responder, ele continua: – Quero dizer, a Carrie me contou o que aconteceu naquela época, o que ela fez e, obviamente, a gente está preocupado, ou não estaria aqui. Mas estou sentindo que isso vai dar problema.

– O que você quer, afinal? – pergunta ela.

– A verdade – respondo.

– Você não está grampeado ou algo assim, está? – quer saber Buck.

Dou uma bufada e levanto as mãos, como se não tivesse nada a esconder.

– Por favor, eu não sou policial. Se quiser me revistar, vai em frente.

A garçonete chega com mais café, e nos calamos. Quando ela sai, tomo a iniciativa.

– Não, eu não estou grampeado. Não trabalho assim. O que eu quero é simples. O ideal seria você me dizer a verdade e assinar uma declaração juramentada que eu possa um dia usar pra ajudar o Quincy Miller. Estou em contato com as outras testemunhas e tentando conseguir delas a mesma coisa: a verdade. Sei que grande parte do seu depoimento no julgamento foi fabricada pela polícia e pelo promotor e só estou tentando juntar as peças. A sua declaração com certeza vai ajudar, mas é só uma parte do todo.

– O que é uma declaração juramentada? – pergunta Buck.

– É só uma declaração escrita que a pessoa faz sob juramento e que é registrada em cartório. Eu preparo o documento e depois vocês revisam. Vou manter a declaração em sigilo até que ela seja necessária. Ninguém nos arredores de Kingsport jamais vai ficar sabendo. Seabrook é muito longe de lá.

– Eu tenho que ir a um tribunal? – pergunta ela.

– É pouco provável. Vamos supor que eu consiga convencer um juiz de que o Quincy não teve um julgamento justo. Francamente, as chances são pequenas. Mas, se isso acontecer, existe uma chance remota de que o promotor decida submetê-lo de novo a um júri pelo homicídio. Isso pode levar anos. Nesse caso, pode ser que você seja arrolada como testemunha, o que é bastante improvável, porque você não viu um homem negro fugindo da cena do crime, não é mesmo?

Ela não assente nem diz nada por um instante. Nossos pratos chegam e nos ajeitamos para comer. Buck gosta de ketchup. Não quer nem sal nem pimenta. Coloco um pouco de sal nos ovos e devolvo o saleiro para o centro da mesa.

Carrie mordisca uma batata frita e evita fazer contato visual. Buck mastiga o hambúrguer. Eles obviamente conversaram muito sobre a situação, mas não conseguiram chegar a uma decisão. Ela precisa de um incentivo, então pergunto:

– Quem convenceu você a depor? O xerife Pfitzner?

– Olha, Dr. Post – diz ela —, vou conversar com você e contar o que aconteceu, mas não estou gostando muito da ideia de me envolver nisso. Vou pensar um bocado antes de assinar qualquer papel.

– Você não pode reproduzir o que ela diz, pode? – pergunta Buck enquanto limpa a boca com um guardanapo de papel.

– Não posso reproduzir no tribunal, se é isso que você está perguntando. Posso falar com a minha equipe sobre isso, mas é o máximo que posso fazer. Qualquer juiz vai exigir a declaração juramentada de uma testemunha.

– Estou preocupada com os meus filhos – explica ela. – Eles não sabem de nada. Eu ficaria constrangida se eles descobrissem que a mãe deles mentiu num tribunal e acabou mandando um homem pra cadeia.

– Eu te entendo, Carrie, e tudo bem você se preocupar. Mas também existe a probabilidade de eles se orgulharem do fato de você ter feito alguma coisa pra ajudar a libertar um homem inocente. Todos fizemos coisas ruins quando tínhamos 20 e poucos anos, mas alguns erros podem ser corrigidos. Você está preocupada com os seus filhos. Pense em Quincy Miller. Ele tem três filhos que não vê há 22 anos. E cinco netos que ele nunca viu, nem mesmo numa fotografia.

Eles assimilam as informações e param de comer por um momento. Estão atordoados e assustados, mas algo parece estar surtindo efeito.

– Temos uma cópia da sua ficha criminal e, segundo ela, a acusação por uso de drogas foi retirada alguns meses depois do julgamento. O Pfitzner convenceu você a ir até lá depor, a contar a sua história, e o promotor prometeu retirar as acusações, não foi?

Ela respira fundo e olha para Buck, que dá de ombros e diz:

– Vá em frente. Não dirigimos cinco horas pra comer hambúrguer.

Carrie tenta dar um gole no café, mas suas mãos tremem ao segurar a xícara. Ela a coloca sobre a mesa e afasta o prato alguns centímetros. Olhando para a frente, ela diz:

– Eu estava namorando um assistente chamado Lonnie. A gente usava droga, muita droga. Eu fui pega, mas ele conseguiu me deixar fora da prisão. Então o advogado foi assassinado e, umas semanas depois, o Lonnie me disse que tinha encontrado a solução. Se eu alegasse ter visto um negro fugindo do escritório do advogado, a acusação de drogas ia cair. Simples assim. Então ele me levou ao gabinete do Pfitzner e eu contei a minha história. No dia seguinte, o Lonnie e o Pfitzner me levaram pra ver o promotor, não lembro o nome dele.

– Burkhead. Forrest Burkhead.

– Ele mesmo. Então contei a história de novo. Ele gravou tudo, mas não falou nada sobre as acusações de uso de drogas. Quando perguntei pro Lonnie sobre isso depois, ele disse que o acordo tinha sido acertado entre o Pfitzner e o Burkhead, pra eu não me preocupar. O Lonnie e eu vivíamos brigando, principalmente por causa de drogas. Estou limpa e sóbria há catorze anos, Dr. Post.

– Isso é maravilhoso. Parabéns.

– O Buck me ajudou a superar isso.

– Gosto de tomar minha cerveja, mas sempre fiquei longe de drogas – disse Buck. – Se não, eu sabia que o meu pai ia me dar um tiro.

– Enfim, eles me levaram pro condado de Butler pra audiência e eu prestei depoimento. Eu me senti podre por causa daquilo, mas não queria de jeito nenhum mofar na cadeia. Parei pra pensar que era eu ou o Quincy Miller, e eu sempre fui fiel a mim mesma. Farinha pouca, meu pirão primeiro, não é o que dizem? Ao longo dos anos, tentei esquecer esse julgamento. Aquele advogado me fez parecer uma idiota.

– Tyler Townsend.

– Ele mesmo. Nunca vou esquecer.

– E aí você foi embora da cidade?

– Sim, senhor. Assim que o julgamento terminou, o Pfitzner me chamou no gabinete dele, me agradeceu, me deu mil dólares em dinheiro e falou pra eu sumir. Disse que, se eu voltasse pra Flórida em cinco anos, ele ia me prender por mentir pro júri. Acredita nisso? Um policial me levou até Gainesville e me colocou num ônibus pra Atlanta. Nunca voltei e não quero pisar lá. Eu não disse nem pros meus amigos onde eu estava. Não tinha muitos. Era um lugar bem fácil de ser deixado pra trás.

– Quando ela me contou sobre isso tudo umas semanas atrás, eu disse: "Você precisa falar a verdade, querida, esse homem foi preso por sua causa" – interveio Buck, querendo algum reconhecimento.

– Ainda consta uma acusação por uso de drogas na sua ficha – comento.

– Essa foi a primeira, um ano antes.

– Você devia pedir o arquivamento.

– Eu sei, mas isso faz muito tempo. Eu e o Buck estamos bem hoje em dia. A gente trabalha duro e paga nossas contas. Eu realmente não estou a fim de ter problemas por conta do meu passado, Dr. Post.

– Se ela assinar a declaração, podem prendê-la por perjúrio na Flórida? – pergunta Buck.

– Não, esse crime está prescrito. Além disso, ninguém se importa mais, realmente. O xerife é novo, o promotor e o juiz já mudaram também.

– Quando tudo isso vai acontecer? – pergunta ela, claramente aliviada depois de ter dito a verdade.

– É um processo lento, pode levar meses ou anos, se acontecer mesmo. Primeiro você precisa assinar a declaração.

– Ela vai assinar – diz Buck, depois dá outra mordida no hambúrguer. Com a boca cheia, ele acrescenta: – Não vai, querida?

– Eu tenho que pensar sobre isso – responde ela.

– Olha, se a gente tiver que ir pra Flórida, eu levo você até lá e dou um soco em quem arrumar confusão.

– Não vai acontecer nada, eu garanto. A única parte ruim pra você, Carrie, é contar pros seus filhos. O resto da sua família e os seus amigos provavelmente nunca vão ficar sabendo. Se Quincy Miller saísse da prisão amanhã, quem em Kingsport, no Tennessee, ia ouvir falar disso?

Buck assente e dá outra mordida. Carrie pega mais uma batata frita.

– Eles são bons meninos, os filhos dela – diz Buck. – Os meus são uns doidos, mas os da Carrie são bons meninos. Caramba, como você disse, aposto que eles vão ter orgulho de você, querida.

Ela sorri, mas não tenho certeza de que esteja convencida. Buck, meu novo aliado, está confiante.

Termino meus ovos e começo a fazer algumas perguntas a respeito do cenário das drogas em Seabrook naquela época. Cocaína e maconha eram as preferidas, e Lonnie sempre tinha em estoque. Eles viviam terminando e reatando o relacionamento, e ela não convivia com os outros assistentes do xerife, embora alguns fossem conhecidos por traficar pequenas quantidades. Ela afirma que não sabia nada sobre o suposto papel de Pfitzner no negócio.

No momento em que os pratos estão sendo recolhidos, eu peço a conta. Agradeço gentilmente a eles e digo quanto a admiro por sua coragem em vir até aqui. Prometo não redigir a declaração até que ela se decida. Nos despedimos no estacionamento e os observo ir embora. Volto ao restaurante e vou até nossa mesa para pegar um boné que deliberadamente deixei para trás. Quando ninguém está olhando, troco o saleiro e o pimenteiro pelos outros dois que estão no meu bolso.

Depois de quase cinco quilômetros na estrada, saio da interestadual e paro o carro no estacionamento de um shopping center. Segundos depois,

Frankie chega, estaciona ao meu lado e senta no banco da frente do meu carro, todo sorrisos. Ele segura um pequeno gravador e diz:

– Claro como água.

Esse negócio às vezes é sujo. Somos forçados a lidar com testemunhas que mentiram, policiais que fabricaram evidências, peritos que enganaram júris e promotores que fizeram acordos em troca de perjúrios. Nós, os mocinhos, percebemos com frequência que sujar as mãos é a única maneira de salvar nossos clientes.

Se Carrie Holland Pruitt se recusar a cooperar e a assinar uma declaração juramentada, vou descobrir uma forma de incluir suas declarações nos autos. Já fiz isso antes.

15

Nossas mãos ficam ainda mais sujas. Frankie contratou um investigador de Birmingham para ir atrás de Mark Carter, o homem que estuprou e matou Emily Broone. Ele mora na pequena cidade de Bayliss, a dezesseis quilômetros de Verona, onde Duke Russell foi condenado. Carter vende tratores para um revendedor em Verona e na maioria dos dias úteis no fim do expediente ele vai para uma lanchonete, onde encontra uns amigos para tomar umas cervejas e jogar bilhar.

Ele está sentado a uma mesa bebendo uma garrafa de Bud Light quando um homem tropeça e estraga a festinha dele. Garrafas voam e cerveja é derramada. O homem se levanta, se desculpando sinceramente, e a situação fica tensa por um momento. Ele recolhe as garrafas pela metade, pede outra rodada e pede mais desculpas. Coloca quatro garrafas novas em cima da mesa e conta uma piada. Carter e seus amigos riem. Tudo está bem quando o homem, nosso investigador, se afasta para um canto e pega o celular. No bolso do casaco, ele está com a garrafa de cerveja que Carter estava bebendo.

No dia seguinte, Frankie a leva para um laboratório em Durham e a entrega, junto com um único pelo pubiano que retiramos do arquivo de evidências da polícia. A Guardiões paga 6 mil dólares por um teste realizado às pressas. Os resultados são excelentes. Agora temos uma análise de DNA ligando Carter ao estupro e ao assassinato.

No julgamento de Duke, sete pelos pubianos foram apresentados como evidência pelo estado do Alabama. Eles foram coletados da cena do crime, no corpo de Emily. Duke forneceu amostras. Com enorme segurança, o perito da acusação declarou em juízo que o material correspondia aos pelos encontrados no cadáver, prova esmagadora de que Duke estuprou Emily antes de estrangulá-la. Outro perito afirmou que ele também a mordeu várias vezes durante o ato.

Não foi encontrado sêmen dentro ou ao redor do corpo da vítima. Sem se abalar, o promotor, Chad Falwright, simplesmente disse ao júri que Duke "teria usado um preservativo". Não havia prova nenhuma disso nem nunca houve, mas a declaração fez todo o sentido para o júri. Para obter a condenação à pena de morte, Falwright tinha que provar o assassinato e o estupro. A vítima estava nua e provavelmente havia sofrido violência sexual, mas a prova era fraca. Os pelos pubianos se tornaram uma evidência crucial.

Num momento de sobriedade, o advogado de Duke requereu que o tribunal custeasse a contratação de um perito em análise de pelos para a defesa. O tribunal negou o pedido. O advogado ou não sabia nada sobre análise de DNA, ou não quis se dar ao trabalho. Talvez ele tenha presumido que o tribunal não autorizaria sua realização. Assim, os sete pelos pubianos jamais foram testados.

Mas sem dúvida foram analisados. O testemunho do perito mandou Duke para o corredor da morte e, três meses atrás, sua execução só foi suspensa duas horas antes.

Agora, nós temos a verdade.

VERONA SE LOCALIZA no centro do estado, numa planície isolada e escassamente povoada, repleta de bosques de pinheiros. Para seus 5 mil habitantes, um bom trabalho é dirigir um caminhão de celulose, e um ruim é empacotar compras no mercado. Um em cada cinco não tem emprego. É um lugar deprimente, mas muitas das minhas paradas são em cidades esquecidas pelo tempo.

O gabinete de Chad Falwright fica no tribunal, no fim do corredor empoeirado de onde Duke saiu condenado nove anos atrás. Já estive aqui uma vez e preferia evitar o local no futuro. A reunião não será agradável, mas estou acostumado. A maioria dos promotores me despreza, e a recíproca é verdadeira.

Conforme combinado, chego à 13h58 e dou um belo sorriso à secretária de Chad. É óbvio que ela também não gosta de mim. Ele está ocupado, é claro, e ela me convida a sentar sob um retrato horrendo de um juiz carrancudo e, com sorte, já morto. Dez minutos se passam enquanto ela digita lentamente em seu teclado. Nenhum som sai do escritório dele. Quinze minutos. Depois de vinte minutos, digo em um tom áspero:

– Olha, nós marcamos uma reunião para as duas da tarde. Eu dirigi por bastante tempo pra chegar aqui, então pode me dizer que merda está acontecendo?

Ela dá uma olhadinha para um telefone antigo e responde:

– Ele ainda está falando com um juiz.

– Ele sabe que eu estou aqui? – indago, alto o suficiente para ele ouvir.

– Sabe. O senhor pode se acalmar, por favor?

Eu me sento, espero mais dez minutos, depois ando até a porta e dou uma batida forte. Antes que ele ou ela possam dizer qualquer coisa, eu entro e encontro Chad não ao telefone, mas diante da janela, como se estivesse fascinado pela vibrante cidade lá embaixo.

– Nós marcamos às duas, Chad. Que porra é essa?

– Desculpe, Post. Eu estava ao telefone com um juiz. Entre.

– Ah, obrigado. Dirigi cinco horas pra chegar aqui. Um pouco de educação seria bom.

– Mil desculpas – diz ele sarcasticamente, e desaba em sua imensa cadeira giratória de couro.

Ele tem mais ou menos a minha idade e passou os últimos quinze anos processando criminosos, sobretudo fabricantes e traficantes de metanfetamina. De longe, seu caso mais emocionante foi o assassinato de Emily. Três meses atrás, enquanto a contagem regressiva de Duke quase chegava ao fim, Chad estava atrás de todos os repórteres de TV à vista e conversou com eles sobre os fardos de seu trabalho.

– Não tem problema – digo, e me sento.

– O que aflige você? – pergunta ele olhando para o relógio.

– Fizemos algumas análises de DNA – digo, e consigo manter o semblante de irritação. Minha vontade é enfiar a mão na cara dele. – Sabemos quem é o verdadeiro assassino, Chad, e não é o Duke Russell.

Ele aceita bem a notícia.

– Não me diga!

– Digo, sim. Conseguimos uma amostra do DNA do assassino e comparamos com um dos pelos pubianos que estavam em posse do estado. Más notícias, Chad. Você pegou o homem errado.

– Você mexeu nas nossas evidências?

– Que ótimo. Você está mais preocupado com os meus pecados do que com os seus. Um homem inocente quase foi executado por sua causa, Chad. Não se preocupe comigo. Eu sou só o cara que descobriu a verdade.

– Como você roubou um dos pelos pubianos?

– Foi fácil. Você me deu a pasta, lembra? Um ano atrás, lá no fim do corredor. Por dois dias, eu suei naquele quartinho apertado e analisei as provas. Um dos fios grudou no meu dedo. Um ano se passou e ninguém aqui sequer notou.

– Você roubou um pelo pubiano. Inacreditável!

– Não roubei nada, Chad. Só peguei emprestado. Você não quis fazer os testes de DNA, então alguém teve que fazer. Pode me processar, eu não ligo. Você tem problemas bem maiores agora.

Ele suspira enquanto enverga os ombros. Um minuto se passa enquanto ele reorganiza os pensamentos. Por fim, diz:

– Certo, quem matou a garota?

– O último homem visto com ela antes do assassinato. Mark Carter. Eles tiveram um caso na época do ensino médio. Os policiais deviam ter ido atrás dele, mas por algum motivo não foram.

– Como você sabe que é ele?

– Consegui uma amostra do DNA dele.

– Como?

– Uma garrafa de cerveja. Ele gosta de cerveja, deixa muitas garrafas pra trás. Mandamos pro laboratório, e eu trouxe pra você uma cópia dos resultados.

– Você roubou uma garrafa de cerveja também?

– Pode me processar por isso também, Chad, e continue com esse joguinho. Bote a cabeça no lugar, cara, e desista. Essa sua acusação falsa está indo pelo ralo e você está prestes a ser humilhado publicamente.

Ele abre um sorriso e solta a frase favorita dos promotores:

– De jeito nenhum, Post, eu ainda acredito no meu caso.

– Então você é um idiota, Chad. Mas a gente já sabia disso há muito tempo. – Jogo uma cópia do relatório na mesa dele e me dirijo à porta.

– Espera um minuto, Post – diz ele. – Vamos terminar esta conversa. Supondo que o que você esteja dizendo seja verdade, o que, hã... bem, e agora?

Eu me sento calmamente e estalo as juntas dos dedos. Duke vai sair mais cedo da prisão se eu conseguir convencer Chad a cooperar. Se ele me confrontar, como os promotores costumam fazer, o processo para libertá-lo levará meses, em vez de semanas.

– A melhor saída é a seguinte, Chad, e não estou aqui pra debater estratégia. Pra variar, sou eu que estou dando as cartas. Existem outros seis pelos pubianos. A gente vai testar esses também, por garantia. Se todos os sete excluírem o Duke, ele sai. Se todos os sete incriminarem o Carter, então você vai ter um caso novo nas mãos. Se concordar em fazer esses outros testes, tudo vai correr tranquilamente. Se você travar as análises, eu vou dar entrada num requerimento na instância estadual, provavelmente vou perder, depois vou pro tribunal federal. Alguma hora eu vou conseguir fazer esses testes, e você sabe disso.

Chad se depara com a realidade e fica com raiva. Ele se levanta, afasta a cadeira e caminha até a janela, mergulhado em pensamentos. Sua respiração está pesada, ele mexe a cabeça para os lados e estala o pescoço, passa a mão no queixo. Eu devia me surpreender com aquela cena toda, mas não me surpreendo. Não mais.

– Sabe, Post, eu consigo ver os dois lá com a Emily, se revezando.

– Você não consegue ver um palmo à frente do nariz, Chad, porque não quer.

Levanto e caminho até a porta.

– Eu acredito no meu caso, Post.

– O plano é o seguinte, Chad: você tem duas semanas. Se ainda estiver fora de si daqui a duas semanas, eu vou dar entrada na petição requerendo o teste de DNA e também vou me encontrar com Jim Bizko, do *The Birmingham News*. Como você sabe, ele cobriu o caso e nós somos próximos. Quando eu contar pra ele sobre o DNA, você vai ser notícia de primeira página, e as manchetes não vão ser as que você gostaria. Eu e o Bizko podemos fazer você parecer um idiota, Chad. Não vai ser tão difícil assim.

Abro a porta e saio. Minha última imagem de Chad é ele parado diante da janela, me olhando, atordoado, arfando, absolutamente derrotado. Eu queria poder ter tirado uma foto.

Deixo Verona às pressas e me preparo para a longa viagem até o corredor da morte. Duke não sabe sobre os resultados do teste de DNA. Quero contar a ele pessoalmente. Nosso encontro será um momento maravilhoso.

16

Não há nenhum motivo urgente para que eu vá a Seabrook. Todos aqueles que participaram do julgamento de Quincy morreram, se aposentaram, fugiram ou desapareceram em circunstâncias misteriosas. Há uma sensação concreta de medo, embora eu não saiba bem a quem temer. Por isso, mando Frankie para fazer um reconhecimento. Ele passa dois dias e duas noites lá, movendo-se nas sombras como só ele consegue fazer. Seu relatório verbal costuma ser direto: "Nada de mais, chefe."

Ele sai de lá e dirige por várias horas até Deerfield Beach, perto de Boca Raton. Percorre as ruas, faz pesquisas na internet, investiga alguns locais e, em pouco tempo, veste um terno alinhado e faz a ligação. Tyler Townsend concorda em encontrá-lo num novo shopping center que sua empresa está terminando de construir. Enormes placas anunciam que há muito espaço para alugar. Frankie conta que ele e o sócio estão procurando pontos privilegiados para uma loja de artigos esportivos. É uma empresa nova, que ainda não tem site.

Tyler parece amigável, mas um pouco desconfiado. Está com 50 anos e largou o Direito há muito tempo, uma ótima decisão. Ele se deu bem vendendo imóveis no sul da Flórida e entende do negócio. Vive com a esposa e três filhos adolescentes numa casa espaçosa. A contribuição predial sobre a propriedade foi de 58 mil dólares no ano passado. Ele dirige um carro importado chique e se veste como quem tem dinheiro.

A encenação de Frankie não dura muito. Eles entram num espaço de 1.500 metros quadrados cheirando a gesso e Tyler pergunta:

– Como é mesmo o nome da sua empresa?

– Não tem nome nem empresa nenhuma. Estou aqui por outros motivos, mas o assunto é igualmente importante.

– Você é policial?

– Bem longe disso. Sou um ex-presidiário que passou catorze anos num presídio da Geórgia por um assassinato cometido por outra pessoa. Um advogado aceitou o meu caso e provou que eu era inocente, conseguiu me soltar, e a boa e velha Geórgia perdeu um dinheiro pra mim. Minha ficha está limpa. De vez em quando eu faço uns trabalhos pra esse advogado. Acho que é o mínimo que posso fazer.

– Por acaso isso tem a ver com o Quincy Miller?

– Tem, sim. Esse advogado agora representa ele. A gente, tanto quanto você, sabe que ele é inocente.

Ele respira fundo e chega a sorrir, mas apenas por um instante. Caminha até uma grande janela e Frankie o segue. Eles observam um grupo de homens pavimentar o estacionamento.

– Qual o seu nome? – pergunta Tyler.

– Frankie Tatum. – Ele entrega um cartão de visita da Guardiões e Tyler examina os dois lados.

– Então, como o Quincy está?

– Já faz 22 anos. Eu era inocente e fiquei preso por catorze, dei um jeito de conseguir manter minha sanidade. Mas a cada dia é um pesadelo diferente.

Tyler devolve o cartão como se estivesse se livrando de provas.

– Olha, eu realmente não tenho tempo pra nada disso. Não sei o que você quer, mas não vou me envolver, certo? Me desculpe e tudo mais, mas essa história do Quincy são águas passadas.

– Você era um baita advogado, Tyler. Estava só começando, mas lutou pelo Quincy.

Ele sorri, dá de ombros e diz:

– E eu perdi. Vou ter que pedir pra você ir agora.

– Claro. É sua propriedade. O meu chefe é um advogado chamado Cullen Post, dá uma pesquisada. Ele conseguiu soltar oito pessoas e não fez isso aceitando não como resposta. Ele quer falar com você, Tyler, em algum lugar em particular. Muito particular. Acredite em mim, Tyler, o Post sabe como funciona, e ele não vai desistir. Você pode economizar tempo e aborrecimentos se encontrando com ele por quinze minutos.

– E ele está em Savannah?

– Não. Ele está do outro lado da rua. – Frankie aponta na minha direção.

Nós três andamos até um enorme restaurante logo na esquina que a empresa de Tyler está construindo. Ainda não está pronto, e os operários estão tirando as cadeiras das caixas. A avenida onde está localizado é repleta de novos edifícios: concessionárias de carros, quiosques de fast-food e drive-thrus, shoppings, lava a jato, postos de gasolina, algumas agências bancárias. O típico subúrbio da Flórida em sua melhor forma. Vamos para um canto, longe dos operários, e Tyler diz:

– Certo, vamos lá.

Fico com a impressão de que a conversa pode terminar de uma hora para outra, então deixo de papo furado e pergunto:

– É possível provar que o Quincy é inocente?

Ele reflete sobre isso e balança a cabeça.

– Olha, não vou me envolver nisso. Anos atrás eu dei o melhor de mim pra provar a inocência dele e fracassei. Isso foi em outra vida. Agora eu tenho três filhos, esposa e dinheiro, não tenho problema nenhum. Não vou reviver essa história. Sinto muito.

– Onde mora o perigo, Tyler?

– Ah, você vai descobrir. Quer dizer, espero que não, pelo seu bem, mas você está entrando num terreno pantanoso, Dr. Post.

– Todos os meus casos são terrenos pantanosos.

Ele resmunga, como se eu não fizesse a menor ideia.

– Nada parecido com isso.

– Temos mais ou menos a mesma idade, Tyler, e largamos o Direito na mesma época porque estávamos desiludidos. Minha segunda carreira não deslanchou, e depois eu descobri uma nova vocação. Passo meu tempo percorrendo as ruas em busca de fatos novos, em busca de ajuda. Neste momento, Tyler, o Quincy precisa de sua ajuda.

Ele respira fundo, e já é o seu limite.

– Suponho que você precise ser insistente no seu trabalho, mas não vou ser pressionado, Dr. Post. Tenha um bom dia. Me deixe em paz e não volte.

Ele se vira e sai.

COMO ERA DE se esperar, Chad Falwright não arreda o pé. Ele não vai concordar com a realização da análise de DNA dos outros seis pelos pubianos.

Ele agora os guarda muito bem trancados junto com as outras evidências. E, para mostrar como é um promotor durão, está ameaçando me indiciar por adulterar provas. O crime é previsto no Alabama e em todos os demais estados, embora as penalidades variem de um para outro, e ele escreve alegremente dizendo que eu poderia enfrentar até um ano de prisão.

Preso por conta de um pelo pubiano asqueroso.

Além disso, ele diz que planeja fazer uma representação contra mim junto à Ordem dos Advogados do Alabama e da Geórgia. Dou risada. Já fui ameaçado antes, e por promotores muito mais criativos do que ele.

Mazy prepara uma extensa petição requerendo a revisão criminal. Processualmente, ela deve ser protocolada primeiro na instância estadual, em Verona. Um dia antes de apresentá-la, dirigi até Birmingham e me encontrei com Jim Bizko, um repórter veterano que cobriu o julgamento de Duke. Ele continuou acompanhando o caso à medida que os recursos se arrastavam e evidenciavam dúvidas sobre a imparcialidade do julgamento. Ele foi especialmente duro em suas críticas ao advogado de defesa de Duke. Quando o coitado morreu de cirrose, foi Jim que deu a matéria e sugeriu que seria apropriado haver uma nova investigação sobre o assassinato. Ele está maravilhado com a notícia de que o teste de DNA limpou a barra de Duke. Estou tomando cuidado para não mencionar o nome de Mark Carter como sendo o assassino. Esse momento ainda vai chegar.

No dia seguinte à apresentação da petição, Bizko publica uma extensa matéria, que vai parar na primeira página do caderno de assuntos locais. Ela cita a seguinte fala de Chad Falwright: "Continuo confiante de que pegamos o homem certo, e estou trabalhando diligentemente para dar cabo da execução de Duke Russell, um assassino cruel. Testes de DNA não têm nenhuma relevância nesse caso."

DEPOIS DE CONVERSAR mais duas vezes com Otis Walker, ambas por telefone, Frankie está convencido de que June Walker não quer se envolver em nada relacionado a Quincy Miller. Obviamente, o divórcio caótico deixou cicatrizes eternas e ela é inflexível em sua decisão de não se meter. Ela não tem nada a ganhar, reviver más recordações e sentir o constrangimento de lidar com antigas mentiras.

Otis aconselha Frankie a deixá-los em paz. Ele promete fazer isso. Por enquanto.

17

Hoje em dia há 23 advogados trabalhando em Seabrook, e temos um pequeno dossiê a respeito de cada um. Cerca da metade deles estava na cidade quando Russo foi assassinado. O mais velho é um senhor de 91 anos que ainda dirige o próprio carro até o trabalho todos os dias. Dois novatos apareceram por lá no ano passado e abriram um escritório. Todos são brancos, seis são mulheres. Os mais bem-sucedidos, aparentemente, são dois irmãos que passaram vinte anos cuidando de processos de falência. A maior parte dos membros da Ordem dos Advogados local parece mal conseguir pagar as contas, como ocorre em quase todas as cidades pequenas.

Glenn Colacurci foi senador estadual da Flórida por um tempo. Seu distrito abarcava o condado de Ruiz e mais dois, e ele estava em seu terceiro mandato na época do assassinato. Keith Russo era seu parente distante. Ambos vinham do mesmo bairro italiano em Tampa. Quando jovem, Colacurci estava à frente do maior escritório de advocacia da cidade e contratou Keith ainda recém-saído da faculdade. Quando apareceu em Seabrook, Keith levou junto a esposa, mas Colacurci não tinha uma vaga para ela. Keith não durou muito por lá e, um ano depois, abriu seu escritório numa sala de dois ambientes num prédio sem elevador, em cima de uma padaria na Main Street.

Escolho Colacurci porque seu dossiê é um pouco mais volumoso e porque ele provavelmente vai saber mais coisas sobre Keith. De todos os advogados da cidade na ativa, ele se recordará melhor da história. Ao telefone, ele diz que pode me conceder meia hora de seu tempo.

Dirigindo por Seabrook pela primeira vez, sinto como se conhecesse o lugar. Não há muitos pontos de interesse: o prédio do escritório que ora pertencera a Keith e Diana e local onde o crime ocorreu; a rua nos fundos do prédio, onde Carrie Holland alegou ter visto um homem negro fugindo; o tribunal. Estaciono na Main Street, na calçada oposta ao tribunal, e fico sentado observando o lento ir e vir de pedestres. Imagino quantas dessas pessoas se lembram do assassinato. Quantas conheciam Keith Russo? E Quincy Miller? Elas sabem que a cidade entendeu tudo errado e mandou um homem inocente para a prisão? Claro que não.

Quando chega a hora, eu me junto a elas na calçada e sigo por meio quarteirão em direção ao escritório. No vidro, em grossas letras pretas de tinta descascada, lê-se: ESCRITÓRIO DE ADVOCACIA COLACURCI. Um velho sininho toca na porta quando entro. Um velho gato tigrado desce de um sofá e carrega consigo uma camada de poeira. À minha direita, há uma mesa de trabalho com uma máquina de escrever, como se estivesse esperando uma secretária de cabelos grisalhos voltar e continuar "catando milho". O cheiro é de couro velho e tabaco impregnado, não exatamente desagradável, mas implorando por uma boa limpeza.

Surpreendentemente, porém, em meio a essa atmosfera do século passado, uma jovem asiática deslumbrante e bem-vestida aparece com um sorriso e diz:

– Bom dia. Deseja alguma coisa?

– Sim, meu nome é Cullen Post – respondo, retribuindo o sorriso. – Falei com o Dr. Colacurci ontem e combinamos de nos encontrar hoje de manhã.

Ela sorri e franze a testa ao mesmo tempo e caminha em direção a uma mesa um pouco mais moderna.

– Ele não me avisou – diz ela baixinho. – Desculpe. Meu nome é Bea.

– Ele está?

– Claro. Eu vou chamá-lo. Ele não está tão ocupado.

Ela sorri de novo e se afasta.

Pouco tempo depois, ela acena me chamando e eu entro na imensa sala que Glenn ocupa há décadas. Ele está de pé ao lado de sua mesa, como se estivesse contente em receber uma visita, e nos cumprimentamos brevemente. Ele aponta para um sofá de couro e pede a Bea:

– Traga um café pra gente, por favor.

Ele caminha com a ajuda de uma bengala até uma cadeira onde caberiam duas pessoas. Tem quase 80 anos e definitivamente aparenta a idade, está um pouco acima do peso, tem uma barba branca e uma massa de cabelos brancos despenteados, precisando muito de um corte. Ao mesmo tempo, parece um tanto elegante com uma gravata-borboleta cor-de-rosa e suspensórios vermelhos.

– Você é padre ou algo assim? – pergunta ele, olhando para o meu clérgima.

– Sim. Pastor episcopal.

Conto a versão curta da história da Guardiões da Inocência. Enquanto falo, ele repousa o queixo felpudo no punho da bengala e assimila cada palavra com olhos verdes penetrantes, embora aparentemente injetados de sangue. Bea chega com o café e dou um gole. Morno, provavelmente instantâneo.

Quando ela sai e fecha a porta, ele pergunta:

– Por que exatamente um pastor está metendo o nariz num caso antigo como o de Quincy Miller?

– Excelente pergunta. Eu não estaria aqui se não achasse que ele é inocente. Isso chama a atenção dele.

– Interessante – murmura ele. – Eu nunca duvidei da condenação do Miller. Pelo que me lembro, havia uma testemunha ocular.

– Não houve testemunhas. Uma jovem chamada Carrie Holland depôs no julgamento afirmando que tinha visto um homem negro fugindo da cena do crime, carregando o que estava subentendido ser uma espingarda. Ela mentiu. Era uma viciada que fez um acordo com as autoridades para escapar da prisão. Ela já admitiu tudo. E não foi a única a mentir no julgamento.

Ele passa os dedos nos cabelos compridos. Estão oleosos e parecem não ter sido lavados.

– Interessante.

– Você era próximo do Keith?

Um grunhido de frustração e um meio sorriso.

– O que você quer de mim?

– Apenas saber do contexto. Você assistiu ao julgamento?

– Não. Queria, mas foi transferido pro condado de Butler. Eu estava no senado naquela época, e muito ocupado. Eu tinha sete advogados trabalhando aqui, éramos o maior escritório da região, e eu não podia exatamente gastar meu tempo sentado num tribunal vendo outros advogados.

– Keith era seu parente, certo?

– Mais ou menos. Bem distante. Eu conhecia a família dele em Tampa. Ele me perturbou pra eu lhe dar um emprego, eu dei, mas ele nunca se adaptou.

Insistia para que eu contratasse a esposa dele também, mas eu não queria. Ele ficou aqui por mais ou menos um ano, depois foi trabalhar por conta própria. Não gostei disso. Os italianos valorizam a lealdade.

– Ele era um bom advogado?

– Qual a relevância disso agora?

– Só curiosidade. O Quincy diz que o Keith fez um péssimo trabalho no divórcio dele, e os autos tendem a confirmar isso. O promotor se aproveitou desse conflito entre eles pra emplacar uma motivação pro crime, o que é um tanto exagerado. Quero dizer, um cliente está tão insatisfeito que explode a cabeça do advogado?

– Nunca aconteceu comigo – diz ele, e então cai na gargalhada. Dou uma risada forçada. – Mas tive minha cota de clientes malucos. Um cara apareceu uma vez com uma arma, anos atrás. Puto da vida com o divórcio. Pelo menos ele disse que tinha uma arma. Todos os advogados do prédio tinham uma arma e a coisa podia ter ficado feia, mas uma secretária o acalmou. Eu sempre acreditei no poder das secretárias.

Advogados das antigas preferem contar suas histórias de guerra a almoçar, e não há nada que eu queira menos do que irritá-lo. Eu digo:

– Você tinha um escritório grande naquela época.

– Grande pra essa parte do estado. Sete, oito, às vezes dez advogados, uma dúzia de secretárias, salas no andar de cima, clientes fazendo fila na porta. Aquela época era uma loucura, mas eu me cansei de todo o drama. Passava metade do tempo dando ordens aos meus funcionários. Você já trabalhou como advogado?

– Estou advogando agora, numa especialidade diferente apenas. Anos atrás trabalhei como defensor público, mas cheguei ao limite. Encontrei a Deus e Ele me conduziu ao seminário. Me tornei ministro e, por meio de um serviço comunitário, conheci um homem inocente que estava na cadeia. Isso mudou minha vida.

– Você tirou ele de lá?

– Sim. Depois tirei mais sete. Estou trabalhando em seis casos agora, incluindo o do Quincy.

– Eu li em algum lugar que talvez dez por cento de todas as pessoas presas sejam inocentes. Você acredita nisso?

– Dez por cento pode ser um pouco demais, mas existem milhares de inocentes na prisão.

– Não tenho certeza se acredito nisso.

– A maior parte das pessoas brancas não acredita, mas se você conversar com a comunidade negra vai encontrar muitas que sim.

Em seus dezoito anos no senado estadual, Colacurci votou consistentemente em defesa da "guerra ao crime". A favor da pena de morte, a favor do direito ao porte de armas, um verdadeiro soldado no combate às drogas que gastava rios de dinheiro em tudo o que a polícia e os promotores públicos queriam.

– Eu nunca tive estômago para o Direito Criminal – diz ele. – Não dá pra ganhar dinheiro nessa área.

– Mas o Keith ganhou dinheiro com o crime, não foi?

Ele olha para mim com uma cara feia, como se eu tivesse passado dos limites. Por fim, diz:

– O Keith morreu há mais de vinte anos. Por que está tão interessado no trabalho dele?

– Porque o meu cliente não matou o Keith. Outra pessoa fez isso, alguém com uma motivação diferente. A gente sabe que o Keith e a Diana representavam traficantes de drogas no fim dos anos 1980, que eles tinham clientes na região de Tampa. Esses caras são grandes suspeitos.

– Talvez, mas duvido que eles abram a boca depois de todos esses anos.

– Você era próximo do xerife Pfitzner?

Ele olha para mim novamente. De uma maneira não muito sutil, acabei de vincular Pfitzner aos traficantes de drogas, e Colacurci sabe o que estou tentando pescar. Ele respira fundo, expira ruidosamente, e diz:

– Eu e o Bradley nunca fomos próximos. Ele cuidava do território dele, e eu, do meu. Nós dois estávamos atrás dos mesmos votos, mas evitávamos um ao outro. Eu não mexia com assuntos criminais, então nossos caminhos raramente se cruzavam.

– Onde ele está agora?

– Morto, imagino. Tem anos que se mandou daqui.

Ele não está morto, e sim levando uma vida das boas em Florida Keys. Ele se aposentou depois de 32 anos como xerife e se mudou. Seu apartamento de três quartos num condomínio em Marathon é avaliado em 1,6 milhão de dólares. Nada mau para um funcionário público que nunca ganhou mais de 70 mil dólares por ano.

– Você acha que o Pfitzner estava envolvido com o Keith de alguma forma? – pergunta ele.

– Ah, não. Não foi isso que eu quis dizer.

Ah, foi sim. Mas Colacurci não está mordendo a isca. Ele franze as sobrancelhas e diz:

– Essa testemunha ocular diz que o Pfitzner convenceu ela a mentir no depoimento?

Se e quando Carrie Holland retratar seu falso testemunho, isso será juntado aos autos do processo para que todos possam ver. No entanto, não estou pronto para revelar nada a esse cara.

– Olhe, Dr. Colacurci, tudo isso é confidencial, tudo bem?

– Claro, claro – concorda prontamente.

Ele era um estranho até cerca de quinze minutos atrás, e provavelmente já estará ao telefone antes de eu chegar ao meu carro.

– Ela não citou nominalmente o Pfitzner, só disse que foram os policiais e o promotor. Não tenho nenhum motivo pra suspeitar do Pfitzner a respeito de nada.

– Que bom. Esse crime foi resolvido vinte anos atrás. Você está perdendo seu tempo, Dr. Post.

– Talvez. Você conhecia Diana Russo?

Ele revira os olhos como se ela fosse o último assunto sobre o qual gostaria de falar.

– Nem um pouco. Mantive distância desde o começo. Ela queria um emprego, mas naquela época não contratávamos garotas. Ela tomou isso como um insulto e nunca gostou de mim. Colocou o Keith contra mim e nós nunca nos demos bem. Fiquei aliviado quando ele pediu demissão, apesar de a minha história com ele nunca ter chegado ao fim. Ele virou uma verdadeira dor de cabeça.

– De que maneira?

Ele olha para o teto como se avaliasse se devia ou não me contar uma história. Mas, por ser um advogado das antigas, simplesmente não consegue evitar.

– Bem, o que aconteceu foi o seguinte – diz ele, enquanto se ajeita na cadeira e dá início ao relato. – Naquela época, eu cuidava de todos os casos de responsabilidade civil do condado de Ruiz. Acidentes de carro, produtos com defeito, erros médicos, casos de má-fé, tudo. Se uma pessoa se machucava, ela aparecia aqui ou às vezes eu ia até ela no hospital. O Keith queria ganhar espaço, porque não é segredo pra ninguém que esse tipo de caso era a única maneira de ganhar dinheiro por aqui. Os escritórios importantes em Tampa ganham bem, mas nada como os grandes advogados de responsabilidade civil. Quando o Keith saiu do meu escritório, ele roubou um caso, levou com ele, e a gente teve uma baita briga. Ele estava duro e precisava do dinheiro, mas o caso era do meu escritório. Eu ameacei processá-lo e a gente brigou por dois anos. Ele no fim concordou em me dar metade dos honorários, mas ficou uma animosidade. A Diana estava envolvida nisso também.

Escritórios de advocacia se estapeiam toda semana, e sempre tem a ver com dinheiro.

– Você e o Keith se reconciliaram em algum momento?

– Mais ou menos, eu acho, mas levou anos. É uma cidade pequena e os advogados em geral se dão bem. Almoçamos na semana anterior ao assassinato e até demos umas risadas. O Keith era um bom garoto, trabalhava duro. Talvez um pouco ambicioso demais. Só que eu nunca gostei da Diana. Mas não teve como não sentir pena dela. A coitada encontrou o marido com a cara estourada. Ele também era um cara bonito. Ela sofreu um baque, jamais se recuperou, vendeu o prédio e acabou deixando a cidade.

– Nenhum contato desde então?

– Nenhum.

Ele olha para o relógio como se tivesse um dia agitado à sua frente, e a dica é óbvia. Gradualmente encerramos a conversa e, depois de meia hora, agradeço e vou embora.

18

Bradley Pfitzner esteve à frente do condado por 32 anos antes de se aposentar. Ao longo da carreira, ele evitou escândalos e manteve pulso firme. A cada quatro anos, nas eleições, ou não havia oposição, ou ela era insignificante. Foi sucedido por um assistente que ocupou o cargo por sete anos, até que sua saúde debilitada o forçou a deixá-lo.

O atual xerife é Wink Castle, cujo gabinete fica num moderno edifício metálico que abriga toda a estrutura policial local – xerife, agentes de polícia e cadeia. Dez viaturas pintadas em cores vivas estão estacionadas em frente ao prédio, situado nos limites da cidade. O saguão está cheio de policiais, escrivães e parentes melancólicos visitando os presos.

Sou levado ao gabinete de Castle, que me cumprimenta com um sorriso e um aperto de mão firme. Ele tem cerca de 40 anos e um jeito descontraído de político do interior. Não morava no condado na ocasião do assassinato de Russo, então espero que não tenha nenhum vínculo com aquela época.

Depois de alguns minutos conversando sobre o tempo, ele diz:

– Quincy Miller, né? Dei uma olhada no arquivo dele ontem à noite pra me informar. Você é padre ou alguma coisa assim?

– Advogado e pastor – respondo, e passo um tempo falando sobre a Guardiões. – Cuido de casos antigos que envolvem inocentes.

– Boa sorte nesse aí.

– Todos são difíceis, xerife – digo, após abrir um sorriso.

– Sei. Então, como você planeja provar que seu cliente não matou o Keith Russo?

– Bem, como sempre, volto à cena e começo a fuçar. Sei que a maioria das testemunhas da acusação mentiu no julgamento. Na melhor das hipóteses, as provas são questionáveis.

– Zeke Huffey?

– Típico dedo-duro de cadeia. Estive com ele no presídio no Arkansas e espero que ele se retrate. Ele fez carreira mentindo e se retratando, o que não é algo incomum pra esses caras. A Carrie Holland já me contou a verdade. O Pfitzner e o Burkhead, o promotor, a pressionaram a mentir. Ofereceram a ela um bom acordo em relação a uma acusação pendente por uso de drogas. Depois do julgamento, o Pfitzner deu mil dólares pra ela e a expulsou da cidade. Ela nunca mais voltou. A June Walker, ex-mulher do Quincy, vive em Tallahassee, mas até agora se recusou a cooperar. Ela depôs contra o Quincy e mentiu porque estava com raiva dele por conta do divórcio. Várias mentiras, xerife.

Isso tudo é novo para Castle, que assimila as informações com interesse. Então balança a cabeça e diz:

– Mesmo assim você tem um longo caminho pela frente. A arma do crime não foi encontrada.

– Exato. O Quincy nunca teve uma espingarda. A base de tudo é, obvia-mente, a lanterna manchada de sangue, que desapareceu misteriosamente pouco tempo depois do assassinato.

– O que aconteceu com ela? – pergunta.

O xerife é ele. Eu é que devia estar perguntando isso a ele.

– Me diz se souber. A versão oficial, de acordo com o Pfitzner, é que ela foi destruída num incêndio no depósito onde eles guardavam as evidências.

– Você duvida disso?

– Eu duvido de tudo, xerife. O perito da acusação, o Sr. Norwood, nunca viu a lanterna. O depoimento dele foi muito revoltante. – Pego minha pasta, tiro alguns papéis e os coloco na mesa dele. – Este é o nosso rela-tório sobre as evidências. Aí dentro você vai ver um relatório do Dr. Kyle Benderschmidt, um renomado cientista forense, que levanta sérios ques-tionamentos quanto ao depoimento do Norwood. Você já viu as fotografias da lanterna?

– Sim.

– O Dr. Benderschmidt acredita que as manchas na lente provavelmente não são nem mesmo sangue humano. E a lanterna não foi encontrada no local do crime. A gente não sabe exatamente de onde ela veio, e o Quincy jura que nunca viu essa lanterna antes.

Ele pega o relatório e passa um tempo folheando. Quando fica entediado, joga os papéis em cima da mesa e diz:

– Vou dedicar um tempo pra isso hoje à noite. O que exatamente você quer que eu faça?

– Que me ajude. Vou dar entrada num pedido de revisão criminal com base em novas evidências. A petição vai ter os relatórios dos nossos peritos e as declarações das testemunhas que mentiram. Preciso que você reabra a investigação do assassinato. Vai ajudar muito se o tribunal souber que as autoridades locais acreditam que o homem errado foi condenado.

– Por favor, Dr. Post. Esse caso foi encerrado há mais de vinte anos, muito antes de eu chegar à cidade.

– Todos os nossos casos são antigos, xerife, cheios de poeira. Essa é a natureza do nosso trabalho. A maioria dos envolvidos se aposentou, o Pfitzner, o Burkhead, até o juiz morreu. Pode ser que você olhe pra esse caso sob uma nova perspectiva e ajude a tirar um homem inocente da cadeia.

Ele balança a cabeça.

– Acho que não. Não tenho a menor vontade de me envolver nisso. Porra, eu nem sabia desse caso até você ligar ontem.

– Mais um motivo pra se envolver. Você não pode ser responsabilizado por um erro cometido vinte anos atrás. Vai ser visto como o mocinho que está tentando fazer a coisa certa.

– Você precisa encontrar o verdadeiro assassino pra soltar o Miller?

– Não. Eu preciso provar que ele é inocente, só isso. Em cerca de metade dos nossos casos, a gente consegue pegar o verdadeiro criminoso, mas nem sempre.

Ele continua balançando a cabeça. Parou de sorrir.

– Não consigo ver como isso vai ser possível, Dr. Post. Quer dizer, você espera que eu retire um dos meus investigadores, todos sobrecarregados de trabalho, dos casos ativos e comece a investigar um assassinato de vinte anos atrás, do qual as pessoas por aqui nem se lembram mais. Por favor, cara.

– O trabalho pesado é comigo, xerife. Essa é a minha função.

– E a minha, qual é?

– Colaborar. Não ficar no nosso caminho.

Castle se recosta na cadeira e coloca as mãos atrás da cabeça. Olha para o teto conforme os minutos passam. Por fim, pergunta:

– Nos seus casos, o que as autoridades locais normalmente fazem?

– Encobrem. Ocultam provas. Obstruem a justiça. Se opõem a mim com toda a força. Contestam tudo o que eu peticiono ao tribunal. Olha só, xerife, nesses casos há muita coisa em jogo e os erros são graves demais para que as pessoas queiram admiti-los. Homens e mulheres inocentes passam décadas na prisão, enquanto os verdadeiros assassinos estão livres por aí, e com frequência matam outra vez. São injustiças gigantescas, e eu ainda preciso encontrar um policial ou um promotor com coragem suficiente pra admitir que estragou tudo. Esse caso é um pouco diferente, porque os responsáveis pela condenação injusta do Quincy não estão mais aqui. Você pode ser o herói.

– Não estou interessado em ser um herói. E simplesmente não tenho como justificar o gasto de tempo com isso. Acredite, já tenho coisa demais com que me preocupar.

– Sem dúvida, mas você pode colaborar e facilitar meu trabalho. Só estou em busca da verdade, xerife.

– Não sei. Me deixe pensar no assunto.

– É tudo o que peço, pelo menos por enquanto.

Ele respira fundo, ainda não convencido nem definitivamente comprometido com a causa.

– Algo mais?

– Bem, tem uma outra questão, outra possível peça do quebra-cabeça. Você está ciente da morte do Kenny Taft? Aconteceu cerca de dois anos depois do assassinato.

– Claro. Ele foi o último policial morto em serviço. A foto dele está pendurada na parede lá fora.

– Eu gostaria de ver o arquivo do caso sem ter que passar pela burocracia da lei de acesso à informação.

– E você acha que isso teve alguma relação com o Quincy Miller?

– Eu duvido, mas ainda estou fuçando, xerife. É isso que eu faço, e sempre há surpresas ao longo do caminho.

– Me deixe pensar no assunto.

– Obrigado.

O COMANDANTE DOS bombeiros é um veterano grisalho e barrigudo conhecido como tenente Jordan, que não é tão amigável quanto o xerife. Não acontece muita coisa pelo quartel dos bombeiros a duas quadras da Main Street. Dois de seus homens estão polindo um caminhão na entrada da garagem e, do lado de dentro, uma velha secretária revira a papelada em sua mesa. Jordan por fim aparece e, depois de uma breve rodada de gentilezas forçadas, me leva até uma salinha apertada com diversos arquivos da década de 1940 perfilados. Por um momento ele vaga pela história e encontra a gaveta de 1988. Ele a abre, examina uma fileira de pastas encardidas, encontra a que estou procurando e a retira de lá.

– Não foi exatamente um incêndio, se bem me lembro – diz ele, colocando-a sobre a mesa. – Fique à vontade.

Ele sai da sala.

Naquela época, o gabinete do xerife ficava a vários quarteirões de distância, num prédio antigo que foi demolido depois do ocorrido. No condado de Ruiz, como em centenas de outros lugares, não era incomum armazenar evidências encontradas em cenas de crimes em qualquer lugar onde houvesse um espaço ou armário vazio. Já me arrastei por sótãos de tribunais e porões sufocantes em busca de registros antigos.

Para amenizar a falta de espaço de armazenamento, Pfitzner usava uma espécie de contêiner que ficava nos fundos de seu gabinete. Na pasta, há uma foto em preto e branco do local antes do incêndio, na qual é possível ver um cadeado pesado na única porta. Não havia janelas. Calculo que tinha nove metros de comprimento, 3,5 de largura e 2,5 de altura. Uma foto tirada após o incêndio não mostra nada além de escombros carbonizados.

O primeiro alarme soou às 15h10 e os bombeiros encontraram o contêiner tomado pelas chamas. O fogo foi apagado em questão de minutos, sem que nada pudesse ser recuperado. A causa do incêndio foi classificada como "Desconhecida".

Como Jordan disse, não foi bem um incêndio. A lanterna encontrada no porta-malas de Quincy parece que foi destruída. Nenhum rastro foi encontrado. Convenientemente, os relatórios da autópsia, os depoimentos por escrito das testemunhas, os esquemas e as fotos estavam guardados em segurança, numa gaveta da mesa de Pfitzner. Ele tinha o que precisava para condenar Quincy Miller.

Por enquanto, o incêndio é um beco sem saída.

19

Ligo para Carrie e Buck uma vez por semana para saber como estão. Eles entenderam que eu não vou desistir e aos poucos estão se convencendo. Repito várias vezes a Carrie que ela não corre risco nenhum ao cooperar comigo, e estabelecemos um grau de confiança.

Nos encontramos numa cafeteria perto de Kingsport e comemos omeletes. Ela lê a declaração juramentada que Mazy preparou, e Buck passa os olhos por ela lentamente. Respondo às mesmas perguntas sobre o que acontecerá depois e, passada uma hora de delicada persuasão, ela assina.

No estacionamento, lhe dou um abraço, e Buck quer um também. Somos amigos agora e agradeço a eles por terem a coragem de ajudar Quincy. Em meio a lágrimas, ela suplica que eu peça a ele que a perdoe. "Pode deixar", respondo.

MINHA MÃE HERDOU a fazenda da família perto de Dyersburg, Tennessee, minha cidade natal. Mamãe tem 73 anos e vive sozinha desde que papai morreu, dois anos atrás. Eu me preocupo com ela por conta da idade, embora ela seja mais saudável do que eu e nem um pouco solitária. Ela se preocupa comigo por conta do meu estilo de vida nômade e por eu não ter um relacionamento romântico sério. Com muita relutância, ela aceitou a realidade de que começar uma família não é uma das minhas prioridades e que provavelmente não gerarei mais netos para ela. Minha irmã lhe deu três, mas eles moram longe.

Ela não come carne e tira seu sustento da terra. Sua horta é lendária e poderia alimentar centenas de pessoas, como de fato alimenta. Ela carrega cestas de frutas e legumes frescos para o banco de alimentos local. Jantamos tomates recheados com arroz e cogumelos, feijões-brancos imensos e abóbora assada. Apesar da abundância, ela come feito um passarinho e não bebe nada além de chá e água. Está em forma e cheia de vigor, se recusa a tomar remédios e, ao mesmo tempo que empurra seus legumes para o canto do prato, me incentiva a comer mais. Está preocupada por eu estar abaixo do peso, mas não dou importância. Todo mundo me diz isso.

Depois nos sentamos na varanda da frente da casa e tomamos chá de hortelã. Pouca coisa mudou na varanda desde que adoeci, muitos anos atrás, e conversamos sobre aqueles tempos sombrios. Também falamos sobre Brooke, minha ex-mulher. Elas gostavam uma da outra e mantiveram contato por anos. Mamãe ficou brava com ela no começo, por me deixar durante a crise que sofri, mas por fim eu a convenci de que nossa separação era algo inevitável desde o dia do casamento. Brooke se casou com um empresário que se deu bem na vida. Eles têm quatro filhos adolescentes lindos, e mamãe fica um pouco melancólica quando pensa no que poderia ter sido. Assim que tenho uma chance, mudo o rumo da conversa.

Apesar do meu estilo de vida nada convencional, mamãe se orgulha do que eu faço, mesmo sem entender muito sobre o sistema de justiça criminal. Ela acha bem triste que haja tantos crimes, tantas pessoas presas, tantas famílias desfeitas. Levei anos para convencê-la de que existem milhares de pessoas inocentes na prisão. Essa é a nossa primeira chance de conversar sobre Quincy Miller, e ela adora saber os detalhes. Um advogado assassinado, um xerife corrupto, um cartel de drogas, um homem condenado injustamente. De início ela não consegue acreditar e se deleita com a narrativa. Não há motivo para me preocupar por lhe contar detalhes demais. Afinal, estamos sentados numa varandinha na zona rural do Tennessee, bem longe da Flórida, e, bem ou mal, para quem ela contaria? Posso confiar na minha mãe para guardar segredos.

Falamos de cada um dos meus outros clientes: Shasta Briley, no corredor da morte na Carolina do Norte, condenada por um incêndio criminoso que matou suas três filhas; Billy Rayburn, no Tennessee, condenado por uma teoria fajuta, conhecida como síndrome do bebê sacudido, depois que ele tropeçou e caiu enquanto segurava o bebê da namorada; Duke Russell, ainda no corredor da morte no Alabama; Curtis Wallace, condenado no Mississippi pelo sequestro, estupro e assassinato de uma jovem que ele nunca conheceu; e Little Jimmy Flagler, um jovem com deficiência intelectual que tinha 17 anos na época em que a Geórgia o mandou para a prisão perpétua.

Esses seis casos são a minha vida e a minha carreira. Vivo com eles todos os dias e muitas vezes me canso de tanto pensar e contar sobre eles. Volto a falar da vida de mamãe e pergunto como estão indo suas partidas de pôquer. Ela joga uma vez por semana com um grupo de amigas e, embora as apostas sejam baixas, a competição é acirrada. Atualmente ela está com um crédito de 11,50 dólares. Elas quitam as dívidas no Natal com uma festa, onde alopram e consomem bebidas alcoólicas – champanhe barato. Ela joga bridge duas vezes por mês com um outro grupo, mas prefere o pôquer. Participa de dois clubes do livro – um com senhoras da igreja, onde leem apenas sobre religião, e outro com amigas menos caretas, que preferem romances. Às vezes até mesmo eróticos. Ela dá aulas de catequese aos domingos, lê para idosos numa casa de repouso e trabalha como voluntária em mais organizações sem fins lucrativos do que é capaz de contar nos dedos. Ela acabou de comprar um carro elétrico e explica em detalhes como ele funciona.

Várias vezes por ano, Frankie Tatum vem jantar com mamãe. Eles são amigos próximos e ela adora cozinhar para ele. Frankie esteve aqui na semana passada e ela conta sobre a visita. Ela sente bastante orgulho do fato de que, se não fosse por mim, ele ainda estaria na prisão. Isso leva a conversa de volta ao meu trabalho. Houve uma época em que ela queria que eu passasse logo por essa fase e seguisse para uma carreira mais sólida, talvez num escritório de advocacia de verdade, mas essas conversas não acontecem mais. As pensões que ela recebe lhe proporcionam uma vida confortável, ela não tem dívidas e todo mês envia um modesto cheque à Guardiões.

Mamãe vai se deitar prontamente às dez da noite e dorme por oito horas ininterruptas. Ela se despede de mim na varanda, me dá um beijo na cabeça e passo horas sentado de olhos arregalados na noite fria e silenciosa, pensando nos meus clientes que estão dormindo em beliches e catres apertados atrás das grades.

Pessoas inocentes.

20

Seguindo uma pista, os guardas invadiram a cela de Zeke Huffey um mês atrás e encontraram um estoque, uma faca improvisada. É comum encontrarem drogas durante batidas, e o assunto é resolvido de maneira informal. Mas uma arma é uma transgressão séria, por ser uma ameaça para os guardas. Zeke está passando um tempo na Caverna, uma unidade subterrânea usada para punir os infratores com confinamento solitário. Seus sonhos de sair em condicional em pouco tempo se foram. Em vez disso, ele vai ficar preso por ainda mais tempo.

Sou recebido numa sala por um homem de terno, um tipo de vice-diretor e, acompanhado de um guarda, passo pela segurança e sou levado até um prédio afastado das unidades onde há prisioneiros. O vice-diretor assente, franze a testa e as portas logo se abrem. Os pauzinhos certos estão sendo movidos. Desço alguns degraus de concreto e entro numa sala quadrada, úmida e sem janelas. Zeke está esperando, sentado numa cadeira de metal com pernas de aço presas ao chão. Não há divisória. Suas mãos estão livres e, após um choque momentâneo ao me ver, ele oferece um aperto de mão frouxo.

Quando o guarda sai e bate a porta, Zeke pergunta:

– O que está fazendo aqui?

– Vim te fazer uma visita, Zeke. Senti saudades.

Ele resmunga e não consegue pensar numa resposta. Os ocupantes da Caverna não são autorizados a receber visitas. Pego um maço de cigarros e pergunto:

– Quer um?

– Porra, claro! – exclama, e o homem viciado ressurge.

Entrego-lhe um e noto suas mãos trêmulas. Risco um fósforo. Ele fecha os olhos e traga com força, num esforço poderoso para queimar o cigarro quase todo de uma vez. Ele sopra uma nuvem no teto e puxa a fumaça de novo. Depois da terceira tragada, ele bate as cinzas no chão e esboça um sorriso.

– Como conseguiu entrar nesse buraco, Post?

– Pois é. Eu tenho um amigo em Little Rock.

Ele queima o cigarro até o fim, apaga a bituca na parede e diz:

– Que tal outro?

Acendo outro cigarro. Ele está pálido e abatido, ainda mais magro do que na última vez que o vi, e tem uma nova tatuagem na altura da garganta. A nicotina o acalma e os tremores diminuem.

– Eles estão pensando em acrescentar mais uns meses no tempo que você vai passar aqui, Zeke. Que idiotice esconder um estoque desse jeito.

– A maioria das coisas que eu faço pode ser chamada de idiotice, Post. Você sabe disso. Gente inteligente não vive assim.

– Verdade. O Quincy Miller é um cara inteligente, Zeke, e está preso há um tempão por sua causa. Está na hora de libertar o cara, não acha?

Trocamos algumas cartas desde a minha última visita e a Guardiões enviou outro cheque com uma pequena quantia para ele. No entanto, pelo tom adotado nas correspondências, ele não está pronto para admitir que mentiu. Ele acredita que está no controle do nosso frágil relacionamento e que pode ditar todos os rumos.

– Ah, não sei, Post. Isso foi há muito tempo. Não tenho certeza se lembro todos os detalhes.

– Eu tenho os detalhes aqui numa declaração juramentada, Zeke. Uma que eu quero que você assine. Lembra de um velho amigo seu chamado Shiner? Um outro viciado que você conheceu na cadeia na Geórgia?

– Claro, eu lembro do Shiner. Um merda – responde, depois de dar um sorriso.

– E ele se lembra de você. Nós o encontramos perto de Atlanta e ele está bem. Muito melhor que você. Está limpo e até agora não se meteu em confusão. A gente tem uma declaração assinada por ele, na qual ele diz que vocês dois costumavam se gabar de suas carreiras como dedos-duros. Ele conta que você riu ao falar do Quincy Miller. E do Preston, o garoto que está em Dothan, ainda cumprindo pena. E o Shiner diz que você sempre se vangloriou do seu desempenho no julgamento envolvendo um assassinato em Gulfport, da Kelly Morris, a garota que está cumprindo prisão perpétua por sua causa. A gente verificou esses casos, Zeke, leu as transcrições com o seu depoimento. O Shiner está dizendo a verdade dessa vez.

Ele olha para mim, bate as cinzas de novo.

– E daí?

– E daí que chegou a hora de você ficar limpo também e ajudar o Quincy. Não vai arrancar nenhum pedaço seu, Zeke. Não vai mudar em nada a sua vida. Como eu já disse várias vezes, o pessoal na Flórida já se esqueceu de você há muito tempo. Eles não dão a mínima se agora você admitir que mentiu sobre o Quincy.

Ele joga fora a guimba do segundo cigarro e pede um terceiro. Eu acendo para ele. Ele puxa a fumaça com força, aumenta a neblina acima de nossas cabeças e diz, com sarcasmo:

– Putz, sei lá, Post, estou preocupado com a minha reputação.

– Muito engraçado, mas eu não perderia muito tempo me preocupando com isso. Eu tenho um acordo pra te oferecer, Zeke, é pegar ou largar. Como te disse, eu tenho um amigo em Little Rock que tem alguma influência, caso contrário eu não estaria sentado aqui agora. Ninguém na Caverna recebe visitas, não é mesmo? Então, o acordo é mais ou menos o seguinte: o pessoal aqui no Arkansas está pensando em acrescentar mais seis meses à sua pena, punição pelo estoque. Com isso são mais 21 meses ainda aqui neste lixo. Meu amigo pode fazer isso tudo sumir, sobrariam só três meses. Um ano e meio podem simplesmente sumir. Tudo o que você precisa fazer é assinar a declaração.

Ele sopra a fumaça, joga o filtro longe e olha para mim, incrédulo.

– Só pode ser brincadeira.

– E por que seria? Você faz o que devia fazer de um jeito ou de outro, como um ser humano decente, o que você não é e nós dois sabemos disso, e o Quincy é solto.

– Nenhum juiz vai deixar ele sair de lá só porque vinte anos depois eu vou aparecer dizendo que menti, Post. Fala sério!

– Deixa que eu me preocupo com isso. Qualquer prova ajuda nesses casos, Zeke. Você provavelmente não se lembra de uma testemunha chamada

Carrie Holland. Ela mentiu também, mas a diferença é que agora ela tem a coragem de admitir. Eu já estou com a declaração dela, se você quiser dar uma olhada. Uma mulher corajosa, Zeke. É hora de se preparar, garotão, e falar a verdade só pra variar um pouco.

– Sabe de uma coisa, Post, eu estava começando a gostar de você.

– Não se dê ao trabalho. Eu não sou tão agradável assim, e na verdade não me importo. Minha missão é desfazer essa rede de mentiras que condenou o Quincy. Você quer eliminar esses dezoito meses ou não?

– Como eu vou confiar em você?

– O verbo "confiar" não soa muito bem vindo de você, Zeke. Eu sou um homem honesto. Não minto. Acho que você vai ter que arriscar.

– Me dá mais um.

Acendo o quarto cigarro. Ele está calmo agora, ponderando, e diz:

– Esse acordo. Você pode colocar ele por escrito?

– Não, não é assim que funciona. Todos os presídios do Arkansas estão superlotados e o estado precisa dar uma aliviada nisso. As prisões do condado estão entupidas, algumas têm seis homens dormindo em uma cela, e as autoridades estão atrás de espaço. Eles não se importam com o que acontece com você.

– Tem razão.

Olho para o meu relógio.

– Eles disseram que iam me dar meia hora, Zeke. O tempo acabou. A gente tem um acordo ou não?

Ele pensa enquanto fuma o cigarro.

– Quanto tempo eu vou ficar na Caverna?

– Você vai sair amanhã, eu prometo.

Ele assente e eu entrego a ele a declaração juramentada. Levando em consideração o fato de que ele não sabe ler muito bem, o texto é simples, nada com mais de três sílabas. Com um cigarro pendurado no canto da boca e a fumaça queimando os olhos, ele lê com atenção. Cinzas caem em sua camisa e ele as limpa. Após a última página, ele arremessa o filtro longe e diz:

– Por mim tudo certo.

Eu entrego uma caneta para ele.

– Você promete, Post?

– Prometo.

O PRINCIPAL ADVOGADO de processos envolvendo pena de morte no Arkansas é um amigo com quem trabalhei em outro caso. O primo de primeiro grau da esposa dele é senador estadual, presidente do Comitê de Apropriações e, portanto, o encarregado pelo financiamento de todas as secretarias, incluindo a Correcional. Não gosto de fazer nada com base na troca de favores, porque tenho muito pouco a oferecer, mas neste ramo sou obrigado a trabalhar em rede. De vez em quando, os pontos se conectam e um milagre acontece.

Saindo dos campos de algodão do nordeste do Arkansas, ligo para Vicki com as notícias. Ela fica animada e corre para contar a Mazy.

DEPOIS QUE O pesadelo de Quincy ficou para trás, June se casou novamente. Sua segunda investida, com um homem chamado James Rhoad, foi um pouco menos caótica que a primeira, mas não durou muito. Ela ainda estava muito mal naquela época, emocionalmente instável e usando drogas. Frankie achou Rhoad em Pensacola. Ele não tinha nada de bom a dizer sobre sua ex-esposa e, depois de algumas cervejas, contou a história que queríamos ouvir.

Eles já moravam juntos antes de se casarem e, durante aquele breve período de romance e êxtase, bebiam demais e fumavam crack, mas sempre longe das crianças. Em várias ocasiões, June debochou de Quincy, um homem que ela abominaria para sempre. Ela confidenciou a Rhoad que havia mentido para ajudar a mandar Quincy para a cadeia e que as mentiras foram encorajadas pelo xerife Pfitzner e por Forrest Burkhead, o promotor.

Rhoad estava relutante em se envolver naquilo, mas Frankie sabe ser persistente. Faz parte dos nossos valores. Vá com calma, conheça as testemunhas, conquiste determinado grau de confiança e sempre lembre a elas gentilmente que um homem inocente foi prejudicado pelo sistema. Nesse caso, por homens brancos de uma cidadezinha retrógrada.

Frankie garantiu a Rhoad que ele não havia feito nada de errado e que não teria problemas. June tinha mentido e não estava disposta a reconhecer o dano que causara. Ele, Rhoad, poderia ajudar imensamente.

Em outro bar, depois de mais uma rodada de cervejas, ele concordou em assinar uma declaração juramentada.

21

Nos últimos três meses, nosso trabalho foi realizado com o máximo de discrição possível. Se os homens que mataram Keith Russo sabem que estamos fuçando, não estamos cientes. Isso vai mudar quando dermos entrada no pedido de revisão criminal em nome de Quincy Miller.

A petição de Mazy tem quase três centímetros de espessura, está maravilhosamente escrita e habilmente argumentada, como sempre. Começa com um desmantelamento completo do depoimento de Paul Norwood sobre a análise das manchas de sangue. Ela ataca suas qualificações e diz coisas não muito agradáveis sobre ele. Em detalhes excruciantes, analisa os sete casos em que ele incriminou homens inocentes e que depois foram libertados com base em testes de DNA. Ela expõe com clareza o fato de que esses sete homens cumpriram um total de 98 anos de prisão, e que nenhum deles ficou tanto tempo na cadeia quanto Quincy Miller.

Na petição, Mazy mostra Norwood se enforcando com a própria corda, enquanto ela traz conteúdo científico de verdade e Kyle Benderschmidt assume o palco. Suas qualificações impecáveis são apresentadas e contrastadas com as do perito da acusação. Seu parecer começa com incredulidade: a lanterna é a única conexão entre Quincy e o fato, e ela não foi obtida na cena do crime; não há quaisquer provas de que o objeto estivesse de fato no local no momento do assassinato, não há provas de que as pequenas manchas na lente sejam realmente sangue humano; é impossível determinar pelas fotografias se os pequenos pontos laranja são mesmo gotas de sangue;

é impossível determinar o ângulo dos disparos; é impossível saber como o assassino segurava a lanterna enquanto disparava, se é que de fato ele a segurava. Muitas impossibilidades. O depoimento de Norwood era factualmente equivocado, sem fundamentação científica, legalmente irresponsável, e ia de encontro à razão. Norwood presumiu fatos cruciais que não podiam ser comprovados e, quando confrontado com incógnitas, simplesmente inventava mais informações.

O resumo das descobertas de Benderschmidt é persuasivo, convincente e constitui uma nova evidência. Mas ainda tem mais.

Nosso segundo perito é o Dr. Tobias Black, um renomado cientista forense de São Francisco. Trabalhando paralelamente ao Dr. Benderschmidt, o Dr. Black analisou as fotos e as provas e leu a transcrição do julgamento. Ele não disfarça seu desprezo por Norwood e por seus colegas pseudocientistas. Suas conclusões são as mesmas.

Mazy escreve feito uma ganhadora do Nobel e, quando os fatos estão a seu favor, é impossível contestá-la. Não ia querer essa mulher contra mim se eu cometesse um crime.

Ela critica a investigação do xerife Pfitzner. Usando a Lei da Liberdade de Informação, Vicki obteve registros da polícia estadual da Flórida. Num memorando, um investigador reclamou da mão pesada de Pfitzner e de seus esforços para se manter completa e unicamente no controle do caso. Ele não queria interferência externa e se recusava a cooperar.

Não havendo provas concretas que vinculassem Quincy ao crime, tornou-se imperativo para Pfitzner fabricar uma. Sem notificar a polícia estadual, ele obteve um mandado de busca do carro de Quincy e, convenientemente, encontrou a lanterna no porta-malas.

A petição então prossegue mencionando as testemunhas mentirosas e inclui as declarações juramentadas de Carrie Holland Pruitt, Zeke Huffey, Tucker Shiner e James Rhoad. Mazy é contida, mas quase cruel ao falar dos mentirosos, e manifesta sua fúria com uma argumentação avassaladora a respeito do uso de depoimentos de informantes nos processos judiciais nos Estados Unidos.

Em seguida, ela analisa a questão da motivação e enfatiza com veemência o fato de o suposto ressentimento de Quincy contra Keith Russo ter sido mais anedótico do que factual. Ela apresenta uma declaração juramentada da ex-recepcionista do escritório de Russo, que afirma que se lembra de apenas uma visita do cliente insatisfeito, que estava "levemente chateado". Mas ele não fez ameaças e foi embora quando ela informou a ele que Keith não estava. Ela não se lembra da segunda e ameaçadora visita que Diana Russo descreveu ao júri. A polícia nunca foi chamada. Na verdade, não havia nenhum registro de alguém do escritório reclamando do comportamento de Quincy. Em relação às ameaças telefônicas, simplesmente não havia provas. Diana impediu os esforços da defesa em obter os registros telefônicos do casal, e eles foram destruídos.

A última seção da petição traz o depoimento do próprio Quincy. Como ele não depôs no julgamento, agora tem a chance de contar a história com as próprias palavras. Ele nega qualquer envolvimento, nega a qualquer tempo ter possuído ou disparado uma espingarda calibre 12, e nega ter qualquer conhecimento a respeito da lanterna até o momento em que fotos dela foram apresentadas no tribunal. Ele nega ter estado em Seabrook na noite do assassinato. O álibi dele era e continua sendo sua antiga namorada, Valerie Cooper, que nunca mudou seu depoimento, segundo o qual ele estaria com ela naquela noite. Anexamos uma declaração juramentada de Valerie.

A petição consta de 54 páginas de um raciocínio claro e consistente, e que deixa poucas dúvidas, pelo menos na cabeça dos companheiros da Guardiões da Inocência, de que a Flórida condenou o homem errado. Em tese ela seria lida por juízes instruídos e justos, que deveriam ficar horrorizados e agir rapidamente para corrigir uma injustiça, mas isso nunca acontece.

Protocolamos a petição discretamente e esperamos. Após três dias, fica claro que a imprensa não tem interesse no assunto, e isso é bom para nós. Afinal, o caso foi encerrado há 22 anos.

Como não tenho licença para praticar a advocacia na Flórida, Susan Ashley Gross, uma velha amiga que dirige o Projeto Pró-Inocência do centro da Flórida, assina a petição conosco. O nome dela é o primeiro listado após os pedidos, acima do meu e do de Mazy. Nossa representação é agora de conhecimento público.

Envio uma cópia de nossa petição a Tyler Townsend e fico torcendo para que ele responda.

NO ALABAMA, CHAD Falwright cumpre sua promessa de fazer justiça contra mim e não contra o verdadeiro assassino. Ele registra uma representação de violação ao código de ética na Ordem dos Advogados do Alabama, da qual eu não sou membro, e uma na Geórgia, onde minha licença está registrada. Chad quer que eu seja expulso por adulterar evidências. Por pegar emprestado um pelo pubiano.

Já passei por isso antes. É um aborrecimento, e pode ser intimidador, mas não posso me amedrontar. Duke Russell ainda está cumprindo pena no lugar de Mark Carter, e isso me tira o sono. Ligo para um advogado amigo meu em Birmingham e ele está ansioso por uma briga. Mazy cuidará da representação na Geórgia.

ESTOU NA SALA de reuniões do segundo andar, lendo uma pilha de cartas desesperadas vindas da prisão, quando Mazy dá um grito. Desço as escadas e entro na sala dela, onde ela e Vicki estão olhando para o monitor em cima da mesa. O texto está em negrito, numa fonte tosca quase difícil de ler, mas a mensagem é clara.

a petição apresentada no condado de Poinsett é interessante, mas em momento algum menciona Kenny Taft. talvez ele não tenha sido baleado por traficantes; talvez ele soubesse demais. (esta mensagem vai evaporar cinco minutos depois de ser aberta. ela não pode ser rastreada. não se dê ao trabalho).

Ficamos boquiabertos até ela lentamente desaparecer e a página ficar em branco. Vicki e eu nos sentamos, o olhar fixo nas paredes. Mazy digita no teclado e por fim diz:

– É um site chamado From Under Patty's Porch. Pagando 20 dólares por mês, com cartão de crédito, você tem trinta dias de acesso a uma sala de bate-papo privada, onde as mensagens são confidenciais, temporárias e não podem ser rastreadas.

Não faço ideia do que ela está falando. Ela digita mais um pouco e diz:

– Parece legal e provavelmente inofensivo. Muitos desses servidores ficam no Leste Europeu, onde as normas de privacidade são mais rígidas.

– A gente consegue responder? – pergunta Vicki.

– A gente *quer* responder? – pergunto.

– Sim, podemos responder, por vinte dólares – responde Mary.

– Não está previsto no orçamento – diz Vicki.

– Essa pessoa está usando o nickname cassius.clay.444. A gente podia pagar e mandar uma mensagem pra ela.

– Agora não – digo. – Essa pessoa não quer falar e não vai dizer nada. Vamos pensar sobre isso.

Pistas anônimas fazem parte do jogo e acabam sendo uma ótima maneira de perder um bom tempo.

KENNY TAFT TINHA 27 anos quando foi morto numa parte remota do condado de Ruiz, em 1990. Ele era o único assistente negro do xerife Pfitzner e trabalhava lá havia três anos. Ele e seu parceiro, Gilmer, foram destacados por Pfitzner para um local que se acredita ser usado como entreposto por traficantes de cocaína, que supostamente não estariam no local. Taft e Gilmer achavam que não teriam problemas. Sua missão era fazer uma viagem de reconhecimento, em tese solicitada pela divisão de narcóticos em Tampa. Havia apenas uma remota possibilidade de que o local estivesse de fato em operação, e o trabalho deles era dar uma olhada e elaborar um relatório.

De acordo com Gilmer, que sobreviveu com ferimentos leves, eles caíram numa emboscada enquanto dirigiam lentamente por uma estrada de cascalho às três da manhã. A mata era densa e eles não viram ninguém. Os primeiros tiros atingiram a lateral do carro sem nenhuma identificação da polícia que Gilmer estava dirigindo; depois as janelas traseiras foram estouradas. Ele parou o veículo, pulou para fora e engatinhou até uma vala. Do outro lado, Kenny Taft também saiu do carro, mas foi imediatamente atingido na cabeça e morreu no local. Ele não teve tempo nem de pegar a arma. Quando os tiros pararam, Gilmer se arrastou até o carro e pediu ajuda.

Os atiradores desapareceram sem deixar rastros. Agentes da divisão de narcóticos acreditavam ter sido obra dos traficantes. Meses depois, um informante teria dito que os assassinos não perceberam que se tratava de policiais. Havia muita cocaína escondida no entreposto, poucos metros adiante, e eles foram forçados a proteger o estoque.

O informante teria dito que os traficantes estavam em algum lugar da América do Sul. Boa sorte na busca.

22

Recebo um telefonema irritado de Otis Walker. Parece que sua esposa, June, está aborrecida porque seu segundo marido, James Rhoad, disse algo ruim sobre ela no tribunal. Pacientemente, explico que ainda não fomos ao tribunal, mas que apresentamos uma declaração assinada por Rhoad, na qual ele afirma que June fez piada sobre ter mentido em juízo para enquadrar Quincy.

– Ele chamou ela de mentirosa? – pergunta Otis, como se estivesse surpreso. – Na frente do júri?

– Não, não, Sr. Walker, não no tribunal, só em alguns papéis.

– Por que ele fez isso?

– Porque nós pedimos a ele. A gente está tentando tirar o Quincy da prisão porque ele não matou aquele advogado.

– Então, vocês estão dizendo que a minha esposa June é uma mentirosa, é isso?

– Nós estamos dizendo que ela mentiu no tribunal naquela época.

– Dá no mesmo. Não sei como vocês conseguem desenterrar essa merda toda depois de vinte anos.

– Sim, senhor. É muito tempo mesmo. Imagina pro Quincy.

– Acho que eu devia é falar com um advogado.

– Faz isso. Dá o meu telefone pra ele e eu vou adorar se a gente puder bater um papo. Mas você vai jogar dinheiro fora.

MAZY RECEBE UMA mensagem do site From Under Patty's Porch:

o salty pelican é um antigo bar na orla de nassau, nas bahamas; esteja lá na próxima terça-feira ao meio-dia; é importante; (essa mensagem vai se extinguir cinco minutos depois de ser aberta; nem pense em tentar rastreá-la).

Pego um cartão de crédito, entro no site, pago, faço login como joe. frazier.555 e envio minha mensagem: *Devo levar uma arma ou um guarda--costas?*

Dez minutos depois, recebo: *Não, eu venho em paz. O bar está sempre lotado, com muitas pessoas por perto.*

Eu respondo: *Quem vai reconhecer quem?*

Vai dar certo. Não seja seguido.

Até mais.

A CONVERSA PRATICAMENTE se transforma numa briga. Mazy está irredutível em sua opinião de que não faz o menor sentido eu ir me encontrar com um desconhecido. Vicki também não gosta da ideia. Defendo que é um risco que precisamos correr, por razões óbvias. Essa pessoa sabe muito sobre o caso e quer ajudar. Ele ou ela está com medo suficiente para querer marcar o encontro fora do país, o que, pelo menos para mim, indica que podemos obter informações quentes.

Mesmo perdendo de dois a um, decido ir de qualquer jeito e dirijo até Atlanta. Vicki é mestra em encontrar os melhores preços de passagens aéreas, hotéis e carros para alugar, e faz uma reserva num turboélice de uma companhia das Bahamas com duas escalas antes de sair dos Estados Unidos. O avião tem apenas uma comissária de bordo, que é incapaz de sorrir e não demonstra nenhum interesse em abandonar seu *jump seat*.

Sem bagagem, passo direto pela imigração e pego um táxi numa longa fila. É um Cadillac vintage dos anos 1970, com um rádio alto tocando Bob Marley para nós, turistas. O tráfego praticamente não anda, então há poucas chances de acontecer um acidente fatal. Ficamos parados num engarrafamento impressionante, e para mim isso já é demais. Desço do carro e pago a corrida, enquanto ele me indica o caminho.

O Salty Pelican é um antigo bar com vigas soltas e um telhado de palha. Grandes ventiladores barulhentos pendem do teto e oferecem a mais fraca das brisas. Nativos das Bahamas jogam uma barulhenta partida de dominó numa mesa lotada. Parecem estar apostando. Outros jogam dardos a um canto. Há mais brancos do que negros e, obviamente, é um lugar popular para turistas. Pego uma cerveja no bar e me sento a uma mesa sob um guarda-sol, a três metros da água. Estou usando óculos escuros e boné, e tentando casualmente prestar atenção nas coisas ao redor. Ao longo dos anos, me tornei um bom investigador, mas ainda sou péssimo espião. Se alguém estiver me seguindo, nunca vou saber.

O relógio dá meio-dia enquanto eu observo atentamente a água.

– Olá, Post – diz uma voz atrás de mim.

Tyler Townsend se senta na cadeira ao meu lado. O nome dele era o primeiro na minha lista de apostas.

– Olá – respondo sem dizer o nome dele, e damos um aperto de mão. Ele se senta com uma garrafa de cerveja.

Ele também está usando óculos escuros e boné, e está vestido como se estivesse pronto para uma partida de tênis. Bronzeado e bonito, com apenas alguns fios de cabelo branco. Temos mais ou menos a mesma idade, mas ele parece mais jovem.

– Você vem sempre aqui? – pergunto.

– Sim, nós temos dois shoppings em Nassau, então minha esposa acha que vim aqui a negócios.

– Por que estamos aqui?

– Vamos dar uma volta – diz ele, erguendo-se. Caminhamos ao longo do cais, sem dizer nada, até entrarmos numa grande doca com uma centena de barcos. – Vem comigo.

Descemos para uma plataforma mais baixa e ele aponta para uma verdadeira beldade. Com cerca de quinze metros de comprimento, foi projetada para se aventurar no oceano e pegar os peixes-espada que você vê empalhados e pendurados nas paredes. Ele pula a bordo e estica a mão para me ajudar.

– É seu? – pergunto.

– Meu e do meu sogro. Vamos dar uma volta.

Ele pega duas cervejas de um cooler, senta na cadeira do capitão e liga os motores. Eu me recosto num sofá acolchoado e respiro o ar salgado enquanto atravessamos o porto. Logo uma névoa fina está pulverizando meu rosto.

TYLER CRESCEU EM Palm Beach, filho de um proeminente advogado audiencista. Passou oito anos na Universidade da Flórida, cursando Ciências Políticas e Direito, com planos de voltar para casa e ingressar no escritório da família. Sua vida saiu dos trilhos quando o pai foi morto por um motorista bêbado uma semana antes de ele fazer a prova da Ordem. Tyler esperou um ano, conseguiu colocar as coisas nos eixos, passou no exame e arranjou um emprego em Seabrook.

Com a certeza de ter emprego no futuro, ele não tinha se preocupado em estudar com afinco. Seu histórico da graduação não era muito extenso. Ele precisou de cinco tumultuados anos para conseguir o diploma de bacharel. Terminou entre os últimos da sua turma de Direito, e gostava de estar nessa posição. Tinha uma reputação de festeiro e bom de papo, frequentemente bastante convencido pelo fato de o pai ser uma figura importante. De repente, forçado a procurar emprego, as entrevistas se mostraram escassas. Um escritório de Direito Imobiliário em Seabrook o contratou, mas ele durou apenas oito meses.

Para reduzir as despesas, Tyler dividia um escritório com outros advogados. Para pagar as contas, se oferecia para pegar todos os casos de defesa dativa atribuídos pelo tribunal. O condado de Ruiz era pequeno demais para ter um defensor público, e os casos de defesa dativa eram distribuídos pelos juízes. Sua ânsia por estar numa sala de audiências lhe cobrou um alto preço quando o assassinato de Russo chocou a cidade. Todos os outros advogados fingiram desaparecer, e Tyler foi nomeado para representar Quincy Miller, considerado culpado desde o dia em que foi preso.

Para um advogado de 28 anos com experiência limitada no tribunal, sua defesa foi nada menos que magistral. Ele lutou ferozmente, contestou todas as evidências, discutiu com as testemunhas da acusação e acreditou com veemência na inocência de seu cliente.

A primeira vez que li a transcrição do julgamento, fiquei impressionado com sua ousadia no tribunal. Na terceira leitura, porém, percebi que sua defesa impiedosa provavelmente criou um sentimento de hostilidade com o júri. Apesar disso, o garoto tinha um enorme potencial como advogado.

E aí ele abandonou o Direito.

MARGEAMOS A ORLA de Paradise Island e atracamos num resort. Enquanto caminhamos pelo píer em direção ao hotel, Tyler diz:

– Estamos pensando em comprar este lugar. Está à venda. Quero diversificar um pouco os negócios e tentar fugir dos shoppings. Mas meu sogro é mais conservador.

Uma empreiteira da Flórida que age de forma conservadora?

Assinto, como se achasse isso fascinante. Conversas sobre dinheiro me dão enxaqueca. Qualquer coisa que tenha a ver com finanças, mercados, fundos de garantia, capital privado, capital de risco, pontos base, imóveis, títulos, etc., eu não dou a mínima. Como não tenho um tostão furado, não me importo com o modo como os outros investem suas fortunas.

Cruzamos o saguão como dois turistas de férias e pegamos o elevador para o terceiro andar, onde Tyler tem uma enorme suíte. Eu o sigo até uma varanda com uma adorável vista da praia e do oceano. Ele pega duas cervejas numa geladeira e nos sentamos para conversar.

– Eu te admiro, Post, pelo que você está fazendo – começa ele. – De verdade. Eu me afastei do Quincy porque não tive escolha, mas nunca acreditei que ele tivesse matado o Keith Russo. Ainda penso bastante nele.

– Quem matou o Russo?

Ele respira fundo e toma um longo gole da cerveja. Olha para o mar. Estamos sob um grande guarda-sol numa varanda, sem sinal algum de atividade humana em qualquer lugar nas proximidades, exceto por risadas distantes na praia. Ele olha para mim e pergunta:

– Você está grampeado, Post?

Hoje não. Ainda bem.

– Por favor, Tyler. Eu não sou policial.

– Você não respondeu à minha pergunta.

– Não. Eu não estou grampeado. Você quer que eu tire a roupa pra provar?

Ele assente e diz:

– Sim.

Devolvo o aceno, sem problemas. Me afasto da mesa e tiro a roupa até ficar só de cueca. Ele observa atentamente e, quando considera que já fui longe demais, avisa:

– É o suficiente.

Eu me visto e volto para o meu lugar e para a minha cerveja.

– Desculpe por isso, Post – diz ele —, mas todo cuidado é pouco. Você vai entender em breve.

Levanto as mãos e digo:

– Olha, Tyler, não faço ideia do que você tem em mente, então vou ficar de bico calado, certo? Não preciso dizer que tudo o que você me contar aqui é absolutamente confidencial. As pessoas que mataram o Keith Russo ainda estão por aí, em algum lugar, e têm medo da verdade. Você pode confiar em mim, entendeu?

Ele assente e diz:

– Acho que sim. Você me perguntou quem matou Russo, e a resposta é que eu não sei. Tenho uma boa teoria, uma excelente teoria, na verdade, e, quando eu te contar a minha história, acho que você vai concordar.

– Sou todo ouvidos – digo, depois de dar um gole na cerveja.

Tyler respira fundo e procura relaxar. O álcool cumpre um papel importante aqui, e eu esvazio minha garrafa. Ele pega mais duas cervejas na geladeira, depois se recosta na cadeira e olha em direção ao mar.

– Eu conhecia o Keith Russo, e muito bem. Ele era cerca de dez anos mais velho que eu e estava indo no caminho certo. Já estava cansado de viver numa cidade pequena e sonhava com alguma coisa maior. Eu particularmente não gostava dele, ninguém gostava, na verdade. Ele e a esposa estavam ganhando dinheiro representando traficantes de drogas em Tampa, e tinham até um apartamento lá. Corriam vários boatos por Seabrook de que eles planejavam aumentar as apostas, largar os peixes pequenos e ir atrás dos grandes. Ele e a Diana trabalhavam sozinhos, como se estivessem acima do restante de nós, reles mortais. Às vezes tinham que suar a camisa quando as coisas estavam indo devagar, cuidando de divórcios, falências, inventários, testamentos, mas esse trabalho era merda pra eles. O serviço que o Keith prestou pro Quincy no divórcio foi patético, e o Quincy ficou possesso, com razão. Eles escolheram o clichê perfeito, não foi, Post? Cliente insatisfeito enlouquece e mata advogado preguiçoso.

– O plano deles funcionou.

– Sim, funcionou. A cidade ficou chocada. O Quincy foi preso e todo mundo respirou aliviado. Todos os advogados se esconderam, todo mundo, menos eu, e eu fui chamado. Não tive escolha. No começo achei que ele fosse culpado, mas ele logo me convenceu do contrário. Eu aceitei o caso e isso acabou com a minha carreira como advogado.

– Você fez um trabalho maravilhoso no julgamento.

Ele faz um gesto de desdém com a mão, como se discordasse.

– Eu não me importo mais. Isso foi em outra vida. – Ele se apoia nos cotovelos, como se as coisas agora fossem ficar ainda mais sérias. – Vou te contar o que aconteceu comigo, Post. Nunca contei esta história pra ninguém, nem pra minha esposa, e você não pode passar adiante o que vou dizer. Não que eu ache que vá fazer isso, porque é bem perigoso. Mas o que aconteceu foi o seguinte: depois do julgamento, eu fiquei física e psicologicamente exausto. Fiquei também enojado com o julgamento e com o veredito, tomei horror ao sistema. Mas, depois de algumas semanas, parte da minha energia voltou, porque eu tive que fazer a apelação. Trabalhei dia e noite e me convenci de que eu podia persuadir a Suprema Corte da Flórida, algo que raramente acontece.

Ele toma um gole da cerveja e observa o mar.

– E os bandidos estavam me observando. Eu tinha certeza. Fiquei paranoico com meus telefones, com o meu apartamento, o escritório, o carro, tudo. Recebi duas ligações anônimas e, nas duas vezes, uma voz masculina bem assustadora advertiu: "Mete o pé!" Mais nada. Só "mete o pé". Eu não podia reportar isso à polícia, porque não confiava neles. O Pfitzner estava no controle de tudo, e ele era o inimigo. Porra, provavelmente era dele a voz do outro lado. Uns cinco ou seis meses depois do julgamento, enquanto eu estava trabalhando no recurso, dois dos meus colegas da faculdade de Direito sabiam que eu precisava fugir, então eles planejaram uma viagem pra Belize, pra gente pescar. Já ouviu falar em *bonefishing*?

Eu nunca tinha ouvido falar em *bonefishing*.

– Não.

– É demais. Você vai atrás dos peixes nos bancos de areia, ótimos aqui nas Bahamas e em toda a América Central. Belize tem alguns dos melhores. Meus amigos me convidaram pra ir até lá e eu precisava de um tempo. *Bonefishing* é um programa de amigos, sem as esposas ou as namoradas, com muita bebida. Então eu fui. Na segunda noite, fomos a uma festa na praia, não muito longe da nossa pousada. Muita gente da região, algumas mulheres, muitos gringos por lá pra pescar e beber. Então tudo começou a ficar confuso. A gente estava tomando cerveja e ponche de rum, mas não a ponto de desmaiar. Eu não tinha bebido muito, mas a minha bebida foi batizada e alguém me levou embora. Para onde, eu não sei, nem nunca vou saber. Acordei no chão de uma cela de concreto sem janelas. Quente feito o inferno, uma sauna. Minha cabeça estava girando e eu precisava vomitar. Tinha uma garrafinha de água no chão e eu tomei ela inteira. Estava só de cueca. Fiquei sentado no chão quente por horas e esperei. Então a porta se abriu e dois sujeitos armados com uma cara bem ruim vieram na minha direção. Eles me deram um tapa, me vendaram e amarraram meus pulsos, depois fomos caminhando por uma meia hora por uma estradinha de terra. Eu tropeçava e estava morrendo de sede, e a cada dez passos mais ou menos um dos bandidos me xingava em espanhol e me empurrava.

Tyler toma um gole de cerveja e depois continua:

– Quando paramos, eles amarraram uma corda em volta das minhas mãos, esticaram meus braços acima da cabeça e me puxaram para cima. Doeu pra cacete, e depois tive até que fazer uma cirurgia no ombro, mas naquela hora eu não estava pensando no depois. Esbarrei em várias vigas de madeira na subida e por fim parei no alto de uma torre, onde eles tiraram a minha venda e eu pude olhar ao redor. A gente estava na beira de uma lagoa, um pântano ou algo assim, do tamanho de um campo de futebol. A água era espessa, turva e cheia de crocodilos. Muitos crocodilos. Comigo ali no deque tinha mais três caras armados até os dentes, nem um pouco amigáveis, e dois garotos magricelos que não deviam ter mais de 18 anos. Os garotos pareciam hispânicos e estavam completamente nus. Uma espécie de tirolesa saía da torre e cruzava a lagoa, amarrada a uma árvore do outro lado. Se não fosse pelos crocodilos, poderia ser um bom lugar pra passar o verão, uma piscina com uma tirolesa. Se não fosse pelos crocodilos. A minha cabeça estava latejando e meu coração estava prestes a explodir.

Eu acompanhava atentamente o que Tyler dizia.

– Eles pegaram um saco de juta com umas galinhas ensanguentadas dentro, amarraram na tirolesa, depois soltaram. Quando o saco passou pela água, respingou sangue, e isso deixou os crocodilos bem agitados. Quando o saco parou no meio da lagoa, um dos guardas puxou uma corda e as galinhas mortas caíram uma atrás da outra em cima dos crocodilos. Eles deviam estar morrendo de fome, porque foi uma loucura. Depois de servirem a entrada, era hora do prato principal. Eles pegaram o primeiro garoto magricelo e amarraram os pulsos dele na tirolesa. Ele gritou quando foi chutado da torre e gritou ainda mais alto ao sair voando por sobre a lagoa. Quando parou no meio, os dedos dos pés dele estavam uns três metros acima dos crocodilos. O coitado gritava e chorava. Foi horrível, absolutamente horrível. Aos poucos, um guarda girou a manivela e desceu o garoto. Ele chutou freneticamente, como você pode imaginar. Ele chutou e gritou feito um louco, mas os pés dele logo chegaram na altura da água, e os crocodilos começaram a dilacerar a carne e os ossos. O guarda continuou girando a manivela, o garoto desceu mais ainda. Eu vi um ser humano ser devorado vivo.

Ele dá um gole na cerveja e olha para o mar.

– Post, não dá pra descrever o medo, o horror absoluto de assistir a uma coisa tão indescritível quanto essa e saber que você é um dos próximos na fila. Eu me mijei todo. Pensei que fosse desmaiar. Eu queria me jogar lá de cima, mas tinha os guardas. Senti medo como poucas pessoas já sentiram. Enfrentar um pelotão de fuzilamento deve ser horrível, mas pelo menos tudo acaba num piscar de olhos. Ser comido vivo, por outro lado... Enfim, quando eles estavam pegando o segundo garoto, percebi o óbvio. Eu tinha sido escolhido para ir por último pra viver o pesadelo de assistir aos dois primeiros. E teve uma outra coisa. Eu ouvi umas risadas à minha direita, num edifício pequeno do outro lado. Vozes masculinas, rindo enquanto assistiam àquilo tudo, e fiquei me perguntando quantas vezes aqueles caras iam lá fazer aquelas coisas. Fiz um movimento em direção à borda da plataforma, mas um guarda me puxou pelo cabelo e me jogou contra a grade. Os caras eram grandes e violentos, e eu não era forte o suficiente pra resistir, mas não que eu tivesse esperanças. Tentei desviar o olhar, mas o guarda me agarrou pelo cabelo de novo e sussurrou: "Olha! Olha bem!" Eles empurraram o segundo garoto pra fora da torre. Ele gritou ainda mais alto e, quando balançaram ele acima dos crocodilos, ele chutou e berrou: "Maria! Maria!" Quando começaram a descer ele na água, eu fechei os olhos. Os sons da carne dele sendo rasgada e dos ossos se quebrando eram nauseantes. Eu acabei desmaiando, mas isso não me ajudou em nada. Eles me deram um tapa violento, me colocaram de pé, me amarraram na tirolesa e me empurraram. Eu ouvi as risadas de novo. Quando parei no meio da lagoa, olhei para baixo. Falei pra mim mesmo pra não fazer isso, mas não consegui evitar. Era só sangue, pedaços de ossos, partes dos corpos e todos aqueles crocodilos frenéticos querendo mais. Quando percebi que estavam me descendo, pensei na minha mãe e na minha irmã, e em como elas jamais ficariam sabendo o que tinha acontecido comigo. E era bom que nunca soubessem. Não gritei, mas não consegui parar de chutar.

Tyler respira fundo para se recompor, e prossegue:

– Quando o primeiro crocodilo gordo pulou no meu pé, ouvi alguém falando alto em espanhol. Começaram a me subir. Eles me desceram da torre e me vendaram de novo. Eu estava fraco demais pra andar, então me carregaram num carrinho de golfe. Fui jogado de volta na mesma cela, onde me enrolei todo feito uma bola no chão de concreto e chorei e suei por pelo menos uma hora antes de os guardas voltarem. Um deles me deu um soco e segurou meus braços atrás das costas, enquanto o outro me injetou alguma droga. Quando acordei, estava de novo em Belize, na caçamba de uma caminhonete dirigida por dois policiais. Paramos na delegacia e fui com eles lá pra dentro. Um deles me deu uma xícara de café enquanto o outro contou que os meus amigos estavam muito preocupados comigo. Eles tinham sido informados que eu estava detido por embriaguez pública, e me disseram que aquela era a melhor versão pra eu contar. Depois que a minha cabeça clareou e voltei pra pousada, conversei com meus amigos e tentei montar uma narrativa. Eu disse pra eles que tinha sido preso, nada de mais, só mais uma aventura. O sequestro durou umas quarenta horas e tenho certeza de que envolveu um barco, um helicóptero e um avião, mas minhas memórias estavam embaralhadas. As drogas. Eu mal podia esperar pra sair de Belize e voltar pra casa. Não quero nunca mais pisar num país como aquele. Nem praticar *bonefishing*.

Ele para e bebe mais um pouco. Estou chocado demais para dizer qualquer coisa, mas consigo murmurar:

– Que loucura.

– Ainda tenho pesadelos por causa disso. Preciso mentir pra minha esposa quando acordo gritando. Esses pesadelos sempre se repetem, nunca acabam.

Tudo o que posso fazer é balançar a cabeça.

– Quando voltei pra Seabrook, eu estava um caco. Não conseguia comer nem dormir, não conseguia ficar no escritório. Eu me trancava no quarto e tentava cochilar, sempre com uma arma carregada. Ficava exausto a ponto de desmaiar, porque não conseguia dormir. Eu via aqueles dois garotos o tempo todo. Ouvia os gritos deles, o choro angustiado, o frenesi assustador dos crocodilos famintos, os ossos quebrando e as risadas ao longe. Eu pensei em me matar, Post, pensei mesmo.

Tyler esvazia a garrafa e vai até a geladeira pegar outra. Depois se senta e continua:

– De algum jeito, me convenci de que aquilo tudo tinha sido um sonho causado por excesso de álcool e uma bebida batizada. Um mês se passou, e aos poucos comecei a juntar as peças. Foi aí que isto chegou pelo correio.

Ele pega uma pasta que eu não havia notado. Abre e me diz:

– Post, eu nunca mostrei isso pra ninguém.

Tyler me entrega uma foto colorida 20x25. É ele, de cueca, pendurado na tirolesa com os pés a centímetros da boca aberta e dos dentes afiados de um imenso crocodilo. O pavor em seu rosto é indescritível. O enquadramento é fechado, sem nada em segundo plano que possa indicar o local ou a hora.

Fico boquiaberto, depois olho para Tyler. Ele está enxugando uma lágrima do rosto e diz com a voz fraca:

– Olha, eu preciso fazer uma ligação agora. Assunto de trabalho. Pega outra cerveja, eu volto em quinze minutos. Tem mais coisa.

23

Coloco a foto de volta na pasta, em cima da mesa, e espero nunca mais ver aquilo de novo. Ando até a beira da varanda e observo o mar à minha frente. Há muitos pensamentos confusos girando ao meu redor para eu conseguir me deter em apenas um. Mas o medo domina todos eles. O medo que motivou Tyler a abandonar a profissão. O medo que mantém seus segredos enterrados. O medo que faz meus joelhos bambearem cerca de vinte anos após aquele sequestro.

Estou perdido em pensamentos e não escuto quando ele volta para a varanda. Ele me surpreende dizendo:

– O que está passando na sua cabeça agora, Post?

Ele para do meu lado com um copo de café puro na mão.

– Por que eles não mataram você? Ninguém jamais ia ficar sabendo.

– É a pergunta mais óbvia e a que eu me faço há vinte anos. Minha melhor resposta é que eles precisavam de mim. Eles conseguiram a condenação. O Quincy ia ficar na cadeia pra sempre. Eles devem ter ficado um pouco preocupados com a apelação e, como era eu que estava fazendo a petição, queriam que eu recuasse. E eu recuei. Levantei todas as questões legais mais gritantes no recurso, mas baixei o tom. Eu me dobrei, Post. Fiz de qualquer jeito. Você leu, certo?

– Claro, li tudo. Achei as razões corretas.

– Legalmente, sim, mas eu estava no automático. Não que fosse fazer qualquer diferença. A Suprema Corte da Flórida não ia reverter a condenação, não importava o que eu escrevesse. O Quincy não fazia ideia. Ele achava que eu ainda estava tentando desfazer toda aquela injustiça, mas eu dei pra trás.

– A Suprema Corte ratificou o veredito por unanimidade.

– Nada fora do esperado. A gente apresentou o recurso de praxe na Suprema Corte Federal. Foi negado como sempre. Aí eu disse pro Quincy que tinha acabado.

– E foi por isso que você não pediu a revisão criminal?

– Por isso e porque não havia novas evidências na época. Joguei a toalha e fui embora. Não preciso dizer que não estava sendo pago naquele momento. Dois anos depois, o Quincy apresentou uma petição da cadeia e conseguiu que um dos advogados-detentos o ajudasse, mas eles não chegaram a lugar algum.

Tyler se vira, volta para a mesa e se senta. Coloca a pasta em cima de uma cadeira vazia. Eu me junto a ele e ficamos sentados em silêncio por um bom tempo. Por fim, ele diz:

– Pense na logística, Post. Eles sabiam que eu estava pescando em Belize, sabiam onde ia me hospedar, então eles provavelmente tinham grampeado meus telefones. Isso foi antes da internet, então não dava para invadir e-mails. Pense na mão de obra necessária pra batizar minha bebida, me arrastar pra longe dali, me jogar num barco ou num avião e me levar pro pequeno acampamento onde eles se divertiam dando os inimigos pros crocodilos comerem. A tirolesa era bem elaborada, eram vários crocodilos, todos famintos.

– Uma quadrilha bem organizada.

– Sim, com muito dinheiro, recursos, contatos na polícia local, talvez agentes de fronteira, tudo que os maiores traficantes de drogas precisam. Eles definitivamente me convenceram. Concluí a apelação, mas eu estava um caco. Por fim, corri atrás de ajuda, disse pro meu terapeuta que eu tinha sido ameaçado por pessoas que eram capazes de concretizar as ameaças que faziam e que estava me acabando por conta disso. Ele me ajudou a passar por tudo aquilo e por fim eu fiz as malas e saí da cidade. Você precisa de mais alguma prova de que o Quincy não matou o Russo?

– Não, e com certeza não precisava dessa.

– Esse é um segredo que não pode ser revelado nunca, Post. E é por isso que não vou me envolver com ninguém que esteja se esforçando pra ajudar o Quincy.

– Então você sabe de mais coisa além do que está me contando?

Ele reflete sobre a pergunta enquanto toma o café.

– Digamos que eu sei de algumas coisas.

– O que você pode me dizer sobre o Brad Pfitzner? Imagino que naquela época você conhecesse ele muito bem.

– Havia suspeitas sobre o Pfitzner, mas ninguém falava disso abertamente. Os advogados que trabalhavam na área criminal, inclusive eu, ouviam mais fofocas do que os outros. Tinha um pequeno ancoradouro no golfo do México num lugar chamado baía de Poley. Era no condado de Ruiz, então ficava sob o controle dele. Os rumores eram de que ele permitia que as drogas entrassem por lá e que fossem armazenadas em regiões remotas do condado, antes de serem distribuídas pro norte, pros lados de Atlanta. Mas, enfim, eram só rumores. O Pfitzner nunca foi pego, nunca foi acusado. Depois que fui embora, acompanhei de longe e entrei em contato com alguns amigos advogados de Seabrook. O FBI nunca pegou o Brad.

– E o Kenny Taft?

– O Taft foi morto pouco antes de eu sair da cidade. Havia uns boatos de que o assassinato dele não tinha sido como o Pfitzner descreveu. Mais uma vez, como aconteceu com o Russo, o Pfitzner estava encarregado da investigação e podia escrever a história do jeito que achasse melhor. Ele fez uma grande encenação por ter perdido um dos seus homens. Um funeral de grandes proporções, procissão, policiais de vários lugares enfileirados nas ruas. Uma despedida gloriosa pra um soldado caído.

– A história do Taft é importante? – pergunto.

Ele fica em silêncio e olha para o mar. Para mim, a resposta se torna óbvia, mas ele diz:

– Não sei. Pode ser que tenha alguma coisa.

Não insisto. Já consegui muito mais do que esperava, e ainda voltaremos a conversar. Noto a sua relutância em falar sobre Kenny Taft e decido seguir em frente:

– Então, por que mataram Keith Russo?

Ele dá de ombros, como se a resposta agora fosse óbvia.

– Ele fez alguma coisa que incomodou a quadrilha e apagaram ele. O jeito mais rápido de levar um tiro é falar demais. Talvez a divisão de narcóticos tenha pressionado e ele tenha dito algo. Com o Russo fora do caminho e o Quincy condenado, em pouco tempo os negócios voltariam a funcionar como antes. Eles queriam que a condenação fosse mantida, e eu decidi ir pescar em Belize.

– O Pfitzner se aposentou e foi pra Keys, onde mora num belo apartamento avaliado em um ponto seis milhão – comento. – Nada mau pra um xerife que, no auge, ganhava 5 mil dólares por mês.

– E que nem concluiu o ensino médio, portanto provavelmente nunca teve muita habilidade como investidor. Aposto que a maior parte da grana dele está fora do país. Tome cuidado com onde você vai fuçar, Post. Pode acabar encontrando coisas que ia preferir ter deixado pra lá.

– Fuçar faz parte do meu trabalho.

– Mas não do meu. Isso tudo é passado pra mim. Eu tenho uma vida boa, com uma linda esposa e três filhos adolescentes. Não vou me envolver além do que já fiz hoje. Boa sorte e tudo mais, mas não quero ver você de novo.

– Entendido. Obrigado por este encontro.

– A suíte é sua, se quiser. Se você ficar, pode pegar um táxi de volta pro aeroporto amanhã de manhã.

– Obrigado, mas vou embora junto com você.

24

De acordo com a seção 13A-10-129 do Código de Conduta Criminal do Alabama, uma pessoa que "remove ou altera evidências concretas" de uma investigação pode ser acusada de adulteração de provas. E, embora seja apenas uma contravenção de baixo potencial ofensivo, pode ser punida com pena de prisão de até um ano e multa de 5 mil dólares. Em geral, num caso de contravenção, a parte reclamante (nesse caso o promotor Chad Falwright) simplesmente daria entrada numa declaração juramentada me acusando do delito e solicitando ao xerife a emissão de um mandado de prisão. Mas Chad tem andado assustado ultimamente, porque a maior conquista de sua carreira medíocre está prestes a se transformar no seu maior erro. Ele vai concorrer à reeleição no ano que vem, não que alguém de fato queira o emprego dele, e se ficarem sabendo que ele mandou Duke Russell pra prisão e que este quase foi executado por conta de um assassinato cometido por outra pessoa, *pode ser* que ele perca alguns votos. Então Chad está revidando, e com força. Em vez de tentar atingir um grande objetivo, como encontrar a verdade e desfazer uma injustiça, ele me ataca porque estou tentando provar que ele está errado e libertar um homem inocente.

Para provar como é durão, ele convoca um grande júri em Verona e dá entrada numa acusação de adulteração de provas contra mim. Ele liga para Jim Bizko, do *The Birmingham News*, e se gaba dessa grande conquista. Mas Bizko despreza Chad e pergunta por que ele se recusa a submeter todos os sete pelos pubianos a análises de DNA. Bizko não publica nada a respeito da acusação.

Meu amigo no Alabama é Steve Rosenberg, um advogado radical de Nova York que se mudou para o sul e que visivelmente ainda não se integrou à paisagem. Ele administra uma organização sem fins lucrativos em Birmingham e defende dezenas de casos de pena de morte.

Rosenberg liga para Chad e eles começam uma extensa discussão repleta de xingamentos, e essa não é a primeira entre os dois. Quando a poeira baixa, fica acordado que irei até o escritório de Chad para me render, responder à citação e comparecer imediatamente a um juiz para discutir o valor da fiança. Há chances de eu passar uma ou duas noites no xadrez, mas isso não me preocupa. Se meus clientes podem suportar décadas em presídios terríveis, com certeza eu consigo sobreviver a uma breve estadia numa cadeia de condado.

Esta é a minha primeira acusação e tenho muito orgulho disso. Tenho um livro na minha estante sobre advogados notáveis que foram jogados na prisão por lutarem por seus clientes, e eu ficaria honrado em me juntar a eles. Rosenberg certa vez passou uma semana atrás das grades por desacato no Mississippi. Ele ri do episódio até hoje e diz que ainda saiu de lá com novos clientes.

Nos encontramos em frente ao tribunal e nos abraçamos. Steve está chegando aos 60 anos e parece mais radical com a idade. Seus grossos cabelos grisalhos estão despenteados e batem na altura dos ombros. Colocou um brinco na orelha e fez uma pequena tatuagem por cima da carótida. Era um valentão durante sua juventude no Brooklyn e advoga como se estivesse numa briga de rua. É destemido, e não há nada de que ele goste mais do que entrar em tribunais antigos em cidades isoladas do sul do país e se misturar aos locais.

– Tudo isso por um reles pelo pubiano? – diz ele debochado. – Eu podia ter te dado um meu.

– Com certeza ia ser branco demais – respondo.

– Ridículo. Você é ridículo.

Entramos no tribunal e subimos as escadas até o gabinete de Chad. O xerife está esperando com dois assistentes, um dos quais segura uma câmera. Numa verdadeira demonstração de hospitalidade, as autoridades locais concordaram em cumprir apenas o protocolo no tribunal e evitar a minha prisão, pelo menos por ora. Dois dias atrás, enviei para eles minhas impressões digitais. Poso para a foto do registro, agradeço ao xerife, que parece entediado com aquilo tudo, e espero por Chad. Quando enfim chegamos ao gabinete dele, ninguém faz o menor esforço para se cumprimentar com um aperto de mão. Rosenberg e eu detestamos esse cara, e ele sente o mesmo por nós. Durante aquele penoso início de conversa, fica claro que ele está preocupado, até mesmo um pouco nervoso.

Logo entendemos por quê. À uma da tarde, entramos na sala de audiências principal e nos sentamos à mesa da defesa. Chad assume a outra com alguns assessores. O tribunal é de domínio do Excelentíssimo Leon Raney, um dinossauro que presidiu o julgamento de Duke e nunca deu uma chance ao garoto. Não há espectadores. Ninguém se importa. É só um pelo pubiano que um advogado de defesa da Geórgia pegou. O sonho de Chad de ganhar um pouco de publicidade fracassa novamente.

Em vez de um velho branco rabugento numa toga preta, uma moça negra muito jovem e bonita numa toga marrom aparece na tribuna e, com um sorriso, dá boa-tarde. A juíza Marlowe nos informa que o juiz Raney está de licença por conta de um derrame sofrido na semana anterior e que ela o substituirá até a sua volta. Ela é de Birmingham e foi designada por ordens especiais da Suprema Corte do Alabama. Começamos a entender por que Chad está tão nervoso. A vantagem que ele tinha de jogar em casa foi anulada pela presença de um árbitro honesto.

A primeira sessão da juíza Marlowe é minha audiência de custódia e a definição do valor da fiança. Ela acena para o taquígrafo, folheia os autos e começa, agradavelmente, com:

– Eu li a acusação e, francamente, Dr. Falwright, não há grande coisa nesse caso. Com certeza o doutor tem coisas melhores para fazer. Dr. Rosenberg, o seu cliente ainda está em posse do pelo pubiano que passou pela análise de DNA?

Rosenberg está de pé.

– Claro que sim, Excelência. Está bem aqui em cima da mesa, e gostaríamos de devolvê-lo ao Dr. Falwright, ou a quem estiver com o arquivo das evidências no momento. Meu cliente não adulterou nem roubou nada. Ele simplesmente pegou emprestado um dos pelos pubianos. Ele foi forçado, Excelência, porque o Dr. Falwright se recusa a submeter o material à análise de DNA.

– Deixe-me ver – diz ela.

Rosenberg pega um pequeno saco plástico e entrega a ela. Sem abri-lo, ela olha, estreita os olhos, por fim vê alguma coisa e coloca o saco de volta na bancada. Ela franze a testa, balança a cabeça e diz a Falwright:

– Você só pode estar brincando.

Chad se levanta e começa a gaguejar. Ele é promotor de justiça aqui há vinte anos e, durante toda a sua carreira, foi protegido por um juiz reacionário igual a ele, com pouquíssima compaixão por pessoas acusadas de cometer crimes. Leon Raney foi seu antecessor na promotoria. De repente, Chad é forçado a jogar de igual para igual, mas ele não conhece as regras do jogo.

– Este é um assunto sério, Excelência – lamenta ele com falsa indignação. – O réu, o Dr. Post, admite que roubou a evidência dos arquivos, arquivos protegidos, arquivos insuscetíveis. – Chad adora falar difícil e muitas vezes tenta impressionar os jurados fazendo isso, mas, lendo a transcrição do julgamento, dá para ver que muitas vezes ele utiliza as palavras de forma incorreta.

– Bem, se li os autos corretamente, o pelo pubiano em questão esteve desaparecido por mais de um ano antes que o senhor ou qualquer outra pessoa percebesse que ele não estava lá, e o senhor só tomou conhecimento quando o Dr. Post lhe contou.

– Não temos como tomar conta de todos os arquivos antigos, Excelência.

Ela levanta a mão e o interrompe.

– Dr. Rosenberg, o senhor tem algo a reclamar?

– Sim, Excelência. Solicito que a acusação contra o Dr. Post seja retirada.

– Concedido – diz ela na mesma hora.

A boca de Chad se abre e ele dá um pequeno grunhido antes de cair na cadeira com um estrondo. A juíza olha para ele com uma expressão que me assusta, e eu acabei de ser liberado.

Ela pega outra pilha de papéis e diz:

– Agora, Dr. Rosenberg, tenho diante de mim o seu pedido de revisão criminal apresentado dois meses atrás em nome de Duke Russell. Como estou presidindo este tribunal e não sei por quanto tempo farei isso, estou inclinada a dar seguimento ao pedido. O senhor está preparado para fazer isso?

Rosenberg e eu estamos prestes a cair na gargalhada.

– Sim, Excelência – responde ele prontamente.

Chad fica pálido e tem dificuldade para se levantar.

– Dr. Falwright? – pergunta ela.

– De jeito nenhum, Excelência. Por favor. A acusação nem sequer apresentou uma resposta. Como poderíamos dar seguimento?

– O senhor dará seguimento se eu lhe disser para fazer isso. A acusação teve dois meses para responder, então qual o motivo da demora? Esses atrasos são injustos e desarrazoados. Sente-se, por favor. – Ela assente para Rosenberg e os dois se sentam. Todo mundo respira fundo.

Ela pigarreia e diz:

– A questão em pauta envolve um simples pedido da defesa para que seja realizada a análise de DNA de todos os sete pelos pubianos retirados da cena do crime. A defesa está disposta a arcar com as despesas dos testes. Atualmente, o DNA é responsável por incluir e excluir pessoas em listas de suspeitos e em transformá-las ou não em rés, todos os dias. No entanto, pelo que entendi, o Estado, por meio do seu gabinete, Dr. Falwright, se recusa a autorizar a análise. Por quê? Do que o doutor tem medo? Se o teste descartar Duke Russell, vamos estar diante de uma condenação injusta. Se confirmar a autoria do Sr. Russell, o doutor terá bastante munição para argumentar que ele recebeu um julgamento justo. Eu li os autos, Dr. Falwright, todas as 1.400 páginas da transcrição do julgamento e tudo mais. A condenação do Sr. Russell foi baseada em análises de marcas de mordida e de pelos, ambas por várias vezes consideradas extremamente não confiáveis. Tenho dúvidas a respeito dessa condenação, Dr. Falwright, e vou emitir uma ordem para submeter os sete pelos pubianos ao teste de DNA.

– Vou recorrer da ordem – diz Chad sem se dar ao trabalho de ficar de pé.

– Perdão. O doutor está se dirigindo à Corte?

Chad se levanta e diz:

– Eu vou recorrer dessa ordem.

– Claro que o doutor vai. Por que o senhor é tão avesso aos testes de DNA, Dr. Falwright?

Rosenberg e eu trocamos olhares de pura descrença, sem conseguir achar graça da situação. No nosso trabalho, raramente estamos em vantagem e quase nunca vemos um juiz descascar um promotor. É difícil esconder nossa perplexidade.

– Simplesmente não é necessário, Excelência – diz Chad, ainda de pé. – Duke Russell foi condenado num julgamento justo por jurados justos aqui neste mesmo tribunal. Estamos só perdendo tempo.

– Eu não estou perdendo tempo, Dr. Falwright. Mas acho que o senhor está. O doutor está enrolando e tentando evitar o inevitável. Essa acusação contra o Dr. Post é mais uma prova disso. Já emiti a ordem para a análise e, se o senhor recorrer do meu pedido, só vai perder mais tempo. Sugiro que o doutor coopere e assim encerramos logo o assunto.

Ela lança um olhar fulminante para Chad que o deixa irritado.

Quando ele não é mais capaz de pensar em nada para dizer, ela encerra a audiência com:

– Quero todos os sete pelos pubianos nesta mesa dentro de uma hora. Seria terrivelmente conveniente se eles simplesmente desaparecessem.

– Excelência, por favor – Chad tenta protestar.

Ela bate o martelo e anuncia:

– A sessão está suspensa.

CHAD, É CLARO, não coopera. Ele espera até o último segundo para recorrer da ordem da juíza, e o caso é remetido à Suprema Corte Estadual, onde pode ficar parado por mais ou menos um ano. Lá em cima, os juízes não têm um prazo correndo para forçá-los a tomar uma decisão e são notoriamente lentos, sobretudo em casos de revisão criminal. Anos atrás, eles ratificaram a condenação de Duke após o julgamento e marcaram uma data para sua execução, depois negaram seu primeiro pedido de suspensão da execução. A maioria dos juízes de segunda instância, estaduais e federais, despreza esses casos porque eles se arrastam por décadas. E, uma vez que decidem que um réu é culpado, em raras ocasiões mudam de ideia, mesmo com o surgimento de novas evidências.

Por isso, esperamos. Rosenberg e eu discutimos a estratégia de fazer pressão para tentar conseguir uma audiência com a juíza Marlowe. Nosso medo é o de que o velho juiz Raney possa se recuperar e reassumir o posto, embora isso seja improvável. Ele tem uns 80 anos, uma idade de ouro para um juiz federal, mas um pouco velho demais para quem nunca saiu da esfera estadual. No entanto, somos confrontados com a realidade óbvia de que, sem o teste de DNA, não temos nenhuma chance.

Volto a Holman e ao corredor da morte para visitar Duke. Faz mais de três meses desde a última vez que o vi e lhe dei a notícia de que havíamos encontrado o verdadeiro assassino. Esse momento de euforia já passou.

Atualmente, o humor dele tem oscilado da raiva absoluta para a depressão profunda. Nossas conversas telefônicas não têm sido agradáveis.

A prisão é um pesadelo mesmo para aqueles que, por algum motivo, merecem estar lá. Para aqueles que não merecem, então, manter certo grau de sanidade é uma luta diária. Para os que de repente descobrem que há provas de sua inocência mas continuam presos, a situação é literalmente enlouquecedora.

25

Estou dirigindo numa estrada de mão dupla na direção leste, não sei se no Mississippi ou no Alabama, o que é difícil dizer porque essas florestas de pinheiros parecem todas iguais. Savannah é o meu destino final. Não estive em casa nas últimas três semanas e preciso fazer uma pausa. Meu celular vibra e o identificador de chamadas informa que é Glenn Colacurci, o velho advogado de Seabrook.

Não é ele, mas sua graciosa secretária, Bea, e ela quer saber quando estarei de volta à região. Glenn quer conversar, mas prefere se encontrar em outro lugar que não Seabrook.

Três dias depois, entro no The Bull, um famoso bar de Gainesville. Numa mesa bem nos fundos, vejo Bea enquanto ela acena e começa a se levantar. Diante dela e muito bem-arrumado está sentado o Dr. Colacurci. Terno azul de anarruga, camisa branca engomada, gravata-borboleta listrada, suspensórios.

Bea pede licença e eu ocupo o seu lugar. A garçonete nos informa que o barman acaba de preparar uma receita exclusiva de sangria e que nós definitivamente devíamos experimentar. Pedimos duas taças.

– Eu amo Gainesville – diz Glenn. – Passei sete anos aqui em outra fase da minha vida. Ótima cidade. Ótima universidade. Onde você estudou, Post? Não me lembro.

Não me lembro de ter dito isso para ele.

– Na Universidade do Tennessee.

Ele faz uma leve careta e diz:

– A equipe de futebol não é lá essas coisas.

– A da Flórida também não me impressiona.

– Ah, sem dúvida.

Conseguimos pular o papo sobre o tempo, que no Sul consome pelo menos os primeiros cinco minutos de cada conversa casual entre dois homens antes que o assunto passe para o futebol, que dura em média quinze minutos. Muitas vezes sou quase grosseiro ao demonstrar meu desejo de evitar todo esse desperdício de tempo.

– Vamos deixar o futebol de lado, Glenn. Não é por isso que a gente está aqui.

A garçonete traz duas taças impressionantes de sangria rosé com gelo. Quando ela se retira, ele diz:

– Não, não é. A minha secretária pegou sua petição pela internet e me imprimiu uma cópia. Eu não sou muito de computador. Leitura interessante. Bem fundamentada, bem argumentada, muito convincente.

– Obrigado. É esse o nosso trabalho.

– Me fez pensar sobre o que aconteceu vinte anos atrás. Depois que o Kenny Taft foi assassinado, houve umas especulações de que esse episódio não aconteceu tal como relatou o Pfitzner. Vários boatos de que o Taft foi emboscado por seus próprios homens, os caras do Pfitzner. Talvez o nosso querido xerife estivesse envolvido com tráfico de drogas, como você suspeita. Talvez o Taft soubesse demais. De um jeito ou de outro, esse caso está parado há vinte anos. Nenhum sinal dos assassinos, nenhuma evidência.

Assinto educadamente enquanto ele vai ganhando ritmo. Dou um gole na sangria e ele faz o mesmo.

– O parceiro do Taft era um rapaz chamado Brace Gilmer, que escapou com ferimentos leves, talvez tenha levado um tiro, mas nada sério. Eu conhecia a mãe dele, uma cliente antiga de um processo igualmente antigo. O Gilmer foi embora da cidade pouco depois do assassinato e nunca mais voltou. Anos atrás, esbarrei com a mãe dele e conversamos por um tempo. Ela me disse na época, há uns quinze anos, que seu filho achava que também era um alvo naquela noite, mas que teve sorte. Ele e o Taft tinham a mesma idade, 27 anos, e se davam bem. O Taft era o único assistente negro e não tinha muitos amigos. Ele também sabia alguma coisa sobre o assassinato do Russo, pelo menos de acordo com o Gilmer. Por acaso vocês falaram com ele?

– Não falamos, não.

Não conseguimos encontrá-lo. Vicki geralmente é capaz de rastrear qualquer pessoa em 24 horas, mas até agora Brace Gilmer tem escapado de nós.

– Imaginei que não. A mãe se mudou algum tempo atrás. Na semana passada descobri que ela está numa casa de repouso perto de Winter Haven. Ela é mais velha que eu e está com problemas de saúde, mas tivemos uma excelente conversa por telefone. Você quer conversar com Gilmer?

– Provavelmente – digo, comedido. Gilmer está no topo da minha lista atualmente.

Glenn desliza um cartão de visita seu na minha direção. No verso está rabiscado o nome: *Bruce Gilmer*. O endereço é de Sun Valley.

– Idaho? – pergunto.

– Ele estava na Marinha e conheceu uma garota de lá. A mãe acha que talvez ele não esteja muito disposto a falar. Ele ficou com medo e deixou a cidade há um bom tempo.

– E mudou de nome.

– Parece que sim.

– Por que a mãe do cara ia dar o endereço dele se ele não quer conversar? – pergunto.

Ele faz um gesto girando o dedo indicador na altura da orelha, como se indicasse que a mulher é maluca.

– Digamos que encontrei ela num bom dia.

Ele ri como se fosse mesmo um homem muito inteligente e puxa com força a sangria pelo canudo. Tomo um gole. Seu grande nariz está vermelho e seus olhos lacrimejam como os de um alcoólatra. Começo a sentir o efeito do álcool.

– Bem, algumas semanas atrás – prossegue – eu estava bebendo com um outro advogado das antigas de Seabrook, um cara que você não conhece. Fomos sócios uma época, mas ele largou tudo depois que a esposa morreu e deixou algum dinheiro pra ele. Comentei com ele que tinha estado com você e sobre as suas teorias e tal, e dei a ele uma cópia da sua petição. Ele diz que sempre suspeitou que o Pfitzner tinha pegado o homem errado porque queria pegar o homem errado. O Keith sabia demais e precisava ser descartado. Para ser bem franco, Post, eu simplesmente não me lembro de ouvir esses papos na época do assassinato.

Essa fofoca requentada não traz benefício algum. Como a cidade passa por todo um frenesi durante o julgamento, é natural que algumas pessoas só tenham tempo para refletir com o passar dos anos. A maioria, no entanto, simplesmente fica aliviada quando alguém é condenado e o caso, encerrado.

Tenho o que preciso, e é improvável que consiga coletar mais alguma informação que seja útil. Conforme esvazia o copo, suas pálpebras começam a baixar. Ele provavelmente substitui o almoço por um drinque quase todos os dias e cochila a tarde inteira.

Apertamos as mãos e nos despedimos como velhos amigos. Eu me ofereço para pagar a conta, mas ele vai continuar lá bebendo sangria. A caminho da saída, Bea surge do nada e, com um sorriso largo, me dá um "Até mais tarde".

KENNY TAFT DEIXOU uma esposa grávida, Sybil, e um filho de 2 anos. Após a morte dele, Sybil voltou para sua cidade natal, Ocala, virou professora, casou novamente e teve outro filho.

Ao cair da noite, Frankie chega à cidade e encontra o endereço, uma bela casa de dois andares no subúrbio. Vicki fez uma boa pesquisa e sabemos que Sybil é casada com o diretor de uma escola de ensino médio. O imóvel do casal é avaliado em 170 mil dólares e no ano passado eles pagaram 18 mil em impostos. A casa está hipotecada há oito anos. Os dois carros também foram dados como garantia para a obtenção de empréstimos. Evidentemente, ela e o marido vivem uma vida tranquila numa parte agradável da cidade.

E Sybil não deseja perturbações em sua vida. Por telefone, ela diz a Frankie que não quer falar sobre o falecido marido. A tragédia do assassinato de Kenny foi há mais de vinte anos e ela levou muito tempo para superar o ocorrido. O fato de os assassinos nunca terem sido encontrados só piora as coisas. Não, ela não tem conhecimento de nada que já não se soubesse na época. Frankie insiste um pouco e ela fica irritada. A ligação cai. Ele entra em contato comigo e decidimos recuar, por enquanto.

DIRIGIR SEM PARAR por três dias de Savannah a Boise teria sido mais fácil do que pegar um avião. Por causa do tempo em algum lugar no meio do caminho, fico preso no aeroporto de Atlanta por treze horas, enquanto mais voos estão sendo cancelados um atrás do outro. Fico acampado perto de um bar e observo pessoas na mesma situação que eu chegarem e, horas depois, saírem cambaleando. Mais uma vez, sou grato pelo fato de o álcool não ser uma tentação para mim. Por fim consigo chegar a Minneapolis, onde me informam que ocorreu *overbooking* no meu voo para Boise. Aguardo por muito tempo e no fim das contas consigo o último assento. Aterrissamos em Boise às duas e meia da manhã e, é claro, não consigo pegar o carro que aluguei porque o guichê da empresa está fechado.

A não ser pela frustração, nada disso é um grande problema. Não tenho nenhum compromisso em Sun Valley. Bruce Gilmer não sabe que estou a caminho.

Deixo para Vicki a missão de encontrar um hotel bem barato nesta famosa região de resorts. Assim que amanhece, me arrasto até um pequeno quarto num lugarzinho sujo para turistas na cidade vizinha de Ketchum, e durmo por horas.

Gilmer trabalha num resort em Sun Valley como gerente dos campos de golfe. Não sabemos muito sobre ele, mas como não há registros de divórcio para Brace nem Bruce Gilmer, presumimos que ele ainda está casado com a mesma mulher. Vicki também não conseguiu encontrar nenhum registro oficial de que Brace tivesse mudado legalmente seu nome para Bruce. Seja como for, ele fez bem ao sair de Seabrook cerca de vinte anos atrás. Ele agora tem 47 anos, é um ano mais novo que eu.

Dirigindo de Ketchum a Sun Valley, não consigo tirar os olhos das montanhas e da paisagem. O tempo está maravilhoso. Quando saí de Savannah, fazia 32 graus e estava abafado. Aqui faz cerca de quinze graus a menos e, se há alguma umidade, não consigo sentir.

O resort é exclusivo para membros, e isso complica um pouco as coisas. Mas o clérgima sempre ajuda. Eu o coloco e paro no portão de entrada. Digo ao guarda que tenho hora marcada com Bruce Gilmer. Ele checa uma prancheta enquanto os carros fazem fila atrás de mim. Na maior parte deles, provavelmente jogadores de golfe, ansiosos para dar a primeira tacada. Por fim, ele me autoriza e libera a entrada.

Na lojinha de materiais esportivos, indago a respeito do Sr. Gilmer e consigo algumas instruções. Seu escritório fica num prédio escondido e cercado por tratores, cortadores de grama e equipamentos de irrigação. Pergunto a um funcionário e ele aponta para um homem de pé numa varanda, falando ao celular. Me aproximo lentamente por trás dele e espero. Quando ele guarda o aparelho, dou um passo adiante e digo:

– Com licença, o senhor é Bruce Gilmer?

Ele se vira, olha para mim, imediatamente percebe o clérgima e presume que sou uma espécie de pastor, em vez de um advogado intrometido que vasculha seu passado.

– Sim, sou eu. E você é?

– Cullen Post, trabalho para a Guardiões da Inocência – digo, enquanto entrego meu cartão. Já fiz isso tantas vezes que meu timing é perfeito.

Ele analisa o cartão, estende a mão lentamente e diz:

– Prazer.

– O prazer é meu.

– Como posso ajudá-lo? – pergunta ele com um sorriso. Afinal, o cara trabalha no ramo de serviços. O cliente em primeiro lugar, essas coisas.

– Sou pastor episcopal e também advogado, advogado pró-inocência. Trabalho com clientes que foram condenados injustamente e tento tirá-los da prisão. Homens como o Quincy Miller. Ele é meu cliente atualmente. Posso tomar alguns minutos do seu tempo?

O sorriso desaparece e ele olha ao redor.

– Pra falar sobre...?

– Kenny Taft.

Ele meio que resmunga, meio que ri, enquanto os ombros se curvam para a frente. Pisca algumas vezes, como se não estivesse acreditando, então murmura:

– Você só pode estar brincando.

– Olha só, eu sou um dos mocinhos, entendeu? Não estou aqui pra assustar você nem pra estragar seu disfarce. O Kenny Taft sabia algo sobre o assassinato do Keith Russo. Talvez tenha levado isso pro caixão, talvez não. Estou só atrás de pistas, Sr. Gilmer.

– Pode me chamar de Bruce. – Ele acena na direção de uma porta e diz:
– Vamos pro meu escritório.

Felizmente, ele não tem secretária. Ele passa o tempo todo ao ar livre, e seu escritório reflete a desorganização de um homem que prefere consertar um sprinkler a digitar uma carta. Há entulhos por todo lado, e calendários antigos pregados nas paredes. Ele me indica uma cadeira e se deixa cair em outra atrás de sua mesa de metal.

– Como você me encontrou? – pergunta.

– Calhou de eu estar pela região.

– Não. Sério.

– Bom, você não está exatamente se escondendo, Bruce. E o que aconteceu com "Brace"?

– Quanto você sabe?

– Bastante. Sei que o Quincy Miller não matou o Keith Russo. O assassinato dele foi ação de uma quadrilha, traficantes de drogas, e o Pfitzner provavelmente estava acobertando os caras. Duvido que algum dia eu encontre o homem que apertou o gatilho, mas não preciso. Meu trabalho é provar que o Quincy não fez isso.

– Boa sorte nessa jornada.

Ele tira o boné e passa os dedos pelos cabelos.

– É sempre um tiro no escuro, mas nós ganhamos mais do que perdemos. Já tirei oito dos meus clientes da prisão.

– E é só isso que você faz?

– Exatamente. Eu tenho seis clientes no momento, incluindo o Quincy. Você por acaso conhecia ele?

– Não. Ele cresceu em Seabrook, igual ao Kenny, mas eu sou de Alachua. Nunca conheci o cara.

– Então nem trabalhou na investigação do assassinato?

– Ah não, não dava nem pra chegar perto. O Pfitzner estava no comando e ficou com tudo pra ele.

– Você conhecia o Russo?

– Não propriamente. Eu sabia quem ele era, via ele no fórum de vez em quando. É uma cidade pequena. Você tem certeza mesmo de que não foi o Quincy que matou ele?

– Cem por cento de certeza.

Ele reflete por um momento. Os movimentos dos olhos e das mãos são lentos. Ele não pisca. Já superou o choque de ter sido rastreado por conta de seu passado e parece não estar mais preocupado.

– Eu tenho uma pergunta, Bruce – digo. – Você ainda está se escondendo?

Ele sorri e responde:

– Na verdade, não. Faz muito tempo, sabe? Minha esposa e eu fomos embora às pressas, na calada da noite, ansiosos por deixar aquele lugar pra trás, e passei os primeiros dois anos com medo de uma coisa ruim acontecer.

– Mas por quê? Por que você foi embora, e do que tinha medo?

– Sabe, Post, não sei se quero falar sobre isso. Eu não te conheço, você não me conhece. Deixei tudo isso lá atrás em Seabrook, e por mim isso pode ficar por lá, mesmo.

– Entendi. Mas por que eu contaria isso pra mais alguém? Você não foi testemunha no caso do Quincy. Eu não poderia te arrastar de volta pra Seabrook nem se quisesse. Você não tem nada a dizer no tribunal.

– Então por que você está aqui?

– Porque acredito que o Kenny Taft sabia alguma coisa sobre o assassinato do Russo e estou louco pra descobrir.

– O Kenny não pode mais falar.

– É verdade. Mas ele em algum momento te contou alguma coisa sobre o Russo?

Ele pensa por um bom tempo e começa a balançar a cabeça.

– Não me lembro de nada – diz ele, mas duvido que esteja dizendo a verdade. Bruce está desconfortável, então, como era de se esperar, ele muda de assunto. – Assassinado por uma quadrilha, tipo por encomenda?

– Tipo isso.

– Como você pode ter tanta certeza? Eu achava que não existia nenhuma dúvida de que o Miller tinha matado o advogado.

Como posso ter certeza? A imagem de Tyler pendurado apenas alguns centímetros acima dos crocodilos cruza a minha mente.

– Não posso te contar tudo o que sei, Bruce. Sou advogado, e a maior parte do meu trabalho é confidencial.

– Se você diz. Olha, estou muito ocupado agora.

Ele olha para o relógio e, numa atuação lamentável, age como se agora estivesse correndo contra os ponteiros. De uma hora para outra ele quer me ver fora dali.

– Claro – digo. – Ficarei por aqui durante alguns dias, tirando uma folga. Podemos voltar a conversar?

– Sobre...?

– Eu gostaria de saber o que aconteceu na noite em que o Kenny foi morto.

– Como isso beneficiaria o seu cliente?

– Nunca se sabe, Bruce. Meu trabalho é fuçar. Você tem meu telefone.

26

Subo de teleférico até o topo da Bald Mountain e depois desço lentamente a pé. Estou ridiculamente fora de forma e tenho muitas justificativas para isso. A primeira, meu estilo de vida nômade, que acaba com qualquer chance de me exercitar todo dia numa boa academia. Os hotéis baratos que Vicki encontra não oferecem esse tipo de comodidade. A segunda é o fato de que passo muito tempo sentado e não de pé ou andando. Aos 48 anos, tenho começado a sentir dor nos quadris, e sei que isso é consequência das horas intermináveis ao volante. Olhando pelo lado positivo, como e bebo o mínimo possível e nunca fumei. Meu último checkup foi há dois anos e o médico disse que tudo parecia bem. Anos atrás, ele me disse que o segredo para uma vida longa e saudável é consumir o mínimo de comida possível. Praticar exercícios é importante, mas por si só não é capaz de reverter os efeitos prejudiciais da ingestão de calorias em excesso. Venho tentando seguir esse conselho.

Então, para comemorar a caminhada, paro numa encantadora cabana no sopé da montanha, como um cheesebúrguer e tomo duas cervejas enquanto desfruto do sol. Tenho certeza de que esse lugar deve ser assustador no inverno, mas em meados de julho é paradisíaco.

Ligo para o escritório de Bruce Gilmer e cai na caixa postal. Vou insistir hoje e amanhã, depois vou embora da cidade. Não vejo a menor chance de repetir essa viagem. Futuras conversas serão por telefone, se acontecerem.

Encontro uma biblioteca em Ketchum e escolho um canto confortável para me sentar. Tenho uma pilha de coisas para ler, incluindo a avaliação da Guardiões sobre um potencial novo cliente na Carolina do Norte. Joey Barr passou sete anos na prisão por um estupro que ele afirma não ter cometido. A vítima concorda. Ambos juraram que suas relações eram absolutamente consensuais. Joey é negro, a garota é branca e, aos 17 anos, foi pega na cama com ele pelo pai, um homem ignorante. Ele a pressionou a registrar a ocorrência e continuar acusando Joey até que ele foi condenado por um júri formado apenas por brancos. A mãe da garota, que se divorciou do pai dela e desprezava o sujeito, assumiu a causa de Joey depois que ele foi preso. Mãe e filha passaram os últimos cinco anos tentando convencer os tribunais de segunda instância e qualquer outra pessoa que fosse capaz de ouvi-las de que Joey era inocente.

Essa é a natureza da minha leitura diária. Há anos não consigo me dar ao luxo de terminar de ler um romance.

O cérebro da Guardiões acredita que estamos prestes a tirar Duke Russell da prisão, então é hora de pensar em assumir novos casos.

Estou numa sala de leitura silenciosa no primeiro andar da biblioteca pública de Ketchum, com papéis espalhados sobre uma mesinha como se eu fosse o dono do lugar, quando meu celular vibra. Bruce está saindo do trabalho e quer conversar comigo.

ELE DIRIGE UM carrinho de golfe por uma estradinha de asfalto e contornamos o campo. Está lotado de jogadores se divertindo num dia de céu perfeito e sem nuvens. Ele para numa colina com vista para um lindo campo de grama baixa e puxa o freio de mão.

– Muito bonito – digo, observando as montanhas ao longe.

– Você joga? – pergunta Bruce.

– Não. Nunca joguei. Imagino que você jogue bem.

– Já joguei, sim, mas agora nem tanto. Não tenho tempo. Uma rodada leva quatro horas, e é difícil encaixar isso no meu cronograma. Conversei com meu advogado hoje de manhã. Ele está lá embaixo, jogando em algum lugar.

– E o que ele te disse? – pergunto.

– Não muito. O acordo é o seguinte, Post: eu não vou dizer nada que possa me envolver, não que eu saiba de alguma coisa nesse sentido. Não vou assinar uma declaração juramentada e vou ignorar qualquer intimação. Nenhum tribunal da Flórida pode chegar perto de mim, do jeito que for.

– Não estou pedindo nada disso.

– Ótimo. Você disse que queria conversar sobre a noite em que sofremos a emboscada. Até onde você sabe?

– A gente tem uma cópia do arquivo da polícia estadual da Flórida. O que conseguimos com a Lei da Liberdade de Informação. Então a gente só sabe o básico, o que você disse pros investigadores.

– Ótimo. Eu não contei tudo pra eles, como você pode imaginar. Fui ferido no ombro e fiquei no hospital por alguns dias antes de falar com alguém. Tive tempo pra pensar. Olha, Post, tenho certeza de que o Pfitzner armou a emboscada e mandou a gente pra lá. Tenho certeza de que o Kenny era o alvo, mas eles também tentaram me matar, e teriam feito isso, mas eu tive sorte.

– Sorte?

Ele levanta a mão como se me pedisse para esperar.

– Era uma estrada de cascalho estreita, com uma mata densa dos dois lados. Muito escuro, três horas da manhã. A gente foi atingido pelos dois lados e por trás, então tinha vários caras armados. Cara, foi horrível! A gente estava rindo, não estávamos preocupados nem nada, e de repente o vidro traseiro explodiu, os tiros estouraram as janelas laterais, e a porteira do inferno se abriu. Não me lembro de parar o carro, mas parei, coloquei em ponto morto, depois deslizei pela porta e me joguei numa vala, as balas acertando minha porta e ricocheteando por toda a parte. Eu ouvi quando o Kenny foi atingido. Na parte de trás da cabeça. Eu estava com o meu revólver de serviço carregado e engatilhado, mas estava um breu. De repente, da mesma forma que tinha começado, aquilo tudo parou. Eu podia ouvir pessoas se movendo na mata. Os bandidos não estavam indo embora. Estavam se aproximando. Espiei por um arbusto, vi uma silhueta e atirei. Acertei. Eu era bom de mira naquela época, Post. Ele deu um berro e gritou alguma coisa e, Post, não foi em espanhol. Não, senhor. Eu reconheço um sulista quando escuto um, e aquele desgraçado cresceu a menos de cem quilômetros de Seabrook. De repente, os caras tinham um problema. Um deles estava gravemente ferido, talvez até morto. Ele precisava de ajuda, mas pra onde eles poderiam ir? Não era problema meu, na verdade. Mas eles recuaram, recuaram e desapareceram na floresta. Eu esperei por bastante tempo, e notei sangue no meu braço esquerdo. Depois de alguns minutos, podem ter sido cinco ou trinta, não sei, eu me arrastei pra perto do carro e encontrei o Kenny. Que estrago! A bala entrou por trás, o buraco de saída arrancou metade do rosto. Morreu na hora. Ele também foi atingido no tronco várias vezes. Peguei a arma dele, rastejei ao longo da vala por mais ou menos uns seis metros, fiz um pequeno buraco e entrei. Fiquei de orelha em pé por um bom tempo e não ouvi nada além dos sons da noite. Não tinha lua, era tudo escuridão. De acordo com o registro do atendente da emergência, eu liguei às 4h02 dizendo que a gente tinha sido vítima de uma emboscada. O Kenny estava morto. Pfitzner foi o primeiro a chegar, o que pareceu muito estranho. Exatamente como ele foi o primeiro a chegar ao escritório do Russo.

– Provavelmente ele estava na mata, coordenando tudo – deduzo.

– Provavelmente. Eles me levaram pro hospital e cuidaram do meu ferimento, nada de mais. Foi de raspão. Mas eu pedi pra eles me darem uns remédios e eles me derrubaram. Eu avisei pros médicos que não queria falar com ninguém por uns dias, e eles me protegeram. Quando o Pfitzner enfim entrou, junto com os garotões do Estado, eu não falei nada sobre ter atirado em um dos bandidos, um cara cuja língua materna definitivamente não era o espanhol.

– Por que não falou?

– O Pfitzner queria nós dois mortos, Post. Ele queria apagar o Kenny porque sabia de alguma coisa, e, como eu estava junto, ele tinha que me apagar também. Ele não podia correr o risco de deixar uma testemunha pra trás. Pensa só, Post. Um xerife eleito e em quem toda a comunidade confiava envia dois dos seus homens pra uma emboscada planejando matar eles. Esse é Bradley Pfitzner.

– Ele ainda está vivo, sabia?

– Não me importo. Minha relação com ele acabou há mais de vinte anos.

– O que você contou pra ele no hospital?

– Tudo, menos a parte de eu ter atirado em um dos bandidos. Nunca contei isso pra ninguém e vou negar até a morte se você repetir isso por aí.

– Então você ainda tem medo?

– Não, Post. Medo eu não tenho. Só não vou arriscar me meter em confusão.

– Nenhuma palavra sobre o cara em quem você atirou?

– Nada. Tudo isso aconteceu antes da internet, e fazer essas pesquisas era mais difícil. Eu fucei o suficiente pra saber que duas vítimas de arma de fogo deram entrada no hospital público de Tampa naquela data. Um cara foi baleado por um ladrão, que foi pego. O outro foi encontrado morto em um beco. Não consegui provar nada, então perdi o interesse. Naquela época, minha esposa e eu decidimos sair da cidade.

– Como o Pfitzner te tratou depois?

– Igual. Ele sempre foi muito profissional, o policial perfeito, um ótimo líder que acreditava na disciplina. Ele me deu um mês de licença remunerada depois do funeral do Kenny e fez tudo o que pôde pra se mostrar preocupado. Por isso ele era tão traiçoeiro. A comunidade o admirava e ninguém achava que ele fosse corrupto.

– Os homens dele sabiam disso?

– A gente sempre suspeitou. O Pfitzner tinha dois pit bulls que cuidavam das coisas, Chip e Dip. Eles eram irmãos, uma dupla de criminosos mesmo, que fazia o trabalho sujo. O Arnie, ou Chip, como a gente chamava ele pelas costas, tinha uns dentes enormes e um dos da frente era lascado. O Amos tinha dentes menores, mas um lábio inferior grosso e vivia mascando tabaco. Esse era o Dip. Abaixo deles, tinha alguns membros da equipe que participavam das atividades, dos subornos por conta do tráfico, mas mantinham tudo isso longe da rotina de proteger o condado. Mais uma vez, Pfitzner fazia um bom trabalho como xerife. Em algum momento, muito antes de eu chegar, ele sucumbiu à tentação do dinheiro que vinha do tráfico. Ele protegia o ancoradouro, permitia a entrada do material, fornecia locais seguros para armazenar tudo e por aí vai. Tenho certeza de que juntou uma grana, e o Chip, o Dip e os outros receberam sua parte. O resto de nós tinha bons salários e benefícios.

Ele acena na direção de um carrinho de golfe e duas mulheres acenam de volta. Ele as segue ao redor de um campo aberto, depois vira numa pequena ponte para um local mais isolado sob algumas árvores. Quando paramos, pergunto:

– Então, o que o Kenny sabia?

– Não sei, ele nunca me disse. Uma vez ele deixou escapar uma coisa, mas a conversa ficou pela metade. Sabe o incêndio que destruiu várias evidências, incluindo coisas do homicídio do Russo?

– Sim, eu vi o relatório.

– Quando o Kenny era criança, ele queria ser espião. É meio inusitado pra um garoto negro numa cidadezinha da Flórida, mas ele adorava livros e revistas de espionagem. A CIA nunca deu uma chance pra ele, então ele virou policial. Ele era muito bom com tecnologia e engenhocas. Por exemplo, ele tinha um amigo que achava que a esposa estava traindo ele. Ele pediu ajuda, e o Kenny, em questão de minutos, improvisou um grampo no telefone do cara e colocou um gravador dentro da despensa. Ele gravou todos os telefonemas e todo dia o cara checava a fita. Pouco tempo depois, ele ouviu a mulher de papo com o amante marcando o encontro seguinte. O amigo do Kenny pegou os dois na cama e deu uma surra no cara. Agrediu ela também. O Kenny ficava orgulhoso de si mesmo.

– Certo, e o que foi que ele ouviu?

– Alguma coisa sobre a prova ser destruída. Alguns dias antes do assassinato do Russo, houve um estupro no condado, a vítima disse que nunca viu o rosto do sujeito, mas sabia que ele era branco. Ela também era. O principal suspeito era um sobrinho do Chip e do Dip. O material coletado nesse caso estava guardado junto com outras coisas na antiga sede, por falta de espaço. Quando teve o incêndio, ele foi destruído, junto com outras provas valiosas. O Kenny e eu estávamos tomando café tarde da noite uma vez, num intervalo, e ele disse alguma coisa no sentido de o incêndio não ter sido acidental. Eu queria saber mais, mas recebemos um chamado e fomos embora. Perguntei pra ele depois e ele disse que ouviu por acaso uma conversa entre o Chip e o Dip sobre tacar fogo no prédio.

Bruce para de falar e faz uma longa pausa. Quando percebo que ele terminou de contar a história, pergunto:

– Mais alguma coisa?

– É tudo o que eu sei, Post, juro. Por muitos anos, imaginei que talvez o Kenny tivesse grampeado os telefones do escritório. Ele suspeitava de que o Pfitzner e a gangue dele estavam envolvidos com tráfico de drogas e queria provas. A divisão de narcóticos estava bisbilhotando e rolou um papo sobre o FBI entrar na jogada. Será que ia acabar todo mundo sendo preso? O Pfitzner ia inventar uma história e botar a culpa na gente? Não sei, mas meu melhor palpite é que o Kenny estava ouvindo, e que tinha descoberto algo.

– Essa é uma teoria bem louca.

– Sim, é.

– E você não faz ideia do que ele pode ter ouvido?

– Não, Post. Nenhuma pista.

Ele liga o carrinho e continuamos nosso passeio pelo campo. Cada curva revela uma nova vista panorâmica das montanhas e dos vales. Atravessamos várias pontezinhas de madeira que cortam riachos velozes. Encontramos o advogado dele, prestes a dar a primeira tacada. Somos apresentados e ele pergunta como estão as coisas. Dizemos que está tudo bem, e ele se apressa em voltar para junto dos amigos, muito mais preocupado com o jogo do que com os assuntos de seu cliente. De volta à sede do clube, agradeço a Gilmer por seu tempo e sua hospitalidade. Prometemos conversar num futuro próximo, mas ambos sabemos que isso não vai acontecer.

Foi uma viagem longa e interessante, mas não tão produtiva. No entanto, nesse trabalho isso não é nada incomum. Se Kenny Taft sabia de algo, levou com ele para o túmulo.

27

De acordo com a legislação da Flórida, os pedidos de revisão criminal devem ser apresentados no condado em que o réu está preso, e não naquele onde foi condenado. Como Quincy atualmente está preso no Instituto Correcional Garvin, a trinta minutos da pequena cidade de Peckham, que fica a pelo menos uma hora da civilização, o caso dele está sob jurisdição de um tribunal do interior, comandado por um juiz que não vê com bons olhos os pedidos de revisão criminal. Não o culpo. Entre os casos que aguardam seu posicionamento há diversas reclamações irrelevantes apresentadas por advogados-detentos que trabalham no interior da cadeia mais próxima.

O tribunal do condado de Poinsett é um edifício moderno e cafona, projetado por alguém que não ganhou muito dinheiro para fazer esse trabalho. A sala de audiências principal é escura, sem janelas e com teto baixo e claustrofóbico. O tapete gasto é vinho-escuro. Os painéis e os móveis de madeira são pintados de marrom-escuro. Estive em pelo menos uma centena de salas de audiência diferentes em uma dezena de estados, e esta é de longe a mais deprimente e a que mais se parece com uma masmorra.

O Estado é representado pelo procurador-geral, um homem com quem nunca vou conseguir me encontrar, porque existem milhares de subordinados abaixo dele. A pobre Carmen Hidalgo acabou ficando com esse pepino, e não vai ter como se livrar da petição de Quincy. Cinco anos atrás, ela estava na faculdade de Direito em Stetson e era uma aluna mediana. Temos poucas informações sobre ela, porque não precisamos saber muita coisa. Sua réplica à nossa petição nada mais foi do que uma resposta-padrão de um modelo já pronto, apenas com os nomes alterados.

Ela de fato acredita que vai vencer, ainda mais considerando a postura do cara que ocupa a tribuna. O Excelentíssimo Jerry Plank se comporta assim há anos, enquanto sonha com a aposentadoria. Ele generosamente reservou um dia inteiro para nossa audiência, mas não serão necessárias oito horas de trabalho. Como ninguém se importa com um caso de 23 anos, o tribunal está vazio. Até os dois escrivães parecem entediados.

No entanto, nós observamos e aguardamos. Frankie Tatum está sentado sozinho na sexta fileira atrás de nós, e Vicki Gourley está na quinta, também sozinha, atrás da acusação. Ambos estão usando minúsculas câmeras de vídeo que podem ser ativadas com seus celulares. Não há nenhum segurança na porta. Mais uma vez, ninguém nesta cidade ou no condado jamais ouviu falar de Quincy Miller. Se nossos esforços estiverem sendo monitorados pelos bandidos, sejam eles quem forem, essa pode ser a primeira chance de eles nos verem em ação. Tribunais são áreas públicas. Qualquer um pode entrar e sair quando quiser.

Minha advogada assistente é Susan Ashley Gross, a guerreira do Projeto Pró-Inocência do centro da Flórida. Susan estava comigo quando tiramos Larry Dale Kline da prisão em Miami, sete anos atrás. Ele foi o segundo preso libertado pela Guardiões, o primeiro dela. Hoje eu pediria Susan em casamento, mas ela é quinze anos mais nova, já está noiva e também muito feliz com isso neste momento.

Na semana passada, apresentei uma petição solicitando que o réu pudesse comparecer à audiência. A presença de Quincy não é necessária, mas pensei que assim ele poderia aproveitar um dia de sol. Como era de se esperar, o juiz Plank negou o pedido. Todos os nossos pedidos preliminares foram negados, e na verdade esperamos que ele faça isso com qualquer pedido de revisão criminal. Mazy já está trabalhando na apelação.

São quase dez horas quando o juiz Plank enfim sai de uma porta oculta atrás da tribuna e assume seu posto. Um oficial de justiça faz seu discurso de praxe enquanto permanecemos de pé, meio sem jeito. Olho em volta e conto os presentes. Além de Vicki e Frankie, há outras quatro pessoas assistindo, e me pergunto qual a relevância daquela audiência para elas. Ninguém na família de Quincy tem conhecimento dela. À exceção de um irmão, nenhum membro da família entra em contato com Quincy há anos. Keith Russo está morto há 23 anos e, até onde sua família sabe, o assassino está preso há muito tempo.

Há um homem branco com cerca de 50 anos, vestindo um terno caro. Outro homem branco com cerca de 40, vestindo uma camisa jeans preta. E mais outro com cerca de 70 e a expressão entediada de quem está sempre por lá assistindo a qualquer coisa. A quarta pessoa é uma mulher branca sentada na primeira fila atrás de nós, segurando um bloco de papel, como se estivesse tomando notas para uma reportagem. Demos entrada na petição semanas atrás, mas não fomos contatados pela imprensa nenhuma vez. Não consigo imaginar quem estaria cobrindo uma audiência de um caso esquecido nos confins da Flórida.

Susan chama o Dr. Kyle Benderschmidt, da Virginia Commonwealth University, para subir ao banco das testemunhas. Suas opiniões e descobertas estão reunidas numa declaração de várias páginas que juntamos à nossa petição, mas decidimos investir o dinheiro necessário e trazê-lo para falar ao vivo. Suas qualificações são primorosas e, enquanto Susan discorre sobre seu currículo, o juiz Plank olha para Carmen Hidalgo e pergunta:

– Você tem alguma objeção às qualificações desse homem?

– Não – diz ela, ao se levantar.

– Ótimo. Então ele está aceito como perito em análises de manchas de sangue. Prossiga.

Usando quatro fotografias coloridas tamanho 20x25 utilizadas no julgamento, Susan conduz nossa testemunha pela análise da lanterna e das pequenas manchas de substância vermelha em sua lente.

O juiz Plank interrompe:

– E o que aconteceu com essa lanterna? Não foi apresentada no julgamento, não é?

A testemunha dá de ombros, porque não pode testemunhar sobre isso. Susan diz:

– Excelência, de acordo com a transcrição do julgamento, o xerife alegou em juízo que a prova foi destruída num incêndio cerca de um mês após o homicídio, junto com outras evidências que a polícia mantinha guardadas.

– Não existe nenhum vestígio dela?

– Não que seja do nosso conhecimento, Excelência. O perito da acusação, o Sr. Norwood, examinou essas mesmas fotografias e disse que a lente da lanterna teria respingos do sangue da vítima. Na ocasião, a lanterna já não existia há tempos.

– Então, se estou entendendo o seu posicionamento, a lanterna era o único e verdadeiro vínculo entre o Sr. Miller e a cena do crime, e quando a lanterna foi encontrada no porta-malas do carro dele, ele se tornou o principal suspeito. E quando ela foi apresentada no julgamento, o júri considerou a prova suficiente para condená-lo.

– Exatamente, Excelência.

– Prossiga.

Benderschmidt continua com suas críticas ao equivocado depoimento de Norwood. Não tinha fundamento científico, porque Norwood não compreendia a ciência por trás dos respingos de sangue. Benderschmidt usa a palavra "irresponsável" várias vezes para descrever o que Norwood disse ao júri. Era irresponsável sugerir que o assassino segurava a lanterna com uma mão enquanto disparava a espingarda calibre 12 com a outra. Não havia qualquer prova disso. Nenhuma prova que mostrasse onde Keith estava sentado ou apoiado no momento em que foi baleado. Nenhuma prova que mostrasse onde estava o assassino. Era irresponsável dizer que as manchas eram sangue de fato, dada a pequena quantidade presente. Era irresponsável até mesmo usar a lanterna como prova, porque ela não havia sido encontrada na cena do crime.

Depois de uma hora, o juiz Plank está exausto e precisa de uma pausa. Não está claro se ele realmente está com sono, mas sem dúvida parece ter perdido a concentração. Frankie silenciosamente vai para a última fila e se senta próximo ao corredor. Quando o recesso é determinado e Plank desaparece da tribuna, os presentes se levantam e deixam a sala. Enquanto isso, Frankie capta a imagem de todos eles em vídeo.

Depois de um cigarro, um xixi e provavelmente um cochilo rápido, o juiz Plank relutantemente volta para dar continuidade àquilo tudo e Benderschmidt retorna ao banco das testemunhas. Ao longo de sua análise, ele colocou em dúvida se os respingos, as supostas manchas de sangue na lente, haviam sido realmente projetados do corpo da vítima. Usando um esquema do escritório de Russo e outras fotos da cena, Benderschmidt baseia seu argumento na localização da porta e na provável posição do atirador, e, com base na localização do corpo de Keith e na enorme quantidade de sangue e tecido cerebral nas paredes e nas prateleiras atrás dele, parece improvável que o impacto dos dois tiros de espingarda tenha provocado uma rajada de sangue na direção do assassino. Para reforçar essa opinião, Benderschmidt apresenta algumas fotos de outras cenas de crime envolvendo vítimas de espingardas calibre 12.

São imagens repletas de sangue, e, depois de alguns minutos, Sua Excelência chega à conclusão de que já é o bastante.

– Vamos em frente, Dra. Gross. Não sei exatamente se fotos de outros crimes têm alguma utilidade aqui.

Ele provavelmente tem razão. Ao interrogar a testemunha, Carmen Hidalgo segue o protocolo e só se dá bem quando consegue que Benderschmidt admita que peritos em manchas de sangue geralmente discordam, assim como todos os peritos.

Quando a testemunha deixa o banco, o juiz Plank olha para o relógio como se tivesse tido uma manhã longa e difícil e diz:

– Vamos almoçar. Retornamos às duas, e espero que a senhora tenha algo novo a apresentar, Dra. Gross. – Ele bate o martelo e desaparece, e desconfio de que já tenha chegado a uma conclusão.

Na Flórida, como em quase todos os estados, a revisão criminal é possível apenas quando novas evidências são encontradas. Não evidências melhores. Não evidências mais confiáveis. O júri de Quincy ouviu Norwood, um suposto perito em manchas de sangue, e embora suas qualificações e opiniões tenham sido contundentemente rebatidas pelo jovem Tyler Townsend, o júri acreditou nele por unanimidade.

Com Kyle Benderschmidt e Tobias Black, nosso segundo perito em manchas de sangue, estamos apresentando, na verdade, evidências que são apenas melhores, mas não novas. A observação feita pelo juiz Plank é bastante reveladora.

O HOMEM DE terno caro e o homem de camisa jeans preta deixam a sala de audiências separadamente, mas estão sendo vigiados. Contratamos dois detetives particulares para ajudar a monitorar as coisas. Frankie já os informou sobre os sujeitos e está falando ao celular. Vicki está sentada numa das duas únicas lanchonetes próximas ao fórum, esperando. Vou para a outra lanchonete e me sento ao balcão. Frankie sai do tribunal e caminha até seu carro, parado num estacionamento próximo. O homem de terno caro entra em um Mercedes sedã preto e brilhante com placa da Flórida. O de camisa jeans preta entra em um BMW verde, também com placa da Flórida. Eles deixam o centro da cidade com dois minutos de intervalo e ambos param no estacionamento de um shopping na estrada principal. O homem da camisa preta entra no Mercedes e eles vão embora, sem se preocupar em não chamar atenção. Descuidados.

Quando fico sabendo, corro para a outra lanchonete, onde Vicki está acampada numa mesa diante de uma intocada porção de batatas fritas. Ela está ao celular com Frankie. O Mercedes está indo para o sul pela rodovia 19 e nosso detetive está na sua cola. Ele nos informa o número da placa e Vicki põe a mão na massa. Pedimos chá gelado e salada. Frankie chega alguns minutos depois.

Nós vimos o inimigo.

O Mercedes está registrado sob o nome do Sr. Nash Cooley, de Miami. Vicki envia essas informações por e-mail para Mazy, que está em casa, e as duas digitam freneticamente em seus teclados. Em questão de minutos, sabemos que Cooley é sócio de uma empresa especializada em Direito Criminal. Ligo para dois advogados que conheço em Miami. Susan, que está comendo um sanduíche no fórum, liga para seus contatos. Mazy liga para um advogado que conhece em Miami. Vicki continua digitando. Frankie desfruta seu sanduíche de atum acompanhado de batatas fritas.

Cooley e o homem de camisa jeans preta estacionam numa lanchonete fast-food em Eustis, uma cidade de 18 mil habitantes a vinte minutos de distância. O que já é evidente se torna ainda mais óbvio. Os dois homens foram até lá assistir à audiência, não queriam ser vistos juntos ou reconhecidos de maneira alguma, e saíram da cidade para comer alguma coisa. Enquanto almoçam, nosso detetive troca de carro com o colega. Quando Cooley deixa Eustis e volta na direção do tribunal, ele está sendo seguido a distância por um carro diferente.

Cooley é um dos doze sócios de um escritório com um longo histórico de representação de traficantes de drogas. Como é de se esperar, trata-se de um escritório discreto, cujo site não tem muitas informações. Eles não fazem propaganda, porque não precisam. Cooley tem 52 anos, fez faculdade de Direito em Miami e tem uma ficha limpa, sem nenhuma representação junto à Ordem dos Advogados. Sua foto on-line precisa ser atualizada, porque ele parece pelo menos dez anos mais novo, mas isso não é algo incomum.

Após um primeiro momento de pesquisa superficial, encontramos apenas uma história interessante a respeito do escritório. Em 1991, o sujeito que o fundou foi encontrado morto em sua piscina com a garganta cortada. O homicídio até hoje não foi solucionado. Provavelmente, apenas mais um cliente descontente.

JÁ PASSA DAS duas da tarde e nenhum sinal do juiz Plank. Talvez devêssemos pedir a um dos escrivães que verifique se ele está (1) vivo ou (2) apenas tirando um novo cochilo. Nash Cooley entra e se senta nos fundos, alheio ao fato de sabermos o nome de seus filhos e em qual faculdade eles estudam. O homem de camisa jeans preta entra pouco tempo depois e se senta longe de Cooley. Tão amadores.

Usando os serviços de uma empresa de segurança de alta tecnologia em Fort Lauderdale, enviamos um quadro do vídeo gravado por Frankie com a imagem do homem de camisa preta. A tecnologia de reconhecimento facial da companhia estava preparada para comparar a imagem às contidas em seus inúmeros bancos de dados, mas isso não foi necessário. O primeiro banco de dados acessado foi o do Departamento Correcional da Flórida, e a pesquisa durou onze minutos. O homem de camisa jeans preta se chama Mickey Mercado, 43 anos, morador de Coral Gables, um criminoso condenado com dupla cidadania, mexicana e americana. Quando Mercado tinha 19 anos, foi condenado a uma pena de seis, obviamente por tráfico de drogas. Em 1994, ele foi preso e julgado por homicídio. O júri chegou a um impasse e ele se safou.

Enquanto esperamos pelo juiz Plank, Vicki continua na lanchonete, pedindo café e pesquisando alucinadamente na internet. Mais tarde, ela nos dirá que Mercado é um consultor de segurança privada que trabalha por conta própria. Seja lá o que isso for.

As identidades deles são impressionantes e, enquanto estamos tranquilamente sentados na sala de audiências, é difícil conter o ímpeto de virar para trás, chamá-los pelo nome e dizer algo como: "Que diabo você está fazendo aqui?" Mas somos muito experientes para fazer algo assim. Sempre que possível, não deixe o inimigo saber o que você sabe. Nesse momento, Cooley e Mickey não fazem ideia de que temos o nome, o endereço, o número de registro na Previdência Social, o local de trabalho e a placa do carro deles, e ainda não acabamos de fuçar. Obviamente, presumimos que eles tenham informações sobre mim, a Guardiões e sua pequena equipe. Frankie não passa de uma sombra e nunca será pego. Ele está no corredor do lado de fora da sala de audiências, observando, sem nunca ficar parado. Existem poucos negros nesta cidade, e ele tem consciência de que está sendo notado.

Quando o juiz Plank aparece às 14h17, instrui Susan a chamar nossa próxima testemunha. Não há surpresas nessas audiências, então todos sabem que Zeke Huffey está de volta à Flórida. Surpresa mesmo foi o fato de ele ter concordado em depor presencialmente se pagássemos sua passagem de avião. Isso, e eu tive que registrar um juramento por escrito de que o perjúrio estava prescrito e que ele não poderia ser processado por isso.

Hoje em dia, Zeke se sente feliz por estar livre. Não vai durar muito, sabemos disso, mas pelo menos ele está dizendo todas as coisas certas sobre seguir em frente. Ao fazer o juramento, ele promete dizer a verdade, algo que já fez muitas vezes nos tribunais antes de começar a mentir como um refinado dedo-duro de cadeia. Ele conta sua história sobre ter conversado com o companheiro de cela, Quincy Miller, que se gabou de ter explodido a cabeça de seu advogado e lançado a espingarda calibre 12 no golfo do México. Zeke diz que, em troca do falso testemunho, a pena pelas acusações por tráfico de drogas foi bastante reduzida e ele não foi condenado a nada além do que já havia cumprido em prisão preventiva. Sim, ele se sente mal pelo que fez com Quincy e sempre quis se desculpar.

Zeke presta um depoimento respeitável, mas seu problema é evidente. Ele mentiu tantas vezes que ninguém pode garantir, principalmente Sua Excelência, que esteja dizendo a verdade agora. No entanto, seu testemunho é crucial para conquistarmos nosso objetivo, porque o fato de uma testemunha se retratar configura uma nova evidência. Com o testemunho presencial de Zeke e a declaração de Carrie Holland, temos munição suficiente para argumentar longa e duramente que o julgamento de Quincy não foi justo. Se conseguirmos um novo julgamento, poderemos apresentar ao júri evidências muito mais bem embasadas cientificamente. Nem Norwood, nem ninguém como ele irá chegar perto do tribunal. Nosso sonho é levar os fatos a um novo júri.

Ao interrogar Zeke, Carmen Hidalgo se diverte percorrendo sua longa e agitada carreira como dedo-duro de cadeia. Ela verificou os autos de cinco processos durante os últimos 26 anos, nos quais Zeke mentiu aos jurados para se safar. Ele admite ter mentido algumas vezes, mas não em todas. Fica confuso e não consegue se lembrar de qual mentira contou em cada caso. É doloroso aguentar aquilo, e Sua Excelência se cansa rápido, mas o derramamento de sangue continua. A Dra. Hidalgo dá um passo à frente e nos surpreende com sua presença no tribunal.

Às três e meia, o juiz Plank está bocejando, mal consegue manter os olhos abertos e obviamente vai dar aquilo por encerrado. Ele está exausto e luta para permanecer acordado. Com um cochicho, peço a Susan que ela conclua, para que a gente dê o fora.

28

Um dia depois de Vicki retornar para Savannah, nos juntamos a Mazy na sala de reuniões para avaliar o caso. A Flórida, assim como o Alabama, não impõe um prazo para os juízes se manifestarem acerca dos pedidos de revisão criminal; portanto, o velho Plank pode morrer antes de chegar a alguma conclusão. Suspeitamos de que ele já tenha chegado, mas vai levar bastante tempo até proferir a decisão. Não há nada que possamos fazer para estimulá-lo, e seria contraproducente tentar.

Presumimos que estamos sendo vigiados em alguma medida, e isso provoca uma discussão acalorada. Concordamos que todos os nossos arquivos e comunicações digitais devem ser atualizados e fortemente protegidos. Isso custará cerca de 30 mil dólares, uma quantia que não está prevista em nosso restrito orçamento. Os bandidos têm dinheiro a rodo e podem comprar a melhor vigilância.

Duvido seriamente que eles venham até Savannah bisbilhotar e que vão acompanhar nossos movimentos. Isso apenas os deixaria entediados e não renderia informações úteis. No entanto, concordamos que devemos ficar mais atentos e variar nossas rotinas. Eles poderiam facilmente ter me seguido até Nassau e me rastreado quando me encontrei com Tyler Townsend. O mesmo vale para Sun Valley e Bruce Gilmer. Mas essas viagens foram antes de apresentarmos nossa petição e antes de nossos nomes aparecerem nos registros oficiais.

Descobrimos mais coisas a respeito de Nash Cooley. Temos informações de conhecimento público sobre seus automóveis, imóveis e os dois divórcios.

Basta dizer que ele ganha muito dinheiro e gosta de gastá-lo. Sua casa em Coral Gables é avaliada em 2,2 milhões de dólares. Ele tem pelo menos três carros em seu nome, todos modelos alemães importados. Seu escritório fica num novo arranha-céu no centro de Miami e tem filiais nas Ilhas Cayman e na Cidade do México. De acordo com uma amiga de Susan, alguns advogados representantes de traficantes de drogas do sul da Flórida são conhecidos por receber os honorários no exterior. Raras vezes são pegos, mas de vez em quando o FBI consegue prender um ou outro por sonegação de impostos. Essa fonte diz que o Varick & Valencia está envolvido com negócios sujos há muito tempo e é bastante habilidoso em aconselhar seus clientes com os métodos mais higiênicos de lavagem de dinheiro. Dois dos sócios seniores do escritório são audiencistas valentões veteranos, com um histórico de muitas vitórias. Em 1994, eles representaram Mickey Mercado quando ele foi acusado de homicídio e conseguiram empatar o júri.

Não consigo entender a lógica em Nash Cooley percorrer um trajeto de seis horas para assistir à audiência do pedido de revisão criminal. Se ele quisesse olhar a minha cara, poderia ter acessado o nosso site, por mais simples que seja. O mesmo vale para Susan. Todas as peças, petições, memoriais e decisões são públicas, facilmente encontradas on-line. E por que ele correria o risco de ser visto? É verdade que o risco era bastante baixo naquela região retrógrada do estado, mas mesmo assim ele acabou sendo identificado por nós. A única coisa que posso presumir é que Cooley estava lá porque um cliente ordenou que ele fosse.

Mickey Mercado é um bandido de carreira que provavelmente trabalhou para um cartel durante toda a sua vida adulta. Qual cartel, não sabemos ao certo. Ele e mais dois foram acusados pelo assassinato de outro traficante de drogas por conta de um negócio que deu errado, mas o FBI não conseguiu reunir provas suficientes.

Agora ele está me seguindo?

Faço questão de lembrar a Vicki e Mazy que ficar com medo de algo ruim acontecer não vai ajudar Quincy Miller. Nosso trabalho é provar que ele é inocente, e não necessariamente identificar o cara que puxou o gatilho.

Eu não contei tudo para elas. Raramente faço isso. A história de Tyler e dos crocodilos é uma que vou guardar só para mim. Aquela imagem não sai da minha cabeça.

Conversamos sobre Tyler durante a maior parte do dia, à medida que discutimos nossas opiniões e argumentos. Por um lado, me sinto compelido a ligar para ele novamente e pelo menos avisá-lo de que nossos passos estão sendo monitorados. Por outro, o simples ato de contatá-lo poderia colocá-lo em perigo. O mesmo vale para Gilmer, mas ele não sabe tanto quanto Tyler.

No fim do dia, chegamos à conclusão de que esse é um risco que precisamos correr. Volto ao site From Under Patty's Porch, pago vinte dólares por mais um mês do serviço e envio uma mensagem que desaparecerá em cinco minutos:

Nassau novamente – importante.

Cinco minutos se passam sem uma resposta. Envio a mesma mensagem quatro vezes durante as três horas seguintes e não recebo nada.

Depois que escurece, saio do escritório e ando por alguns quarteirões num calor sufocante. Os dias têm sido longos e úmidos, e a cidade está cheia de turistas. Como sempre, Luther Hodges está esperando na varanda, ansioso para sair de casa.

– Olá, reverendo! – digo em voz alta.

– Olá, meu filho!

Nos abraçamos na calçada, fazemos piadas sobre cabelos grisalhos e circunferência abdominal e começamos a caminhar. Depois de alguns minutos, percebo que algo o incomoda.

– Vai ter outra execução no Texas amanhã – explica ele.

– Lamento muito por isso.

Luther é um abolicionista incansável que sempre tentou passar uma mensagem muito simples: se todos concordamos que é errado matar, por que permitimos que o Estado faça isso? Quando uma execução está prestes a acontecer, ele e seus colegas abolicionistas escrevem suas cartas de sempre, dão telefonemas, fazem postagens na internet e eventualmente vão até o presídio protestar. Ele passa horas em oração e sofre por assassinos que nunca conheceu.

Não estamos no clima para uma refeição sofisticada, então paramos numa lanchonete para comer uns sanduíches. Ele paga o meu, como sempre, e assim que nos sentamos ele sorri e diz:

– Agora me conta as últimas notícias sobre o caso do Quincy.

DESDE QUE A Guardiões iniciou seu trabalho, reabrimos dezoito casos e em oito deles conseguimos a libertação. Um dos nossos clientes foi executado.

Seis casos estão em andamento agora. Três foram encerrados quando ficamos convencidos de que nossos clientes eram de fato culpados. Quando cometemos um erro, procuramos minimizar o prejuízo e partimos para outra.

Com esses dezoito casos, aprendemos que cedo ou tarde sempre damos alguma sorte. O nome dele é Len Duckworth e ele mora em Sea Island, cerca de uma hora ao sul de Savannah. Ele veio de carro até aqui, entrou em nosso escritório, não encontrou ninguém na recepção, enfiou a cabeça na sala de Vicki e disse olá. Vicki foi educada, como sempre, mas estava ocupada demais. Poucos minutos depois, entretanto, ela foi me chamar.

– Talvez isso seja importante – diz ela.

Por fim nos instalamos na sala de reuniões no segundo andar, acompanhados de uma jarra de café recém-passado. Vicki e Mazy fazem anotações, e eu apenas escuto.

Duckworth tem uns 70 anos, bronzeado e esbelto, a personificação de um aposentado com uma vida confortável e tempo de sobra para jogar golfe e tênis. Ele e a esposa se mudaram para Sea Island há alguns anos e estão tentando se manter ocupados. Ele é de Ohio, ela é de Chicago, e ambos preferem um clima mais quente. Ele era agente do FBI em 1973 quando o Congresso criou a DEA, o departamento de narcóticos, algo que parecia muito mais emocionante do que as funções burocráticas que exercia. Ele trocou de departamento e fez carreira na narcóticos, incluindo doze anos trabalhando no norte da Flórida.

Há meses que tentamos, sem sucesso, obter os registros realizados pela narcóticos durante a década de 1980. Mas, assim como o FBI e o ATF (departamento responsável por questões relacionadas ao uso, fabricação ou posse ilegal de armas de fogo e explosivos, incêndios criminosos e bombardeios, e tráfico e sonegação de impostos de produtos derivados de álcool e tabaco), a DEA é obstinada na proteção de seus arquivos. Um dos registros solicitados por Vicki nos foi enviado com todas as palavras cobertas por uma tarja, à exceção dos artigos definidos e indefinidos.

Este é realmente um dia de sorte. Duckworth diz:

– Eu sei várias coisas a respeito do comércio de drogas daquela época. Algumas eu posso contar, outras não.

– E eu estou curioso pra saber por que você veio até aqui – digo. – Faz uns sete meses que a gente está tentando ter acesso aos arquivos e registros da DEA e não consegue nada.

– Vocês não vão conseguir muita coisa porque a DEA sempre se esconde atrás da desculpa de que as investigações deles estão ativas e em andamento. Não importa quanto tempo o caso tenha ou há quantos anos ele esteja parado, é de praxe não fornecer nada. E eles vão ao tribunal pra proteger as informações que têm. Era assim que a gente operava.

– O que você pode contar pra gente? – pergunto.

– Bem, eu posso falar sobre o assassinato do Keith Russo porque esse caso foi encerrado há mais de vinte anos e porque não era um assunto da narcóticos. Eu conhecia o Keith, conhecia bem porque a gente cooptou ele. Ele era um dos nossos informantes, e foi por isso que o mataram.

Vicki, Mazy e eu olhamos um para o outro enquanto assimilamos aquela informação. A única pessoa no planeta que pode confirmar que Keith Russo era um informante está sentada em uma de nossas velhas cadeiras, calmamente tomando um café.

– Quem matou ele? – pergunto, um pouco hesitante.

– Não sei, mas não foi o Quincy Miller. Isso foi serviço do cartel.

– Que cartel?

Ele faz uma pausa e toma um gole de café.

– Você me perguntou por que vim aqui. Ouvi falar do que vocês vêm fazendo pra tentar soltar o Miller e admiro muito esse esforço todo. Eles pegaram o cara errado porque queriam o cara errado. Eu sei de várias coisas que posso compartilhar com vocês sem divulgar informações confidenciais. Mas, pra começar, eu só queria sair de casa. Minha esposa está fazendo umas compras aqui perto e vamos nos encontrar pra almoçar mais tarde.

– Somos todos ouvidos e temos o dia todo – digo.

– Certo, primeiro um pouco de história. Em meados da década de 1970, quando a DEA foi criada, a cocaína estava se espalhando pelo país inteiro e chegando às toneladas em navios, aviões, caminhões, etc. A demanda era insaciável, os lucros eram altíssimos e os produtores e traficantes mal conseguiam dar conta. Criaram grandes organizações na América Central e na América do Sul e guardavam o dinheiro em bancos no Caribe. A Flórida, com mais de mil quilômetros de praias e dezenas de cais, virou o ponto de entrada preferido. Miami virou o playground dos traficantes. O sul da Flórida era controlado por um cartel colombiano, ainda em atividade. Eu não trabalhava nessa área. Meu setor era o norte de Orlando e, em 1980, o Cartel Saltillo, no México, era responsável pela maior parte da cocaína. O Saltillo ainda está ativo, mas se fundiu com outro, maior. A maioria dos líderes dele foi massacrada na guerra contra as drogas. Essas quadrilhas estão sempre oscilando e a quantidade de vítimas é de tirar o fôlego. É uma carnificina. Mas não vou entrar em detalhes.

– Por favor, não precisa – diz Vicki.

A imagem de Tyler e do banquete de crocodilos passa num flash pela minha cabeça e digo:

– Temos uma boa quantidade de informações sobre o xerife Pfitzner e o que aconteceu no condado de Ruiz.

Ele sorri e balança a cabeça, como se estivesse se recordando de um velho amigo.

– E nós nunca pegamos esse cara. Ele era o único xerife que a gente conhecia no norte da Flórida que estava envolvido com o cartel. Estávamos de olho nele quando o Russo foi morto. As coisas mudaram depois disso. Alguns dos nossos informantes mais importantes foram assassinados.

– Como vocês cooptaram o Russo? – pergunto.

– O Keith era um cara interessante. Muito ambicioso. Cansado da cidade pequena. Queria ganhar muito dinheiro. Um baita advogado. Ele tinha uns clientes metidos com drogas na cidade de São Petersburgo, na baía de Tampa, e meio que fez um nome por lá. Um informante disse pra gente que Keith estava recebendo uma grana em honorários em espécie, declarando só uma parte e às vezes nada, até mesmo transferindo dinheiro pro exterior. A gente acompanhou as declarações de imposto de renda dele por alguns anos e era óbvio que ele estava gastando muito mais do que ganhava na Main Street, em Seabrook. Então fomos atrás dele e ameaçamos enquadrá-lo por evasão de divisas. Ele sabia que era culpado e não queria perder tudo. Ele também sabia que podia ser acusado de lavagem de dinheiro pra alguns dos clientes, principalmente os caras do Saltillo. Ele fez isso usando empresas de fachada no exterior pra comprar imóveis na Flórida e resolvendo toda a papelada. Nada muito complexo, mas ele agia direitinho.

– A esposa do Keith sabia que ele era informante?

Outro sorriso, outro gole no café. Duckworth poderia contar suas histórias por horas.

– É nesse ponto que as coisas ficam realmente divertidas. O Keith era mulherengo. Ele tomava o cuidado de não correr atrás delas em Seabrook, mas Tampa era outra história. Ele e Diana mantinham um apartamento lá, aparentemente por motivos relacionados ao trabalho, mas o Keith usava o local pra outros propósitos. Antes de a gente cooptar ele, conseguimos os mandados e grampeamos o apartamento, o escritório e até a casa dele. A gente ouvia tudo, até as ligações do Keith pras garotas. Foi aí que a gente teve um choque de verdade. A Diana resolveu entrar naquele jogo também. O cara era um dos clientes deles do tráfico de drogas, um rapaz bonito que trabalhava em Miami pro Cartel Saltillo. O nome dele era Ramón Vásquez. Teve umas vezes em que o Keith estava em Tampa trabalhando duro e o Ramón chegava do nada em Seabrook pra visitar a Diana. Enfim, você pode imaginar qual era o estado desse casamento. Então, pra responder à sua pergunta, nós nunca tivemos certeza se o Keith contou ou não pra esposa que era informante. A gente falou pra ele não fazer isso, claro.

– O que aconteceu com a Diana? – pergunta Vicki.

– De algum jeito, o cartel descobriu que o Keith trabalhava pra gente. Suspeito fortemente de que outro informante, um agente duplo, um dos nossos, vendeu a informação. Esse é um negócio sujo, lealdade é uma coisa que varia muito. Dinheiro em espécie e o medo de ser queimado vivo podem fazer muita gente mudar de lado. Eles mataram o Keith e a Diana acabou indo embora da cidade.

– E o Ramón? – pergunta Mazy.

– Ele e a Diana ficaram em Tampa por um tempo, depois foram pro sul. Naquela época não tínhamos certeza, mas suspeitávamos que ele meio que tinha se aposentado da carreira de traficante e se afastado de confusão. Da última vez que ouvi falar dos dois, eles ainda estavam juntos em algum lugar no Caribe.

– Cheios da grana – digo.

– Sim, cheios da grana.

– Ela estava envolvida no assassinato? – pergunta Mazy.

– Isso nunca foi provado. Vocês sabem do seguro de vida e das contas conjuntas, mas isso não é nada incomum.

– Por que vocês não pegaram o Pfitzner e o cartel?

– Bem, depois do assassinato, o caso se dissolveu. Estávamos a um ou dois meses de descobrir alguma coisa que teria levado a vários indiciamentos, incluindo algumas acusações contra o Pfitzner. A gente vinha sendo paciente, muito paciente mesmo, mas estava batendo de frente com a promotoria. Eles estavam sobrecarregados e tal. Não tínhamos como obrigá-los a trabalhar. Você sabe como eles são. Depois do assassinato, nossos informantes desapareceram e o caso desmoronou. O cartel ficou assustado e manteve a distância por um tempo. O Pfitzner acabou se aposentando. Eu fui transferido pra Mobile, onde encerrei minha carreira.

– Quem você acha que o cartel usaria pra matar o Russo? – pergunta Mazy.

– Ah, eles têm muitos assassinos entre eles, e esses caras nem sempre são matadores sofisticados. São uns brutamontes que preferem cortar a cabeça de um homem com um machado a meter uma bala nela. Dois tiros de espingarda na cara são besteira pra esses garotos. Os assassinatos que cometem parecem sempre uma carnificina porque eles querem que seja assim. Não se preocupam em não deixar pistas. Você nunca vai encontrá-los porque eles voltam pro México ou pro Panamá. Pra algum lugar no meio da selva.

– Mas a cena do crime do Russo estava limpa, não é? – questiona Mazy. – Eles não deixaram nenhuma pista pra trás.

– Sim, mas o Pfitzner estava encarregado da investigação.

– Não sei se entendi por que você não conseguiu enquadrar o Pfitzner – digo. – Você diz que sabia que ele protegia o ancoradouro, armazenava a cocaína, encobria os traficantes, e que vocês tinham informantes, entre eles o Keith. Por que não conseguiu pegar o Pfitzner?

Duckworth respira fundo e cruza as mãos atrás da cabeça. Olha para o teto, mantém um sorriso no rosto e responde:

– Essa é provavelmente a maior decepção da minha carreira. A gente queria muito pegar aquele cara. Ele era um de nós, um oficial da lei, metido com as piores pessoas que você poderia conhecer na vida, recebendo propina da mão delas. Mandando cocaína pra Atlanta, Birmingham, Memphis, Nashville, por todo o Sudeste. E a gente podia ter enquadrado ele. Nós nos infiltramos. Tínhamos o caso todo estruturado. Tínhamos provas. Foi um promotor em Jacksonville. A gente não conseguiu que ele trabalhasse rápido o suficiente e levasse o caso para o grande júri. Ele queria mandar em tudo e não sabia o que estava fazendo. Então mataram o Russo. Eu ainda penso nesse cara, o promotor. Um tempo depois, ele concorreu ao Congresso e eu mal podia esperar pra votar contra ele. A última notícia que tive foi que ele estava correndo atrás de clientes com aquela cara de puxa-saco espalhada nos outdoors.

– E você acha que esse cartel ainda está por aí? – pergunta Mazy.

– A maior parte sim, ou pelo menos estava quando me aposentei. Já faz cinco anos que estou fora do circuito.

– Certo, vamos falar das pessoas que mandaram matar o Russo – diz Mazy. – Onde elas estão agora?

– Não sei. Tenho certeza de que alguns estão mortos, uns foram pra cadeia, outros estão aposentados em mansões ao redor do mundo. E alguns ainda estão traficando.

– Eles estão de olho na gente? – pergunta Vicki.

Duckworth se ajeita na cadeira e toma um gole de café. Ele reflete por alguns segundos, porque entende nossa preocupação. Por fim, diz:

– É claro que o máximo que eu posso fazer são suposições. Mas, sim, eles estão vigiando vocês em algum grau. Não querem que o Quincy Miller seja solto, pra dizer o mínimo. Eu tenho uma pergunta pra você – diz ele, olhando para mim. – Se o seu cliente sair da cadeia, o caso de homicídio vai ser reaberto?

– Provavelmente não. Em cerca de metade dos nossos casos, nós conseguimos identificar o verdadeiro agressor, na outra metade, não. Nesse aqui, isso parece altamente improvável. O caso é antigo. A única prova não existe mais. O verdadeiro assassino está, como você diz, vivendo muito bem em algum lugar longe daqui.

– Ou está morto – sugere Duckworth. – Assassinos não duram muito nos cartéis.

– Então por que estão vigiando a gente? – pergunta Vicki.

– E por que não? É fácil ficar de olho em vocês. As petições apresentadas ao tribunal são públicas. Por que não acompanhar o andamento das coisas?

– Já ouviu falar de um advogado de traficantes de Miami chamado Nash Cooley? – pergunto.

– Acho que não. Ele trabalha pra algum escritório?

– Varick & Valencia.

– Ah, sim. Eles estão no mercado há anos. São famosos. Por que a pergunta?

– O Nash Cooley estava no tribunal semana passada, assistindo à nossa audiência.

– Então você conhece ele?

– Não, mas nós o identificamos. Estava com um cara chamado Mickey Mercado, um dos clientes dele.

Como um bom policial, ele quer saber como identificamos os dois, mas deixa para lá. Duckworth sorri e diz:

– Sim, eu teria cuidado se fosse vocês. Eles com certeza estão de olho.

29

De acordo com Steve Rosenberg, a juíza Marlowe tem mais influência do que achávamos a princípio. Ele acredita que ela tenha pressionado o tribunal de segunda instância do Alabama a se manifestar, o que aconteceu em velocidade recorde. Apenas dois meses após a audiência em Verona, o tribunal confirma por unanimidade a ordem da juíza Marlowe de submeter os pelos pubianos à análise de DNA. E eles determinam que o teste seja custeado pelo gabinete do Ilustríssimo Dr. Chad Falwright. Dois detetives da polícia estadual levam as provas para o mesmo laboratório em Durham que usamos para testar a saliva de Mark Carter. Passo três dias olhando o celular à espera de que ele vibre com uma ligação de Sua Excelência.

Com uma dicção perfeita e a voz feminina mais bonita que já ouvi, ela diz:

– Bem, Dr. Post, parece que o senhor tem razão. Seu cliente foi excluído pelo teste de DNA. Todos os sete pelos pubianos pertencem ao Sr. Carter.

Estou na sala de Vicki e minha expressão diz tudo. Fecho os olhos por um momento enquanto Vicki abraça Mazy.

– Hoje é terça-feira – prossegue a juíza Marlowe. – Você pode vir aqui na quinta para fazer uma audiência?

– Claro. E obrigado, Excelência.

– Não me agradeça, Dr. Post. Nosso sistema judicial tem uma imensa dívida de gratidão com o senhor.

É por momentos como esse que nós vivemos. O Alabama esteve a duas horas de executar um homem inocente. Duke Russell estaria morto e enterrado se não fosse por nós, pelo nosso trabalho e pelo nosso comprometimento de desmascarar condenações injustas.

Mas as comemorações vão ficar para mais tarde. Saio de lá no ato e vou para o oeste em direção ao Alabama, sem largar o celular. Chad não quer conversar e, é claro, está ocupado demais neste momento. Como ele novamente vai tentar atrapalhar tudo, e em razão do simples fato de ser um incompetente, estamos preocupados com a prisão de Mark Carter. Até onde sabemos, Carter não tem conhecimento do teste de DNA. Steve Rosenberg convence o procurador-geral a ligar para Chad e colocá-lo na linha. O procurador-geral também concorda em notificar a polícia estadual e pedir que fiquem de olho em Carter.

NO FIM DA manhã de quarta-feira, Duke Russell está deitado em seu beliche, o mesmo lugar onde dormiu nos últimos dez anos, lendo um livro e pensando na vida quando um guarda olha por entre as grades e diz:

– Ei, Duke! Hora de ir, cara.

– Ir pra onde?

– Ir pra casa. Uma juíza quer ver você em Verona. Vamos sair em vinte minutos. Arrume suas coisas.

O guarda passa para ele uma mochila barata pelas barras de ferro e Duke começa a guardar seus pertences: meias, camisetas, cuecas, dois pares de tênis, produtos de higiene pessoal. Ele tem oito livros, mas, considerando que leu cada um deles pelo menos cinco vezes, resolve deixá-los para o próximo cara a ocupar a cela. Decide fazer o mesmo com a pequena televisão em preto e branco e com o ventilador. Quando sai da cela, com as mãos algemadas, mas não os pés, seus companheiros comemoram e aplaudem. Perto da porta da frente, os outros guardas se reuniram para cumprimentá-lo e lhe desejar tudo de bom. Vários o acompanham até o lado de fora, onde uma van branca da prisão o aguarda. Ao deixar o corredor da morte, ele se recusa a olhar para trás. No prédio da administração de Holman, ele é transferido para uma viatura do condado e retirado de lá rapidamente. Uma vez fora do presídio, o carro para e o policial no banco da frente sai. Ele abre uma das portas traseiras, tira as algemas de Duke e pergunta se ele gostaria de comer alguma coisa. Duke agradece, mas recusa. Está emocionado demais para pensar em comida.

Quatro horas depois, ele chega à prisão do condado, onde eu o aguardo junto com Steve Rosenberg e um advogado de Atlanta. Convencemos o xerife de que Duke está prestes a ser solto porque ele é de fato inocente, então o xerife está cooperando. Ele nos autoriza a usar sua salinha apertada para nossa breve reunião. Explico ao meu cliente o que sei, o que não é tudo. Amanhã, a juíza Marlowe planeja anular sua condenação e ordenar que ele seja libertado. O idiota do Chad está ameaçando tentar indiciar novamente Duke e também Mark Carter. Sua nova teoria bizarra é que os dois atuaram juntos no estupro e no homicídio de Emily Broone.

Os dois jamais se viram. Por mais revoltante que isso pareça, em nada surpreende. Quando são encurralados, os promotores em geral se tornam extremamente criativos nas novas teorias para tentar culpar alguém. O fato de o nome de Mark Carter nunca ter sido mencionado no julgamento de Duke há dez anos vai pôr fim a esse absurdo. A juíza Marlowe está pronta para o confronto e não vai lhe dar ouvidos. E o procurador-geral do Alabama está fazendo pressão para que Chad recue.

No entanto, ele tem o poder de indiciar Duke novamente, o que é preocupante. Duke pode acabar sendo preso de novo pouco tempo depois de ser libertado. Ao tentar explicar essas imprevisibilidades jurídicas ao meu cliente, ele chora a ponto de não conseguir falar. Deixamos Duke com o xerife, que o leva para a melhor cela de que dispõe, para que ele passe nela sua última noite antes da liberdade.

Steve e eu vamos de carro até Birmingham e tomamos uns drinques com Jim Bizko, do *The Birmingham News*. Ele está furioso com essa história toda e espalhou a fofoca para seus colegas. Amanhã, ele nos promete, um circo será armado.

Jantamos e vamos para um hotel barato, longe de Verona. Não nos sentimos seguros ficando por lá. A família da vítima é grande e tem muitos amigos, e recebemos ameaças anônimas por telefone. Lidar com isso também faz parte do trabalho.

ANTES DO AMANHECER, Mark Carter é preso pela polícia estadual e levado para um presídio num condado próximo. O xerife nos dá essa informação no momento em que entramos no tribunal para aguardar a audiência. Enquanto esperamos, e conforme a multidão se reúne, olho pela janela e noto que há vans de emissoras de televisão pintadas em cores vivas em frente ao fórum. Às 8h30, Chad Falwright chega com sua pequena gangue e nos dá bom-dia. Pergunto se ele ainda planeja indiciar meu cliente de novo. Ele abre um sorriso presunçoso e diz que não. Está completamente abatido e, em algum momento da noite (provavelmente depois de uma conversa tensa por telefone com o procurador-geral), resolveu desistir.

Duke chega escoltado por guardas uniformizados e é só sorrisos. Está vestindo um casaco azul-marinho grande demais para ele, uma camisa branca e uma gravata com um nó do tamanho de um punho. Sua aparência é extraordinária e ele já está desfrutando o momento. A mãe dele está na primeira fila atrás de nós, junto com pelo menos uma dúzia de parentes. Do outro lado do corredor estão Jim Bizko e vários repórteres. A juíza Marlowe autorizou a entrada de fotógrafos, e é possível ouvir os cliques das câmeras.

Ela assume a tribuna pontualmente às 9 horas e dá bom-dia.

– Antes de começarmos, o xerife Pilley pediu que eu informasse ao público e à imprensa que um morador do condado, um homem chamado Mark Carter, foi preso hoje pela manhã na sua casa em Bayliss pelo estupro e o homicídio de Emily Broone. Ele permanece sob custódia e comparecerá a este tribunal daqui a aproximadamente uma hora. Dr. Post, acredito que o senhor tenha um pedido a apresentar.

Levanto-me com um sorriso e digo:

– Sim, Excelência. Em nome do meu cliente, Duke Russell, peço que sua condenação nesse caso seja anulada e que ele seja solto imediatamente.

– E qual o fundamento do seu pedido?

– Teste de DNA, Excelência. Os sete pelos pubianos encontrados na cena do crime foram analisados. O Sr. Russell está excluído. Todos os sete são compatíveis com o DNA do Sr. Carter.

– E até onde tenho conhecimento dos fatos, o Sr. Carter foi a última pessoa vista com a vítima enquanto ela ainda estava viva, não é mesmo? – pergunta a juíza enquanto olha para Chad.

– Correto, Excelência – digo, tentando conter minha alegria. – E nem a polícia nem a promotoria jamais consideraram o Sr. Carter suspeito pelo crime.

– Obrigada. Dr. Falwright, a acusação tem alguma objeção ao pedido?

Ele se levanta depressa e diz, num fiapo de voz:

– Não, Excelência.

Ela passa um tempo reorganizando algumas folhas de papel. Por fim, diz:

– Sr. Russell, o senhor poderia ficar de pé?

Ele se levanta e olha para a juíza Marlowe parecendo desnorteado. Ela pigarreia e diz:

– Sr. Russell, sua condenação à pena de morte pelos crimes de estupro e homicídio está anulada. Para sempre. O senhor não pode ser indiciado novamente. Eu não participei do seu julgamento, obviamente, mas considero um privilégio estar envolvida hoje na sua libertação. O judiciário cometeu um erro gravíssimo, e o senhor pagou um preço muito alto. Foi injustamente condenado pelo estado do Alabama e ficou preso por uma década. Anos que nunca poderão ser devolvidos. Em nome do Estado, eu sinto muito, e entendo que minhas desculpas nem de longe são capazes de curar suas feridas. No entanto, espero que um dia, em breve, o senhor se recorde deste pedido de desculpas e que isso lhe traga algum conforto. Desejo ao senhor uma vida longa e feliz, e que este pesadelo fique para trás. Sr. Russell, o senhor está livre. Pode ir.

Há soluços e gritos atrás de nós quando a família dele ouve isso. Duke se inclina para a frente e coloca as mãos em cima da mesa. Eu me levanto e passo o braço em volta dele enquanto ele chora. Por alguma razão, percebo como ele está magro e frágil dentro daquele velho casaco esportivo emprestado de alguém.

Chad sai por uma porta lateral e foge, covarde demais para se aproximar e pedir desculpas por conta própria. Ele provavelmente passará o resto da carreira mentindo sobre como Duke conseguiu sair graças a detalhes técnicos.

Fora da sala de audiências, enfrentamos as câmeras e respondemos às perguntas. Duke fala pouco. Ele só quer ir para casa comer as costelas na brasa que seu tio preparou. Também não tenho muito a dizer. A maioria dos advogados sonha com momentos como esse, mas para mim eles são agridoces. Por um lado, há uma imensa satisfação em salvar um homem inocente. Por outro, entretanto, há um sentimento de raiva e frustração por um sistema que permite condenações injustas. Quase todas podem ser evitadas.

Por que devemos comemorar depois que um homem inocente é libertado?

Cruzo a multidão e vou andando com meu cliente até uma pequena sala onde Jim Bizko nos aguarda. Prometi a ele uma entrevista exclusiva, e Duke e eu desabafamos. Bizko começa com perguntas sobre o dia em que Duke quase entrou na sala de execuções sete meses antes, e em pouco tempo estamos rindo da última refeição que ele fez e de seus esforços frenéticos para terminar o bife e o bolo antes de retornar à cela. Aquele riso é bom e vem fácil, assim como as lágrimas.

MEIA HORA DEPOIS, eu os deixo e retorno à sala de audiências, onde a multidão está aglomerada aguardando a próxima cena. A juíza Marlowe assume a tribuna e todos se sentam. Ela assente e um oficial de justiça abre uma porta lateral. Mark Carter surge algemado vestindo o macacão laranja padrão. Ele olha em volta, vê a multidão, encontra sua família na primeira fila e depois desvia o olhar. Ele se senta à mesa da defesa e fica de cabeça baixa, encarando as próprias botas.

A juíza Marlowe olha para ele e pergunta:

– Você é Mark Carter?

Ele assente.

– Por favor, fique de pé quando eu me dirigir ao senhor e responda em voz alta.

Ele se levanta relutante, como se estivesse no controle da situação.

– Sim, sou eu.

– Você tem um advogado?

– Não.

– Você pode pagar um?

– Depende de quanto custa.

– Muito bem. Vou designar um advogado por enquanto e ele vai se encontrar com o senhor no presídio. Voltaremos na próxima semana e tentaremos novamente. Enquanto isso, você ficará preso sem direito a fiança. Pode sentar.

Ele se senta e eu me aproximo da mesa da defesa. Inclino-me e digo em voz baixa:

– Ei, Mark, eu sou o cara que ligou pra você na noite em que quase mataram o Duke. Lembra?

Ele olha para trás e, por estar algemado, não pode me dar um soco, mas receio que possa cuspir em mim.

– Enfim, naquele dia eu disse que você era desprezível e um covarde por estar disposto a deixar outro homem morrer por um crime que você cometeu. E eu prometi ver você no tribunal.

– Quem é você? – vocifera ele.

Um oficial de justiça vem em nossa direção e eu recuo.

NUMA BREVE CERIMÔNIA, a equipe da Guardiões pendura na parede uma grande foto emoldurada de Duke Russell ao lado dos outros oito presos libertados. É um belo retrato, feito por um profissional. Nosso cliente está posando ao ar livre na casa de sua mãe, apoiando-se numa cerca branca com uma vara de pescar a seu lado. Com um largo sorriso. O rosto contente de um homem feliz por estar livre e jovem o bastante para desfrutar de uma nova vida. Uma vida que nós demos a ele.

Fazemos uma breve pausa para parabenizar uns aos outros, e então voltamos ao trabalho.

30

Quincy acha que estou aqui porque sou advogado dele e parte do meu trabalho é estar com meus clientes sempre que tenho uma chance. Esta é a minha quarta visita e eu dou a ele informações atualizadas da situação. É claro que o juiz Plank ainda não se manifestou, e Quincy não entende por que não podemos fazer uma representação contra aquele dinossauro e obrigá-lo a fazer alguma coisa. Descrevo a presença de Zeke Huffey no tribunal e repasso o pedido de desculpas dele por ter ajudado a mandá-lo para a cadeia pelo resto da vida. Quincy fica impassível. Passamos duas horas falando sobre os mesmos assuntos.

Saindo do presídio, vou para o sul por uma rodovia do condado que logo se expande para quatro pistas e depois para seis conforme se aproxima de Orlando. Olhar pelo espelho retrovisor tornou-se um hábito que eu odeio, mas não consigo evitar. Sei que não há ninguém atrás de mim. Se estão me ouvindo e me vigiando, não fariam isso usando um método tão antiquado. Talvez eles invadam telefones e computadores e sabe-se lá o que mais, mas não perderiam tempo me perseguindo em meu pequeno Ford suv. Pego uma saída para uma via principal movimentada, depois faço uma volta rápida e chego ao gigantesco estacionamento de um shopping no subúrbio. Estaciono entre dois carros, entro como se fosse um cliente qualquer e ando quase um quilômetro até uma imensa loja da Nike, onde, exatamente às 14h15, paro diante de uma prateleira com camisetas masculinas de corrida. Tyler Townsend aguarda do outro lado da estante. Está usando um boné de um country club e óculos com armação de acrílico imitando casco de tartaruga.

Olhando em volta, ele diz baixinho:

– É bom que seja importante.

Examino uma camisa e digo:

– Nós vimos o inimigo. E acho que você devia saber disso.

– Pode falar – diz ele sem olhar para mim.

Conto sobre a audiência com o juiz Plank, a presença de Nash Cooley e Mickey Mercado e seus esforços desajeitados para evitar serem vistos juntos. Tyler não reconhece nenhum dos nomes.

Um garoto com um largo sorriso no rosto se aproxima e pergunta se precisamos de ajuda.

Eu o dispenso educadamente.

Conto a Tyler tudo o que sabemos sobre Mercado e Cooley. Resumo o que Len Duckworth nos revelou sobre a DEA e o cartel.

– Você suspeitava que o Russo fosse um informante, não é? – pergunto.

– Bem, ele foi morto por algum motivo. Ou a esposa mandou matá--lo pra pegar o seguro de vida, apesar de ninguém nunca ter realmente acreditado nessa possibilidade, ou ele foi longe demais com algum cliente complicado. Sempre desconfiei que aquilo tinha sido coisa dos traficantes. É assim que eles lidam com os informantes, como aqueles dois garotos que eu descrevi em Belize, ou seja lá onde for. Lembra da foto, Post? Eu na tirolesa?

– Penso nela o tempo todo.

– Eu também. Olha, Post, se eles estão vigiando você, não dá mais pra nós sermos amigos. Não quero me encontrar com você de novo. – Ele dá um passo para trás, olhando para mim. – Nada. Ouviu, Post? Nenhum tipo de contato.

Eu assinto e digo:

– Entendido.

Na porta, ele passa os olhos pelos arredores do shopping como se fosse deparar com bandidos segurando armas imensas, depois se afasta o mais despreocupadamente possível. Acelera o passo e logo desaparece, e percebo quão aterrorizado ele está com o passado.

A questão é: quão aterrorizados devemos ficar com o presente?

A resposta chega em poucas horas.

SELECIONAMOS NOSSOS CASOS com muito cuidado e, uma vez envolvidos, investigamos e advogamos de maneira diligente. Nosso objetivo é descobrir a verdade e libertar nossos clientes, algo que fizemos nove vezes nos últimos doze anos. No entanto, nunca me ocorreu que nossos esforços para salvar um cliente pudessem matá-lo.

FOI UMA SURRA com todas as características típicas de uma emboscada e, por isso, vai ser difícil saber o que aconteceu no fim das contas. As testemunhas não são confiáveis, se é que elas vão se manifestar. Guardas muitas vezes não veem nada. A administração tem todos os motivos para encobrir os fatos, e sua versão costuma sempre se inclinar para o que é mais favorável para o presídio.

Pouco depois de me despedir de Quincy naquela manhã, ele foi atacado por dois homens num corredor entre uma oficina e uma academia. Foi ferido com uma faca improvisada e espancado gravemente por instrumentos contundentes, e depois o deixaram lá. Em algum momento um guarda passou, viu Quincy caído numa poça de sangue e pediu ajuda. Ele foi colocado numa ambulância, levado para o hospital mais próximo e de lá foi encaminhado às pressas para o Mercy Hospital, em Orlando. Os exames revelaram traumatismo craniano, edema cerebral e fratura da mandíbula, ombro e clavícula estilhaçados, além da perda de alguns dentes e de três perfurações profundas, entre outras coisas. Ele recebeu seis litros de sangue e foi entubado. Quando o presídio enfim ligou para o nosso escritório em Savannah, Vicki foi informada de que o estado dele era "crítico" e de que não havia esperanças de que sobrevivesse.

Eu estava no anel rodoviário de Jacksonville quando ela me ligou para dar a notícia. Deixei de lado tudo o que passava pela minha cabeça e peguei o retorno. Quincy não tem família para defendê-lo. Nesse momento, ele precisa do seu advogado.

PASSEI METADE DA minha carreira entrando e saindo de presídios e me acostumei à violência intrínseca a esses ambientes, mas não sou insensível a ela, porque homens encarcerados sempre inventam novas maneiras de prejudicar uns aos outros.

Mas nunca levei em consideração a possibilidade de que uma tentativa de rever uma condenação injusta poderia ser anulada por alguém de dentro da prisão, eliminando o preso inocente. É uma jogada brilhante!

Se Quincy morrer, encerramos o caso e seguimos em frente. Essa não é uma política preestabelecida na Guardiões, porque nunca fomos confrontados com uma morte assim, mas, com uma infinidade de casos para escolher, não podemos justificar nosso tempo tentando comprovar a inocência de alguém postumamente. Tenho certeza de que eles sabem disso. Seja lá quem "eles" forem. Se eu tivesse que dar nome aos bois durante os meus longos monólogos ao volante, suponho que seria possível dizer que se trata dos caras do Cartel Saltillo, ou algo assim. Mas "eles" funciona melhor.

Então eles estão de olho nas nossas petições. Pode ser que estejam nos seguindo de vez em quando, talvez hackeando um pouco e espionando. E eles certamente sabem coisas a nosso respeito e sobre a nossa recente vitória no Alabama. Sabem que temos um histórico, que somos bons advogados, que somos obstinados. Também sabem que Quincy não matou Keith Russo e não estão gostando de estarmos fuçando em busca da verdade. Não querem nos confrontar abertamente nem nos assustar ou intimidar, pelo menos não agora, porque isso iria atestar a existência deles e provavelmente exigiria que cometessem outro crime, algo que gostariam de evitar. Um incêndio, uma bomba ou um tiro podem fazer uma grande sujeira e deixar pistas.

A maneira mais fácil de interromper a investigação é simplesmente tirar Quincy da jogada. Dar um jeito de o trabalho ser feito dentro da prisão, onde eles já têm amigos ou conhecem alguns caras durões que farão isso em troca de favores ou de pouco dinheiro. Assassinatos lá dentro já são mesmo frequentes.

Eu raramente invisto tempo revisando os registros prisionais de meus clientes. Por serem inocentes, tendem a apresentar bom comportamento, evitam se meter com gangues ou com drogas, fazem qualquer curso educacional disponível, trabalham, leem e ajudam outros detentos. Quincy terminou o ensino médio em Seabrook em 1978, mas não podia pagar uma faculdade. No presídio, ele tem mais de cem horas acumuladas em crédito. Não cometeu nenhuma infração disciplinar grave. Ajuda os presos mais jovens a evitar as gangues. Não consigo imaginar Quincy fazendo inimigos. Ele malha todos os dias, aprendeu karatê e, em geral, é capaz de cuidar de si mesmo. Seria necessário mais de um homem jovem e saudável para derrubá-lo, e aposto que, antes de cair, ele tenha feito um certo estrago.

Parado no trânsito de Orlando, ligo para o presídio pela quarta vez e peço para falar com o diretor. Tenho certeza de que ele não vai me atender, mas quero que ele saiba que estarei lá em breve. Faço inúmeras ligações. Vicki está pressionando o hospital para obter informações, que são poucas, mas me mantém atualizado. Ligo para Frankie e digo para ele ir para o sul. Finalmente consigo fazer contato com o irmão de Quincy, Marvis, que trabalha na construção civil em Miami e não tem como vir. Ele é o único parente que se preocupa com Quincy e que o visitou regularmente nos últimos 23 anos. Ele está abalado e quer saber quem pode ter feito isso com Quincy. Eu não tenho uma resposta para dar.

O clérgima geralmente abre portas em hospitais, então eu o coloco antes de sair do estacionamento. A UTI fica no segundo andar, e passo por uma enfermeira apressada. Dois jovens grandalhões, um branco e o outro negro, estão sentados num banco ao lado de um quarto com paredes de vidro. São agentes penitenciários e usam o vistoso uniforme preto e marrom que já vi pelo Instituto Correcional Garvin. Eles estão entediados e visivelmente apreensivos. Decido ser simpático e me apresento como advogado de Quincy.

Como era de se esperar, eles não sabem quase nada. Não estavam no local, só viram o prisioneiro quando ele chegou na ambulância e receberam ordens de acompanhá-lo e garantir que permanecesse em segurança.

Quincy Miller definitivamente está seguro. Está amarrado a uma cama que fica no meio do quarto, cercado por tubos, frascos de soro e medicamentos e máquinas. Um ventilador zumbe enquanto bombeia oxigênio por um tubo de traqueostomia e o mantém vivo. Seu rosto está coberto por uma atadura grossa, com mais tubos por baixo.

Um dos agentes me conta que ele teve três paradas cardíacas nas últimas duas horas. O pessoal veio correndo de todos os lados. O outro agente confirma o que o colega diz e acrescenta que é apenas uma questão de tempo, pelo menos na opinião dele.

A conversa fiada logo chega ao fim. Esses garotos não sabem se devem dormir ali no chão, ir atrás de um quarto de hotel barato ou voltar para o presídio. A administração está fechada e eles não conseguem falar com o chefe. Faço uma observação perspicaz: digo-lhes que o prisioneiro não irá a lugar algum.

Um dos médicos passa por lá e percebe meu clérgima. Nós nos afastamos para podermos falar em particular. Tento explicar brevemente que Quincy não tem família, que está preso há quase 23 anos por um crime cometido por outra pessoa e que, como advogado do paciente, meio que respondo por ele. O médico está com pressa e não se importa com todas aquelas informações. Diz que o paciente sofreu vários ferimentos, sendo o mais sério uma grave lesão cerebral. Usando pentobarbital, eles o colocaram em coma induzido para aliviar a pressão no crânio. Se ele sobreviver, terá que passar por muitas cirurgias. A parte superior da mandíbula esquerda, as clavículas e o ombro esquerdo serão reconstruídos. Talvez o nariz também. Uma das facadas perfurou um pulmão. Seu olho direito pode ter sido gravemente lesionado. Nesse primeiro momento, não há como prever o grau de dano cerebral permanente, embora provavelmente seja "considerável, caso sobreviva".

Tenho a impressão de que o médico está listando mentalmente todas as lesões de Quincy e que, como ele vai morrer mesmo, por que se dar ao trabalho de nomear todas elas?

Pergunto quais são as chances dele, e o médico dá de ombros.

– Uma em cem – responde, como se estivesse apostando em Las Vegas.

DEPOIS QUE ESCURECE, meus dois colegas de uniforme chegam ao limite. Estão cansados de não fazer nada, cansados de atrapalhar, cansados da cara feia das enfermeiras e cansados de tomar conta de um prisioneiro que não tem como fugir. Eles também estão com fome e, a julgar pelo tamanho de sua barriga, a hora do jantar é coisa séria. Eu os convenço de que pretendo passar a noite na sala de espera no final do corredor, e, se acontecer alguma coisa com Quincy, ligarei para os seus celulares. Me despeço deles com a promessa de que o prisioneiro ficará trancado a noite toda.

Não há assentos ou cadeiras perto dos leitos da UTI. Visitantes não são bem-vindos. Não há problema em dar uma passada ou em trocar algumas palavras com o ente querido caso ele possa falar, mas as enfermeiras são bastante rígidas em manter o local o mais escuro e silencioso possível.

Fico aninhado na sala no final do corredor e tento ler. O jantar vem de uma máquina automática, seriamente subestimada. Tiro um cochilo, baixo uma enxurrada de e-mails, leio um pouco mais. À meia-noite, vou na ponta dos pés até o quarto de Quincy. Seu eletrocardiograma é motivo de preocupação e há uma equipe médica em volta da cama.

Seria esse o fim? Até certo ponto, é o que eu espero. Não quero que Quincy morra, mas também não quero que ele passe o resto da vida vegetando. Tento me livrar desses pensamentos e faço uma oração por ele e pela equipe médica. Paro num canto e observo pela parede de vidro enquanto médicos e enfermeiras corajosos trabalham freneticamente para salvar a vida de um homem que a Flórida tentou ao máximo matar. Um homem inocente, que teve sua liberdade roubada por um sistema corrupto.

Tento conter minhas emoções enquanto me pergunto: a Guardiões é responsável por isso? Quincy estaria aqui se tivéssemos recusado o caso dele? Não, não estaria. Seu sonho pela liberdade, assim como nosso desejo de ajudá-lo, fizeram dele um alvo.

Enterro o rosto nas mãos e choro.

31

Há dois sofás na sala de espera da UTI, nenhum deles projetado para que um adulto consiga utilizá-lo para dormir. Do outro lado da sala, um deles está sendo usado por uma mãe cujo filho adolescente foi gravemente ferido num acidente de moto. Oramos juntos duas vezes. No outro sofá, luto com um travesseiro desconfortável e cochilo até as três da manhã, quando penso em algo que devia já ter ficado óbvio. Sento-me na sala mal iluminada e digo para mim mesmo:

– Ótimo. Idiota. Por que só pensou nisso agora?

Supondo que o ataque a Quincy tenha sido encomendado por alguém do lado de fora, ele está correndo mais risco agora do que na prisão, certo? Qualquer pessoa pode entrar no hospital, pegar o elevador até o segundo andar, passar pelas enfermeiras da UTI na recepção contando uma história meramente plausível e conseguir acesso imediato ao quarto de Quincy.

Eu me acalmo e aceito minha paranoia. Não há assassinos a caminho, porque "eles" acreditam que "eles" já cuidaram de Quincy. E com razão.

Não dá para dormir. Por volta das cinco e meia, um médico e uma enfermeira entram na sala de espera e se juntam à mãe. O filho dela morreu há vinte minutos. Como sou o sacerdote mais próximo, sou arrastado para esse drama. Eles me deixam lá segurando a mão dela e ligando para os parentes.

Quincy aguenta firme. As rondas matinais começam cedo e eu converso com outro médico. Nenhuma alteração no quadro e pouca esperança. Explico a ele que acredito que meu cliente possa estar em perigo. Ele foi atacado por algumas pessoas que obviamente o querem morto, aquela não foi uma briga como outra qualquer no presídio, e o hospital precisa ter ciência disso. Peço a ele que notifique a equipe e os responsáveis pela segurança. Ele parece entender, mas não me promete nada.

Às sete, ligo para Susan, do Projeto Pró-inocência do centro da Flórida, e conto o que aconteceu com Quincy. Conversamos por meia hora e concordamos que o FBI deve ser informado. Ela sabe para quem ligar. Também discutimos nossa estratégia de recorrer ao tribunal federal e processar a Flórida e seu Departamento Correcional. Entraríamos com um pedido liminar solicitando imediatamente que o diretor do Garvin investigue o ocorrido e nos dê acesso aos arquivos. Ligo para Mazy e temos uma conversa semelhante. Como sempre, ela é cautelosa, mas nunca se intimida em dar entrada num processo no tribunal federal. Uma hora depois, Mazy, Susan e eu realizamos uma conferência ao telefone e decidimos não fazer nada por algumas horas. Todas as estratégias mudarão se Quincy morrer.

Estou no corredor ao telefone quando um médico me vê e se aproxima. Desligo e pergunto o que está acontecendo.

Ele diz em tom sério:

– O eletroencefalograma está mostrando uma diminuição constante na atividade cerebral. O batimento cardíaco dele está baixo, vinte batimentos por minuto. Estamos chegando ao fim e precisamos de alguém com quem possamos conversar.

– Sobre desligar os aparelhos?

– Esse não é o termo médico, mas serve. Você diz que ele não tem família.

– Ele tem um irmão que está tentando chegar aqui. A decisão seria dele, eu acho.

– O Sr. Miller está sob custódia do Estado, correto?

– Sim, faz mais de vinte anos que ele está num presídio estadual. Por favor, não me diga que é o diretor quem toma essa decisão.

– Na ausência de um membro da família, sim.

– Merda! Se é o Estado que decide se vocês devem ou não desligar os aparelhos, nenhum preso está seguro. Vamos esperar o irmão dele, tudo bem? Tenho esperança de que ele consiga chegar por volta de meio-dia, mais ou menos.

– Certo. Talvez você queira preparar a última comunhão.

– Não sou católico, sou pastor episcopal. Não fazemos comunhão.

– Bom, então faça o que tem que ser feito antes da morte.

– Obrigado.

Quando ele se afasta, vejo os mesmos dois agentes da véspera saindo do elevador, e os cumprimento como se fôssemos velhos amigos. Estão de volta para mais um dia sem nada para fazer além de ficarem ali, sentados. Ontem eu os considerei completamente inúteis, mas agora estou feliz em vê-los. Precisamos de mais segurança por aqui.

Ofereço-me para pagar o café da manhã deles na lanchonete que fica no subsolo do hospital e fico com a impressão de que eles nunca recusaram comida na vida. Comendo waffles e salsichas, eles conseguem rir dos próprios problemas. O diretor ligou para eles logo pela manhã, para lhes passar um sermão. Estava irritado por terem se afastado do prisioneiro sem terem a autoridade para tomar tal decisão. Os dois vão passar trinta dias em observação, e uma advertência vai ficar para sempre em seus registros.

Eles não ouviram nenhum rumor sobre a agressão e, enquanto estiverem sentados no corredor do hospital sem fazer nada, continuarão sem ouvir. No entanto, o local onde Quincy foi pego é conhecido por ser uma das poucas áreas do pátio do presídio não monitoradas por câmeras de segurança. Houve outros ataques lá. O agente negro, Mosby, diz que já conhecia Quincy há muitos anos, antes de ser designado para outra unidade. O agente branco, Crabtree, nunca tinha ouvido falar de Quincy, o que é normal, pois há quase 2 mil homens presos no Garvin.

Embora saibam muito pouco, estão gostando da importância de estarem vagamente conectados a um evento tão relevante. Confidencio a eles que acredito que o ataque tenha sido ordenado de fora e que Quincy é um alvo ainda mais fácil naquele momento. Ele precisa ser protegido.

Quando voltamos para a UTI, há dois seguranças uniformizados do hospital, fazendo cara feia para todo mundo, como se o presidente dos Estados Unidos estivesse internado ali. Há agora quatro jovens armados e, embora nenhum deles possa correr trinta metros sem desabar, a presença deles é reconfortante. Converso com um médico que diz que nada mudou e saio do hospital antes que alguém resolva me perguntar se os aparelhos de Quincy devem ser desligados.

Encontro um hotel barato, tomo banho, escovo os dentes, troco umas peças de roupa e depois corro em direção a Garvin. Susan insistiu com a secretária do diretor, mas não obteve sucesso. Meus planos de invadir a sala dele e exigir respostas foram travados na recepção, onde foi negada minha entrada no presídio. Fico lá durante uma hora e ameaço todos ao redor, mas é inútil. Não é à toa que prisões são seguras.

De volta ao hospital, converso com uma enfermeira com quem tenho flertado e ela diz que os sinais vitais de Quincy melhoraram um pouco. O irmão dele, Marvis, não pode deixar o trabalho em Miami. Ninguém da prisão atende ou retorna ligações.

No almoço, tiramos cara ou coroa e Mosby ganha. Crabtree pede um misto-quente e fica para trás, para proteger Quincy. Mosby e eu caminhamos até a lanchonete e enchemos nossa bandeja com lasanha e legumes saídos direto de uma lata. Há uma multidão e nos espremermos na última mesa, daquelas muito apertadas, que pressionam o estômago. Ele tem apenas 30 anos, está bem acima do peso, e me coço para perguntar que tamanho ele planeja ter daqui a dez anos. Ou vinte? Será que percebe que, na velocidade em que está ganhando peso, estará diabético aos 40? Mas, como sempre, guardo essas perguntas para mim.

Ele está intrigado com o nosso trabalho e continua observando o clérgima. Por isso, entretenho ele com histórias levemente enfeitadas a respeito dos homens que tiramos da prisão. Falo sobre Quincy e defendo sua inocência. Mosby parece acreditar em mim, embora no fim não se importe. Ele é apenas um garoto do interior que aceita ganhar doze dólares por hora porque precisa do emprego. Odeia aquele trabalho, odeia o fato de passar o dia atrás de cercas e arame farpado; odeia o perigo que corre tomando conta de criminosos que estão constantemente planejando um jeito de escapar; odeia a burocracia e a infinidade de regras; odeia a violência; odeia o diretor; odeia o estresse e a pressão constantes. Tudo isso por doze dólares a hora. A esposa faz faxina em salas comerciais enquanto a sogra toma conta dos três filhos deles.

Vicki encontrou três matérias de jornal sobre guardas corruptos no Garvin. Há dois anos, oito deles foram demitidos por vender drogas, vodca, material pornográfico e (os itens favoritos) celulares. Um preso foi pego com quatro aparelhos que estava revendendo para seus clientes. Ele confessou que o primo os havia roubado do lado de fora e que tinha subornado um guarda para conseguir entrar no presídio com eles. Um dos guardas demitidos foi citado: "É impossível viver recebendo doze dólares por hora, então precisamos nos mexer."

Enquanto comíamos a sobremesa, torta de chocolate para ele, café para mim, eu digo:

– Olha, Mosby, eu já estive nuns cem presídios ao longo da vida, então aprendi umas coisas. E eu sei que alguém viu quando pegaram o Quincy. Certo?

– É mais do que provável – responde ele, assentindo.

– Para fazer algo ruim de verdade, tipo um estupro ou uma facada, você tem que saber exatamente quem é o guarda que vai fazer vista grossa, certo?

Ele sorri e continua concordando. Prossigo:

– No ano passado, houve dois assassinatos no Garvin. Algum deles no seu turno?

– Não.

– Os caras foram pegos?

– Do primeiro caso, sim. Do segundo cortaram a garganta do cara enquanto ele dormia. Ainda está sem solução, provavelmente vai continuar assim.

– Olha só, Mosby, é importante pra mim descobrir quem pegou o Quincy. Nós dois sabemos muito bem que tem um ou dois guardas envolvidos. Aposto que alguém estava vigiando durante o ataque. Certo?

– Provavelmente. – Ele come um pedaço da torta e desvia o olhar. Depois de engolir, diz: – Na prisão tudo tem seu preço, Post. Você sabe.

– Quero nomes, Mosby. Os nomes dos caras que pegaram o Quincy. Quanto vai custar?

Ele se inclina e tenta aliviar a pressão da mesa no estômago.

– Não tenho esses nomes, eu juro. Vou ter que descobrir e pagar o cara. Pode ser que ele tenha que pagar um outro cara. Entende o que quero dizer? Eu queria ganhar uma coisa também.

– Claro, mas deixa eu só lembrar que nós somos uma organização sem fins lucrativos, sem dinheiro?

– Cinco mil?

Franzo a testa como se ele tivesse pedido um milhão, mas cinco é um valor razoável. Alguns dos homens da rede de fofocas são prisioneiros que pensam em termos básicos: comida melhor, drogas, uma nova televisão em cores, alguns preservativos, papel higiênico mais macio. Alguns são guardas que precisam de mil dólares para consertar um carro.

– Talvez – respondo. – Precisa ser rápido.

– O que você vai fazer com os nomes? – pergunta, enquanto leva o último pedaço de torta à boca.

– Por que você liga pra isso? Provavelmente são caras que já vão ficar lá pro resto da vida e vão somar mais uns anos.

– Provavelmente – diz ele com a boca cheia.

– Então, está combinado? Você começa a fuçar e eu vou atrás do dinheiro.

– Combinado.

– E vamos manter isso entre nós dois, Mosby. Não quero o Crabtree se metendo. Além disso, ele provavelmente vai querer uma parte da grana, não vai?

– Sim. Não sei se dá pra confiar nele.

– Eu também não.

Voltamos à UTI e entregamos a Crabtree o sanduíche que ele pediu. Ele está sentado junto com um policial da cidade de Orlando, um grande falastrão que nos diz que recebeu ordens de ficar lá por alguns dias. Há vários homens uniformizados circulando, e começo a me sentir melhor em relação à segurança de Quincy.

32

Vinte e oito horas se passaram desde o espancamento e, após cinco ou seis paradas cardíacas, os monitores de Quincy começaram a se estabilizar. Embora ele certamente não saiba, sua atividade cerebral está um pouco maior e seu coração, um pouco mais forte. No entanto, isso não inspira otimismo entre os médicos.

Estou cansado do hospital e preciso sair um pouco de lá, mas não posso ficar muito longe do paciente. Passo horas no sofá da sala de espera, falando ao celular, navegando na internet, fazendo qualquer coisa para matar tempo. Mazy e eu decidimos esperar mais um dia antes de entrar em contato com o FBI. O processo federal também pode esperar, embora tenhamos dúvidas em relação a isso. Ainda não há notícias do diretor, nem conseguimos fazer nenhum contato com a prisão.

Mosby e Crabtree são instruídos a ir embora às 17 horas. Os dois são substituídos por um veterano de cabelos grisalhos chamado Holloway, que não é muito amigável. Ele parece incomodado por ter sido relegado ao monitoramento do corredor e não fala muito. Tanto faz. Pelo menos temos outro guarda armado de plantão. Também estou cansado de conversar com as pessoas.

Marvis Miller chega cedo e eu o acompanho até o quarto para ver o irmão. Ele logo começa a chorar e eu me afasto. Ele fica parado ao pé da cama, com medo de tocar em qualquer coisa, e olha para a montanha de ataduras no rosto de Quincy. Uma enfermeira precisa que ele dê algumas informações, e eu volto à sala de espera para matar o tempo.

Janto com Marvis, minha terceira refeição do dia na lanchonete. Ele é seis anos mais novo que Quincy e sempre idolatrou o irmão mais velho. Eles têm duas irmãs, mas não mantêm contato com elas. A família se separou após a condenação de Quincy, quando as irmãs presumiram que ele fosse culpado, conforme decidiu o júri, e todos os laços foram cortados. Isso chateou Marvis, que sempre acreditou que o irmão fora condenado de maneira injusta, e que acreditava fortemente que Quincy precisava do apoio da família mais do que nunca.

Depois de engolir o jantar, optamos por tomar um café, em vez de voltar correndo para a melancolia entorpecedora da sala de espera. Explico a ele meus receios em relação à segurança de Quincy. Compartilho minha tese de que o ataque foi encomendado por alguém vinculado à sua condenação, alguém que está com medo da nossa investigação. Muito constrangido, peço desculpas pelo que aconteceu, mas ele se recusa a aceitar. Ele é grato pelos nossos esforços e repete isso sem parar. Sempre sonhou em ver o irmão mais velho saindo da prisão vitorioso, como um homem inocente. Marvis é muito parecido com Quincy, descontraído, simpático, confiável, um homem decente tentando sobreviver a uma vida difícil. Noto lampejos de amargura em relação a um sistema que roubou seu irmão dele, mas também muita esperança de que um erro grave seja um dia corrigido.

Por fim, nos arrastamos até lá em cima e eu desisto do meu sofá. Vou para o hotel, tomo banho e adormeço.

APRESENTO MOSBY A Frankie Tatum. O encontro acontece em um bar barulhento na periferia de Deltona, muito afastado da realidade de Mosby. Ele comenta que chegou a frequentar aquele lugar quando era jovem, mas que tem certeza de que ninguém o reconhecerá agora. Como sempre, Frankie investiga tudo antes de eles se conhecerem. É quase meia-noite de uma quinta-feira e o lugar está deserto e tranquilo. Eles precisam tomar algo para conseguir relaxar um com o outro.

Duas cervejas num bar sem brancos por perto bastam para Frankie convencer Mosby de que ele é confiável.

– Preciso de 6 mil em dinheiro – diz Mosby.

Eles estão sentados a uma mesa nos fundos, perto de uma mesa de sinuca vazia. Os dois caras do bar não conseguem ouvir uma palavra.

– Dá pra conseguir – diz Frankie. – O que a gente ganha em troca?

– Eu tenho um pedaço de papel com três nomes. Os dois primeiros são presos condenados por homicídio passando por dificuldades, com pequenas chances de conseguir a condicional, se é que existe alguma. Eles que espancaram o Quincy. O terceiro nome é do guarda que estava por perto e não viu nada. Provavelmente o que estava de vigia. Não tem vídeo. Eles escolheram um lugar que não tem câmeras de monitoramento. Não sei por que o Quincy estava por ali, porque a maioria dos presos sabe disso. Um cara foi estuprado lá dois meses atrás. Vai ver o Quincy achava que ele era muito durão, que ninguém nunca ia mexer com ele, e se descuidou. Você vai ter que perguntar isso pra ele se tiver a chance.

– O que você sabe dos dois agressores?

– Os dois são brancos, uns caras barra-pesada de uma gangue barra-pesada, a Diáconos Arianos. O primeiro é um cara que eu costumava ver todo dia quando trabalhava na unidade dele. Do condado de Dade, problema atrás de problema. O segundo é totalmente desconhecido pra mim. Tem 2 mil presos no Garvin e, felizmente, não conheço todos eles.

– Alguma chance de ser uma treta de gangue?

– Duvido. As gangues estão sempre em guerra, mas o Quincy sempre ficou longe, que eu saiba.

Frankie toma um gole de cerveja e tira um envelope branco do bolso do casaco. Ele o coloca na mesa e diz:

– Aqui tem 5 mil.

– Eu falei seis – diz Mosby, sem pegar o dinheiro.

De outro bolso, Frankie pega um rolo de notas e o mantém embaixo da mesa. Ele conta depressa e entrega dez notas de cem dólares.

– Com isso, seis.

Mosby dá a ele o pedaço de papel com uma mão enquanto pega o dinheiro e o envelope com a outra. Frankie desdobra o papel e lê os três nomes.

– Tem outra coisa. Quincy não se rendeu fácil. Ele acertou alguns socos enquanto conseguiu. O primeiro aí sobreviveu, mas ficou com o nariz quebrado. Foi atendido na enfermaria hoje à tarde e disse que se meteu numa briga. Acontece o tempo todo e ninguém faz muita pergunta. O rosto dele vai ficar detonado por uns dias, então eu agiria rápido. Só pra garantir.

– Obrigado. Algo mais?

– Sim, eu não vou voltar pro hospital. Eles vão alternar os guardas agora e está sempre faltando pessoal. Agradece ao Dr. Post por mim.

– Pode deixar. A gente também agradece.

PASSO O PRIMEIRO nome para Mazy, o segundo para Vicki, enquanto vou atrás de todos os três. Quinze minutos depois que Frankie se despediu de Mosby, estamos os três diante de nossos computadores pesquisando freneticamente na internet.

Robert Earl Lane foi condenado por homicídio qualificado pelo assassinato de sua namorada, dezessete anos atrás, no condado de Dade. Antes disso, cumpriu três anos por agredir um policial. Jon Drummik matou a avó por causa de sessenta dólares, quantia de que ele precisava para comprar crack. Ele se declarou culpado em Sarasota em 1998 e conseguiu escapar da pena de morte. Ambos estão no Instituto Correcional Garvin há cerca de dez anos e, como os arquivos do presídio são confidenciais, não conseguimos encontrar muito mais. Em geral Mazy consegue hackear praticamente tudo, mas decidimos evitar violações à lei. Seja como for, gangues de cadeia como a Diáconos Arianos são conhecidas por se manterem fora dos registros, portanto não há como verificar a existência deles.

O guarda se chama Adam Stone, branco, 34 anos, morador de uma pequena cidade de interior a meia hora do presídio. Às 2h15 da manhã, Frankie encontra a casa de Stone e verifica o número da placa de seu carro e de sua caminhonete. Às três, a equipe da Guardiões faz uma teleconferência e todas as informações são compartilhadas. Armamos um plano para nos aprofundar nos antecedentes de Lane e Drummik e descobrir o máximo possível sobre a Diáconos Arianos na Flórida.

Nossa teoria é de que o ataque a Quincy foi encomendado e pago por alguém de fora. Lane e Drummik não tiveram nada a ver com o homicídio de Russo. São só uns caras passando maus bocados e que fazem esse tipo de serviço por um punhado de dólares. O fato de a vítima ser negra tornou a surra mais divertida.

Às cinco da manhã volto ao hospital e encontro a sala de espera vazia. Sou parado no balcão da UTI por uma enfermeira, então pelo menos alguém está acordado. Pergunto sobre Marvis Miller, e ela acena em direção ao quarto de Quincy. Marvis está dormindo numa cama dobrável, protegendo o irmão. Não há guardas ou policiais por perto. A enfermeira explica que ontem à noite, por volta da meia-noite, Marvis ficou chateado com a falta de vigilância e exigiu a cama. O chefe dela concordou e eles colocaram uma no quarto de Quincy. Agradeço a ela e pergunto:

– Como está o paciente?

– Indo – diz ela, dando de ombros.

Uma hora depois, Marvis aparece trôpego e esfregando os olhos, feliz em me ver. Conseguimos um café requentado e nos sentamos nas cadeiras dobráveis no corredor, observando o desfile de enfermeiras e médicos fazendo suas primeiras rondas. Um grupo faz um gesto para nos juntarmos a eles na porta de Quincy, e somos informados de que seus sinais vitais continuam apresentando uma ligeira melhora. Eles planejam mantê-lo em coma por mais alguns dias.

Marvis teme perder o emprego e precisa ir. Nos abraçamos em frente ao elevador e prometo ligar se houver uma mudança no quadro. Ele promete voltar o mais rápido possível, mas mora a quase cinco horas de distância.

Dois policiais de Orlando fortemente armados aparecem e converso um pouco com eles. Eles planejam ficar ali por mais ou menos uma hora até que chegue um agente penitenciário.

Às 7h30, recebo um e-mail do presídio. O diretor tem alguns minutos livres para falar comigo.

CHEGO AO INSTITUTO Correcional Garvin 45 minutos antes da reunião, marcada para as dez. Tento explicar aos funcionários na recepção que tenho um horário agendado com o diretor, mas sou tratado como qualquer outro advogado que está lá para visitar um cliente. Nada é fácil num presídio. As regras ora são inflexíveis, ora são inventadas na hora – sempre o que for mais eficaz para fazer você perder tempo. Por fim um guarda vem me buscar num carrinho de golfe, e damos a volta em direção ao prédio da administração.

O diretor é um homem negro e forte, extremamente arrogante. Vinte anos atrás, ele jogava futebol americano no time da Universidade Estadual da Flórida e foi contratado por uma equipe da Liga Nacional de Futebol Americano, onde durou dez jogos antes de estourar um dos joelhos. Seu gabinete é decorado com fotos coloridas suas em diferentes uniformes, bolas autografadas e abajures feitos com capacetes. Aparentemente, ele jogou no

Green Bay Packers. Está sentado atrás de uma mesa imensa, coberta de pastas e folhas de papel, o território de um homem importante. À sua esquerda está o advogado da prisão, um burocrata branco e pálido que segura um bloco de papel e me olha como se fosse me processar por algum motivo, ou mesmo sem motivo algum.

– Tenho uns quinze minutos – começa o diretor agradavelmente.

O nome dele é Odell Herman. Nas paredes, há pelo menos três camisas de cores diferentes e emolduradas, com o nome HERMAN nas costas. Parece até que o cara entrou para o Hall da Fama.

– Agradeço muitíssimo pelo seu tempo – respondo, debochado. – Gostaria de saber o que aconteceu com meu cliente, Quincy Miller.

– Estamos investigando e ainda não podemos falar sobre esse assunto. Certo, Dr. Burch?

Burch assente com a expressão típica de um advogado para confirmar o que ele diz.

– Você sabe quem agrediu o Quincy? – pergunto.

– Temos suspeitos, mas, novamente, não posso falar sobre isso neste momento.

– Certo, vou entrar no jogo de vocês. Sem divulgar nomes, você sabe quem fez isso?

Herman olha para Burch, que balança a cabeça.

– Não, doutor, ainda não temos essa informação.

Neste ponto, a reunião chega ao fim. Eles estão encobrindo algo e não vão me dar nenhuma informação.

– Certo. Você sabe se algum guarda esteve envolvido de alguma forma no episódio?

– Claro que não! – responde Herman, irritado.

Como assim eu ouso sugerir algo tão absurdo?

– Então, até o presente momento, três dias após o ocorrido, você não sabe quem são os responsáveis e afirma que ninguém que trabalha no presídio esteve envolvido. É isso?

– Foi o que eu disse.

Abruptamente me levanto e vou em direção à porta.

– Dois presos agrediram o meu cliente. O primeiro se chama Robert Earl Lane. Dá uma olhada nele. Neste exato momento, os olhos dele estão roxos e inchados a ponto de ele mal conseguir abrir, porque o Quincy quebrou o nariz dele. O Lane foi atendido na sua enfermaria algumas horas depois da surra. Nós vamos pedir a expedição de um mandado para obter registros, então vê se não perde eles de vista.

Herman abre a boca, mas não consegue dizer nada. O advogado franze a testa e parece absolutamente confuso.

Abro a porta, paro e encerro com:

– Tem mais coisa ainda. Vocês vão saber quando eu acabar com vocês no tribunal.

E fecho a porta.

33

O escritório do FBI em Orlando fica num edifício moderno de quatro andares no subúrbio de Maitland. Susan e eu chegamos cedo para uma reunião com as autoridades, marcada para as três da tarde. Ela passou os últimos dois dias fazendo contatos e tentando agendar esse encontro. Também enviou um breve resumo de tudo o que sabemos sobre o caso de Quincy Miller. Não fazemos ideia de quem será o agente que vai nos receber, mas estamos confiantes de encontrar alguém disposto a ouvir.

O nome dela é Agnes Nolton, está na casa dos 40 anos e tem influência suficiente para ter uma sala enorme só para ela. No caminho até lá, passamos por dezenas de agentes em cubículos apertados, por isso é evidente que a agente Agnes ocupa um nível mais alto. Em sua sala está o agente especial Lujewski, que é tão jovem que parece um estudante universitário. Depois que nos apresentamos e o café é servido, sou convocado a falar.

Resumo brevemente o trabalho da Guardiões em nome de Quincy Miller e partilho nossa opinião de que ele foi preso devido a um esquema organizado por uma quadrilha de traficantes, que contou com grande ajuda do ex-xerife do condado de Ruiz. Agora que estamos tentando conseguir a revisão criminal, os responsáveis pelo assassinato de Keith Russo estão se sentindo ameaçados. Menciono Nash Cooley, o advogado que representa traficantes de drogas em Miami, e Mickey Mercado, um de seus capangas. Especulo que esses dois, junto com outros que não conhecemos, sejam responsáveis pela brilhante ideia de tentar pôr fim à nossa investigação, eliminando nosso cliente.

– Isso funcionaria? – pergunta Agnes. – Se seu cliente morre, o que acontece com o caso?

– Funcionaria, sim – respondo. – Nossa missão é tirar pessoas inocentes da prisão. Não temos tempo nem recursos pra prosseguir se ele estiver morto.

Ela assente e eu prossigo. Descrevo Quincy e dou bastante ênfase ao fato de ele não estar envolvido com as atividades de nenhuma gangue, de modo que não devia haver razão para os caras da Diáconos o atacarem.

– Então, estamos falando de homicídio premeditado? – pergunta ela.

– Sim, um crime federal.

É óbvio, pelo menos para mim, que Agnes está intrigada com o caso. Lujewski mantém uma expressão impassível, mas não deixa nada passar batido. Ele abre um laptop e começa a digitar.

– E a gente tem os nomes dos dois agressores, ambos condenados por homicídio. Você já ouviu falar da Diáconos Arianos? – pergunto.

Agnes sorri e fica ainda mais interessada. Uma quadrilha de traficantes, um cartel mexicano, um xerife corrupto, o assassinato de um advogado em seu próprio escritório, uma condenação injusta e agora uma tentativa de homicídio para interromper os esforços de libertar um homem preso sem motivo. Não é um caso qualquer.

– Claro – diz ela. – Mas estamos ocupados demais mandando as pessoas pra prisão pra nos preocuparmos com o que acontece depois que elas chegam lá. Você pretende me dar esses nomes?

– O que vão fazer com essa informação?

Ela reflete por um instante enquanto toma um gole de café e olha para Lujewski. Ele para de digitar e explica:

– A Diáconos Arianos surgiu de uma cisão da Irmandade Ariana, a maior gangue de cadeia formada por brancos no país. A gente estima que hoje ela conte com uns 10 mil membros, mas é difícil acompanhar a progressão disso. Estão envolvidos em atividades típicas de gangues. Drogas, comida, sexo, celulares. Os poucos que saem da prisão continuam sendo membros e se mantêm no crime. Uns caras bem violentos.

– Como eu disse, temos bastante trabalho a fazer do lado de cá do muro – diz Agnes.

– Tem um guarda da prisão que provavelmente está envolvido também – digo. – Um cara branco que fingiu que não viu o que estava havendo. Talvez ele seja o elo mais fraco, por ter mais a perder.

– Gosto de como você pensa, Post – diz ela.

– Fazemos mais ou menos o mesmo trabalho. Você resolve crimes pra prender as pessoas. Eu resolvo crimes pra tirá-las da prisão.

ERA UM DIA de trabalho como outro qualquer para Adam Stone. Ele bateu o cartão às 7h59 da manhã e passou quinze minutos guardando suas coisas no armário, tomando café e comendo um donut com outros dois guardas. Não tinha pressa em se apresentar na Unidade E para mais um dia estressante supervisionando criminosos que o matariam na primeira oportunidade. Ele gostava de alguns detentos, gostava de conversar com eles. Outros ele desprezava ou mesmo odiava. Ainda mais se fossem negros. Tudo começou numa cidade do interior, de gente ignorante, na qual Stone foi criado e onde poucos negros viviam ou se sentiam bem-vindos. Seu pai era um racista amargurado que abominava todas as minorias e as culpava por nunca ter conseguido subir na vida. Sua mãe alegava ter sido violentada por um atleta negro no ensino médio, embora nenhuma acusação formal tenha sido feita. Quando criança, Adam foi ensinado a evitar pessoas negras sempre que possível e a se dirigir a elas apenas de maneira ofensiva.

Na condição de agente penitenciário, entretanto, ele não tinha escolha. Setenta por cento da população do Garvin era negra, assim como a maioria dos agentes. Durante os sete anos trabalhando lá, o racismo de Adam apenas piorou. Convivia com eles no pior estado que poderiam enfrentar: homens encarcerados que sempre sofreram discriminação e abusos estavam agora no comando e controlavam o ambiente. A retribuição deles era frequentemente selvagem. Para se protegerem, os brancos precisavam montar as próprias gangues. Adam secretamente admirava a Diáconos. Em menor número e constantemente ameaçados, eles sobreviviam por conta dos juramentos de sangue que faziam uns aos outros. O grau de violência deles em geral era chocante. Três anos antes, haviam atacado dois guardas negros com estoques afiados, depois esconderam as vítimas e ficaram assistindo enquanto elas sangravam até a morte.

Durante o dia, Adam fazia suas rondas, escoltava prisioneiros até a enfermaria e voltava, passava uma hora observando câmeras de segurança, estendia seu intervalo de almoço de trinta minutos para uma hora e batia o ponto às 16h30. Oito horas de trabalho sem grandes esforços, por doze dólares a hora.

Não há nenhuma chance de ele saber que agentes do governo federal passaram o dia fuçando a sua vida.

Dois deles o seguem quando ele deixa o presídio. Ele está dirigindo seu motivo de maior orgulho, um *monster truck* Ram de última geração, com pneus enormes, rodas de liga preta, e nem um único grão de poeira em lugar algum. O veículo lhe custa 650 dólares ao mês, por anos a perder de vista. Sua esposa dirige um Toyota sedã, último modelo, por trezentos dólares ao mês. A casa deles está hipotecada no valor de 135 mil dólares. De acordo com seus registros bancários, obtidos com um mandado, a conta-corrente e a poupança somam quase 9 mil dólares. Em suma, Adam e a mulher, que trabalha como balconista de meio período numa empresa de seguros, estão vivendo uma vida muito acima de seus escassos recursos.

Ele para num posto para abastecer e entra na loja para pagar. Quando volta, dois cavalheiros usando calça jeans e tênis o aguardam. Logo se apresentam, mencionam o FBI, mostram seus crachás e dizem que gostariam de conversar. Para um cara durão que se sente ainda mais durão em seu uniforme, Adam fica bastante assustado. Gotas de suor escorrem pela sua testa.

Ele os segue por quase dois quilômetros até uma escola abandonada onde há um estacionamento de cascalho vazio. Sob um carvalho velho, ao lado do que antes era um parquinho, ele se inclina na beira de uma mesa de piquenique de madeira e tenta parecer tranquilo.

– O que posso fazer por vocês, amigos?

– Só umas perguntas – responde o agente Frost.

– Pode falar – diz Adam, com um sorriso idiota. Ele enxuga a imensa testa com a manga da camisa.

– A gente sabe que você trabalha como guarda no Garvin há o quê, uns sete anos?

– Sim, senhor. Por aí.

– Você conhece um preso chamado Quincy Miller?

Adam franze a testa e olha para os galhos das árvores como se estivesse fazendo um grande esforço para se lembrar de algo. Um meneio com a cabeça e um não nada convincente.

– Acho que não. São muitos presos lá no Garvin.

– E Robert Earl Lane e Jon Drummik? Já ouviu falar desses caras? – pergunta Frost.

– Claro, os dois estão na Unidade E – diz ele com um sorriso imediato, como se quisesse cooperar. – É lá que eu estou lotado, por enquanto.

– Quincy Miller, um homem negro, foi espancado até apagar três dias atrás num corredor entre a academia e a oficina, perto da Unidade E – diz Thagard. – Ele foi esfaqueado pelo menos três vezes e largaram ele lá achando que fosse morrer. Você estava de serviço quando isso tudo aconteceu. Está sabendo de algo?

– Acho que ouvi falar.

– E como você poderia não ter ouvido falar? – devolve Frost rispidamente, e dá um passo adiante.

– Tem muita briga lá no Garvin – responde Adam, na defensiva.

– Você não viu o Lane e o Drummik espancando o Quincy Miller? – pergunta Thagard.

– Não.

– A gente tem um informante que disse que você viu. Disse que você estava lá, mas que não viu nada porque não quis. Disse que era você que estava de vigia. Disse que todo mundo sabe que você é um dos mensageiros favoritos da Diáconos no presídio.

Adam solta um suspiro longo, como se tivesse levado um soco no estômago. Seca a testa novamente e tenta em vão sorrir como se estivesse chocado.

– Não mesmo, cara, não mesmo.

– Pode parar de palhaçada, Adam – dispara Thagard. – A gente tem mandados de busca e apreensão e já levantou toda a sua vida financeira. A gente sabe que você tem 9 mil dólares no banco, o que é bastante impressionante pra um cara que ganha doze dólares por hora e cuja esposa ganha dez para trabalhar meio período, um cara com dois filhos, que nunca herdou merda nenhuma de nenhum parente, que gasta pelo menos 2 mil por mês só com os carros e com a casa, sem falar nas compras de mercado e nas contas de telefone. Você está vivendo muito acima do seu orçamento, Adam, e a gente sabe, pelo nosso informante, que você ganha uma grana extra movimentando drogas pra Diáconos. A gente pode provar tudo isso num tribunal amanhã.

Eles não podem, mas Adam certamente não sabe disso.

– Você vai ser indiciado, Adam, no tribunal federal – ataca Frost. – Tem um promotor em Orlando trabalhando nisso neste minuto, o grande júri se reúne amanhã. Mas a gente não está atrás dos guardas. A maioria fica nesse leva e traz de mercadorias pra fazer um dinheiro extra. O diretor não se importa, na verdade, porque ele quer mais é que os presos fiquem chapados mesmo. Eles se comportam melhor quando não conseguem nem andar direito. Você sabe como funciona, Adam. A gente não dá a mínima pro contrabando. Estamos atrás de coisa muito mais importante. A surra que deram no Quincy Miller foi encomenda de alguém de fora. Isso é conspiração, e também é crime federal.

Os olhos de Adam ficam marejados e ele os enxuga com o antebraço.

– Eu não fiz nada. Vocês não podem me indiciar.

– Olha só, essa a gente nunca ouviu antes – diz Frost.

– O promotor vai acabar com você, Adam – avisa Thagard. – Você não tem a menor chance. Ele vai garantir que o presídio demita você logo de cara. Aí já era o seu salário, os subornos, a grana toda. Depois você vai perder essa sua caminhonete escrota, as rodas, os pneus gigantes e tudo mais. E a sua casa também, né, enfim, Adam, vai ser uma merda.

– Isso tudo é papo – diz ele, tentando se manter firme, mas sua voz sai hesitante. Os agentes quase sentem pena dele. – Vocês não podem fazer isso.

– Ah, a gente faz isso o tempo todo, Adam – diz Frost. – Se você for indiciado, vão ser dois anos até o julgamento, até mais, se o promotor quiser. Ele não se importa se você é culpado ou inocente, só quer acabar com a sua vida se você não colaborar.

Adam levanta a cabeça num susto e arregala os olhos.

– Colaborar?

Frost e Thagard se entreolham, sérios, como se não soubessem bem se deviam ou não prosseguir. Thagard se inclina para a frente e diz:

– Você é peixe pequeno, Adam. Sempre foi, sempre vai ser. O promotor não dá a menor bola pra você e pra esse seu esqueminha de suborno. Ele quer a Diáconos, e quer saber quem pagou pela surra que eles deram no Quincy Miller. Você ajuda a gente, a gente ajuda você.

– Vocês querem que eu dedure quem foi?

– Não. A gente quer que você informe. Tem uma grande diferença. Junta as informações dos seus amigos e passa pra gente. Você descobre quem encomendou o serviço e a gente deixa esse indiciamento pra lá.

– Eles vão me matar – diz ele, e por fim cai em prantos. Ele soluça alto com o rosto enfiado nas mãos, enquanto Frost e Thagard olham em volta. Os carros passam na estrada do condado, mas ninguém se importa com eles.

Depois de alguns minutos, ele se recompõe.

– Eles não vão te matar, Adam – diz Thagard –, porque não vão saber o que você está fazendo. A gente lida com informantes o tempo todo, já sabe como funciona.

– E, se começar a ficar muito arriscado, Adam – diz Frost –, a gente tira você daqui e te arruma um emprego num presídio federal. O dobro do salário, o dobro dos benefícios.

Adam olha para eles com olhos vermelhos e pergunta:

– Isso pode ficar entre nós? Quer dizer, ninguém pode saber nada disso, nem a minha esposa.

Esse pedido significa que eles chegaram a um acordo.

– Claro, Adam – responde Frost. – Você acha que a gente sai falando sobre os nossos informantes por aí? Fala sério, cara! A gente escreveu o manual sobre como lidar com informantes.

Ninguém fala nada por um bom tempo, enquanto Adam olha para o cascalho e enxuga uma lágrima ou outra do rosto. Eles o observam e quase se solidarizam.

– Posso pensar nisso? – pergunta ele. – Me dá um tempo pra pensar.

– Não – diz Frost. – Nós não temos tempo. As coisas estão acontecendo rápido, Adam. Se o Quincy morrer, você corre risco de ser indiciado por homicídio qualificado, num tribunal federal.

– Quais são as acusações até agora?

– Tentativa de homicídio. Conspiração. Trinta anos, por aí, e o promotor vai se esforçar pra emplacar cada dia a mais que ele puder.

Ele balança a cabeça e parece prestes a chorar de novo. Sua voz falha quando diz:

– E se eu ajudar vocês, como fica?

– Você não vai ser indiciado. Você se safa, Adam. Não seja idiota.

– Este é um daqueles momentos que podem mudar a vida de uma pessoa, Adam – conclui Frost. – Você toma a decisão certa agora e sua vida continua. Se tomar a decisão errada, vai ser preso com os mesmos caras de quem ajuda a tomar conta.

Adam se levanta, reclina o corpo para a frente e dá um arroto.

– Com licença – diz, e caminha até a beira do antigo parquinho, onde começa a vomitar.

Frost e Thagard se viram e olham na direção da estrada. Adam se ajoelha atrás de um arbusto grande e vomita por um bom tempo, fazendo muito barulho. Quando ele termina, se arrasta de volta até eles e senta junto à mesa de piquenique. Sua camisa está encharcada de suor e sua gravata marrom barata está toda salpicada com o almoço.

– Certo – diz ele com a voz rouca. – O que eu faço primeiro?

Frost não hesita.

– O Lane ou o Drummik têm um celular?

– Eu sei que o Drummik tem. Fui eu que levei pra ele.

– Onde você conseguiu o aparelho?

Adam hesita antes de começar a falar. Quando disser o que está prestes a dizer, não terá mais como voltar atrás.

– Tem um cara chamado Mayhall, não sei o primeiro nome dele, não sei se Mayhall é o nome dele de verdade ou não, não sei onde ele mora nem de onde vem. Eu encontro com ele uma ou duas vezes por mês. Ele aparece aqui com as encomendas pro pessoal dele que está no Garvin. Celular e droga, geralmente remédios e metanfetamina, droga barata. Pego tudo e entrego pros destinatários. Ele me paga mil dólares por mês em dinheiro, e um pouco de maconha pra eu vender por minha conta. Não sou o único guarda que faz isso. É difícil sobreviver com doze dólares por hora.

– A gente entende. Tem quantos homens da Diáconos Arianos no Garvin?

– Entre 25 e trinta. Da Irmandade tem mais.

– Quantos guardas trabalham pra Diáconos?

– Até onde sei eu sou o único. Cada guarda cuida de determinado grupo. Duvido que o Mayhall queira mais alguém envolvido. Eu faço tudo o que ele precisa.

– Ele já foi preso?

– Com certeza. Você não pode entrar pra Diáconos sem estar na prisão.

– Você consegue pegar o celular do Drummik? – pergunta Frost.

Adam dá de ombros e sorri como se fosse muito sagaz.

– Claro. Os celulares são bens valiosos e às vezes são roubados. Eu entro na cela do Drummik quando ele estiver no pátio, faço parecer que foi um roubo.

– Quando? – pergunta Thagard.

– Amanhã.

– Certo, faz isso, então. A gente vai rastrear as ligações dele e depois te dá outro pra substituir o dele.

– Esse tal de Mayhall vai ficar desconfiado se o Drummik encontrar outro celular? – pergunta Frost.

Adam avalia por um instante. As coisas ainda não estão muito claras. Ele balança a cabeça e diz:

– Duvido. Esses caras compram, vendem, trocam, roubam, fazem permuta.

Thagard se inclina e estende a mão.

– Bom, Adam, estamos combinados?

Relutantemente, Adam aperta a mão dele.

– Ah, e os seus telefones também estão grampeados, Adam. A gente está monitorando tudo, então não vai fazer nenhuma bobagem, certo?

Os agentes saem e Adam fica sozinho na mesa de piquenique, olhando ao longe e se perguntando como sua vida pôde mudar tão rápido.

34

Com o FBI investindo pesado, Quincy é transferido para um quarto mais seguro no final do corredor. Duas câmeras de segurança são instaladas acima da porta, de maneira bastante visível. A equipe do hospital está em alerta máximo e os seguranças estão mais presentes. O presídio envia um agente diário para monitorar o corredor por algumas horas, e os policiais de Orlando gostam de passar de vez em quando para flertar com as enfermeiras.

O estado de saúde de Quincy melhora a cada dia, e aos poucos começamos a acreditar em sua sobrevivência. A essa altura já estou íntimo dos médicos e da equipe e todo mundo está torcendo pela melhora do meu cliente. Ele está o mais seguro possível, então decido pegar a estrada. Esse lugar está me enlouquecendo. Quem não odeia ficar dentro de um hospital? Savannah fica a cinco horas de distância e nunca senti tanta saudade de casa.

De algum lugar próximo a Saint Augustine, Susan me liga para dar a notícia de que o velho juiz Jerry Plank negou nosso pedido de revisão criminal. Essa decisão já era esperada; a surpresa foi ele ter acordado a tempo de fazer alguma coisa. Estávamos prevendo uma espera de pelo menos um ano, mas ele analisou o pedido em dois meses. Essa é de fato uma ótima notícia, porque permite que a gente acelere a apresentação do recurso à suprema corte estadual. Não quero parar no acostamento para ler a decisão; Susan diz que é bem curta. Uma sentença de duas páginas na qual Plank diz que não fornecemos novas evidências, apesar da retratação de Zeke Huffey e Carrie Holland. Que seja. Já esperávamos perder na primeira instância. Esbravejo por uns minutos no trânsito e depois me acalmo. Algumas vezes, muitas, na verdade, eu sinto absoluto desprezo pelos juízes, sobretudo homens brancos, velhos e cegos. A maioria iniciou a carreira como promotor e não tem empatia alguma por quem é acusado de um crime. Para eles, todos os que são acusados são culpados e precisam ser presos. O sistema funciona lindamente e a justiça sempre prevalece.

Quando termino meu desabafo, ligo para Mazy e ela lê a sentença. Falamos sobre o recurso e ela vai largar tudo o que está fazendo para começar a prepará-lo. Quando chego ao escritório no fim da tarde, ela tem um primeiro rascunho pronto. Debatemos o conteúdo com Vicki enquanto tomamos um café, e eu conto sobre os acontecimentos em Orlando.

ADAM STONE SE saiu bem na troca do celular de Jon Drummik. Ele pegou o antigo enquanto vasculhava a cela e, no dia seguinte, entregou um novo a Drummik. O FBI está trabalhando para rastrear ligações antigas e ouvir as novas. Eles estão confiantes de que seus alvos cairão na armadilha. Não têm informações sobre Mayhall, ou pelo menos nada que possam partilhar comigo, mas têm planos de acompanhá-lo de perto na próxima vez que ele se encontrar com Adam.

Por três dias seguidos antes da surra de Quincy, Drummik ligou para um celular em Delray Beach, ao norte de Boca Raton. No dia seguinte ao ocorrido, ele fez apenas uma ligação, para o mesmo número. No entanto, a trilha terminou quando o número deixou de existir. Era um celular pré-pago, um aparelho descartável com um plano de trinta dias, comprado com dinheiro vivo numa loja da Best Buy. Seu dono está sendo bastante cuidadoso.

Adam não tem o número de celular de Mayhall; nunca teve, na verdade. Não há nada a ser rastreado até Mayhall ligar, e ele finalmente liga. O FBI pega o número a partir do aparelho de Adam e chega a outro celular, também em Delray Beach. O quebra-cabeça está se completando. Monitorando o sinal do celular, o FBI descobre a localização de Mayhall enquanto ele acelera pela interestadual 95 sentido norte. O carro que ele dirige está registrado em nome de um tal Skip DiLuca de Delray Beach. Homem, branco, 51 anos, quatro vezes condenado por homicídio culposo, seu maior pecado, posto em liberdade condicional três anos mais cedo do que o normal; cumpriu pena num presídio da Flórida, e atualmente gerencia uma loja que vende motos usadas.

DiLuca, também conhecido como Mayhall, marca um encontro com Adam depois do expediente num bar em Orange City, a 45 minutos do presídio. Adam diz que eles sempre se encontram no mesmo lugar e tomam uma cerveja rápida enquanto conversam sobre os negócios. Para evitar suspeitas, Adam não está de farda. Os agentes que estão cuidando dele prendem uma escuta em seu peito. Ele chega primeiro, escolhe uma mesa, testa o microfone – o grampo está funcionando. Uma equipe do FBI ouve tudo na traseira de uma van estacionada numa rua nos fundos do bar.

Depois de algumas cordialidades, começa a conversa de verdade:

DILUCA: Eles não mataram o Miller. O que aconteceu?

ADAM: Bom, várias coisas deram errado. Primeiro, o Miller sabe lutar e reagiu pesado. O Robert Earl Lane está com o nariz quebrado. Demorou um pouco pra controlar o Miller, tempo demais. Depois que derrubaram ele, não deu pra finalizar antes que outro guarda visse o que estava acontecendo. Não furaram ele o suficiente.

DILUCA: Onde você estava?

ADAM: Eu estava lá, cara, exatamente onde eu devia estar. Eu conheço meu território. A emboscada funcionou direitinho, eles só não conseguiram derrubar o cara.

DILUCA: Bom, ele está vivo, e isso é um problema. Nós fomos pagos por um trabalho que não foi concluído. Os cavalheiros com quem eu estou lidando não estão nada contentes.

ADAM: Não é minha culpa. Eu fiz o que tinha que fazer. Você não consegue pegar ele no hospital?

DILUCA: Talvez. A gente deu uma olhada, tem polícia demais no meio do caminho. O estado de saúde dele melhora a cada dia, então a gente fica cada vez mais longe de encerrar esse assunto. Era pra gente ter apagado ele, ponto final. Você fala pro Drummik e pro Lane que estou muito puto com esse serviço de merda deles. Eles prometeram que iam dar conta.

ADAM: Os caras estão te pressionando muito?

DILUCA: Vou dar um jeito nisso.

A conversa é breve e eles vão embora assim que terminam a cerveja. DiLuca entrega a Adam um saco de papel pardo com mil dólares em dinheiro, dois celulares novos e um suprimento de drogas. Ele sai sem se despedir e se apressa. Adam espera até que ele esteja fora de seu campo de visão e depois diz aos agentes que DiLuca foi embora. Ele dá a volta no quarteirão e os encontra numa rua transversal.

Do ponto de vista técnico e legal, o FBI tem o suficiente para indiciar DiLuca, Adam, Drummik e Lane por homicídio premeditado, ou ao menos pela tentativa. Mas dois deles já estão presos. Adam é valioso demais como informante. E DiLuca pode levá-los a quem realmente importa.

Vinte minutos depois, DiLuca vê luzes azuis no retrovisor. Ele verifica o velocímetro e sabe muito bem que não está violando a lei. Ele está em condicional e valoriza sua liberdade; por isso, segue as regras, pelo menos as de trânsito. Um oficial do condado pega sua carteira de motorista e o documento do carro, e passa meia hora verificando. DiLuca começa a se contorcer no banco do motorista. Quando o policial volta, pergunta rudemente:

– Você andou bebendo?

– Uma cerveja – responde DiLuca com sinceridade.

– É o que todos dizem.

Uma outra viatura do condado com luzes piscantes chega e estaciona em frente ao carro de DiLuca. Dois policiais saem e olham para ele como se ele tivesse acabado de matar um grupo de crianças. Os três se juntam num canto e enrolam mais um pouco, e DiLuca começa a se irritar. Por fim, ordenam que ele saia do carro.

– Pra quê, cacete? – reclama enquanto fecha a porta.

Ele não devia ter feito isso. Dois policiais o agarram e o arremessam sobre o capô do carro, enquanto outro o algema.

– Você estava dirigindo de forma imprudente – anuncia o primeiro oficial.

– Estava porra nenhuma – retruca DiLuca.

– Cala essa boca!

Eles vasculham seus bolsos, pegam o celular e a carteira, e o jogam de qualquer jeito no banco de trás da primeira viatura. Quando ele é levado embora, um policial liga para um reboque e depois para o FBI. Na delegacia, DiLuca é encaminhado para uma sala de espera, na qual é forçado a posar para a fotografia do registro de ocorrência e onde passa as quatro horas seguintes.

Um juiz federal em Orlando que está ciente da situação libera rapidamente dois mandados de busca e apreensão; um para o apartamento de DiLuca e outro para o carro. Agentes do FBI entram no imóvel em Delray Beach e começam a trabalhar. Trata-se de um conjugado com móveis baratos e esparsos, e nenhum indício de que ele viva com mais alguém. A bancada da cozinha está repleta de louça suja. Tem roupa usada amontoada no corredor. E nada além de cerveja, água e frios na geladeira. A mesinha de centro na sala está cheia de revistas pornô de quinta. Encontram um laptop num pequeno escritório e o levam até uma van do lado de fora, onde um técnico faz uma cópia do disco rígido. Dois celulares pré-pagos são encontrados, abertos, analisados, grampeados e recolocados sobre a mesa. Todo o apartamento é grampeado, no fim das contas. Duas horas depois, a equipe finaliza o trabalho e, embora eles geralmente sejam bastante meticulosos ao reorganizar as coisas, DiLuca é tão relaxado que seria impossível para ele ou qualquer outra pessoa perceber que alguém havia passado a noite inteira fuçando seu apartamento.

Outra equipe vasculha o carro dele e não encontra nada importante além de outro celular pré-pago. É óbvio que DiLuca não tem um número de celular permanente. Examinando o aparelho, o técnico encontra informações valiosas na lista de contatos. DiLuca tem apenas dez números na memória, e um deles é o de Mickey Mercado, o sujeito que apareceu no tribunal para espionar nossa audiência do pedido de revisão criminal. Entre as chamadas recentes, há 22 ligações recebidas e efetuadas de e para Mickey ao longo das últimas duas semanas.

Um localizador GPS é acoplado à parte interna do para-choque traseiro, para que o carro não lhes escape da vista. Às dez da noite, o xerife do condado entra na sala de espera e pede desculpas a DiLuca. Ele explica que houve um assalto a banco próximo a Naples no início do dia e a descrição do carro utilizado na fuga batia com o de DiLuca. Suspeitaram dele, mas enfim perceberam o engano. Ele estava liberado.

DiLuca não é compreensivo nem leniente, e vai embora de lá o mais rápido possível. Ele fica desconfiado e decide não voltar para Delray Beach. Também fica com receio de usar o celular e não faz nenhuma ligação. Dirige por duas horas até Sarasota e se hospeda num hotelzinho barato.

Na manhã seguinte, o mesmo juiz federal emite um mandado autorizando a busca no apartamento de Mickey Mercado e a instalação de escutas em seus celulares. Outra ordem judicial determina que sua operadora de celular realize a quebra de sigilo telefônico. No entanto, antes que eles consigam finalizar os grampos, DiLuca liga para Mickey de um telefone público. Ele é monitorado a distância de Sarasota até Coral Gables, de onde uma equipe de agentes do FBI passa a segui-lo. Por fim, ele estaciona em frente a um restaurante de kebab afegão na Dolphin Avenue e entra. Quinze minutos depois, uma jovem agente entra para comer alguma coisa e identifica DiLuca sentado junto com Mickey Mercado.

O FATO DE DiLuca comentar com Adam que eles deram uma olhada em Quincy no hospital é assustador e faz aumentar a segurança no local. Quincy é transferido novamente, para um quarto no final de outro corredor, e nunca é deixado sem vigilância.

A AGENTE AGNES Nolton me mantém a par desses acontecimentos, embora eu não fique a par de tudo. Eu a aconselho a não entrar em contato com nossos celulares e usamos e-mails criptografados. Ela está confiante de que (1) Quincy estará sendo protegido e (2) em breve eles conseguirão provar o envolvimento de Mickey Mercado na conspiração. O que nos preocupa é que ele tem dupla cidadania e pode entrar e sair do país quando bem entender. Se ele desconfiar de algo, pode simplesmente correr para casa e nunca mais ser visto. A agente Agnes acredita que enquadrar Mickey vai ser o mais longe que conseguiremos ir. O mais provável é que os conspiradores acima dele, os verdadeiros criminosos, não estejam nos Estados Unidos, por isso é quase impossível denunciá-los.

Com o FBI completamente envolvido, e nosso cliente ainda vivo, podemos voltar a atenção para tentar libertá-lo de vez.

35

Mais uma rodada de sangria pela frente. Glenn Colacurci está com sede e quer se encontrar de novo no The Bull, em Gainesville. Depois de dois dias tentando descansar em Savannah, vou para o sul outra vez e a aventura continua. Quincy foi retirado do coma e está razoavelmente alerta. Seus sinais vitais melhoram a cada dia e os médicos vêm falando em tirá-lo da UTI e encaminhá-lo para um quarto, onde podem começar a planejar as cirurgias para reparar as fraturas. Eles me garantem o tempo todo que a segurança tem sido rigorosa, então não me sinto obrigado a correr até lá para passar horas e horas sentado no corredor olhando meus próprios pés.

Chego ao The Bull minutos depois das quatro da tarde e a taça de Glenn já está meio vazia. Seu narigão carnudo está ficando rosa, num tom quase igual ao da bebida. Peço o mesmo drinque que ele e olho ao redor em busca de sua secretária, Bea, em quem me pego pensando mais do que devia. Não a vejo.

Glenn leu sobre o que ocorreu com Quincy e quer informações privilegiadas. Ao longo da vida conheci centenas de advogados de cidades pequenas feito ele e por isso não revelo nada de novo. Como acontece na maioria dessas agressões nos presídios, os detalhes são escassos e incompletos. Num tom sério, como se estivesse compartilhando um tremendo segredo, ele revela aos sussurros que o jornal semanal do condado de Ruiz passou a acompanhar o caso de Quincy e nossos esforços para libertá-lo. Assimilo o que ele diz tentando demonstrar o máximo de atenção possível e me abstenho de informar a ele que Vicki está monitorando metade dos jornais – semanais e diários – do estado da Flórida. Ela mantém um registro constante de cada palavra impressa sobre o caso. Nós vivemos na internet, enquanto Glenn tropeça nela uma vez por semana.

Esse encontro tem um propósito, além de beber, e depois de meia hora percebo que a sangria é o combustível da nossa conversa. Ele passa a língua nos lábios, limpa a boca com a manga da camisa e por fim vai ao ponto.

– Então, vou te falar uma coisa, Post. Tenho pensado nesse caso dia e noite. Pensado mesmo, sabe? Tudo isso aconteceu bem debaixo do meu nariz, nos meus dias de glória, quando eu estava no senado estadual e também administrava o maior escritório de advocacia do condado, e, bem, você sabe, eu achava que estava por dentro das coisas. Eu sabia que o Pfitzner jogava nos dois times, mas cada um cuidava do seu, se é que me entende. Ele fez a parte dele, conseguiu os votos de que precisava pra ser eleito, eu fiz a mesma coisa. Quando explodiram a cabeça do Keith e o seu cara foi condenado por isso, bem, eu me dei por satisfeito. Eu queria a pena de morte. A cidade inteira ficou aliviada. Mas, olhando pra trás...

Ele vê o garçom, faz um sinal para ele, vira o que resta na taça e pede outra jarra. A minha ainda está pela metade. Com tempo de sobra na agenda, pode ser que a tarde se estenda um bocado.

Ele respira fundo e continua.

– Mas, olhando pra trás, as coisas não fazem sentido. Sou parente de metade do condado e advogado da outra metade. Na última vez que concorri à reeleição, consegui oitenta por cento dos votos e fiquei puto por não ter conquistado os outros vinte. Tem um assistente de xerife das antigas, não vou dizer o nome, ele costumava arrumar uns casos pra mim. Eu dava sempre uma parte dos honorários pra ele, em dinheiro. Fazia a mesma coisa com motoristas de ambulância e operadores de reboque. Todos eles faziam parte da minha folha de pagamentos. Enfim, esse assistente ainda está por aí, mora perto do golfo do México, e a gente tem se falado. Ele se aposentou anos atrás, a saúde está bem ruim, mas, porra, ele está com quase 80 anos. Ele trabalhava na equipe do Pfitzner e deu um jeito de não se envolver com o lado de lá. Ficava encarregado de assuntos mais leves, trânsito, jogos de futebol, eventos escolares. Não era bem um policial, e também não queria ser. Só gostava do salário e da farda. Ele diz que você está certo, que o Pfitzner estava envolvido com os traficantes, que todo mundo sabia. O Pfitzner tinha dois irmãos...

– Chip e Dip.

Ele faz uma pausa e abre um sorriso com os dentes amarelos.

– Você é muito bom nisso, Post.

– Nós somos bem meticulosos.

– Enfim, o Chip e o Dip cuidavam das coisas pro Pfitzner e mantinham todo mundo na linha. Os mais chegados guardavam o dinheiro e achavam que conseguiam guardar segredo também, mas, é claro, é uma cidade pequena.

O garçom volta com duas jarras de sangria e olha para a minha primeira, praticamente intocada, como se dissesse "Vamos lá, cara, isso aqui é um bar de verdade". Sorrio de lado e sugo com força o canudo. Glenn faz o mesmo e, depois de engolir ruidosamente, diz:

– O assistente me disse que o Kenny Taft não foi morto por uma quadrilha de traficantes aleatória, de jeito nenhum. Ele falou que alguns dos assistentes de xerife da época suspeitavam fortemente de que o Pfitzner tinha armado a emboscada, disse que precisava parar o Taft, que o garoto sabia de algo. Contou que deu tudo certo, mas teve um porém. Um cara levou um tiro. Obviamente, o Kenny Taft ou o Brace Gilmer, um dos dois conseguiu dar uma sorte e acertar um dos bandidos. Segundo ele, o cara se esvaiu em sangue no caminho pro hospital e jogaram o corpo dele nos fundos de um bar em Tampa. Só mais um homicídio não solucionado. Pra sorte do Pfitzner, o cara não era assistente nem era de Seabrook, então não chamou tanta atenção. Algo te soa familiar, Post?

Balanço a cabeça em negativa. Não vou dizer nada do que Bruce Gilmer me contou em Idaho.

Outra longa sugada no canudo, e ele está pronto para contar mais.

– Então, a pergunta óbvia é: por que o Pfitzner queria se livrar do Kenny Taft?

– Esse é o xis da questão – respondo em tom solícito.

– Bem, corre o boato de que o Kenny Taft ficou sabendo do plano de atear fogo no galpão onde os policiais armazenavam evidências e de que o Taft tirou várias caixas lá de dentro antes do incêndio. Ninguém sabia disso, claro, e depois que pegou as provas ele ficou com medo de fazer qualquer coisa com aquilo tudo. Ele deve ter falado demais e acabou indo parar no ouvido do Pfitzner, que armou a emboscada.

– Várias caixas? – pergunto.

Minha boca seca imediatamente e meu coração acelera. Dou um gole na sangria para me acalmar.

– Esse é o boato, Post. Não sei o que foi destruído no incêndio e não sei o que o Kenny Taft retirou de lá. São só boatos. Faltava uma lanterna, pelo que me lembro. Eu li a sua petição de revisão criminal, vi que foi negada na semana passada e, seja como for, presume-se que a lanterna tenha sido destruída. Certo, Post?

– Certo.

– Talvez ela não tenha sido destruída.

– Interessante – consigo dizer tranquilamente. – O boato inclui o que o Kenny fez com as caixas contendo as evidências?

– Não, não inclui. Mas, curiosamente, de acordo com o boato, durante o funeral do Kenny, que estava mais pro funeral de um general do Exército, o Pfitzner mandou dois dos homens dele vasculharem a casa do Kenny, centímetro por centímetro, à procura das caixas. Elas nunca foram encontradas, segundo o boato.

– Mas você tem um palpite, certo?

– Não, mas estou trabalhando nisso, Post. Eu tenho muitas fontes, antigas e novas, e estou de olho. Imaginei que você ia gostar de saber.

– E você não está preocupado?

– Com o quê? – pergunta ele.

– Preocupado de acabar descobrindo uma coisa que foi muito bem escondida. O Quincy não matou o Keith Russo. O assassinato foi encomendado por uns traficantes que contavam com a bênção e a proteção do Pfitzner. Essa quadrilha ainda está por aí e, dez dias atrás, tentou matar o Quincy na prisão. Eles não estão gostando nada do fato de a gente estar revirando o passado, e com você não vai ser diferente.

Ele dá uma risada e diz:

– Estou velho demais para me preocupar, Post. Além do mais, estou me divertindo horrores.

– Então por que viemos parar num bar em Gainesville?

– Porque não tem nenhum estabelecimento decente em Seabrook, o que é provavelmente uma coisa boa pra um cara como eu. Além disso, eu fiz faculdade aqui. Amo este lugar. Você está preocupado, Post?

– Digamos que só estou sendo cuidadoso.

36

Conseguimos cada vez mais informações sobre Mickey Mercado. Com os mandados de busca e apreensão, pudemos obter e vasculhar suas declarações de imposto de renda. Ele afirma ser o único proprietário de uma empresa de consultoria de segurança, que não conta com nenhum sócio nem associado. Seu endereço comercial fica no mesmo prédio que o Varick & Valencia, escritório de advocacia de Nash Cooley. A receita bruta informada no ano passado foi de pouco mais de 200 mil dólares, com deduções para uma hipoteca e uns carros bacanas. Ele é divorciado, está solteiro e não tem dependentes. Não há registros de doações para a caridade.

O FBI não tem interesse em perder tempo indo atrás de agentes penitenciários que vendem drogas ou gangues de cadeia em guerra entre si. Mas a agente especial Agnes Nolton não consegue resistir à possibilidade de um chefão do crime ter contratado a Diáconos Arianos para matar um homem inocente cujos advogados estão tentando libertar. Ela decide apostar alto e colocar Skip DiLuca numa situação complicada. É uma estratégia bem arriscada, mas que pode trazer uma excelente recompensa.

Com a colaboração do Ministério Público Federal, ela vai a um grande júri federal e apresenta as provas. Jon Drummik, Robert Earl Lane, Adam Stone e Skip DiLuca são indiciados por tentativa de homicídio e lesão corporal grave contra Quincy Miller. Os indiciamentos correrão em sigilo e o FBI vai ficar à espera, de tocaia.

Também estou à espera, no hospital, dentro do novo quarto de Quincy, ajudando a cuidar dele a fim de que se recupere de vez. Nossas conversas são breves, porque ele logo fica cansado. Não se lembra de nada do que aconteceu. Sua memória de curto prazo também foi afetada.

ADAM STONE CHEGA. O Sr. Mayhall está a caminho com mais mercadorias para contrabando e mais dinheiro. Como quase foi preso da última vez, Mayhall decide mudar o local da reunião. Ele escolhe um restaurante mexicano no extremo norte de Sanford, uma cidade de 50 mil habitantes. Adam chega primeiro, à paisana, escolhe uma mesa com vista para o estacionamento e pede alguns tacos. Ele foi informado pelo FBI que DiLuca, o verdadeiro nome de Mayhall, está naquele momento dirigindo um Lexus prateado novo que acabou de alugar. Adam come enquanto fica de olho no Lexus. DiLuca chega quinze minutos atrasado e estaciona ao lado do *monster truck* de Adam. Ele desce do carro e caminha apressado até a porta lateral do restaurante, mas é parado no caminho. Dois agentes de terno escuro surgem do nada e bloqueiam sua passagem. Eles se identificam e apontam para um SUV preto que os aguarda ao lado de uma lixeira. DiLuca sabe que seria tolice resistir ou dizer qualquer coisa. Ele abaixa a cabeça e curva os ombros enquanto é levado embora. Mais uma vez ele conseguiu dar um jeito de estragar sua vida no mundo aqui fora. Mais uma vez, ele sente a pressão das algemas de metal.

Adam é a única pessoa dentro do restaurante a testemunhar a cena. Ele não está nada satisfeito com o que vem acontecendo. Sua vida acaba de sofrer mais um abalo. O FBI lhe prometeu que, diante de sua colaboração, ele não será indiciado. Eles lhe prometeram um emprego melhor. Mas quem cumpre essas promessas? O plano, até onde ele sabe, é pegar DiLuca antes que ele possa abrir a boca. Desse modo, a Diáconos não ficaria sabendo que ele foi preso, nem que Adam, seu mensageiro favorito no presídio, é agora um informante. Mas Adam tem consciência de que, na prisão, a lealdade é uma coisa que muda todo dia, e que é difícil guardar segredos. Ele teme por sua vida e quer outro emprego.

Come mais um taco e observa o SUV se afastar. Imediatamente um reboque chega e leva o Lexus. Quando as coisas voltam ao normal, Adam termina seu último taco e vai andando até sua caminhonete, desconfiando de que também será preso em breve. Ou, pior, esfaqueado e deixado lá para sangrar até a morte.

SKIP DILUCA ESTÁ sentado no banco traseiro do SUV com os pulsos firmemente algemados, e por quase uma hora não diz uma palavra. O agente sentado a seu lado também não fala nada. Nem os dois que estão na frente. As janelas laterais são muito escuras, de modo que quem está do lado de dentro mal vê o lado de fora, e quem está do lado de fora definitivamente não consegue ver os passageiros.

O SUV circula por várias ruas seguindo o fluxo e por fim chega aos fundos do prédio do FBI em Maitland. DiLuca é levado por dois lances de escada e depois para uma sala sem janelas, onde mais agentes estão esperando. Eles o fazem sentar numa cadeira e retiram as algemas. Há nada menos que seis agentes na sala, uma impressionante demonstração de poder. Skip se pergunta se tudo aquilo é realmente necessário. Se ele fosse fugir, para onde iria? Relaxa, pessoal.

Uma mulher entra e os homens estufam o peito. Ela se senta em frente a Skip, mas os homens permanecem de pé, a postos.

– Sr. DiLuca, meu nome é Agnes Nolton – diz ela —, agente especial do FBI, e o senhor está preso pela tentativa de homicídio premeditado de Quincy Miller, por lesão corporal grave e por alguns outros crimes menos significativos. Acabamos de fazer uma busca em seu carro e encontramos trezentas cápsulas de metanfetamina, então isso será incluído no inquérito mais tarde. Aqui está o indiciamento. Dê uma olhada.

Ela desliza o documento para ele e DiLuca lê sem pressa. Não fica impressionado e mantém uma postura arrogante, como se estivesse checando a tabela de pontos de um campeonato. Quando termina, gentilmente coloca os papéis sobre a mesa e sorri para ela de um jeito idiota. Ela lhe entrega outra folha com o Aviso de Miranda, sobre o direito fundamental do acusado a permanecer em silêncio e não produzir prova contra si mesmo. Ele lê e assina na parte inferior do papel. Já passou por aquilo antes.

– Vamos deixar você com os carcereiros já, já, mas primeiro eu gostaria de conversar um pouco. Você quer um advogado?

– Não, quero dois advogados. Talvez três.

– Você vai precisar. Podemos ficar por aqui e trazer um advogado pra você amanhã. Mas, se fizermos isso, não vamos poder ter essa conversa agora, e isso vai ser bem ruim pra você.

– Pode falar – diz ele calmamente.

– Você tem uma ficha bem longa de antecedentes e, pelas nossas contas, está diante de mais trinta anos de cadeia. Você tem 51, então provavelmente vai morrer atrás das grades.

– Obrigado.

– Não há de quê. Francamente, você não é um alvo muito importante e temos coisas melhores pra fazer do que pensar nessas disputas de gangue dentro dos presídios. Mas um homicídio premeditado é outra história. Alguém pagou por esse crime. Você diz quem foi, quanto pagou, todos os detalhes, e a gente te garante uma pena mais branda e anos de liberdade depois. Isso se você ficar longe de confusão, o que parece pouco provável.

– Obrigado.

– Não há de quê. Estamos oferecendo um acordo bem favorável, Sr. DiLuca, e essa proposta expira em exatos 43 minutos. – Ela olha para o relógio enquanto diz isso. – O senhor não pode sair desta sala e obviamente não pode ligar pra ninguém.

– Eu passo. Não sou dedo-duro.

– Claro que não, não foi o que eu quis dizer. Mas a quem queremos enganar? Você também não é exatamente o presidente do Rotary Club. Preste atenção, Skip. Encare a realidade. Você não passa de um trapaceiro, um bandido safado, um criminoso fichado na polícia, membro de uma gangue violenta, um racista, um grandessíssimo de um merda, com um histórico considerável de decisões idiotas. Desta vez você foi pego subornando um agente penitenciário e mandando drogas pros seus coleguinhas da Diáconos. Como eu disse, mais uma decisão idiota, Skip. Por que diabo não consegue fazer uma escolha inteligente na vida? Você quer mesmo passar os próximos trinta anos trancado com esses animais? E é penitenciária federal, Skip, não uma prisãozinha de segurança mínima, não. A gente vai garantir que você vá parar numa federal.

– Fala sério!

– Segurança máxima, Skip, o pior dos mundos. Pelos próximos trinta anos. Garvin foi um piquenique comparado ao buraco pra onde você vai.

Skip respira fundo e olha para o teto. Ele não tem medo de ir para a prisão, mesmo que seja uma federal. Passou a maior parte da vida atrás das grades e sobreviveu, por vezes até melhor do que do lado de fora. Seus irmãos estão lá, unidos por um pacto de sangue numa gangue cruel, mas que dá proteção. Não é preciso trabalhar, não é preciso pagar contas. Três refeições por dia. Muitas drogas, ainda mais para quem é membro de uma gangue. Muito sexo, para quem curte.

No entanto, ele acabou de conhecer uma mulher de quem gosta bastante, seu primeiro relacionamento em muitos anos. Ela é um pouco mais velha, não é rica, mas tem algumas posses, e eles já falaram sobre morar juntos e viajar. Skip não pode ir muito longe porque está em condicional; ter um passaporte não passa de um sonho. Mas ela lhe deu um vislumbre de uma vida diferente, e ele não quer voltar para a prisão de jeito nenhum.

Ele é um cara experiente, sabe como o jogo funciona. A agente é durona, mas pode abrir uma brecha para negociação.

– Então, de quanto tempo a gente está falando? – pergunta ele.

– Como eu disse, trinta anos.

– E com o acordo?

– Entre três e cinco.

– Não posso sobreviver a isso tudo. Minha resposta é não.

– Se você não pode sobreviver a isso, como espera sobreviver a trinta?

– Eu já fui preso, né? Sei como funciona.

– Com certeza sabe.

A agente Agnes se levanta e o encara.

– Volto em meia hora, Skip. Neste momento você só está desperdiçando meu tempo.

– Pode me arrumar um café? – pergunta ele.

Agnes abre os braços e diz:

– Café? Eu não trouxe nenhum café. Alguém aqui trouxe café?

Os outros seis agentes olham em volta como se estivessem procurando café. Não encontram e balançam a cabeça. Ela sai da sala e alguém fecha a porta. Três agentes continuam lá dentro. O maior deles senta numa cadeira pesada na frente da porta e começa a excluir mensagens de voz do telefone. Os outros dois se sentam à mesa junto com Skip e logo também começam a mexer em seus celulares. A sala está silenciosa e Skip finge cochilar.

Quinze minutos depois, a porta se abre e a agente Agnes entra. Ela não senta, mas olha para Skip e diz:

– Acabamos de pegar Mickey Mercado em Coral Gables e estamos nos preparando para oferecer a ele a melhor proposta que ele vai receber na vida. Se ele aceitar primeiro, você está ferrado e a nossa oferta já era. Pensa rápido, Skip, se é que isso é possível.

Ela se vira e sai de novo. Skip consegue manter a expressão inalterada enquanto seu estômago dá um nó e ele se sente enjoado. Sua visão turva e a cabeça gira. Eles não só sabem a respeito de Mickey como pegaram ele também! Isso é avassalador. Skip olha ao redor e percebe os dois agentes na mesa observando todos os seus movimentos. Sua respiração fica mais pesada e ele não consegue parar. Sua testa fica encharcada. Eles digitam nos celulares e enviam mensagens.

O tempo passa e ele consegue não vomitar. Continua engolindo em seco e mais alguns minutos se passam.

Dez minutos depois, Agnes volta. Dessa vez ela senta, uma clara indicação de que planeja de fato apertar ele um pouco mais. Ela diz num tom agradável:

– Você é um idiota, Skip. Qualquer um no seu lugar que não aceitasse esse acordo seria um idiota.

– Obrigado. Vamos falar sobre proteção a testemunhas.

Ela não sorri, mas obviamente está satisfeita por estarem dando um passo gigantesco na direção certa.

– A gente pode conversar sobre isso, mas não sei bem se vai funcionar nesse caso – diz ela.

– Vocês podem fazer funcionar. Fazem isso o tempo todo.

– Nós fazemos, verdade. Então, hipoteticamente falando, se a gente concordar em esconder você, o que a gente ganha agora? Aqui, nesta mesa? Obviamente já temos Mickey Mercado. Ele era o seu contato imediato? Tinha alguém acima dele? Quantos nomes você pode dar pra gente? Quanto em dinheiro? Quem participou?

DiLuca assente e olha em volta da sala. Ele odeia quem abre o bico e passou a vida punindo brutalmente os dedos-duros. No entanto, chega um momento em que um homem precisa pensar em si mesmo.

– Vou contar pra vocês tudo o que sei, mas quero um acordo por escrito. Agora. Aqui, nesta mesa, como você diz. Eu não confio em você, você não confia em mim.

– Justo. Nós temos uma ficha com um contrato-padrão que usamos há anos. Foi aprovado por vários advogados de defesa. Podemos preencher umas lacunas e ver o que acontece.

DILUCA É LEVADO para outra sala e colocado diante de um imenso computador. Ele redige sua própria declaração:

Cerca de seis semanas atrás, fui abordado por um homem que se identificou como Mickey Mercado, que disse que era de Miami. Na verdade, ele bateu na porta da minha casa, o que foi estranho, porque poucas pessoas me conhecem ou sabem onde moro. Como depois descobri, ele sabia muita coisa a meu respeito. Fomos a uma cafeteria na esquina, onde fizemos nossa primeira reunião. Ele sabia que eu era da Diáconos e que tinha cumprido pena no Garvin. Sabia tudo da minha ficha criminal. Fiquei meio incomodado com isso e comecei a fazer várias perguntas. Ele disse que era consultor de segurança. Perguntei o que diabo era isso, e ele disse que trabalhava para vários clientes, principalmente no Caribe e arredores, mas não ficou muito claro. Perguntei como eu poderia ter certeza de que ele não era um tipo de policial ou agente ou um babaca tentando me fazer cair numa armadilha. Perguntei se ele estava usando uma escuta. Ele deu uma risada e me garantiu que não estava. Enfim, trocamos telefones e ele me convidou para visitar o escritório dele, ver como funcionava. Ele jurou que era confiável. Uns dias depois, fui de carro até o centro de Miami, subi cerca de 35 andares e encontrei com ele no escritório. Bela vista da praia. Tem uma secretária e alguns funcionários. Mas não tem nenhuma identificação na porta. Tomamos uma xícara de café, conversamos por uma hora. Ele perguntou se eu ainda tinha contatos dentro do Garvin. Eu disse que sim. Ele quis saber quão difícil seria matar um preso lá dentro. Perguntei se ele estava falando de um assassinato por encomenda. Ele disse que sim, ou algo parecido. Disse que tinha um preso que precisava ser "eliminado" por conta de um tal assunto mal resolvido de um cliente seu. Não me deu nenhum nome e eu não disse sim pra proposta. Saí de lá e fui pra casa. Enquanto isso, fucei a internet e descobri muito pouca coisa sobre Mickey Mercado. Mas eu estava quase convencido de que ele não era da polícia. Nosso terceiro encontro aconteceu num bar em Boca. Foi lá que a gente fechou o negócio. Ele perguntou quanto ia custar. Eu disse 50 mil dólares, o que foi um baita roubo, já que se consegue apagar um cara na prisão por muito menos. Mas ele não pareceu se importar. Ele me disse que o alvo era Quincy Miller, um cara condenado à prisão perpétua. Não perguntei o que Miller tinha feito e Mercado também não contou. Pra mim era só mais um trabalho. Liguei pro Jon Drummik, o líder da Diáconos no Garvin, e ele organizou tudo. Quem faria o serviço seria Earl Lane, provavelmente o mais perigoso entre os homens de lá, pretos ou brancos. Eles receberiam 5 mil dólares cada um adiantados, outros 5 mil quando o trabalho estivesse finalizado. Eu planejava embolsar o resto e danem-se eles. Não tem como entrar com dinheiro na prisão, então tive que dar um jeito de fazer o pagamento em dinheiro pro filho do Drummik e pro irmão do Lane. Na quarta vez que nos encontramos, Mercado me deu 25 mil dólares em dinheiro. Eu duvidava que ele me daria a outra metade, independentemente do que acontecesse com o Quincy Miller. Mas eu não me importava. Vinte e cinco mil dólares é lucro pra um assassinato dentro de uma prisão. Então me encontrei com o Adam Stone, nossa mula, e planejei os detalhes do assassinato. Ele passou as mensagens pro Drummik e pro Lane. Eles agiram bem, mas não terminaram o trabalho. O Stone disse que um outro guarda atrapalhou ou alguma coisa assim. Mercado ficou furioso com o resultado e se recusou a pagar o resto. Eu acabei com 15 mil dólares em dinheiro.

O Mercado nunca mencionou o nome do cliente. Ele era meu único contato. Sinceramente, não perguntei, porque achei melhor saber o mínimo possível num trabalho como esse. Se eu tivesse perguntado, tenho certeza de que Mercado teria fugido da pergunta.

Um amigo meu em Miami, ex-traficante, diz que ele é uma espécie de operador de fachada, muitas vezes contratado por traficantes pra resolver problemas. Encontrei com ele duas vezes desde o episódio do Miller, mas nenhum dos dois encontros foi produtivo. Ele perguntou se eu achava possível se aproximar do Miller no hospital. Fui lá e dei uma olhada, mas não gostei do que vi. Mercado quer que eu monitore a recuperação do Miller e encontre um jeito de terminar o trabalho.

Skip DiLuca

COM A CONSPIRAÇÃO para matar Quincy ainda ativa, o FBI precisa tomar uma decisão. Eles preferem ficar de olho em Mercado e torcer para que ele os leve a peixes maiores, talvez até usando DiLuca como isca. No entanto, enquanto Mercado estiver à solta e planejando acabar com Quincy, o perigo é real. O caminho mais seguro é prender Mercado e fazer pressão nele, embora ninguém dentro do FBI acredite que ele irá falar ou colaborar.

DiLuca continua preso, na solitária, sob vigilância e afastado de qualquer forma de comunicação. Ele ainda é um criminoso de carreira em quem não se pode confiar. Ninguém ficaria surpreso se ele entrasse em contato com Mercado, se tivesse uma chance. E ele certamente daria um jeito de Jon Drummik e Robert Earl Lane saberem que Adam Stone dedurou eles.

Agnes Nolton decide prender Mercado e manter Adam Stone longe do Garvin. O FBI logo organiza uma forma de transferir ele e a família para outra cidade, perto de alguma penitenciária federal, onde um emprego melhor o aguarda. Também estão em andamento planos para enviar DiLuca para uma prisão de segurança mínima, onde ele será submetido a uma cirurgia para ganhar um novo rosto e receberá um novo nome.

MAIS UMA VEZ, a paciência rende frutos. Usando um passaporte hondurenho e o nome "Alberto Gomez", Mercado compra uma passagem de Miami para San Juan e de lá pega um voo da Air Caribbean, uma companhia regional, para a Martinica, nas Antilhas Francesas. As autoridades locais agem rápido para não deixar que ele escape na capital, Fort-de-France, e Mercado é visto pegando um táxi para o Oriole Bay Resort, um refúgio exuberante e isolado junto à montanha. Duas horas depois, um jatinho do governo pousa no mesmo aeroporto e agentes do FBI entram às pressas nos carros que os aguardam no local. O resort, no entanto, está lotado. Tem apenas 25 quartos absurdamente caros e todos estão ocupados. Os agentes fazem check-in no hotel mais próximo, a menos de cinco quilômetros de distância.

MERCADO ANDA tranquilamente pelo resort. Almoça sozinho à beira da piscina e toma um drinque no canto de um bar inspirado na cultura da Polinésia, de onde consegue observar o ir e vir das pessoas. Os outros hóspedes são europeus de alto nível, falando diferentes idiomas, e nenhum deles levanta suspeitas. No fim da tarde, ele caminha por uma trilha estreita cinquenta metros montanha acima, até um bangalô onde um funcionário lhe serve uma bebida no terraço. O azul cintilante do mar do Caribe se estende por quilômetros abaixo dele. Ele acende um charuto cubano e aprecia a vista.

O homem da casa é Ramón Vásquez e por fim ele chega ao terraço. A mulher da casa é Diana, sua companheira de longa data, embora Mercado nunca tenha sido apresentado a ela, nem a tenha visto. Diana aguarda e observa da janela do quarto.

Ramón puxa uma cadeira. Eles não apertam as mãos.

– O que houve?

Mercado dá de ombros como se nada tivesse acontecido.

– Não sei direito. O trabalho não foi concluído lá dentro.

Eles falam num espanhol suave e veloz.

– Mas é claro. Tem algum plano pra finalizar o trabalho?

– É isso que você quer?

– Com certeza. Nossos garotos não estão nem um pouco contentes e querem que esse problema desapareça. Eles... nós... pensamos que podíamos confiar em você pra fazer uma coisa simples como essa. Você disse que ia ser fácil. Você estava errado, e agora queremos que esse trabalho seja concluído.

– Certo. Vou pensar num plano, mas com certeza não vai ser fácil. Não desta vez.

O funcionário chega com um copo de água gelada para Ramón. Ele recusa um charuto. Eles conversam por meia hora antes de Mercado ir embora. Ele volta para o resort, pega sol na beira da piscina, bate papo com uma jovem durante a noite e janta sozinho na elegante sala de jantar.

No dia seguinte, Mercado usa um passaporte boliviano e volta para San Juan.

37

Existem apenas duas cidades com aparato administrativo próprio no condado de Ruiz: Seabrook, com uma população de 11 mil habitantes, e um vilarejo chamado Dillon, com apenas 2.300. Dillon fica ao norte e mais para o interior, é um pouco afastada e aparentemente esquecida pelo tempo. Há poucos empregos decentes em Dillon e o comércio é escasso. A maioria dos jovens sai de lá por necessidade e pelo desejo de sobreviver. É difícil ganhar dinheiro ali. Os que são deixados para trás, jovens e velhos, se viram vivendo com qualquer mísero salário que conseguem encontrar e com auxílio do governo.

O condado é composto por oitenta por cento de brancos, ao passo que em Dillon há um equilíbrio maior. No ano passado, a pequena escola de ensino médio formou 61 alunos, dos quais trinta eram negros. Kenny Taft se formou lá, em 1981, assim como seus dois irmãos mais velhos. A família morava a alguns quilômetros de Dillon, numa antiga casa de fazenda que o pai de Kenny comprou num leilão antes de ele nascer.

Vicki conseguiu montar parcialmente a história dos Tafts, com algumas lacunas, e vimos que eles passaram por uma quantidade considerável de atribulações. Com base em antigos obituários, descobrimos que o pai de Kenny morreu aos 58 anos, de causa desconhecida. Em seguida foi Kenny, assassinado aos 27. Um ano depois, seu irmão mais velho morreu num acidente de carro. Dois anos depois, sua irmã mais velha, Ramona, morreu aos 36, de causa desconhecida. A Sra. Vida Taft, que sobreviveu à morte do marido e dos três filhos, foi internada num hospital psiquiátrico estadual em 1996, mas os registros do tribunal não são claros quanto ao que aconteceu depois disso. A internação involuntária é um procedimento confidencial na Flórida, como na maioria dos estados. Em algum momento ela foi liberada, porque morreu "tranquilamente em casa", de acordo com o obituário do jornal semanal de Seabrook. Nem ela nem o marido deixaram testamento. A antiga fazenda e os dois hectares de terra agora pertencem a uma dúzia de netos, a maioria dos quais saiu de lá. No ano passado, o condado de Ruiz avaliou a propriedade em 33 mil dólares, e não está claro quem pagou os 290 dólares em impostos para impedir a execução de uma hipoteca.

Frankie encontra a casa no final de uma estrada de cascalho. Uma rua sem saída. Claramente está abandonada há algum tempo. As ervas daninhas estão crescendo entre as tábuas afundadas do piso de madeira da varanda da frente. Algumas persianas caíram no chão, outras estão penduradas por pregos enferrujados. Um cadeado pesado protege a porta da frente, outro, a porta dos fundos. Nenhuma janela foi quebrada. O telhado de zinco parece resistente.

Frankie dá uma volta na casa e já é o bastante. Ele passa cuidadosamente pelas ervas daninhas e retorna à caminhonete. Está fuçando o condado há dois dias e acha que encontrou um suspeito.

O emprego diurno de Riley Taft é como inspetor-chefe da escola de ensino fundamental do vilarejo, mas sua verdadeira vocação é como ministro de sua congregação. Ele é o pastor da Igreja Batista de Red Banks, alguns quilômetros para o interior. A maioria dos Tafts está enterrada lá, uns com lápides simples, outros sem. Seus fiéis não chegam a totalizar cem pessoas e não podem pagar por um pastor em tempo integral. Por isso o trabalho como inspetor. Depois de alguns telefonemas, ele concorda em encontrar Frankie na igreja no fim da tarde.

Riley é jovem, com quase 40 anos, atarracado e tranquilo, com um sorriso largo. Ele conduz Frankie pelo cemitério e mostra onde estão enterrados os Tafts. Seu pai, o filho mais velho, está enterrado entre Kenny e a mãe deles. Ele narra as tragédias da família: o avô morreu aos 58 em razão de um envenenamento misterioso; Kenny foi assassinado; o pai morreu na hora num acidente de carro; a tia morreu de leucemia aos 36. Vida Taft morreu doze anos atrás, aos 77.

– A coitada enlouqueceu – diz Riley, com os olhos cheios de água. – Enterrou os três filhos e foi parar no fundo do poço. Muito fundo mesmo.

– Sua avó?

– Sim. Então, por que quer saber da minha família?

Frankie já explicou como funciona a Guardiões, falou sobre nossa missão, nossos casos bem-sucedidos e sobre estarmos representando Quincy Miller. Ele diz:

– A gente acha que o assassinato do Kenny não foi exatamente como o xerife disse.

Riley não esboça nenhuma reação. Ele acena para os fundos da pequena igreja e diz:

– Vamos beber algo.

Eles passam pelas lápides e pelos túmulos de outros membros da família Taft e saem do cemitério. Entram pela porta dos fundos e chegam ao estreito salão da igreja. Riley abre uma geladeira num canto e pega duas garrafinhas plásticas de limonada.

– Obrigado – diz Frankie, e eles se acomodam em cadeiras dobráveis.

– Então, qual a teoria de vocês? – pergunta Riley.

– Você nunca ouviu falar de nada parecido?

– Não, nunca. Quando mataram o Kenny, foi o fim do mundo. Eu tinha uns 15 ou 16 anos, estava no primeiro ano do ensino médio, e o Kenny era mais como um irmão mais velho pra mim do que um tio. Eu o admirava muito. Ele era o orgulho da família. Muito inteligente, todo mundo achava que ele iria longe. Ele tinha orgulho de ser policial, mas queria mais. Meu Deus, como eu amava o Kenny. Todos nós. Todo mundo, na verdade. Ele tinha uma esposa linda, a Sybil, um doce de pessoa. E um bebê pequeno. Tudo caminhando do jeito que ele queria, e aí matam ele. Quando fiquei sabendo, caí no chão e chorei feito uma criança. Quis morrer também. Queria ir para aquela cova junto com ele. Foi uma dor enorme. – Seus olhos se enchem de água e ele toma um longo gole de limonada. – Mas a gente sempre desconfiou de que ele tinha entrado no caminho de uns traficantes e acabou levando um tiro. Agora, mais de vinte anos depois, você está aqui pra me dizer que as coisas não aconteceram exatamente do jeito que falaram. É isso?

– Sim. A gente acredita que o Kenny foi vítima de uma emboscada organizada pelos homens que trabalhavam pro xerife Pfitzner, que agia em conluio com os traficantes. O Kenny sabia demais e o Pfitzner ficou desconfiado.

Riley precisa de uns segundos para assimilar aquelas informações, mas por fim consegue. É realmente um choque, mas ele quer saber mais.

– O que isso tem a ver com o Quincy Miller? – pergunta ele.

– O Pfitzner estava por trás do assassinato do Keith Russo, o advogado. O Russo ganhava dinheiro representando traficantes de drogas, foi cooptado pela DEA e acabou virando informante. O Pfitzner descobriu, planejou o assassinato e fez um trabalho quase perfeito para enquadrar o Quincy Miller. O Kenny sabia de algo sobre esse assassinato, e isso custou a vida dele.

Riley sorri, balança a cabeça e diz:

– Isso é muita loucura.

– Você nunca ouviu esse boato?

– Nunca. Você precisa entender, Sr. Tatum, que Seabrook fica só a 24 quilômetros daqui, mas parece que são cem. Dillon é um mundo à parte. Um lugarzinho triste, mesmo. O pessoal daqui mal segura as pontas, mal consegue sobreviver. A gente tem nossos próprios problemas e não tem tempo pra se preocupar com o que está acontecendo em Seabrook, ou em qualquer outro lugar.

– Eu entendo – diz Frankie, antes de dar um gole na limonada.

– Então, você ficou preso catorze anos por um homicídio cometido por outra pessoa? – pergunta Riley, incrédulo.

– Sim, catorze anos, três meses e onze dias. E o reverendo Post apareceu pra me salvar. É brutal, Riley, ficar trancado e esquecido lá dentro quando você sabe que é inocente. Por isso que a gente trabalha tanto pro Quincy e pros nossos outros clientes. Como você sabe, irmão, muitos dos nossos estão presos por coisas que não fizeram.

– Tem razão.

Eles brindam em solidariedade a essas pessoas.

– Pode haver uma chance, provavelmente pequena, de que o Kenny estivesse em posse de algumas provas que ficavam armazenadas atrás do gabinete do Pfitzner em Seabrook – prossegue Frank. – O ex-parceiro dele contou isso pra gente recentemente. O Kenny ficou sabendo que eles planejavam tacar fogo no prédio e destruir as evidências, e tirou algumas coisas de lá antes do incêndio. Se foi isso mesmo, se o Pfitzner realmente armou uma emboscada pro Kenny, por que ele ia querer o Kenny morto? O Kenny devia saber de algo. O Kenny estava com as provas. Não tinha outro motivo, ou pelo menos nenhum que a gente tenha encontrado, que explique por que Pfitzner faria isso.

Riley está gostando da história. Ele diz:

– Então a grande questão é: o que o Kenny fez com aquelas provas? É por isso que você está aqui, certo?

– Exato. É pouco provável que o Kenny levasse o material para casa, porque teria colocado a família em risco. Além disso, a casa onde ele morava era alugada.

– E a esposa dele não estava muito feliz por lá. Ficava na Secretary Road, na região leste de Seabrook. A Sybil queria se mudar pra outro lugar.

– Aliás, a gente encontrou a Sybil em Ocala e ela se recusa a falar. Não disse nem uma palavra.

– Uma mulher bacana, sempre sorria pra mim, pelo menos. Não vejo a Sybil há anos, não acho que vá vê-la em algum momento. Então, Sr. Tatum...

– Frankie, por favor.

– Então, Frankie, você acha que o Kenny pode ter trazido as coisas de volta pra cá, lá pra fazenda, e escondido tudo lá, é isso?

– A lista de possíveis esconderijos é pequena, Riley. Se o Kenny tivesse algo a esconder, algo valioso, ele ia querer manter num lugar seguro e acessível. Faz sentido, não faz? A casa tem algum sótão ou porão?

Riley balança a cabeça.

– Porão não tem. Não tenho certeza, mas acho que tem um sótão. Nunca olhei, nunca subi lá. – Ele toma um gole de limonada e diz: – Isso tudo parece loucura demais pra mim, Frankie.

– Ah, nós somos especialistas nessas investigações malucas, que aparentemente parecem não fazer sentido – responde Frankie, depois de dar uma risada. – A gente vive perdendo tempo procurando agulha no palheiro. Mas cedo ou tarde acaba encontrando alguma coisa.

Riley termina sua limonada, se levanta devagar e começa a andar pelo salão como se de repente tivesse ficado preocupado. Ele para, olha para Frankie e diz:

– Você não pode entrar naquela casa. É muito perigoso.

– Ela está vazia há anos.

– De pessoas de carne e osso, mas tem muita gente por lá. Espíritos, fantasmas, o lugar é assombrado, Frankie. Já vi com meus próprios olhos. Sou um homem pobre, com pouquíssimo dinheiro na conta, mas não entro naquela casa à luz do dia e com uma arma na mão nem por mil dólares em dinheiro vivo. Ninguém na nossa família entraria.

Os olhos de Riley estão arregalados de medo e seu dedo treme ao apontar para Frankie, que fica momentaneamente em choque. Riley caminha até a geladeira, pega mais duas garrafas, entrega uma para Frankie e senta. Ele respira fundo enquanto fecha os olhos, como se reunisse forças para contar uma história longa. Então começa:

– Vida, minha avó, foi criada pela avó dela num assentamento a dezesseis quilômetros daqui. Já não existe mais. A Vida nasceu em 1925. A avó dela nasceu nos anos 1870, quando muitas pessoas ainda tinham parentes nascidos durante a escravidão. Ela praticava bruxaria e vodu, o que era comum naquela época. A religião dela era uma mistura de Evangelho cristão e espiritualismo do velho mundo. Era a parteira e enfermeira da região, e sabia preparar unguentos, pomadas e chás que curavam qualquer coisa. A Vida foi profundamente influenciada por ela e, ao longo da vida, também passou a se considerar uma mentora espiritual, e sabia muito bem que não devia usar a palavra "bruxa". Está me acompanhando, Frankie?

Ele estava, mas aquilo era uma perda de tempo. Frankie assentiu com uma expressão séria e disse:

– Claro. Impressionante.

– Estou te contando a versão mais curta, mas a história da Vida daria um livro gigantesco. Ela era uma mulher assustadora. Amava os filhos e os netos, e cuidava de toda a família, mas também tinha um lado sombrio e misterioso. Vou te contar uma história. A filha dela, Ramona, minha tia, morreu aos 36 anos, você viu a lápide dela. Quando a Ramona era jovem, tinha uns 14 anos mais ou menos, ela foi estuprada por um garoto de Dillon, um mau-caráter. Todo mundo conhecia ele. A família ficou mal, como você pode imaginar, mas não queria recorrer ao xerife. A Vida não confiava na justiça do homem branco. Disse que ia cuidar das coisas sozinha. Numa noite de lua cheia, o Kenny a viu no quintal, à meia-noite, fazendo algum ritual de vodu. Ela estava tocando um tamborzinho, com umas cabaças penduradas no pescoço e pele de cobra em volta dos pés descalços, cantando numa língua desconhecida. Depois disso, ela disse pro Kenny que tinha rogado uma praga pro garoto que estuprou a Ramona. A notícia se espalhou e todo mundo, bem, pelo menos todos os negros em Dillon sabiam que o garoto tinha sido amaldiçoado. Alguns meses depois, ele foi queimado vivo num acidente de carro e, a partir de então, as pessoas não chegavam mais perto da Vida. Todo mundo tinha medo dela.

Frankie escuta sem dizer uma palavra.

– Ao longo dos anos, ela foi ficando ainda mais louca, e chegou uma hora em que a gente não teve escolha. Contratamos um advogado em Seabrook pra dar entrada na internação dela. Ela ficou furiosa com a família e ameaçou a gente. Ameaçou o advogado e o juiz. A gente ficou apavorado. Não tinha nada que eles pudessem fazer por ela no hospital, e ela deu um jeito de sair de lá. Ela disse pra gente ficar longe dela e da casa, e nós ficamos.

– De acordo com o obituário, ela morreu em 1998 – diz Frankie.

– Foi nesse ano, mas ninguém sabe o dia. Meu primo Wendell ficou preocupado e foi até a casa, encontrou a Vida deitada no meio da cama, com uma expressão tranquila e o lençol na altura do queixo. Estava morta havia dias. Tinha deixado um bilhete pedindo que fosse sepultada ao lado dos filhos, sem velório nem cerimônia no enterro. Também avisava que a última coisa que tinha feito nesta terra foi amaldiçoar a casa. É triste dizer isto, mas ficamos aliviados quando ela morreu. A gente enterrou ela às pressas, no meio de uma tempestade, só com a presença da família, e no momento em que baixamos o caixão na cova um raio atingiu uma árvore no cemitério e a gente tremeu dos pés à cabeça. Nunca senti tanto medo na vida e nunca fiquei tão feliz em ver um caixão ser coberto de terra.

Riley dá um longo gole na limonada e enxuga a boca com o dorso da mão.

– Essa era a minha avó, Vida. A gente chamava ela de vovó, mas a maioria das crianças daqui chamava ela de Vodu, pelas costas.

– A gente precisa ver o que tem no sótão – diz Frankie com a voz mais firme possível.

– Você está maluco, cara.

– Quem tem a chave de lá?

– Eu tenho, mas não entro lá há anos. A eletricidade foi cortada há muito tempo, mas às vezes dá pra ver as luzes acesas à noite. Lâmpadas acendendo e apagando, como se alguém estivesse indo de um cômodo pra outro. Só um idiota entraria naquela casa.

– Eu preciso de um pouco de ar.

Está quente do lado de fora e eles caminham em direção aos carros.

– Olha só, isso tudo é muito estranho. Faz vinte anos que o Kenny está morto e ninguém nunca demonstrou interesse em relação a isso. Agora, em menos de uma semana, você e mais dois caras aparecem aqui bisbilhotando.

– Mais dois caras?

– Dois caras brancos apareceram aqui semana passada, fazendo umas perguntas sobre o Kenny. Onde ele cresceu? Onde morava? Onde está enterrado? Eu não gostei deles e me fiz de idiota, não falei nada pra eles.

– De onde eles eram?

– Não perguntei. Tive a impressão de que não iam mesmo me contar.

38

A primeira cirurgia de Quincy, na qual os cirurgiões reconstroem um dos ombros e uma das clavículas, dura seis horas. O procedimento corre bem e os médicos ficam satisfeitos. Passo um bom tempo ao lado dele enquanto ele se recupera. Seu organismo bastante comprometido está se restabelecendo, e ele começa a recobrar parte da memória, embora a surra ainda seja um imenso buraco negro. Não conto a ele o que sabemos sobre Drummik e Robert Earl Lane, nem sobre Adam Stone e Skip DiLuca. Ele está sob forte sedação e ainda não está pronto para ouvir o restante da história.

Há sempre um guarda de algum tipo sentado à sua porta, muitas vezes mais de um. Seguranças do hospital, agentes penitenciários, policiais de Orlando e agentes do FBI. Eles se revezam, e gosto de conversar com eles. Quebra a monotonia. Fico sempre chocado com o custo disso tudo. Cinquenta mil dólares por ano para manter Quincy na prisão, há 23 anos. Uma gota no oceano comparado ao que os contribuintes estão gastando neste momento para mantê-lo vivo e curar seus ferimentos. Sem falar na segurança. Milhões de dólares, e tudo desperdiçado com um homem inocente que nem mesmo devia ter sido encarcerado.

Estou no meio de um cochilo na cama dobrável do quarto de Quincy bem cedo certa manhã quando meu celular vibra. A agente Nolton pergunta se estou na cidade. Ela tem algo para me mostrar. Vou até o escritório dela, depois seguimos para uma enorme sala de reuniões onde um cara do setor de tecnologia da informação nos espera.

Ele diminui as luzes e, ainda de pé, olhamos para uma enorme tela. Um rosto aparece: um homem hispânico, com cerca de 60 anos, bonito e másculo, com olhos escuros e intensos, e barba grisalha.

– O nome dele é Ramón Vásquez – diz Agnes —, gerente sênior de longa data do Cartel Saltillo, meio que aposentado no momento.

– Esse nome me soa familiar – digo.

– Só um minuto. – Ela clica e outra fotografia aparece, uma imagem aérea de um pequeno resort escondido na encosta de uma montanha cercada pela água mais azul do mundo. – É aqui que ele passa a maior parte do tempo. Fica na Martinica, uma ilha das Antilhas Francesas. O lugar se chama Oriole Bay Resort e é propriedade de uma das inúmeras empresas de fachada sediadas no Panamá. – Ela divide a tela, e o rosto de Mickey Mercado aparece. – Três dias atrás, nosso amigo aqui usou um passaporte hondurenho pra pegar um voo até a Martinica, onde se encontrou com o Vásquez no resort. A gente foi até lá, mas não conseguiu entrar, e isso provavelmente acabou sendo positivo. No dia seguinte, o Mercado usou um passaporte boliviano pra voltar pra Miami via Porto Rico.

Sinto como se tivesse levado um soco no estômago.

– Vásquez era o namorado da Diana Russo – recordo.

– Ainda é. Eles estão juntos desde a época em que o marido dela morreu. – Agnes clica novamente. Mercado desaparece e metade da tela fica preta. A outra metade ainda mostra a ilha. – Não temos fotos da Diana. De acordo com o que a gente conseguiu reunir, e não vou ficar aqui te entediando com histórias sobre como os serviços de inteligência podem ser questionáveis em qualquer parte do Caribe, eles passam a maior parte do tempo reclusos numa vida de luxo dentro do resort. Ela meio que administra o local, mas mantém absoluta discrição. Eles também viajam muito, pelo mundo todo. A DEA não tem certeza se as viagens estão relacionadas ao tráfico ou se eles fazem isso só pra dar um tempo da ilha. Eles acham que o Vásquez já não está mais no comando, mas ainda dá algumas consultorias. Pode ser que o homicídio do Russo tenha acontecido na época em que ele estava à frente de tudo, e coube a ele resolver o problema. Ou pode ser que ele ainda esteja na ativa. Mas ele é extremamente cauteloso em tudo o que faz.

Caminho em direção a uma cadeira, me deixo cair sobre ela e murmuro:

– Então ela estava envolvida.

– Bem, não sabemos ao certo, mas de uma hora pra outra ela parece bem mais culpada do que antes. Ela renunciou à cidadania americana quinze anos atrás e se tornou cidadã panamenha. Isso provavelmente custou uns 50 mil dólares. O nome dela agora é Diana Sanchez, mas aposto que tem outros. Só Deus sabe quantos passaportes. Não existe nenhum registro de que ela e Ramón sejam casados no papel. Aparentemente, eles não tiveram filhos. Está bom pra você?

– Tem mais?

– E como.

O FBI VINHA monitorando Mickey Mercado e se preparando para prendê-lo assim que ele cometesse algum deslize. Ele pegou o celular errado e fez uma ligação para um número impossível de ser rastreado. A conversa, no entanto, foi gravada. Mickey sugeriu ao homem do outro lado da linha que se encontrassem num restaurante de frutos do mar em Key Largo para almoçar no dia seguinte. Agindo numa velocidade notável e que me deixa feliz por estar do mesmo lado que o FBI, a agente Nolton conseguiu um mandado e seus agentes chegaram antes. Eles fotografaram Mickey no estacionamento, o filmaram comendo caranguejos com seu contato e fotografaram os dois no momento em que entraram em seus respectivos carros. O SUV Volvo de última geração está registrado em nome de Bradley Pfitzner.

No vídeo, ele parece estar em boa forma, com os cabelos ondulados e o cavanhaque completamente grisalhos. Aposentar-se rodeado de tanto luxo parece estar lhe fazendo bem. Está com quase 80 anos, mas tem a agilidade de um homem muito mais jovem.

– Parabéns, Post. Enfim conseguimos estabelecer a ligação entre eles – diz a agente Nolton.

Estou zonzo demais para falar.

– É claro que não podemos indiciar o Pfitzner por almoçar com o Mickey, mas a gente vai conseguir os mandados e vamos acompanhar cada passo que ele der.

– Tenha cuidado. Ele é muito safo – aviso.

– Sim, mas até os criminosos mais inteligentes fazem coisas idiotas. Esse encontro com o Mickey foi uma bênção.

– Nenhum indício de que o Pfitzner tenha alguma relação com o DiLuca? – pergunto.

– Absolutamente nenhum. Aposto com você o meu salário que o Pfitzner nunca ouviu falar no nome do DiLuca. É o Mickey que circula nesse submundo, de onde ele tirou a Arianos e arranjou o serviço. O Pfitzner provavelmente entrou com a grana, mas a gente nunca vai conseguir provar isso a não ser que o Mickey abra o bico. E caras como ele não costumam fazer isso.

Estou atordoado e me esforço para manter a cabeça no lugar. Minha primeira reação é:

– Que porrada! Num intervalo de três dias, o Mickey levou você até o Ramón e a Diana, e depois até o Pfitzner.

Agnes assente, bastante orgulhosa de seu progresso, mas profissional demais para se gabar.

– As peças do quebra-cabeça estão se juntando, mas a gente ainda tem um caminho bem longo pela frente. Temos que correr. Eu te mantenho informado.

Ela está indo para outra reunião, e o cara do TI me deixa sozinho na sala. Por um bom tempo, fico sentado na penumbra, olhando para a parede e tentando processar essas bombas. Agnes tem razão quando diz que, embora de uma hora para outra a gente tenha descoberto muito mais coisas sobre a conspiração que culminou no assassinato de Keith, até onde podemos provar? E quanto isso pode ajudar Quincy?

Por fim, deixo a sala de reuniões e o edifício e volto para o hospital, onde encontro Marvis sentado ao lado do irmão. Ele me diz que conseguiu convencer o chefe a tirar uns dias de férias e ficará um tempo aqui. É uma excelente notícia e saio correndo de volta para o hotel e pego minhas coisas. Estou no meio do trânsito, saindo da cidade, quando me sinto tão inspirado que tenho vontade de parar no acostamento e ficar dando voltas ao redor do carro. Continuo dirigindo, e aos poucos um plano simples, mas muito engenhoso, ganha forma. Ligo para minha nova melhor amiga, a agente especial Agnes Nolton.

– O que houve? – pergunta com um tom apressado, depois de eu ficar dez minutos na espera.

– O único jeito de incriminar o Pfitzner é trazê-lo pra conspiração – digo.

– Uma armadilha?

– Algo assim, mas talvez funcione.

– Pode falar.

– Você já mandou o DiLuca pra nova casa dele?

– Não. Ainda está por aqui.

– Precisamos de mais um favor antes que ele suma.

NO HIPÓDROMO DE Hialeah Park, DiLuca se senta na arquibancada, longe de outros espectadores. Ele segura uma folha de papel como se estivesse pronto para começar a apostar nos cavalos. Está grampeado até o último fio de cabelo, e as escutas são capazes de captar um cervo bufando a trinta metros de distância. Mickey Mercado aparece vinte minutos depois e senta a seu lado. Eles compram duas cervejas de um vendedor e assistem ao páreo seguinte.

– Eu tenho um plano – diz DiLuca afinal. – Eles transferiram o Miller de novo, entre uma cirurgia e outra. Ele continua melhorando, mas ainda vai ficar internado por um tempo. Os guardas estão se revezando e tem sempre alguém vigiando a porta do quarto dele. O presídio envia uns guardas pra lá de vez em quando. É aí que entra o plano. A gente pega emprestado um uniforme com o Stone e dá pra um dos meus garotos vestir. Ele entra lá à noite. Nessa hora vai ter uma ameaça de bomba no hospital, talvez a gente exploda alguma coisa no porão, ninguém vai se machucar. Fatalmente, o hospital vai ficar uma loucura. Plano de emergência e tudo mais. No meio do tumulto, nosso garoto chega até o Miller. A gente usa uma caneta injetora, compra uma na farmácia e carrega com ricina ou cianeto. É só espetar na perna do Miller e em cinco minutos ele já era. Se ele estiver acordado, não vai ser capaz de reagir a tempo, mas ele costuma passar a maior parte do tempo sedado. A gente faz isso tarde da noite, quando é mais provável que ele esteja dormindo. Nosso cara sai e desaparece na confusão.

Mickey dá um gole na cerveja e franze a testa.

– Não sei. Me parece muito arriscado.

– Sim, mas é um risco que estou disposto a correr. Por um preço.

– Achei que tivesse câmera por todo lado.

– Em cima da porta, mas não no quarto. Nosso cara consegue entrar porque é um guarda. Assim que estiver lá dentro, ele faz o trabalho em questão de segundos e depois se mistura à confusão. Se a câmera pegar ele, não vai dar em nada. Ninguém jamais vai saber quem ele é. Uma hora depois eu já vou ter colocado o cara dentro de um avião.

– Mas o Miller está num hospital, cercado de médicos.

– É verdade, mas quando o veneno for identificado ele já vai estar morto. Confie em mim. Já matei três homens na prisão botando veneno no suco.

– Não sei. Vou ter que pensar.

– Não vai te dar trabalho nenhum, Mickey. Tirando o dinheiro. Se o nosso garoto fizer merda e for pego, ele não vai abrir a boca. Eu garanto. Se o Miller sobreviver, você fica com a outra metade. Só que matar alguém dentro do presídio é barato. Agora é outra coisa.

– Quanto?

– Cem mil. Metade agora, metade depois do enterro dele. Mais os outros 25 mil do primeiro serviço.

– Salgado, hein?

– Vai precisar de quatro homens, eu e mais três, incluindo o cara que vai fazer a bomba. É bem mais complicado do que esfaquear alguém na prisão.

– Isso é muito dinheiro.

– Você quer ele morto ou não quer?

– Ele já devia estar morto, mas esses seus marginais estragaram tudo.

– Quer ou não quer?

– É muito dinheiro.

– Isso é mixaria pros seus camaradas.

– Vou pensar.

Do outro lado da pista e ao lado dos padoques, uma equipe na traseira de uma van filma absolutamente tudo, enquanto a escuta capta cada palavra.

PFITZNER FAZ LONGAS caminhadas com sua segunda esposa, pesca com um amigo num elegante iate Grady-White de 32 pés e joga golfe toda segunda e quarta com o mesmo grupo de pessoas. Ao que tudo indica – roupas, casa, carros, bons restaurantes e clubes —, ele é bastante rico. Eles o observam, mas não entram na casa dele, pois há muitas câmeras de segurança. Ele tem um iPhone que usa para conversas normais e pelo menos um celular pré-pago para os assuntos mais sigilosos. Há onze dias ele não se aventura a ir além do campo de golfe ou da marina.

No décimo segundo dia, ele deixa Marathon e dirige para o norte pela rodovia 1. Quando chega a Key Colony Beach, o plano entra em ação. Ganha ainda mais velocidade no momento em que Mickey deixa Coral Gables e vai na direção de Pfitzner. Mickey chega primeiro a Key Largo e para o carro no estacionamento do lado de fora do restaurante Snook's Bayside. Dois agentes usando bermudas e camisas com estampa floral entram e pegam uma mesa perto da água, a dez metros da mesa de Mickey. Dez minutos depois, Pfitzner chega em seu Volvo e entra sem sua bolsa de ginástica, um de seus inúmeros erros.

Enquanto Mickey e Pfitzner jantam salada de frutos do mar, a bolsa é retirada do Volvo. Dentro dela há cinco maços robustos de notas de cem dólares, presos com elásticos. Não daquelas novinhas recém-saídas do banco, mas notas que estão guardadas há algum tempo. Total de 50 mil dólares. Duas pilhas são removidas e substituídas por notas mais recentes, cujos números de série foram registrados. A bolsa de ginástica é colocada novamente no chão do Volvo, no banco de trás. Mais dois agentes chegam, completando a equipe.

Quando o almoço termina, Pfitzner paga a conta com um cartão American Express. Ele e Mickey saem do restaurante e botam a cara no sol. Eles hesitam ao lado do Volvo enquanto Pfitzner destranca a porta, abre o carro, pega a bolsa de ginástica e, sem nem abrir o zíper e ver o que tem dentro, a entrega a Mickey, que a carrega tão despreocupadamente que fica claro que ele já havia feito isso antes. Antes que Mickey possa dar mais um passo, uma voz grita:

– Parado! FBI!

Bradley Pfitzner desmaia e bate com força no carro parado ao lado do seu Volvo. Ele cai no asfalto enquanto os agentes se aglomeram ao redor de Mickey, pegam a bolsa e o algemam. Quando Pfitzner se levanta, está atordoado e há um corte acima de sua orelha esquerda. Um agente limpa o sangue com um lenço de papel enquanto os dois suspeitos são levados para um passeio até Miami.

39

No dia seguinte, a agente Agnes me liga com a notícia de que Skip DiLuca está num avião em direção a Marte com uma nova identidade e a oportunidade de começar uma nova vida. A namorada planeja se juntar a ele no futuro. Agnes conta as últimas novidades acerca de Pfitzner e Mickey Mercado, mas nada mudou. Como era de se esperar, o escritório de Nash Cooley representa os dois, então em breve o Ministério Público não vai conseguir agir porque com certeza os advogados vão começar a atravancar o andamento do processo. Ambos os réus estão tentando sair sob fiança, mas o juiz federal não arreda pé.

Sua voz está mais relaxada e ela diz:

– Por que ainda não me convidou pra jantar?

Qualquer pausa demonstraria fraqueza, então replico na mesma hora:

– Topa jantar comigo?

No meu estado habitual de desatenção ao sexo oposto, eu nem sequer parei para observar se Agnes usava alguma aliança ou coisa assim. Eu chutaria que ela tem uns 42 anos. Tenho a impressão de que havia fotos de crianças na sala dela.

– Com certeza – responde. – Onde a gente se encontra?

– Você que conhece a área – digo de pronto.

Tudo o que comi em Orlando foi na lanchonete do subsolo do Mercy Hospital. É horrível, mas barato. Tento desesperadamente lembrar o saldo do meu último extrato do cartão de crédito. Será que consigo levar Agnes para jantar num bom restaurante?

– Onde você se hospedou? – pergunta ela.

– No hospital. Mas tudo bem. Estou de carro.

Estou hospedado num hotel barato, numa parte esquisita da cidade, um lugar que eu jamais mencionaria. E o meu carro? É na verdade um pequeno Ford SUV com pneus carecas e um milhão de quilômetros rodados. Por um segundo me ocorre que Agnes sabe de tudo isso. Tenho certeza de que o FBI me investigou. Bastaria dar uma olhada no meu carro e ela ia preferir me encontrar direto no restaurante, em vez de seguir a formalidade de eu ir buscá-la. Gosto da abordagem dela.

– Tem um lugar chamado Christner's, na Lee Road. A gente se encontra lá. E cada um paga o seu.

Gosto dela ainda mais, agora. Podia até me apaixonar.

– Se você insiste.

Formada em Direito e com dezoito anos de FBI, seu salário é de cerca de 10 mil dólares, ou mais do que eu, Vicki e Mazy ganhamos juntos. Na verdade, Vicki e eu realmente não nos consideramos propriamente remunerados. Cada um de nós tira 2 mil dólares por mês para sobreviver, e nos damos um bônus no Natal, quando sobra algo na conta.

Tenho certeza de que Agnes está ciente de que eu vivo na pobreza.

Visto minha única camisa limpa e uma calça cáqui bastante surrada. Agnes vai direto do escritório e, como sempre, está muito bem-vestida. Tomamos uma taça de vinho no bar e depois nos dirigimos para a nossa mesa. Depois que pedimos outra taça de vinho, ela diz:

– Nada de papo de trabalho. Vamos falar sobre o seu divórcio.

Dou uma risadinha diante de uma atitude tão abrupta, mas no fundo já esperava por isso.

– Como você sabe?

– Estou chutando. Você começa e fala sobre o seu, depois eu falo sobre o meu e assim a gente evita falar de trabalho.

– Bem, já faz um bom tempo – digo, e começo a tagarelar sobre o meu passado.

Faculdade de Direito, o namoro com Brooke, meu casamento, a carreira como defensor público, a crise nervosa que me conduziu ao seminário e a uma nova carreira, o chamado para ajudar os inocentes.

O garçom aparece e pedimos uma salada e uma massa.

Ela passou por dois divórcios, na verdade. Um menos importante, decorrente de um terrível primeiro casamento, e outro mais complicado, concluído há menos de dois anos. O cara era um executivo que o tempo todo era transferido. Ela queria investir na própria carreira e cansou de se mudar. Foi uma separação dolorosa, porque eles se amavam. Os dois filhos adolescentes ainda estão tentando superar.

Agnes está intrigada com o meu trabalho, e fico feliz em falar sobre nossos clientes já libertados e sobre nossos casos em andamento. Comemos, bebemos, conversamos e desfrutamos de uma refeição deliciosa. Sinto entusiasmo por estar na presença de uma mulher atraente e inteligente, e também por jantar num lugar que não seja a lanchonete do hospital. Ela parece ansiar por ter uma conversa não relacionada ao seu trabalho.

Mas, enquanto comemos a sobremesa e tomamos café, voltamos aos assuntos prementes. Estamos confusos em relação às atividades de Bradley Pfitzner. Já há muitos anos, ele leva uma vida confortável, longe das cenas de seus crimes. Nunca chegou nem perto de ser indiciado. Entrava na lista de suspeitos e era investigado, mas era esperto e sortudo demais para ser pego. Foi embora com o dinheiro e o lavou muito bem. Está com as mãos limpas. Fez um bom trabalho jogando Quincy na prisão e garantindo que Kenny Taft nunca abrisse o bico. Por que, a esta altura, ele correria o risco de se envolver numa conspiração para matar Quincy e frear nossos esforços?

Agnes acredita que ele estava agindo em nome do cartel. Talvez; mas por que o cartel, e também Pfitzner, se importariam se tirássemos Quincy da prisão? Não estamos nem perto de identificar quem de fato assassinou Russo 23 anos atrás. E se, por algum milagre, descobrirmos quem foi, serão necessários mais três milagres para ligá-lo ao cartel. Libertar Quincy não significa descobrir quem está por trás do homicídio.

Para ela, Pfitzner e o cartel presumiram que o serviço seria executado com facilidade dentro do presídio e que não haveria pistas. Bastava achar uns caras violentos passando por dificuldades e prometer a eles uma grana. Com a morte de Quincy, encerraríamos o caso e nos afastaríamos.

Concordamos que Pfitzner, já mais velho, provavelmente se amedrontou quando percebeu que alguém com credibilidade estava investigando um assunto que ele considerava encerrado. Ele sabe que nosso caso tem legitimidade e que, pela nossa reputação, somos tenazes e geralmente bem-sucedidos. Tirar Quincy da prisão deixaria muitas perguntas sem resposta. Meter ele num rabecão enterraria essas perguntas.

Existe também a possibilidade real de que Pfitzner acreditasse estar imune a qualquer acerto de contas. Por muitos anos ele era a lei. Tomava as decisões que queria, fazia o que bem entendia, ao mesmo tempo que mantinha seu eleitorado. Aposentou-se com uma fortuna no banco e se acha bastante esperto. Se era necessário mais um crime, e um tão descomplicado quanto um assassinato dentro de uma prisão, então sem dúvida ele podia resolver a questão e nunca mais se preocupar.

Agnes me diverte com histórias de erros inacreditáveis cometidos por criminosos inteligentes. Ela diz que podia escrever um livro inteiro só com essas narrativas.

Especulamos, damos alguns palpites e papeamos sobre nosso passado até tarde da noite, aproveitando a longa conversa. Os outros clientes deixam o restaurante, mas mal notamos. Só quando o garçom nos lança um olhar é que percebemos que o local está vazio. Dividimos a conta, nos despedimos com um aperto de mão e combinamos de fazer isso mais vezes.

40

Quando o FBI cravou suas garras em Adam Stone e Skip DiLuca, me dei conta de que Quincy Miller tem um belíssimo pedido de indenização diante de si. Dada a cumplicidade ativa de um agente do Estado, Stone, o ataque que Quincy sofreu virou um crime muito mais passível de ação do que as corriqueiras surras que ocorrem na cadeia. O estado da Flórida se tornou responsável em termos legais, e não há como fugir disso. Discuti o assunto longamente com Susan, nossa advogada assistente, e ela recomendou, sem pestanejar, um advogado audiencista chamado Bill Cannon, de Fort Lauderdale.

Quando se trata de casos de responsabilidade civil, a Flórida é um terreno fértil. As leis estaduais são favoráveis aos requerentes. Os júris são compostos por pessoas instruídas e historicamente generosas. A maioria dos juízes, pelo menos os dos centros urbanos, tende para o lado das vítimas. Esses fatores deram origem a uma geração de advogados audiencistas agressivos e bem-sucedidos. Observar os outdoors à beira de uma estrada movimentada do estado faz qualquer um desejar ter motivo para processar alguém. Basta ligar a televisão de manhã cedo para ser bombardeado com propagandas de advogados que sabem exatamente como vender o próprio peixe.

Bill Cannon não faz propaganda porque não precisa. Sua excelente reputação é conhecida em todo o país. Ele passou os últimos 25 anos fazendo audiências e convencendo júris a fazer o estado desembolsar mais de um bilhão de dólares em seus vereditos. Há advogados que passam o dia nas ruas prospectando clientes e lhe oferecem novos casos. Ele faz uma seleção e fica com os melhores.

Decido contratá-lo por outros motivos. Em primeiro lugar, ele acredita na causa e faz doações generosas ao grupo Pró-Inocência para o qual Susan trabalha. Segundo, ele defende o exercício da advocacia *pro bono* e espera de seus parceiros e associados que dediquem dez por cento de seu tempo representando os menos afortunados. Embora atualmente tenha o próprio jatinho, ele teve uma infância pobre e recorda a dor de ser humilhado quando sua família foi injustamente despejada.

Três dias após a prisão de Mickey e Pfitzner, Cannon dá entrada numa petição a favor de Quincy, dando início a um processo federal no valor de 50 milhões de dólares contra o Departamento Correcional da Flórida, Mickey Mercado e Bradley Pfitzner. O processo também menciona Robert Earl Lane e Jon Drummik, os agressores, junto com Adam Stone e Skip DiLuca, que futuramente serão excluídos da ação. Logo em seguida, Cannon convence um juiz a bloquear as contas bancárias e todos os outros ativos de Mickey e Pfitzner antes que o dinheiro comece lentamente a desaparecer e desvaneça no Caribe.

Em posse de mandados de busca e apreensão, o FBI invade o refinado apartamento de Mickey em Coral Gables. Eles encontram algumas pistolas, celulares pré-pagos, um cofre com meros 5 mil dólares em seu interior e um laptop sem muitas informações importantes. O sujeito vivia com medo e evitava deixar rastros. No entanto, dois extratos bancários levam o FBI a três contas que totalizam cerca de 400 mil dólares. Uma batida semelhante em seu escritório não obtém grandes descobertas. Agnes supõe que Mickey mantenha seus bens em bancos escusos no exterior.

Pfitzner, por sua vez, não era tão precavido. A incursão à sua casa foi brevemente retardada quando sua esposa surtou e tentou impedir a entrada. Ela enfim foi contida e algemada, e ainda ameaçada de prisão. Os registros bancários levaram a três contas em Miami, onde o xerife tem quase 3 milhões de dólares. Uma conta-poupança tem uma soma de pouco mais de 1 milhão de dólares. Nada mau para um xerife de cidade pequena.

Agnes acha que tem mais dinheiro. Cannon também. Se Pfitzner foi cara de pau o bastante para manter 4 milhões de um dinheiro sujo em bancos americanos, imagina o que ele tem escondido no exterior. E Cannon sabe como encontrar. Enquanto o FBI começa a pressionar os bancos do Caribe,

Cannon contrata uma empresa de contabilidade forense especializada em rastrear dinheiro sujo desviado para fora do país.

Seguro do jeito que é, Cannon não faz previsões. Ele está, no entanto, confiante de que seu novo cliente será indenizado numa quantia substancial, descontados, é claro, os quarenta por cento que obrigatoriamente ficam com o escritório, a título de honorários. Tenho a esperança de que a Guardiões consiga receber alguma coisa para cobrir despesas básicas, mas isso raramente acontece.

Quincy, no entanto, não está pensando em dinheiro neste momento. Está ocupado demais tentando voltar a andar. Os médicos operaram seu ombro, as clavículas, a mandíbula, e ele está com um gesso pesado envolvendo a metade superior do tronco e ao redor de um dos punhos. Eles implantaram três dentes novos e reconstruíram seu nariz. Ele sente dores o tempo todo, mas se esforça para não falar sobre isso. Há um dreno num dos pulmões e outro num dos lados do crânio. Está tão medicado que é difícil dizer se seu cérebro está funcionando bem ou não, mas ele está determinado a sair da cama e se movimentar. Reclama com os fisioterapeutas quando as sessões terminam. Ele quer mais; mais caminhadas, alongamentos, massagens, drenagens, mais desafios. Está cansado do hospital, mas não tem para onde ir. O Garvin não tem nada a oferecer em termos de reabilitação, e os cuidados de saúde estão muito abaixo da média. Nos momentos em que está mais alerta, discute comigo sobre seu processo, para que não precise voltar para a prisão.

41

As notícias se espalharam pela família, e alguns dos Tafts não estão nada contentes com a ideia de alguém bisbilhotar a casa mal-assombrada de Vida. Todos acreditam que, antes de morrer, ela rogou uma praga sobre o local e o encheu de espíritos raivosos que não conseguem sair. Destrancar as portas agora poderia libertar todo tipo de mal, sendo que a maior parte disso sem dúvida se voltaria contra seus descendentes. Ela morreu guardando rancor contra aqueles que a mandaram para o hospital psiquiátrico. No fim de seus dias, ela estava completamente fora de si, mas isso não a impediu de lançar maldições contra a família. Segundo Frankie, embora alguns acreditem que os feitiços morrem com a bruxa, outros dizem que eles podem durar para sempre. Nenhum Taft vivo está disposto a pagar para ver.

Frankie e eu estamos em sua caminhonete novinha em direção a Dillon. Ele dirige, enquanto fico mandando mensagens pelo celular. No console entre nós há uma Glock 9mm, comprada e registrada apropriadamente por ele. Se conseguirmos entrar na casa, ele planeja levar a arma junto.

– Você não acredita nessas coisas todas de bruxaria, não é, Frankie? – pergunto.

– Sei lá. Espere até chegar na casa. Você não vai ficar tão ansioso assim pra entrar lá.

– Então, está preocupado com fantasmas, duendes, coisas assim?

– Pode rir, chefe. – Ele toca a pistola com a mão direita. – Depois você vai querer uma igual.

– Não dá pra atirar num fantasma, dá?

– Nunca precisei. Mas vou levar isso aqui, só por precaução.

– Bom, você entra primeiro com a arma e eu vou atrás, combinado?

– Vamos ver. Se chegarmos tão longe assim...

Passamos pelo triste vilarejo de Dillon e adentramos mais ainda a zona rural. Ao fim de um caminho de cascalho, há uma velha caminhonete estacionada em frente à casa em ruínas. Quando paramos, Frankie diz:

– Chegamos. O cara da direita é o Riley, meu amigo. Não sei, mas acho que o outro é o primo dele, Wendell. Talvez ele cause alguma confusão.

Wendell tem cerca de 40 anos, um trabalhador de botas e jeans sujos. Nem ele nem Riley sorriem quando somos apresentados e trocamos apertos de mão. Imediatamente fica claro que os dois já conversaram bastante e têm discordâncias. Depois de trocarmos algumas palavras, Riley me pergunta:

– Então, o que pretende fazer aqui? O que você quer?

– Nós gostaríamos de entrar na casa e dar uma olhada – respondo. – Tenho certeza de que você sabe por que estamos aqui.

– Olha, Dr. Post – diz Wendell respeitosamente —, eu conheço essa casa por dentro e por fora. Morei aqui quando era criança. Eu que encontrei a Vida quando ela morreu. E pouco tempo depois que ela se foi, tentei morar aqui com minha esposa e meus filhos. Não deu. O lugar é mal-assombrado. A Vida disse que rogou uma praga, e, acredite, ela fez isso mesmo. Agora, você está atrás dessas caixas, e estou dizendo que você provavelmente não vai encontrar nada. Acho que tem um sótão pequeno na casa, mas nunca vi o que tem lá. A gente tinha muito medo de subir lá.

– Então vamos dar uma olhada – digo, o mais confiante possível. – Vocês ficam aqui enquanto o Frankie e eu vasculhamos.

Riley e Wendell se entreolham, sérios. Riley diz:

– Não é tão fácil assim, Dr. Post. Ninguém quer essas portas abertas.

– Ninguém? Ninguém quem? – pergunto.

– Ninguém na família – responde Wendell com um tom desafiador. – Temos alguns primos na cidade, outros espalhados por aí, e ninguém quer que mexam nesse lugar. Você não conheceu a Vida, mas eu estou te dizendo que ela ainda está por perto e que não dá pra brincar com ela. – É possível notar a apreensão em sua voz.

– Eu respeito isso – digo, mas apenas *pareço* sincero.

Uma brisa que um segundo atrás não existia sussurra por um salgueiro cujos galhos pendem sobre a casa. Como se tivesse sido planejado, algo range na parte de trás do telhado, e os pelos dos meus braços instantaneamente se arrepiam. Nós quatro prendemos a respiração e olhamos para a casa, boquiabertos.

Precisamos continuar a conversa, então insisto:

– Olha, pessoal, este é só mais um caso em que a gente procura agulha no palheiro. Ninguém sabe exatamente se o Kenny Taft pegou mesmo alguma coisa no depósito antes do incêndio. Se isso aconteceu, ninguém faz ideia do que ele fez com as coisas. Podem estar aqui no sótão, mas é provável que tenham desaparecido num outro lugar, muitos anos atrás. Isso tudo provavelmente é uma perda de tempo, mas nós vamos atrás de todas as pistas possíveis. A gente só quer dar uma olhada e depois vai embora. Eu prometo.

– E se vocês encontrarem alguma coisa? – pergunta Wendell.

– Vamos ligar pro xerife e entregar pra ele. Talvez isso possa ajudar a gente. Mas, seja como for, não é nada que tenha valor pra família de vocês.

São pessoas tão pobres que é ridículo pensar que existam joias de família escondidas no sótão.

Wendell dá um passo para trás, anda em círculos, como se estivesse mergulhado em pensamentos, se inclina no capô de um dos carros, cospe, cruza os braços no peito e diz:

– Acho melhor não.

– Tem mais gente da família que concorda com o Wendell do que comigo. Se ele diz não, então a resposta é não.

Abro os braços e, com as palmas viradas para eles, digo:

– Uma hora. Me dá uma hora e você nunca mais vai ver a gente.

Wendell balança a cabeça. Riley o observa e diz a Frankie:

– Desculpa.

Dou a ambos um olhar de repulsa. Provavelmente estamos diante de uma extorsão, então vamos logo ao que interessa.

– Beleza. Olha, esta propriedade é avaliada pelo município de Ruiz em 33 mil dólares. São cerca de cem dólares por dia pelo ano inteiro. Nós, da Guardiões da Inocência, vamos alugar a casa e o restante das instalações, por um dia, por duzentos dólares. Amanhã, das nove da manhã às cinco da tarde. Com a opção de estender por mais um dia pelo mesmo valor. O que vocês me dizem?

Os Tafts pensam um pouco e coçam o queixo.

– Parece pouco – diz Wendell.

– Que tal quinhentos por dia? – pergunta Riley. – Acho que quinhentos está bom.

– Fala sério, Riley. Nós somos uma organização sem fins lucrativos, não temos dinheiro. Não podemos simplesmente tirar do nosso bolso. Trezentos.

– Quatrocentos, é pegar ou largar.

– Certo. Combinado. De acordo com a legislação da Flórida, qualquer acordo relacionado a terras deve ser feito por escrito. Vou preparar um contrato de locação e nos encontramos aqui às nove da manhã. Fechado?

Riley parece satisfeito. Wendell mal acena com a cabeça. Sim.

DEIXAMOS DILLON O mais rápido possível e damos algumas risadas ao longo do caminho. Frankie me deixa próximo ao meu carro na Main Street, em Seabrook, e segue para o leste. Ele está hospedado num hotel em algum lugar entre Seabrook e Gainesville, mas, como sempre, os detalhes são vagos.

Entro no escritório de Glenn Colacurci pouco depois das cinco e escuto sua voz berrando ao telefone em algum lugar lá nos fundos. Bea, sua adorável assistente, finalmente surge e dispara o sorriso de sempre. Vou atrás dela e encontro Glenn diante de sua mesa, com pilhas de papel espalhadas sobre ela. Ele se levanta, estende a mão e me cumprimenta como se eu fosse seu filho pródigo. Quase com a mesma rapidez ele olha para o relógio, como se não fizesse ideia de que horas são, e diz:

– Caramba, já são cinco horas. Vamos tomar alguma coisa?

– Uma cerveja – digo, preferindo pegar leve.

– Uma cerveja e um uísque duplo – pede ele a Bea, que se retira. – Vamos, vamos – convida, apontando para o sofá.

Ele caminha com a ajuda da bengala e se deixa cair sobre a velha montanha de couro empoeirada. Afundo no sofá e afasto uma colcha para o lado. Suponho que ele cochile aqui toda tarde, enquanto exala o álcool ingerido no almoço. Com as mãos no topo da bengala e o queixo apoiado nos nós dos dedos, ele sorri com malícia e diz:

– Não acredito que o Pfitzner está mesmo na cadeia.

– Nem eu. É uma bênção.

– Me conta como foi isso.

Supondo novamente que qualquer coisa que eu disser será repetida por ele na cafeteria pela manhã, partilho a versão curta do excelente trabalho realizado pelo FBI enquadrando um agente penitenciário não identificado e seu contato também não identificado junto com a gangue do presídio. Isso os levou até um sujeito que trabalhava para os traficantes, e esse cara levou ao Pfitzner, que caiu na armadilha com a ingenuidade de um ladrão de galinhas. Agora ele corre o risco de pegar trinta anos de prisão.

Bea traz nossas bebidas e brindamos. Seu copo de uísque não tem muito gelo. Ele passa a língua nos lábios, como se estivessem ressecados, e diz:

– Então, o que te traz à cidade?

– Gostaria de me encontrar com o xerife, Wink Castle, amanhã, se for possível. Estamos debatendo a possibilidade de reabrir a investigação, ainda mais agora que a gente sabe que o Pfitzner tentou matar o Quincy. – São informações verdadeiras o bastante para explicar o motivo de eu estar aqui. – Além disso, queria saber de você. A última vez que nos encontramos em Gainesville você parecia estar se divertindo muito com o caso. Mais alguma novidade?

– Na verdade, não. Estive ocupado com outro assunto. – Ele acena em direção à pilha de papel sobre a mesa como se estivesse trabalhando nela dezoito horas por dia. – Tiveram alguma sorte com a história do Kenny Taft?

– Bem, mais ou menos. Preciso dos seus serviços pra resolver uma questão jurídica.

– Paternidade, embriaguez ao volante, divórcio, homicídio? É só falar, você está no lugar certo. – Ele ri da própria piada e eu rio junto. É a mesma há pelo menos cinquenta anos.

Em tom sério, explico como foi o contato com a família Taft e nossos planos de fazer uma busca na casa. Entrego a ele uma nota de cem dólares e o obrigo a pegá-la. Ele agora é meu advogado e apertamos as mãos. A partir deste momento tudo passa a ser confidencial, ou ao menos deveria. Preciso de um contrato detalhado a partir do qual a família Taft nos conceda acesso à casa, e o pagamento será realizado por meio de um cheque que terá Glenn como fiduciário. Tenho certeza de que a família preferia receber em dinheiro, mas acho melhor assim. Se as evidências forem encontradas dentro da casa, a cadeia de custódia se tornará irremediavelmente complexa e a documentação será crucial. Glenn e eu debatemos como dois advogados experientes analisando uma questão singular, enquanto tomamos nossas bebidas. Ele é bastante calejado e enxerga alguns problemas em potencial nos quais eu não havia pensado. Quando seu copo está vazio, ele chama Bea para que nos sirva outra rodada. Quando ela volta, ele a instrui a fazer algumas anotações em taquigrafia, como nos velhos tempos. Ditamos o básico e ela volta para sua mesa.

– Notei você olhando pra ela – comenta Glenn.

– Não vou negar. Acha que fui invasivo?

– Não, não. Ela é muito querida. A mãe dela, Mae Lee, cuida da minha casa, e toda terça-feira, pro jantar, prepara os rolinhos-primavera mais deliciosos que você já provou na vida. Hoje é sua noite de sorte.

Sorrio e aceito o convite com um aceno de cabeça. Não tenho mesmo outros planos.

– Além disso, meu velho amigo Archie vai me visitar. Acho que já mencionei ele antes. Na verdade, acho que falei dele num dia que tomamos sangria no The Bull. Somos da mesma época, trabalhamos juntos décadas atrás. A esposa dele morreu, deixou um dinheiro, e depois disso ele largou o Direito, um grande erro. Faz dez anos que ele vive entediado, sozinho, sem nada pra fazer. A aposentadoria é uma merda, Post. Eu acho que ele tem uma queda pela Mae Lee. Enfim, o Archie adora rolinhos-primavera e é um ótimo contador de histórias. E ele sabe tudo de vinhos, tem uma adega enorme. Vai levar um do bom. Você entende de vinho?

– Não muito.

Se Glenn tivesse noção do que é a minha vida financeira... Ele sacode a lasca que sobrou do último cubo de gelo dentro do copo, pronto para mais. Bea retorna com duas cópias de um rascunho. Fazemos algumas alterações e ela sai para cuidar da versão final.

A CASA DE Glenn fica numa rua escura a quatro quarteirões da Main Street. Dirijo por alguns minutos para matar o tempo, depois estaciono atrás de uma Mercedes antiga que presumo pertencer a Archie. Consigo ouvir as risadas vindo lá de dentro e caminho em direção ao quintal. Eles já estão na varanda, afundados em poltronas de vime, enquanto dois antigos ventiladores de teto giram vagarosos sobre a cabeça deles. Archie não se levanta para me cumprimentar. Ele tem no mínimo a mesma idade de Glenn e não parece ser um exemplo de boa saúde. Ambos têm cabelos compridos e desgrenhados, que em algum momento talvez tenham sido considerados um visual bacana e rebelde. Ambos vestem ternos antigos de anarruga, sem gravata. Ambos usam o mesmo modelo de tênis, típico da idade. Pelo menos Archie não precisa de bengala. Seu gosto por vinho lhe conferiu um permanente nariz vermelho. Glenn fica no seu Bourbon, mas Archie e eu experimentamos um Sancerre que ele trouxe. Mae Lee é tão bonita quanto a filha e serve nossas bebidas.

Archie não consegue se conter por muito tempo e diz:

– Então, Post, é você o responsável pela prisão do Pfitzner?

Tento evitar receber o crédito e conto a história do ponto de vista de um cara assistindo a tudo de fora, contando com algumas informações privilegiadas do FBI. Parece que naquela época Archie vivia batendo de frente com Pfitzner e não gostava nem um pouco dele. Simplesmente não estava conseguindo acreditar que depois de todos esses anos o pilantra estivesse mesmo atrás das grades.

Archie conta a história de um cliente que estava em Seabrook quando seu carro quebrou. Os policiais encontraram uma arma embaixo do banco da frente e, por algum motivo, concluíram que o garoto era um assassino de policiais. Pfitzner se envolveu e apoiou seus homens. Archie disse a Pfitzner para não perder tempo levando o garoto para a cadeia, mas mesmo assim ele foi interrogado. Os policiais espancaram o garoto até ele confessar, e ele passou cinco anos na prisão. Por causa de um carro avariado. Archie xinga Pfitzner praticamente durante toda a narrativa.

As histórias fluem à medida que esses dois velhos guerreiros contam causos que, visivelmente, já repetiram inúmeras vezes. Fico só escutando a maior parte do tempo, mas, por serem advogados, eles estão interessados no trabalho da Guardiões, então conto algumas histórias, sem muitos detalhes. Não falo nada sobre a família Taft nem sobre o verdadeiro motivo de eu estar na cidade. Meu advogado, muito bem pago, mantém o sigilo sobre as informações. Archie abre outra garrafa de Sancerre. Mae Lee serve uma bela mesa na varanda, com glicínias e verbenas enroscadas nas treliças acima. Outro ventilador de teto faz o ar quente circular. Archie decide que um Chablis seria mais apropriado e pega uma garrafa. Glenn, cujo paladar provavelmente está entorpecido, muda para o vinho.

Os rolinhos-primavera são realmente deliciosos. Há uma grande bandeja com eles e, incentivado pelo álcool e pela escassez de boa comida nos últimos dias, enfio o pé na jaca. Archie não para de encher as taças, e quando Glenn percebe minhas débeis tentativas de impedi-lo, ele diz:

– Ah, pelo amor de Deus, beba! Você pode dormir aqui. Tem várias camas. O Archie sempre fica. Quem quer um bêbado desses na estrada a esta hora da noite?

– Uma ameaça à sociedade – concorda Archie.

Para a sobremesa, Mae Lee traz um prato com pãezinhos doces chineses, uma massa macia recheada com uma mistura de gemas e açúcar. Archie escolhe um Sauternes para esse momento e prossegue com a harmonização. Ele e Glenn dispensam o café, basicamente por não conter álcool, e logo um pequeno umidor surge na mesa. Eles escolhem seus charutos como crianças numa loja de doces. Não lembro a última vez que fumei um, mas lembro de passar mal depois de alguns tragos. No entanto, não vou me esquivar do desafio. Peço algo mais suave e Glenn me entrega um Cohiba ou algo assim, um verdadeiro charuto cubano. Nós nos levantamos da mesa e cambaleamos até as poltronas de vime, de onde sopramos nuvens de fumaça em direção ao quintal.

Archie era um dos poucos advogados que se davam bem com Diana Russo, e começa a falar sobre ela. Nunca suspeitou que ela estivesse envolvida no assassinato do marido. Escuto atentamente, mas não digo nada. Como todo mundo em Seabrook, Archie presumiu que Quincy fosse o assassino e ficou aliviado com a sua condenação. Conforme a hora passa e a conversa se estende, fica claro que eles mal acreditam em quão errados estavam. Também não conseguem acreditar que Bradley Pfitzner está na cadeia e que provavelmente não sairá.

Gratificante, sim. Mas Quincy continua preso por homicídio, e ainda temos um longo caminho a percorrer.

Na última vez em que olho para o relógio é quase meia-noite. Mas me recuso a tomar qualquer iniciativa até que eles o façam. Eles têm pelo menos 25 anos a mais que eu e muito mais experiência com bebedeiras. Aguento firme quando Archie passa para o conhaque e tomo um também. Felizmente, Glenn começa a roncar e, em algum momento, pego no sono.

42

Obviamente, o tempo fica ruim. Há duas semanas não chovia no norte da Flórida, falava-se inclusive numa seca, mas o céu se fecha e fica turbulento enquanto cruzamos Dillon, Frankie ao volante e eu cerrando os dentes e engolindo em seco.

– Tem certeza de que está bem, chefe? – pergunta ele, pela terceira ou quarta vez.

– Do que está falando, Frankie? – devolvo. – Já confessei. A noite foi longa, muita bebida, muita comida, um charuto bastante desagradável, e apaguei na varanda feito um cadáver, até que um gato enorme pulou no meu peito às três da manhã e me deu um susto daqueles. Como eu ia saber que aquela era a poltrona dele? Nem eu nem ele conseguimos voltar a dormir. Então, sim, eu mal consigo ficar de olhos abertos. Estou caindo de sono, coberto de pelos de gato e completamente exausto. Pronto.

– Está com vontade de vomitar?

– Ainda não. Mas qualquer coisa eu te aviso. E você? Animado pra explorar uma casa mal-assombrada, enfeitiçada por uma velha curandeira?

– Mal posso esperar.

Ele toca na pistola e sorri, claramente se divertindo com meu estado físico.

Riley e Wendell estão esperando junto à casa. Ouve-se o uivo do vento e, em breve, a chuva cairá. Entrego a cada um deles uma cópia do contrato e repasso rapidamente as informações básicas. Eles estão mais interessados no dinheiro, então dou a eles um cheque nominal, mas que só poderá ser descontado após eles comparecerem ao escritório de Colacurci.

– Cadê o dinheiro? – diz Wendell, olhando de cara feia para o cheque.

Lanço a ele o olhar típico de um advogado e respondo:

– Não posso pagar uma transação imobiliária em dinheiro vivo.

Não sei ao certo se isso é verdade na Flórida, mas imposto a voz com autoridade.

Da caçamba da caminhonete, Frankie tira uma escada dobrável de quase três metros de comprimento e um pé de cabra novo e brilhante comprado na véspera. Tenho nas mãos duas lanternas e um frasco de repelente de insetos. Passamos pelas altas ervas daninhas até chegar ao que sobrou dos degraus da varanda da frente e olhamos fixamente para a casa. Wendell aponta e diz:

– São dois cômodos em cima e dois embaixo. Na parte de baixo, tem uma sala e um quarto. A escada fica na sala, à direita. Em cima são dois quartos. Pode ser que pra cima deles tenha um sótão, não sei. Como eu disse, nunca subi lá, nunca quis. Na verdade, nunca nem perguntei sobre o que tinha lá. Na parte de trás tem um puxadinho construído um tempo depois. É onde ficam a cozinha e o banheiro, sem nada acima deles. Agora é com vocês, pessoal.

Estou determinado a não demonstrar a menor reticência quando começo a borrifar meus braços e pernas com o repelente. Presumo que o lugar esteja cheio de carrapatos, aranhas e pequenos insetos desagradáveis dos quais nunca ouvi falar. Entrego o frasco a Frankie, que faz o mesmo. Ele coloca a escada perto da porta, por enquanto. Não sabemos ainda se vamos precisar dela.

Com uma relutância que parece excessivamente dramática mas ainda assim deve ser verdadeira, Riley dá um passo à frente segurando uma chave e a enfia no imenso cadeado. Gira a chave, e o cadeado se abre. Depois, ele se afasta depressa. Os dois Tafts parecem prontos para dar o fora dali. Raios caem não muito longe, e tomamos um susto. O céu estremece enquanto as nuvens escuras rodopiam. Como sou o corajoso do grupo, empurro a porta da frente com o pé e ela se abre. Respiramos fundo e ficamos aliviados quando nada ameaçador surge à nossa frente. Eu me viro para Riley e Wendell e digo:

– Vejo vocês logo mais.

De repente, a porta se fecha na nossa cara fazendo um estrondo. Nervoso, Frankie grita "Merda!", enquanto eu estremeço da cabeça aos pés. Os Tafts recuam, de olhos arregalados, boquiabertos. Dou uma risada falsa, como se dissesse "Caramba, que divertido!", depois dou um passo adiante e abro a porta de novo.

Aguardamos. Nada aparece. Ninguém fecha a porta novamente.

Acendo a lanterna e Frankie faz o mesmo com a dele. Ele a carrega na mão esquerda, o pé de cabra na direita e a pistola na cintura. Basta olhar de relance para o rosto dele e fica óbvio o seu pavor. E estamos falando de um homem que passou catorze anos na prisão. Coloco uma trava para deixar a porta aberta e entramos. Tem treze anos que Vida se foi e, supostamente, a casa esteve fechada esse tempo todo, mas alguém levou embora a maior parte dos móveis. O cheiro não é ruim, o ar é apenas pesado e bolorento. O piso de madeira está todo mofado, e consigo sentir meu corpo inalando todo tipo de bactérias mortais. Com a ajuda das lanternas, examinamos o quarto à esquerda. Há um colchão tomado de poeira e sujeira. Presumo que tenha sido onde ela morreu. O chão imundo está coberto de abajures quebrados, roupas velhas, livros e jornais. Damos alguns passos para dentro da sala e a vasculhamos com as lanternas. Uma televisão da década de 1960 com uma tela rachada. Papel de parede descascando. Camadas de poeira, cotão e teias de aranha por toda a parte.

Enquanto iluminamos a escada estreita com as lanternas e nos preparamos para subir, uma chuva forte atinge o telhado de zinco e o barulho é ensurdecedor. O vento fica mais forte e sacode as paredes.

Subo três degraus, com Frankie logo atrás de mim, e de repente a porta da frente bate de novo. Estamos trancados, com os espíritos que Vida deixou para trás. Faço uma pausa, mas apenas por um segundo. Sou o líder desta expedição, o corajoso, e não posso demonstrar medo, embora minhas entranhas estejam se revirando e meu coração esteja prestes a explodir.

Imagina a diversão que vai ser contar este episódio para Vicki e Mazy.

É o tipo de coisa que ninguém menciona na faculdade de Direito.

Chegamos ao topo da escada, e o calor é tão forte que parece uma sauna, sentimos uma névoa quente e pegajosa que provavelmente daria para ver, se não estivesse tão escuro. A chuva e o vento batem no telhado e nas janelas, fazendo um enorme barulho. Entramos no quarto à direita, um cômodo pequeno com menos de quatro metros quadrados, contendo um colchão, uma cadeira quebrada e um tapete em frangalhos. Iluminamos o teto, procurando por algum sinal de uma porta ou ponto de entrada do sótão, mas não vemos nada. É todo feito de pinho, um dia pintado de branco mas já completamente descascado. Num canto, alguma coisa se mexe e derruba uma jarra. Eu ilumino com lanterna e aviso:

– Chega pra trás. É uma cobra!

Uma cobra preta, longa e grossa, provavelmente não venenosa, mas, neste momento, que diferença isso faz? Não está enrolada, e sim rastejando, mas não em nossa direção. Provavelmente só ficou confusa com a perturbação.

Não brinco com cobras, mas também não morro de medo delas. Ao contrário de Frankie, que saca a pistola.

– Não atira – digo, junto com o estampido.

Ficamos paralisados e mantemos a cobra iluminada por um bom tempo, enquanto nossas camisas começam a grudar às costas e a respiração fica mais pesada. Lentamente, a cobra desliza por debaixo do tapete e a perdemos de vista.

A chuva diminui e nós nos recompomos.

– Você tem medo de aranha? – pergunto, sem olhar para trás.

– Cala a boca!

– Presta atenção, porque tem aranha por todo lado.

No momento em que estamos saindo do quarto, ainda olhando para o chão à procura de uma cobra ou outra coisa, um trovão violento ecoa nas proximidades e, naquele instante, sei que, se não morrer atacado por um espírito maligno ou animal peçonhento, com certeza vou morrer do coração. O suor escorre pelas minhas sobrancelhas. Nossas camisas estão completamente encharcadas. No outro quarto, há uma pequena cama com o que parece ser um velho cobertor verde do Exército. Não há nenhum outro móvel ou objeto de decoração. O papel de parede está rasgado e decrépito. Olho pela janela e, em meio à chuva densa, mal consigo distinguir a imagem de Riley e Wendell dentro da caminhonete estacionada, observando a casa enquanto os limpadores varrem o para-brisa, sem dúvida com as portas trancadas para se protegerem dos espíritos.

Vamos chutando o entulho pelo caminho para checar se há cobras, depois voltamos nossa atenção para o teto. Novamente, não há sinal de abertura para um sótão. Imagino que Kenny Taft possa ter escondido as caixas lá em cima e fechado a entrada para sempre, ou pelo menos até que um dia ele retornasse para buscá-las. Como diabo eu devia adivinhar o que ele fez?

Frankie nota uma maçaneta de cerâmica numa porta menor, provavelmente um armário. Ele a aponta, chamando a minha atenção, mas é óbvio que ele prefere que eu a abra. Agarro a maçaneta, dou uma sacudida, puxo com força e, quando a porta se abre, me vejo cara a cara com um esqueleto humano. As pernas de Frankie ficam bambas e um dos joelhos cede. Eu me afasto e começo a vomitar, finalmente.

Uma rajada de vento ainda mais forte atinge a casa e, por um bom tempo, ficamos parados ouvindo os sons da tempestade. Eu me sinto um pouco melhor depois de expulsar do meu organismo os rolinhos-primavera, a cerveja, o vinho, o conhaque e tudo mais. Frankie se recompõe e lentamente voltamos as lanternas em direção ao armário. O esqueleto está pendurado por algum tipo de corda sintética e os dedos dos pés mal tocam o chão. Abaixo dele há uma poça de gosma preta e pegajosa. Provavelmente o que restou do sangue e dos órgãos após muitos anos de decomposição. Não parece ser um caso de enforcamento. A corda está amarrada ao redor do peito, por debaixo dos braços, não no pescoço; o crânio está caído para a esquerda, e as órbitas oculares vazias estão viradas para baixo, como se ignorassem permanentemente todos os intrusos.

É exatamente do que o condado de Ruiz precisa: mais um caso sem solução. Que lugar melhor para esconder sua vítima do que uma casa tão mal-assombrada na qual os próprios donos têm medo de entrar? Ou talvez tenha sido suicídio. Um caso que ficaremos contentes em deixar a cargo do xerife Castle e seus homens. Não é problema nosso.

Fecho a porta e giro a maçaneta o mais forte possível.

Temos então duas opções. Podemos voltar para o outro quarto, onde há uma cobra viva, ou ficar neste aqui, com um ser humano morto dentro do armário. Escolhemos a segunda opção. Frankie dá um jeito de alcançar uma tábua do teto com a ponta do pé de cabra e a puxa para baixo. Nosso contrato de arrendamento não nos dá o direito de danificar a casa, mas quem se importaria com isso? Dois de seus proprietários estão lá fora, sentados numa caminhonete e apavorados demais para entrar. Temos um trabalho a fazer e já estou cansado. Quando Frankie começa a puxar outra tábua, desço os degraus com cuidado e abro a porta da frente. Aceno para Riley e Wendell, embora a chuva esteja pesada demais para fazer contato visual. Pego a escada e a levo para o andar de cima.

Quando Frankie puxa a quarta tábua, uma caixa cheia de potes de vidro antigos cai e eles se estilhaçam aos nossos pés.

– Maravilha! – grito. – Tem um depósito lá em cima.

Inspirado, Frankie arranca as tábuas com força e, em pouco tempo, um terço do teto do quarto foi reduzido a escombros, que vou jogando para um canto. Não vamos voltar aqui e não me importo nem um pouco com o estado em que vamos deixar o lugar.

Posiciono a escada e subo cuidadosamente pela abertura no teto. Já com o tronco inteiro dentro do sótão, uso a lanterna para iluminar lá dentro. Não há janelas no cômodo, está um breu, é apertado e mofado, com menos de um metro e meio de altura. Para um sótão antigo, está surpreendentemente organizado, prova de que seus proprietários não eram acumuladores. Prova também de que Kenny provavelmente fechou a entrada dele há mais de vinte anos.

É impossível ficar de pé ali, então Frankie e eu vamos engatinhando. A chuva está batendo no telhado de zinco apenas alguns centímetros acima de nossa cabeça. Precisamos gritar um com o outro para nos ouvirmos. Ele vai por um lado, eu vou pelo outro, bem devagar. De joelhos, abrimos caminho entre grossas teias de aranha e prestamos atenção em cada milímetro à procura de outra cobra. Passo por uma pilha organizada de compridas tábuas de pinho, que provavelmente sobraram da construção da casa um século atrás. Há uma pilha de jornais velhos, o do topo datado de março de 1965.

Frankie dá um grito e eu saio em disparada feito um rato, os joelhos do meu jeans já tomados pela poeira.

Ele puxou um cobertor rasgado que cobria três caixas de papelão idênticas. Com a lanterna, aponta para a etiqueta numa delas e me aproximo para ler. A tinta da caneta está desbotada, mas as informações escritas à mão são claras: *Gabinete do Xerife do Condado de Ruiz – Evidência 14 – Arquivo QM*. As três caixas estão lacradas com uma grossa fita marrom.

Com o meu celular, tiro uma dezena de fotos escuras das três caixas antes de deslocá-las um centímetro sequer. Para protegê-las, Kenny teve a sagacidade de colocá-las sobre três tábuas de madeira, para mantê-las longe do chão caso escorresse água da chuva. O sótão, no entanto, parece surpreendentemente bem vedado e, se consegue permanecer seco num dilúvio como este, aparentemente o telhado está funcionando bem.

As caixas não são nada pesadas. Nós as levamos com cuidado até a abertura. Eu desço primeiro e Frankie as entrega para mim. Já no quarto, tiro mais fotos. Com cobras e esqueletos por perto, não demoramos para sair de lá. A varanda está desabando e, além disso, está molhada por conta da chuva, por isso deixamos as caixas dentro da casa e esperamos o tempo melhorar.

43

O 22º Distrito Judicial da Flórida inclui o condado de Ruiz e mais outros dois. O atual promotor é Patrick McCutcheon, de Seabrook, cujo gabinete fica no fórum. Dezoito anos atrás, quando McCutcheon terminou a faculdade de Direito, se tornou associado do Ilustríssimo Dr. Glenn Colacurci. Quando sua carreira se voltou para a política, ele deixou o escritório pacificamente.

– Eu posso falar com o garoto – me garante Glenn.

Ele pode e fala, de fato. E enquanto ele tenta conseguir a atenção de McCutcheon, eu tento falar com o xerife Castle por telefone, um homem sempre ocupado. No entanto, quando enfim o convenço de que minha aventura naquela manhã foi real e de que eu estou de posse de três caixas com antigas evidências que Bradley Pfitzner tentou queimar, consigo fazer com que me ouça.

Glenn, sem nenhum indício dos excessos da noite anterior, se deleita com a história toda e quer tomar a frente. Às duas da tarde, nos reunimos em seu escritório: eu, Frankie Tatum, Patrick McCutcheon, o xerife Castle e Bea, num canto, fazendo anotações.

Meu contato com McCutcheon sempre foi todo por escrito e bastante cordial. Há quase um ano, solicitei que ele reabrisse o caso de Quincy, e ele educadamente negou meu pedido, o que não foi nenhuma surpresa. Também pedi a Castle que reabrisse a investigação, mas ele não teve qualquer interesse em fazê-lo. Desde então, tenho lhes enviado por e-mail um resumo dos últimos acontecimentos, para que eles estivessem cientes. Deveriam estar, pelo menos. Presumo que tenham conferido o material que mandei. Presumo também que estivessem ocupados demais até Pfitzner ser preso. Aquele acontecimento impressionante chamou a atenção deles.

Agora estão entusiasmados. Um interesse repentino foi despertado por três caixas de evidências antes perdidas, mas por fim encontradas.

É necessário um breve e constrangedor momento para que eu deixe claro quem está no comando. Glenn gostaria muitíssimo de realizar a audiência, mas eu educadamente o ponho para escanteio. Sem explicar como ou por que nos interessamos por Kenny Taft, os conduzo ao longo da história sobre o contato com a família, o aluguel, o pagamento e nossa aventura matinal na antiga casa. Bea ampliou as fotos das caixas ainda no sótão, e eu as passo adiante.

– Elas foram abertas? – pergunta o xerife.

– Não. Ainda estão lacradas – respondo.

– Onde elas estão?

– Não vou responder isso, por enquanto. Primeiro, a gente precisa chegar a um acordo sobre como vamos proceder. Sem acordo, sem caixas.

– Essas caixas pertencem ao meu departamento – diz Castle.

– Não estou muito certo disso – respondo. – Talvez sim, talvez não. Você e o seu departamento não sabiam que elas existiam até duas horas atrás. A investigação não foi reaberta porque você se recusou a se envolver no assunto, lembra?

McCutcheon sente necessidade de se afirmar e diz:

– Eu concordo com o xerife. Se as provas foram roubadas do departamento dele, seja lá quando foi que isso aconteceu, então pertencem a ele.

Glenn também precisa se afirmar e repreende seu ex-associado:

– O departamento dele, Patrick, tentou destruir isso tudo vinte anos atrás. Graças a Deus o Post encontrou essas caixas. Olha, já começou o cabo de guerra. A gente precisa chegar a um consenso aqui e agir em conjunto. Eu represento o Dr. Post e a Guardiões, e vocês precisam dar um crédito a ele por estar sendo um tanto possessivo com essas provas. Pode ser que tenha alguma coisa lá dentro que inocente o cliente dele. Dado o histórico aqui de Seabrook, ele tem o direito de se precaver. Então vamos todos respirar fundo.

O clima melhora, e então eu digo:

– Sugiro que a gente chegue a um acordo e depois abra as caixas, com o procedimento todo gravado em vídeo, é claro. Se a lanterna estiver lá, senhores, quero poder ficar com ela para que seja analisada pelos nossos peritos, o Dr. Kyle Benderschmidt e o Dr. Tobias Black. Presumo que vocês tenham cópias dos pareceres deles. Quando eles terminarem o trabalho, eu devolvo a lanterna pra que vocês possam encaminhar pros seus peritos.

– Está insinuando que os seus peritos são melhores que os do Estado? – pergunta Castle.

– Com certeza. Como você deve se lembrar, o Ministério Público arrolou um charlatão chamado Paul Norwood. Faz dez anos que o trabalho dele vem sendo completamente desmascarado, mas ele conseguiu condenar o Quincy. Ele hoje nem trabalha mais com isso. Desculpa, pessoal, mas não vou confiar no Estado de jeito nenhum.

– Tenho certeza de que nossa equipe forense é capaz de cuidar disso – diz McCutcheon. – O Norwood não trabalha mais pro estado.

Quando McCutcheon fala, Glenn se sente obrigado a revidar.

– Você não entendeu, Patrick. Quem manda aqui é o meu cliente. Se você não concordar, não vai ter acesso às caixas. Ele fica com tudo e seguimos pro plano B.

– E qual seria?

– Bem, ainda não fechamos todos os detalhes, mas o plano B certamente inclui o Dr. Post indo embora da cidade com as caixas e mandando as provas só pros peritos dele. Você fica de fora. É isso que você quer?

Eu me levanto e falo olhando para Castle e McCutcheon:

– Não estou aqui exatamente pra negociar. Não gosto do tom de vocês. Nem da postura de vocês. As caixas estão guardadas em segurança, foram escondidas de novo, e vou buscá-las quando achar que devo.

Caminho em direção à porta e, assim que a abro, McCutcheon diz:

– Espera!

A POEIRA DAS caixas foi removida, mas elas ainda deixam clara a idade que têm. Eles estão sentados lado a lado no meio da longa mesa da sala de reuniões de Glenn. Uma câmera de vídeo sobre um tripé aponta para elas. Nos amontoamos ao redor e as encaramos. Toco a primeira e digo:

– Presumo que QM significa Quincy Miller. Gostaria de fazer as honras? – pergunto ao xerife e lhe entrego um pequeno canivete. Também dou a ele um par de luvas cirúrgicas, que ele calça gentilmente. Bea liga a câmera; Frankie começa a filmar com o celular.

Castle pega o canivete e passa a lâmina pela fita adesiva na parte de cima, depois nas laterais. Quando ele levanta uma das abas, esticamos o pescoço para ver o que há na caixa. O primeiro item é um saco plástico transparente contendo algo que parece ser uma camisa branca coberta de sangue. Sem abri-lo, Castle o levanta para as câmeras e olha para uma etiqueta em que se lê:

– "Cena do crime, Russo, 16 de fevereiro de 1988".

Ele coloca o saco sobre a mesa. A camisa dentro dele parece estar puída em algumas partes. O sangue está quase preto, depois de 23 anos.

Em seguida o xerife retira outro saco plástico transparente atochado com o que parece ser uma calça enrolada. Há manchas pretas nela. Castle lê a etiqueta: a mesma informação.

A seguir, há uma caixa pequena embrulhada num saco de lixo preto. Ele remove o plástico com cuidado, coloca a caixa sobre a mesa e a abre. Uma a uma, ele remove folhas de papel manchadas, um bloco de anotações amarelo, fichas, e ainda quatro canetas baratas e dois lápis nunca utilizados. A etiqueta informa que são materiais retirados da mesa de Russo. Tudo está manchado de sangue.

Um por um, ele remove quatro livros de jurisprudência, todos manchados. A etiqueta revela que foram retirados das estantes de Keith.

A seguir, há uma caixa de papelão com cerca de trinta centímetros. Está bem enfiada dentro de um saco hermético, que por sua vez está fechado dentro de outro igual. Castle remove o plástico cuidadosamente e, como se soubéssemos o que está por vir, ele faz uma pausa enquanto olhamos para a caixa. Não está lacrada com fita adesiva, mas possui um fecho. Lentamente, ele abre e remove mais um saco. Ele o coloca sobre a mesa. No interior, há uma pequena lanterna preta, de cerca de 30 centímetros, com uma lente de 5 centímetros.

– Não vamos abrir esse – digo, com o coração quase saindo pela boca.

Castle assente.

– Senhores, vamos nos sentar e avaliar em que pé estamos – diz Glenn, assumindo o controle.

Nos direcionamos para uma das extremidades da mesa e nos sentamos. Frankie vai para o outro lado e guarda o celular.

– Ainda estou gravando – avisa Bea.

– Deixa gravar – digo. Quero cada palavra registrada naquele vídeo.

Por vários minutos, nós quatro ficamos sentados tentando reorganizar nossas ideias. Olho para a lanterna, depois olho para o outro lado, incapaz de acreditar que ela está ali, incapaz de compreender exatamente o que isso pode significar. Por fim, McCutcheon diz:

– Eu tenho uma pergunta, Post.

– Manda.

– Você vive esse caso há quase um ano. A gente, não. Então por que você acha que o Pfitzner queria destruir essa prova?

– Bem, acredito que só existe uma explicação – começo —, e Kyle Benderschmidt me ajudou a chegar até ela. Como ele disse, entre as autoridades havia alguém muito esperto, e também desonesto. A lanterna foi plantada pelo Pfitzner e cuidadosamente fotografada. Você viu as fotos. O Pfitzner sabia que ia conseguir encontrar um charlatão feito o Paul Norwood, que ia olhar pras imagens, sem examinar a lanterna, e ia alimentar a teoria do Ministério Público de que ela havia sido usada pelo assassino, o Quincy, pra poder fazer os disparos no escuro. A razão pela qual o Pfitzner queria que a lanterna desaparecesse é que ele temia que outro perito, um melhor que o Norwood, pudesse atuar pela defesa e dizer a verdade. O Pfitzner também sabia que era muito mais fácil condenar um homem negro numa cidade branca.

Eles levam bastante tempo processando essa informação. Novamente, McCutcheon quebra o silêncio:

– Qual o seu plano, Post?

– Eu não estava esperando tanto sangue. É uma bênção, realmente. Então, o ideal é primeiro levar a lanterna pro Benderschmidt analisar. Ele não pode fazer isso aqui, porque cuida de um laboratório gigantesco na universidade.

– E se o sangue da lanterna for igual ao sangue da roupa, significa que o Quincy está ligado ao crime, certo? – pergunta McCutcheon.

– Em tese, sim, mas isso não vai acontecer. A lanterna foi plantada pelo Pfitzner e não estava na cena do crime. Eu garanto.

Glenn precisa participar. Ele diz a McCutcheon:

– Bom, a meu ver, a gente tem duas questões. Primeiro, libertar o Quincy; segundo, encontrar o verdadeiro assassino. A primeira é urgente, a segunda talvez nunca seja resolvida. Claro, o Pfitzner está na cadeia, mas ligá-lo ao verdadeiro assassino ainda parece um tiro no escuro. Você concorda, Post?

– Sim, e não estou preocupado com isso agora. Ele deu um presente pra gente e vai ficar em cana por um bom tempo. Eu quero que o Quincy Miller seja solto o mais rápido possível, e quero a ajuda de vocês. Já passei por isso antes e, quando o promotor colabora, as coisas andam muito mais rápido.

– Vamos lá, Patrick – repreende Glenn. – Está tudo aí. O condado ferrou com esse cara 23 anos atrás. Está na hora de consertar as coisas.

O xerife Castle sorri e diz:

– Concordo. Vamos reabrir o caso assim que você obtiver os resultados da perícia.

Minha vontade era me esticar sobre a mesa e abraçá-lo.

– Certo, combinado. Só vou pedir que tudo seja fotografado, filmado e preservado. Posso precisar disso algum dia, pro julgamento.

– Claro – concordo.

– Agora, e essas outras duas caixas? – quer saber Castle.

Glenn apoia a bengala no chão, se levanta e diz:

– Vamos dar uma olhada. Pode ter algum podre meu lá dentro.

Rimos, nervosos, e nos levantamos também. Frankie pigarreia e diz:

– Ei, chefe, não se esquece do armário.

Eu tinha me esquecido. Olho para o xerife e digo:

– Desculpe complicar as coisas ainda mais, xerife, mas a gente encontrou uma outra coisa na casa dos Tafts, dentro de um armário no andar de cima. Não sei se dá pra dizer que é um cadáver, porque é só um esqueleto. Puro osso. Provavelmente está lá há anos.

– Ótimo. Tudo o que eu precisava – diz Castle, franzindo a testa.

– Nós não tocamos nele, mas não notamos nenhum buraco de bala no crânio. Pode ser só mais um suicídio.

– Gosto da sua linha de raciocínio, Post.

– E estava sem roupa. Enfim, a gente não falou nada pros Tafts, então ele é todo seu.

– Nossa, obrigado mesmo – respondeu o xerife sarcasticamente.

44

Glenn convida Frankie e eu para outra rodada de comida chinesa na varanda, mas dispensamos. Deixo Seabrook no fim da tarde, com Frankie na minha cola, como se para ajudar a proteger minha valiosa carga. Está no banco do carona, onde posso ficar de olho nela. Uma caixinha com a lanterna, a ser tocada pela primeira vez em décadas, e uma sacola plástica guardando uma camisa ensanguentada. Dirigimos por três horas sem fazer nenhuma parada e chegamos a Savannah logo após o anoitecer. Levo as evidências para o meu apartamento, onde ficarão trancadas esta noite; assim, posso dormir ao lado delas. Vicki está preparando frango assado, e Frankie e eu estamos mortos de fome.

Durante o jantar, discutimos se devíamos ir de carro ou de avião até Richmond. Não quero ir de avião porque não gosto da ideia de submeter as provas à segurança do aeroporto. Um agente entediado pode acabar implicando com a camisa ensanguentada. Tenho calafrios só de pensar na hipótese de alguém pôr as mãos na lanterna.

Sendo assim, partimos às cinco da manhã, na espaçosa caminhonete de Frankie, que além disso é muito mais confiável que a minha, com ele no volante e eu tentando cochilar durante o primeiro trecho da viagem. Mais adiante, já na fronteira com a Carolina do Sul, ele começa a ficar com sono e eu assumo a direção. Escolhemos uma estação de rádio de Florence que toca rhythm and blues e cantamos junto com Marvin Gaye. Para o café da manhã, compramos biscoitos e café num drive-thru e comemos na estrada.

É difícil não rir ao pensar onde estávamos exatamente 24 horas antes. No sótão, apavorados, com medo de sermos atacados por espíritos malignos. Frankie se lembra do momento em que botei os bofes pra fora quando o esqueleto praticamente pulou de dentro do armário, e rio tanto que não consigo mais comer. Sinto-me na obrigação de lembrá-lo que ele quase desmaiou. Ele admite que um dos joelhos de fato falhou e que na verdade chegou a sacar a pistola.

São quase quatro da tarde quando chegamos ao centro de Richmond. Kyle Benderschmidt já pôs a mão na massa e sua equipe nos aguarda. Nós o seguimos até uma imensa sala em seu conjunto de laboratórios. Ele nos apresenta dois peritos e dois técnicos, e todos os cinco usam luvas cirúrgicas. Duas câmeras de vídeo são ligadas, uma suspensa exatamente acima da mesa e a outra montada numa das extremidades. Frankie e eu damos um passo para trás, mas não vamos perder nada, porque as imagens da câmera que filma do alto são transmitidas simultaneamente para uma tela de alta definição na parede à nossa frente.

Kyle se dirige à câmera na extremidade da mesa e informa os nomes de todos os presentes na sala, bem como a data, o local e o objetivo da análise. Sem grandes formalidades, ele narra o passo a passo, o momento em que remove a caixa do saco plástico, a abre lentamente e tira o saco menor que envolve a lanterna. Ele abre o fecho e coloca a lanterna sobre uma placa de cerâmica branca de aproximadamente um metro quadrado. Com uma régua, mede seu comprimento: 28 centímetros. Afirma que a estrutura é feita de algum tipo de metal leve, provavelmente alumínio, com uma superfície texturizada e áspera. Ele presume que será difícil encontrar impressões digitais. Como um professor, explica que as impressões podem permanecer numa superfície lisa por décadas caso ela não seja tocada. Ou podem logo desaparecer se a superfície ficar exposta ao tempo. Ele começa a desparafusar a tampa para remover as baterias, e um pouco de ferrugem se desprende dos orifícios. Balança suavemente a lanterna e duas pilhas grandes acabam caindo. Kyle não toca nelas, mas diz que pilhas em geral carregam impressões digitais. Ladrões inteligentes e outros criminosos quase sempre limpam as lanternas, mas muitas vezes esquecem as pilhas.

Eu nunca tinha pensado nisso. Frankie e eu nos entreolhamos.

Isso é novidade para nós.

Kyle apresenta um colega chamado Max, que por acaso é *o cara* das impressões digitais. Max se encarrega da narrativa a partir do momento em que se inclina sobre as duas pilhas e explica que, como são primordialmente de cor preta, ele usará um pó branco fino, semelhante a talco. Com um pincel pequeno e um gesto preciso, aplica o pó sobre as pilhas e diz que ele irá grudar em qualquer tipo de óleo corporal deixado para trás pela pele, se houver algum. Nada a princípio. Ele rola suavemente as pilhas e aplica mais pó.

– Bingo! – comemora. – Parece uma impressão digital.

Minhas pernas ficam bambas e eu preciso me sentar. Mas não posso fazer isso porque, nesse momento, todos os olhares estão voltados para mim.

– O que fazemos em relação a isso, doutor? Provavelmente não é uma boa ideia ir adiante com a digital, certo?

Tenho dificuldade para voltar a pensar direito. Meses atrás, me convenci de que nunca encontraríamos o assassino. Será mesmo que acabamos de encontrar a impressão digital dele?

– Sim, vamos parar por aqui. Provavelmente isso vai ser apresentado em audiência, e acho melhor que a equipe do laboratório forense do estado fique responsável por coletar essa prova.

– Concordo – diz Kyle.

Max também assente. Esses caras são profissionais demais para estragar uma evidência.

Eu tenho uma ideia:

– Tem como fotografar e mandar pra eles agora?

– Claro – confirma Kyle, com um dar de ombros, e acena para um técnico. Ele olha para mim e fala: – Imagino que você esteja ansioso pra identificar alguém, certo?

– Com certeza. Espero que seja possível.

O técnico usa uma engenhoca descrita como uma câmera de alta resolução com um nome impronunciável e passa os trinta minutos seguintes tirando fotografias em close da impressão digital. Ligo para Wink Castle em Seabrook e pego com ele o contato do laboratório forense da Flórida. Ele quer saber se fizemos algum avanço e não lhe digo nada ainda.

Quando eles acabam de tirar as fotos, Kyle coloca as pilhas em recipientes plásticos e volta sua atenção para a lente. Já olhei as fotografias mil vezes e sei que existem oito manchas do que se acreditava ser o sangue de Russo. Três delas são um pouco maiores e medem uns três milímetros de diâmetro.

Kyle planeja remover a maior dessas três e fazer uma bateria de testes. Como o sangue está seco há quase 23 anos, não será fácil fazer a coleta. Trabalhando como uma equipe de neurocirurgiões, ele e Max removem a lente e a colocam numa grande placa de Petri. Kyle continua sua narração. Usando uma seringa pequena, ele pinga uma gota de água destilada diretamente sobre a maior mancha de sangue. Frankie e eu ficamos assistindo a isso tudo pela tela.

A água se mistura bem e uma gota de líquido rosado escorre da lente e cai sobre a placa de Petri. Benderschmidt e Max meneiam a cabeça, concordando. Estão satisfeitos com a amostra. Puxam as luvas cirúrgicas e um técnico os ajuda a retirá-las.

– Vamos pegar uma pequena amostra do sangue da camisa e comparar – explica Kyle. – Em seguida, vamos fazer alguns testes, analisar as amostras. Vai demorar um pouco. Vamos trabalhar a noite toda.

O que posso dizer? Eu preferiria ter os resultados de imediato, favoráveis, de preferência, mas agradeço a ele e a Max.

FRANKIE E EU deixamos o edifício e andamos pelo centro de Richmond à procura de uma cafeteria. Pedimos chá gelado e sanduíches, e tentamos falar de qualquer coisa que não tenha a ver com as análises, mas é impossível. Se a amostra da lanterna coincidir com as manchas da camisa, então ainda há dúvidas quanto à verdade e perguntas sem resposta.

No entanto, se as amostras tiverem fontes diferentes, Quincy vai se tornar um homem livre. Pelo menos em algum momento. Quando se recuperar.

E a impressão digital? Não levará automaticamente à pessoa que puxou o gatilho, a menos que se prove que a lanterna estava no local. Se as amostras não coincidirem, a lanterna não estava na cena do crime, e foi então plantada no porta-malas de Quincy por Pfitzner. Pelo menos é o que pressupomos.

Durante a longa viagem de carro entre Savannah e Richmond, Frankie e eu discutimos se devíamos informar aos Tafts que havia um esqueleto num dos armários da casa. Quando contamos ao xerife Castle, ele demonstrou pouco interesse. Por um lado, os Tafts podem ter um parente que desapareceu anos atrás e isso poderia resolver o mistério. Mas, por outro, eles já têm tanto medo daquele lugar que é difícil acreditar que terão algum interesse em mais uma morte assustadora.

Pedimos um café e decidimos que essa história é boa demais para ser deixada de lado. Frankie pega o celular e liga para Riley Taft. Riley está saindo do trabalho na escola e fica surpreso ao saber que já estamos tão longe de lá e com as evidências em mãos. Frankie explica que a maior parte delas está agora em posse do xerife, mas pegamos o que precisávamos. Ele pergunta se na família há alguma história de pessoas desaparecidas mais ou menos nos últimos dez anos.

Riley quer saber que relevância isso tem.

Com um sorriso e um brilho nos olhos, Frankie conta a ele o que mais encontramos na casa ontem de manhã. No armário do quarto à esquerda da escada, há um esqueleto, completamente intacto, pendurado por uma corda de plástico ao redor do peito. Provavelmente não foi suicídio. Há mais chances de ter sido um homicídio, mas não por enforcamento, embora não dê para ter muita certeza.

Riley fica em choque, enquanto Frankie sorri, se segurando para não gargalhar. A conversa continua e Riley acusa Frankie de estar pregando uma peça. Frankie começa a gostar da situação, e diz que é fácil tirar a prova. Basta ir lá dar uma olhada. Além disso, ele e Wendell deviam entrar na casa o mais rápido possível para pegar o esqueleto e dar a ele um enterro adequado.

Riley se irrita e começa a xingar. Depois que ele se acalma, Frankie pede desculpas por dar aquela má notícia, mas apenas achou que eles gostariam de saber. Pode ser que o xerife entre em contato em breve e queira dar uma olhada.

Frankie escuta enquanto Riley fala algo mais, então sorri e responde:

– Não, não, Riley, eu não botaria fogo na casa.

Riley não para de xingar e, a certa altura, Frankie afasta o celular da orelha. Ele repete várias e várias vezes:

– Não, Riley, fala sério, não faz isso.

Quando ele desliga, está convencido de que a casa está prestes a ser incendiada pelos próprios donos.

45

Precisamos esperar até quase onze da manhã, quando o Dr. Benderschmidt termina suas aulas e volta ao seu escritório. Frankie e eu já estamos aguardando, entupidos de café. Ele entra com um sorriso e diz:

– Você venceu! – Ele desaba na cadeira, ajeita a gravata-borboleta, muito contente em dar notícias tão maravilhosas. – As amostras não batem. As manchas não eram sequer de sangue humano. Ah, na camisa do Russo, sim, sangue tipo O, como cinquenta por cento de todos nós, mas é tudo o que a gente sabe. Como eu disse, aqui não fazemos análise de DNA e, felizmente, você nem precisa dela. O sangue na lanterna veio de algum animal, provavelmente um coelho ou outro mamífero de pequeno porte. Quando eu fizer o parecer vou descrever tudo com os termos científicos e as palavras certas, mas não agora. Estou atrasado porque fiquei acordado a noite toda com esse caso. Tenho um voo pra pegar daqui a duas horas. Você não parece surpreso, Post.

– Não estou surpreso, doutor. Só aliviado por saber a verdade.

– Ele vai ser solto, não vai?

– Nunca é fácil. Você sabe como funciona. Essa briga no tribunal pra tirar ele de lá vai levar meses, mas nós vamos ganhar. Graças a você.

– Você fez todo o trabalho pesado, Post. Eu sou só um cientista.

– E a digital?

– A boa notícia é que não é do Quincy. A má notícia é que também não é do Pfitzner. Até o momento, ninguém sabe de quem é, mas o laboratório forense da Flórida ainda está investigando. Eles fizeram uma busca nos sistemas ontem à noite, não acharam nada. O que provavelmente significa que a pessoa que manipulou as pilhas não tem impressões registradas. Então pode ser qualquer um. A esposa do Pfitzner, a empregada da casa, um dos rapazes da equipe dele. Alguém de quem você nunca ouviu falar e que nunca vai encontrar.

– Mas isso não importa, né? – pergunta Frankie. – Se a lanterna não estava na cena do crime, significa que não foi usada pelo verdadeiro assassino.

– Exato – confirma Kyle. – Então, o que pode ter acontecido? Bom, suspeito que o Pfitzner matou um coelho, pegou um pouco do sangue e sujou a lanterna. Se fosse eu, teria usado uma seringa grande dessas de farmácia e espirrado na lente a mais ou menos de um metro e meio de distância. Isso daria uns bons respingos. Ele deixou secar, pegou a lanterna usando luvas, enfiou no bolso, conseguiu um mandado pra ir atrás do carro do Quincy e a plantou na mala. Ele conhecia o Paul Norwood, o suposto especialista, e garantiu que ele fosse contratado pelo promotor. Por dinheiro, o Norwood diria qualquer coisa, e ele chegou à cidade com um currículo extenso e convenceu os jurados, que, vamos dizer assim, eram pessoas muito simples. A maior parte deles era de brancos, se bem me lembro.

– Onze, dos doze – confirmo.

– Um crime sensacionalista, a sede de justiça, o suspeito perfeito com um motivo razoável e um trabalho bem executado. O Quincy quase não escapa da pena de morte, acabou pegando prisão perpétua. Vinte e três anos depois, você desvenda a verdade, Post. Merece uma medalha.

– Obrigado, doutor, mas não trabalhamos com medalhas. Só com tirar pessoas inocentes da cadeia.

– Foi realmente um prazer. Um caso fantástico. Estarei lá quando precisarem de mim.

SAINDO DE RICHMOND, ligo para minha enfermeira favorita, que passa o telefone pro Quincy. Não entro em detalhes, mas explico que agora temos evidências valiosas que um dia o libertarão. Eu minimizo as chances de que isso aconteça a curto prazo e aviso que nos próximos meses vamos precisar de muitas manobras legais para conseguir tirá-lo de lá. Ele está satisfeito e agradecido, mas desanimado.

Faz pouco mais de três meses que ele sofreu o ataque e faz novos avanços todos os dias. Ele compreende melhor as coisas, responde mais rápido, seu vocabulário aumenta. O maior problema que estamos enfrentando é o fato de ele não entender que sua reabilitação precisa ser o mais lenta possível. Para ele, ficar bem o suficiente para receber alta significa voltar para a prisão. Venho repetidamente reforçando junto à equipe médica a importância de ir devagar. Mas o paciente está cansado dessa lentidão, cansado do hospital, cansado de cirurgias, agulhas e tubos. Ele quer se levantar e correr.

Enquanto Frankie dirige em direção ao sul, tenho longas conversas com Mazy, Susan e Bill Cannon. É tanta coisa que Mazy convoca uma teleconferência e a equipe inteira passa uma hora fazendo um brainstorming. Ela tem uma ideia absolutamente brilhante, uma jogada sobre a qual vem pensando há um tempo. De acordo com a legislação da Flórida, os pedidos de revisão criminal devem ser apresentados no município onde o indivíduo está preso. Por isso, o velho juiz Plank vive atolado em petições inúteis, porque o Instituto Correcional Garvin fica muito perto do fórum, na zona rural do condado de Poinsett. Ele está cansado demais disso para sentir alguma empatia pela situação, e não há jeito de fazê-lo notar a existência de novas provas.

No momento, contudo, Quincy não está preso no Garvin. Está hospitalizado no centro de Orlando, no condado de Orange, com 1,5 milhão de habitantes e domicílio de 43 juízes diferentes. Se dermos entrada numa nova petição no condado de Orange, o Ministério Público vai retrucar, vai dizer que estamos sendo oportunistas, mas não temos nada a perder. Se tivermos sucesso, apresentaremos nossas novas evidências a um novo juiz, oriundo de uma área metropolitana com alguma diversidade. Se perdermos, tentamos de novo junto ao velho Plank. No entanto, como recorremos da decisão dele que indeferiu nosso primeiro pedido, precisamos, antes de mais nada, renunciar a essa apelação. Ela está há três meses parada na suprema corte estadual em Tallahassee.

Mazy e eu passamos os dois dias seguintes elaborando o pedido de renúncia. Além disso, recebemos a boa notícia de que o laboratório forense da Flórida chegou às mesmas conclusões que Kyle Benderschmidt.

Não há notícias dos Tafts nem do esqueleto no armário da casa.

Se tivéssemos uma garrafa de champanhe no escritório, ela teria sido aberta quando minha enfermeira favorita ligou de Orlando dizendo (1) que Quincy está com uma infecção causada por uma das facadas e (2) que sua mandíbula não se recuperou corretamente e ele precisa de outra cirurgia.

Encerro a conversa com:

– Por favor, não deixe ele sair daí.

DAMOS ENTRADA IMEDIATA na petição no tribunal do condado de Orange, território de Susan. A distribuição dos casos entre os juízes acontece de forma aleatória e secreta, portanto não sabemos quem ficará com o nosso. O Ministério Público leva duas semanas para se manifestar, e o faz por meio de uma petição tão rasa que nem nos damos ao trabalho de contestar.

Susan pede o adiantamento da audiência, e descobrimos que nosso juiz é o Excelentíssimo Ansh Kumar, de 38 anos, cujos pais emigraram da Índia. Estávamos torcendo por alguma diversidade, e conseguimos. Ele concede o nosso pedido de audiência, um bom sinal, e sigo para Orlando. Vou junto com Frankie em sua caminhonete porque ele acha que meu pequeno Ford não é mais seguro, sobretudo nos momentos em que eu começo a ziguezaguear pela pista enquanto grito ao celular. Então ele dirige e eu tento não gritar.

Atualmente, Frankie tem sido essencial por outro motivo. Como era de se esperar, se aproximou de Quincy e passa horas com ele no hospital. Juntos, eles assistem a jogos na TV, comem fast-food e, em geral, aterrorizam a equipe. As enfermeiras sabem que os dois cumpriram sentenças longas por crimes que não cometeram, mas nem por isso deixam passar os comentários machistas deles. Frankie conta que algumas delas sabem muito bem como deixar claro que aquilo não tem absolutamente graça nenhuma.

Mais uma vez o estado da Flórida envia Carmen Hidalgo para conduzir o espetáculo. Ela é uma entre milhares de advogados que trabalham como assessores do procurador-geral, e ela tem mais um pepino para resolver. Ninguém quer pegar casos antigos envolvendo pedidos de revisão criminal.

Nós nos reunimos para o que deveria ser uma breve sessão numa moderna sala de audiências no terceiro andar de um arranha-céu, o novo fórum do qual o condado de Orange se orgulha. O juiz Kumar dá as boas-vindas aos advogados com um sorriso caloroso e pede que iniciemos.

Carmen começa e faz uma bela defesa, alegando que a legislação estadual é clara e exige que todos os pedidos de revisão criminal sejam protocolizados no condado em que o indivíduo está preso. Susan contra-argumenta, dizendo que nosso cliente até pode ainda estar atribuído ao Garvin, mas não está mais lá. Nas últimas quinze semanas, ele esteve aqui, em Orlando, sem previsão de data de alta. Essa questão foi abordada na nossa petição e na que foi apresentada anteriormente pelo Ministério Público, e logo fica claro que o juiz Kumar leu ambas de ponta a ponta.

Depois de ouvir pacientemente, ele diz:

– Dra. Hidalgo, parece que o requerente conseguiu encontrar uma brecha. A legislação não diz uma palavra sobre onde dar entrada neste tipo de petição quando o requerente está temporariamente afastado da prisão onde está alocado. Parece que eles te pegaram!

– Mas, Excelência...

O juiz Kumar levanta lentamente as mãos e dá um sorriso caloroso.

– Pode se sentar, Dra. Hidalgo. Obrigado. Agora, antes de mais nada, eu vou dar seguimento a este caso por vários motivos. Primeiro, e mais importante, não estou convencido de que a legislação exija que esta petição seja apresentada no condado de Poinsett. Segundo, estou intrigado com os fatos, sobretudo à luz dos acontecimentos recentes. Eu li tudo, as duas petições apresentadas pelo requerente, as respostas do Ministério Público, o processo federal movido contra o ex-xerife do condado de Ruiz e outros réus, os indiciamentos contra aqueles que supostamente participaram da conspiração no caso da tentativa de homicídio dentro do presídio. Eu já li tudo. E a terceira razão pela qual vou manter este caso é porque parece haver grandes chances de Quincy Miller ter passado os últimos 23 anos na prisão por conta de um assassinato cometido por outra pessoa. Posso garantir a vocês que não cheguei a uma conclusão ainda e estou ansioso pela audiência de fato. Dra. Gross, para quando podemos marcar?

Sem se levantar, Susan diz:

– Amanhã.

– E a senhora, Dra. Hidalgo?

– Excelência, por favor, ainda nem nos manifestamos.

– Ah, vocês se manifestaram, sim. Você apresentou uma resposta pra petição anterior. Já está no seu computador. Só precisa fazer algumas atualizações e reenviar pra cá imediatamente, Dra. Hidalgo. A audiência vai ser daqui a três semanas, neste tribunal.

No dia seguinte, Carmen Hidalgo corre para a suprema corte estadual com uma petição recorrendo da decisão de Kumar. Uma semana depois, os ministros da Flórida proferem uma sentença favorável a nós. Estamos nos encaminhando para um confronto, e desta vez parece que temos um juiz disposto a nos ouvir.

46

Bill Cannon, o advogado responsável pelo pedido de indenização, apresenta uma proposta que nos surpreende. Ele gostaria de fazer as honras e conduzir a audiência de instrução e julgamento do processo de revisão criminal. Cannon vê isso como um excelente aquecimento para o processo federal que ainda vai levar meses para ser realizado. Ele está sedento por uma briga e quer ouvir pessoalmente o que as testemunhas têm a dizer. Susan tem apenas 33 anos e não tem muita experiência em audiências, embora seja brilhante e perspicaz. É sem dúvida uma excelente profissional. Mas Cannon, como sua reputação deixa claro, está em outro patamar. Ela tem o prazer de deixar que ele seja o advogado principal e se sente honrada em ficar como assistente. Como sou uma testemunha em potencial, abro mão do meu papel de advogado, sem um pingo de arrependimento. De um jeito ou de outro, vou assistir a tudo de perto.

Pressentindo a nossa vitória, Vicki e Mazy tiram alguns dias de folga e dirigem até Orlando para a ocasião. Frankie senta com elas na primeira fila. Todos os membros da Guardiões estão presentes. E tem mais. O reverendo Luther Hodges também veio de Savannah para nos ver em ação. Ele acompanha o caso desde o dia em que o assumimos e dedicou muitas horas de oração a Quincy. Glenn Colacurci, que suponho não ter o mesmo hábito de rezar, chega usando um terno de anarruga cor-de-rosa, com Bea junto dele. Sentado ao lado dele está Patrick McCutcheon, que, segundo Glenn, tomou a decisão de não indiciar Quincy novamente, caso nosso pedido de revisão criminal seja acatado.

Susan tem trabalhado junto à imprensa e o caso vem ganhando visibilidade. A história de um velho xerife corrupto participando de uma conspiração cujo intuito era matar um homem inocente que ele colocou na prisão há mais de vinte anos é boa demais para ser ignorada. E o fato de que agora o homem inocente está lutando por sua liberdade ao passo que o xerife está preso acrescenta novos elementos à trama. Há repórteres espalhados por toda a sala de audiências, junto com mais ou menos vinte espectadores. Afinal, todo tribunal, não importa o seu tamanho ou a sua localização, tem frequentadores assíduos, curiosos que não têm nada melhor para fazer.

O juiz Kumar assume a tribuna sem grandes formalidades e dá as boas--vindas a todos. Ele olha em volta e não vê o prisioneiro. Há dois dias, ele autorizou que Quincy comparecesse à própria audiência. Até agora, ele fez tudo o que lhe pedimos.

– Podem trazê-lo – diz o juiz a um oficial de justiça.

Uma porta ao lado da bancada do júri se abre e um assistente do xerife entra. Quincy vem atrás dele com a ajuda de uma bengala, sem algemas. Está vestindo a camisa branca e a calça marrom que comprei para ele ontem. Ele pensou em usar uma gravata pela primeira vez nos últimos 23 anos, mas eu disse que não era necessário. Não haveria júri, apenas um juiz que provavel-mente não estaria usando gravata sob a toga. Ele está uns vinte quilos mais magro e não recuperou por completo as habilidades motoras, mas mesmo assim parece ótimo. Ele olha em volta, a princípio confuso e perdido, com razão, mas então me vê e sorri. Caminha lentamente enquanto o assistente o leva a um assento entre Susan e Bill. Estou escondido atrás deles bem pró-ximo à divisória de madeira que nos separa. Dou um tapinha no ombro de Quincy e comento como ele está bonito. Ele se vira e olha para mim com os olhos cheios de água. Essa breve incursão na liberdade já é extraordinária.

Estamos numa briga junto ao Departamento Correcional sobre o que fazer com ele. O trabalho dos médicos já acabou e eles estão prontos para lhe dar alta, o que significa uma passagem só de ida para o Garvin. Susan deu en-trada num pedido de transferência para uma unidade de segurança mínima perto de Fort Myers, que conta com instalações próprias para reabilitação. Seus médicos generosamente forneceram cartas e pareceres reforçando a necessidade de dar prosseguimento ao trabalho de reabilitação. Estamos afirmando com veemência que o Garvin é um lugar perigoso para todos os prisioneiros de modo geral, mas particularmente para Quincy. Bill Cannon vem sendo duro com o pessoal do Departamento Correcional em Tallahassee. No entanto, como eles atualmente estão se sentindo pressionados por conta do pedido de indenização de 50 milhões de dólares, não estão colaborando muito. Odell Herman, o diretor do Garvin, diz que Quincy será mantido em regime diferenciado, como se isso fosse uma gentileza. O regime prisional diferenciado não passa de confinamento solitário.

O que Quincy precisa é de uma nova infecção, mas como a última delas quase o matou, guardo esse pensamento só para mim. Ele está no hospital há quase cinco meses e disse a Frankie várias vezes que, a esta altura, prefere a prisão.

Nós preferimos que ele seja solto, e isso vai acontecer. Só não sabemos quando.

Bill Cannon se levanta e caminha até o púlpito para se dirigir ao tribunal. Ele tem 54 anos, cabelos grisalhos e alinhados, usa um terno preto e tem a confiança de quem domina a arte de se manifestar em juízo e é capaz de conseguir o que quiser de um júri, ou mesmo de um juiz. A voz de barítono, a qual tenho certeza de que ele vem aperfeiçoando há décadas, tem um tom suave. Sua dicção é perfeita. Ele começa dizendo que estamos prestes a descobrir a verdade, o fundamento do maior sistema jurídico do mundo. A verdade sobre quem matou ou não Keith Russo. A verdade que foi encoberta há muito tempo numa pequena cidade corrupta no norte da Flórida. A verdade que foi deliberadamente enterrada por homens vis. Mas agora, depois de décadas, depois de um homem inocente passar 23 anos na prisão, a verdade está logo ali.

Cannon não precisa de resumos escritos, não perde tempo olhando para blocos de anotações. Não faz pausas, nenhum "é" ou "né", nem pronuncia frases fragmentadas. O homem fala de improviso em prosa polida! E domina uma estratégia que poucos advogados conseguem, nem mesmo os mais habilidosos: ele é sucinto, não se repete e é breve. Expõe os fatos e diz ao juiz Kumar o que estamos prestes a provar. Em menos de dez minutos, ele dá o tom da sessão e deixa poucas dúvidas de que está comprometido com seu objetivo e que não aceitará um não como resposta.

Na réplica, Carmen Hidalgo nos lembra de que o júri se posicionou. Quincy Miller recebeu um julgamento justo muitos anos atrás e foi condenado por unanimidade. Ele esteve a um voto da pena de morte.

– Por que casos antigos devem ser reanalisados? Nosso sistema está sobrecarregado, abarrotado de trabalho e não foi projetado para manter casos vivos durante décadas. Se permitirmos que todos os homicidas condenados tragam novos fatos e aleguem a existência de novas evidências, então de que serve o primeiro julgamento? – diz a assessora do procurador-geral.

Ela é ainda mais breve que ele.

Cannon decide começar com um pouco de drama e chama Wink Castle, xerife do condado de Ruiz, ao banco das testemunhas. Castle traz consigo uma pequena caixa de papelão. Depois de fazer o juramento, ele é conduzido por Cannon até o ponto em que começa a descrever o que há dentro da caixa. Um saco plástico transparente com uma lanterna dentro é colocado ao lado do taquígrafo. Castle descreve como ela chegou às suas mãos. Cannon exibe um vídeo nosso no escritório de Glenn, abrindo as caixas. É uma história divertida e a que todos gostamos de assistir, principalmente Sua Excelência. O xerife relata o pouco que conhece da história, incluindo o incêndio misterioso. Ele se orgulha de informar ao tribunal que as coisas mudaram bastante no condado de Ruiz desde o início da sua gestão.

Em outras palavras, os traficantes se foram. A barra está limpa agora!

Ao interrogá-lo, Carmen Hidalgo pontua algumas questões menos importantes, forçando Castle a admitir que as caixas de evidências estiveram desaparecidas por muitos anos; portanto, há uma enorme lacuna na cadeia de custódia. Isso pode ser crucial se a lanterna for usada em um julgamento criminal subsequente, mas neste momento é inútil. Quando ela termina, o juiz Kumar intervém e pergunta a Wink:

– Essa lanterna foi examinada pelo laboratório forense do estado?

– Sim – responde Wink.

– Você tem uma cópia do parecer deles?

– Não, senhor. Ainda não.

– Sabe o nome do profissional responsável pela análise dessas evidências?

– Sim, senhor.

– Ótimo. Quero que você ligue pra ele agora mesmo e diga que espero ele aqui amanhã de manhã.

– Pode deixar, senhor.

Sou o segundo convocado a depor e juro dizer a verdade. Esta é a quarta vez na minha carreira que me sento no banco das testemunhas, e as salas de audiências parecem muito diferentes a partir dessa perspectiva. Todos os olhos estão voltados para a testemunha, que tenta se concentrar e relaxar enquanto seu coração quase pula pela boca. Sinto uma hesitação imediata em falar, como se as palavras erradas pudessem sair. Seja sincero. Seja convincente. Seja claro. Pelo menos por enquanto, está difícil seguir todos os conselhos de praxe que dou às minhas testemunhas. Felizmente, tenho um advogado brilhante do meu lado e ensaiamos meu breve depoimento. Não consigo me imaginar sentado aqui tentando vender alguma historinha meia-boca com um cara como Cannon me bombardeando.

Conto uma versão extremamente resumida de como encontramos a lanterna, deixando de fora extensos capítulos ao longo do caminho. Não falo nada sobre o encontro com Tyler Townsend em Nassau, ou com Bruce Gilmer em Idaho; nada sobre e-mails que desapareceram do monitor em cinco minutos; nada sobre feitiços ou um esqueleto de verdade dentro de um armário. Parto de um boato transmitido por um antigo advogado que ouviu dizer que talvez Kenny Taft soubesse demais e por isso acabou sendo morto. Então fui atrás da família Taft e comecei a fuçar. Tive sorte. Numa tela enorme, Cannon exibe imagens da casa em ruínas, entre elas algumas das fotografias escuras que tirei no sótão, e um vídeo de Frankie levando as caixas para fora da casa mal-assombrada. Relato nossa viagem a Richmond em posse das evidências e o encontro com o Dr. Benderschmidt.

Ao me interrogar, Carmen Hidalgo faz uma série de perguntas destinadas a lançar mais dúvidas sobre a cadeia de custódia. Não, não sei quanto tempo as caixas ficaram no sótão, nem quem as colocou lá, nem se Kenny Taft de fato as removeu do depósito do xerife antes do incêndio, nem se alguém o ajudou, nem se ele abriu as caixas e alterou as provas. Minhas respostas são educadas e profissionais. Ela está apenas fazendo seu trabalho e preferia não estar ali.

Ela me pressiona a dizer quem me contou o boato a respeito de Kenny Taft, e explico que se trata de uma fonte sigilosa. É óbvio que sei mais do que estou revelando naquele momento, mas, afinal, eu sou advogado e entendo de confidencialidade. Ela pede a Sua Excelência que me instrua a responder a suas perguntas. Cannon protesta e faz uma breve palestra sobre a inviolabilidade do resultado do trabalho de um advogado. O juiz Kumar nega o pedido dela e eu retorno ao meu assento atrás de Quincy.

O Dr. Kyle Benderschmidt está no tribunal, já ansioso para ir embora. Bill Cannon o convoca como nossa próxima testemunha e inicia o tedioso procedimento de qualificação. Após alguns minutos, o juiz Kumar olha para Carmen Hidalgo e pergunta:

– Você ainda deseja questionar as credenciais dele?

– Não, Excelência. O Ministério Público está satisfeito.

– Obrigado.

Kumar não está apressando ninguém e parece gostar de estar no controle. Com apenas três anos de carreira, ele parece bastante realizado e confiante.

Cannon ignora o depoimento repleto de equívocos dado por Paul Norwood ao júri, já que o assunto foi exaustivamente tratado por Mazy na petição, e, em vez disso, se debruça sobre a verdadeira prova. Agora que temos em mãos a lanterna e a análise das manchas de sangue, não precisamos mais adivinhar nada. Na enorme tela, Benderschmidt apresenta fotos tiradas por ele recentemente e as compara com as exibidas no julgamento 23 anos atrás. A cor das manchas está menos viva em razão do tempo, embora a lente estivesse aparentemente protegida contra a luz. Ele identifica as três maiores e aponta para sua amostra. Mais fotos ampliadas, mais termos técnicos. Benderschmidt inicia o que logo se torna uma aula de ciência maçante. Talvez isso aconteça porque eu seja geneticamente incompatível com matemática e ciências de modo geral, então não faz diferença se fico entediado ou não. Sua Excelência está prestando atenção.

Kyle começa com o básico: células sanguíneas humanas são diferentes de células sanguíneas de outros animais. Duas imagens grandes surgem na tela e Benderschmidt ativa o modo professor. A imagem à esquerda é um glóbulo vermelho bastante ampliado, retirado do sangue nas lentes. A imagem à direita é semelhante, um glóbulo vermelho retirado de um coelho, um mamífero de pequeno porte. Os seres humanos são mamíferos e seus glóbulos vermelhos são semelhantes, pois não possuem núcleos. Répteis e aves têm glóbulos vermelhos nucleados, mas nós não. O professor toca uma tecla do laptop, as imagens mudam e somos engolidos pelo universo dos glóbulos vermelhos. O núcleo celular é pequeno e redondo, e serve como centro de comando da célula. Controla seu crescimento e sua reprodução. Está cercado por uma membrana. E assim por diante.

Anexo à nossa petição estava o parecer completo de Benderschmidt, incluindo páginas com coisas incompreensíveis sobre células e sangue. Confesso que não li tudo, mas algo me diz que o juiz Kumar sim.

Conclusão: os glóbulos vermelhos de animais variam muito entre as espécies.

Benderschmidt está quase certo de que o sangue na lente da lanterna encontrada no carro de Quincy por Bradley Pfitzner veio de um pequeno mamífero. Ele está absolutamente convencido de que não se trata de sangue humano.

Não nos preocupamos em testar o DNA das duas amostras porque não havia motivo para isso. Sabemos que o sangue na camisa de Keith era realmente dele. Sabemos que o sangue nas lentes não.

Observar o trabalho em equipe de Cannon e Benderschmidt ao longo daquele depoimento é como assistir a uma coreografia exaustivamente ensaiada. E eles nunca tinham se visto até ontem. Se eu estivesse defendendo o estado no processo de 50 milhões de dólares, começaria a cogitar propor um acordo.

É quase uma da tarde quando Benderschmidt termina de responder à série de perguntas mal elaboradas feitas por Carmen. A julgar por seu corpo esbelto, Sua Excelência não se importa muito com o almoço, mas o restante de nós já sente fraqueza de tanta fome. Temos um intervalo de uma hora e meia. Frankie e eu levamos Kyle para o aeroporto, parando no caminho para comprar um rápido hambúrguer. Ele quer saber o mais rápido possível quando houver uma decisão. Ele ama seu trabalho, ama este caso e está torcendo muito para que Quincy seja libertado. Um trabalho científico malfeito condenou Quincy, e Kyle quer dar um jeito nisso.

NOS ÚLTIMOS SETE meses, Zeke Huffey apreciou tanto sua liberdade que conseguiu evitar ser preso de novo. Está em liberdade condicional no Arkansas e não pode deixar o estado sem a permissão do oficial responsável por ele. Afirma que está limpo e sóbrio e determinado a permanecer assim. Uma organização sem fins lucrativos lhe emprestou mil dólares para que pudesse recomeçar, e ele está trabalhando meio período numa lavadora de carros, numa lanchonete e numa empresa de manutenção de gramados. Está sobrevivendo e já pagou quase metade do empréstimo. A Guardiões pagou sua passagem de avião até Orlando, e quando ele se senta no banco das testemunhas vejo que parece mais corado e saudável.

Seu desempenho na primeira audiência diante do juiz Plank foi exemplar. Ele assumiu as mentiras que contou e, embora culpasse Pfitzner e o sistema fracassado, disse que sabia o que estava fazendo. Colocaram-no na posição de dedo-duro, e Zeke cumpriu seu papel à perfeição. Agora, entretanto, lamenta profundamente ter feito isso. Num momento comovente que pega todo mundo desprevenido, ele olha para Quincy do outro lado da sala de audiências e diz:

– Eu menti, Quincy. Fiz isso pra salvar minha própria pele, mas gostaria muito de não ter feito isso. Menti pra me safar e pra mandar você pra prisão. Eu sinto muito, Quincy, de verdade. Não vou te pedir perdão, porque se eu fosse você não me perdoaria. Só estou dizendo que sinto muito pelo que fiz.

Quincy assente, mas não responde. Mais tarde, ele me dirá que queria dizer algo, perdoá-lo, mas que teve medo de falar no tribunal sem autorização.

As coisas se complicam para Zeke quando Carmen exalta todo o seu histórico de falsos testemunhos em juízo.

– Quando você parou de mentir, se é que parou? Por que alguém devia acreditar que você não está mentindo agora? – E assim por diante.

Mas ele sobreviveu a isso antes e consegue se sair bem. Mais de uma vez ele diz:

– Sim, senhora, admito que já menti antes, mas não estou mentindo agora. Eu juro.

Nossa próxima testemunha é Carrie Holland Pruitt. Tivemos algum trabalho para convencer Carrie e Buck a fazer a longa viagem até Orlando, mas quando a Guardiões generosamente incluiu na oferta ingressos para a Disney World para toda a família, o acordo foi fechado. Vale ressaltar que a Guardiões não tinha verba para pagar por esses ingressos, mas Vicki, como sempre, deu um jeito de conseguir o dinheiro.

Com Bill Cannon absolutamente no controle, Carrie relembra sua triste participação no caso de Quincy Miller. Ela não viu um homem negro fugindo do local do crime, segurando o que parecia ser um pedaço de pau ou algo assim. Na verdade, ela não viu nem ouviu nada. Ela foi coagida pelo xerife Pfitzner e por Forrest Burkhead, o ex-promotor, a mentir no julgamento. Contou as mentiras que lhe cabiam e, no dia seguinte, Pfitzner deu a ela mil dólares em dinheiro, lhe mandou pegar o primeiro ônibus e ameaçou prendê-la por perjúrio se ela voltasse para a Flórida.

Após dizer uma ou duas frases, seus olhos se enchem de água. Em pouco tempo, sua voz começa a falhar. No meio do caminho, ela cai em prantos ao assumir que mentiu e pede desculpas. Ela era só uma garota, estava muito confusa naquela época, era usuária de drogas, tinha um péssimo namorado, que era policial, e precisava do dinheiro. Está sóbria já faz quinze anos e nunca falta ao trabalho. Mas várias vezes pensou em Quincy. Ela soluça e aguardamos até que se recomponha. Buck está na primeira fila, enxugando as lágrimas também.

O juiz Kumar convoca um recesso e fazemos uma pausa de uma hora. Seu assessor pede desculpas e explica que ele precisa tratar de um assunto urgente em seu gabinete. Marvis Miller chega e se aproxima de seu irmão, enquanto um guarda observa a distância. Eu me reúno com Mazy e Vicki e avaliamos como foram os depoimentos até agora. Um repórter quer falar comigo, mas eu recuso.

Às 16h30, a sessão é retomada e Bill Cannon convoca nossa última testemunha do dia. Acabei de informar a Quincy quem é para tentar amenizar o choque. Quando Cannon pronuncia o nome "June Walker", Quincy se vira e me encara. Eu sorrio e assinto, tentando tranquilizá-lo.

Frankie não desiste tão fácil, sobretudo quando quer convencer pessoas negras a cooperar conosco. Ao longo dos meses, de pouco em pouco ele manteve contato com Otis Walker em Tallahassee, e a partir daí conseguiu chegar até June. Eles resistiram a princípio e estavam ainda chateados pelo fato de os advogados de Quincy terem pintado uma imagem tão desfavorável de sua ex-esposa. Mas, com o tempo, Frankie conseguiu fazer June e Otis entenderem a importância de reparar antigos erros quando se tem essa chance. Quincy não matou ninguém, mas June havia ajudado os verdadeiros assassinos, um bando de homens brancos, a condená-lo.

Ela se levanta da terceira fila e caminha determinada até o banco das testemunhas, onde presta o juramento. Estive com June e tentei explicar a ela que não seria nada fácil se sentar diante de um tribunal e admitir perjúrio. Também lhe garanti que ela não poderia e não seria processada por isso.

June meneia a cabeça na direção de Quincy e cerra os dentes. Vamos lá. Ela informa seu nome e endereço e diz que seu primeiro marido foi Quincy Miller. Eles tiveram três filhos antes de o casamento culminar num excruciante divórcio. Ela está do nosso lado e Bill Cannon a trata respeitosamente. Ele apanha algumas folhas de papel sobre a mesa e se dirige a ela.

– Bem, Sra. Walker, gostaria de voltar muitos anos, para o dia em que seu ex-marido, Quincy Miller, foi julgado por homicídio. Nesse julgamento, a senhora depôs a favor da acusação e, nesse contexto, fez uma série de declarações. Eu gostaria de relembrá-las, tudo bem?

Ela assente e diz baixinho:

– Sim, senhor.

Cannon ajeita os óculos de leitura e lê a transcrição do julgamento.

– O promotor fez a seguinte pergunta: "O réu Quincy Miller possuía uma espingarda calibre 12?" A sua resposta foi: "Acho que sim. Ele tinha algumas pistolas. Não entendo muito de armas, mas, sim, o Quincy tinha uma espingarda grande." Então, Sra. Walker, a sua resposta foi verdadeira?

– Não, senhor, não foi. Eu nunca vi uma espingarda em nenhum lugar da nossa casa, nem nunca tive conhecimento de o Quincy ter uma.

– Certo. Segunda declaração. O promotor fez a seguinte pergunta: "O réu gostava de caçar e pescar?" A sua resposta foi: "Sim, senhor, ele não caçava muito, mas de vez em quando ia à floresta com os amigos, geralmente pra atirar em pássaros e coelhos." E agora, Sra. Walker, a sua resposta foi verdadeira?

– Não, não foi. Eu nunca soube de o Quincy ter ido caçar. Ele gostava de pescar um pouco com o tio, mas caçar, não.

– Certo, terceira declaração. O promotor lhe entregou uma fotografia colorida de uma lanterna e perguntou se você já tinha visto Quincy com alguma parecida. Sua resposta: "Sim, senhor, parece com a que ele deixava no carro." E essa resposta, Sra. Walker, foi verdadeira?

– Não, não foi. Eu nunca vi uma lanterna como essa, não que eu me lembre, pelo menos, e com certeza nunca vi o Quincy com uma.

– Obrigado, Sra. Walker. Última pergunta. No julgamento, o promotor perguntou se o Quincy estava nas proximidades de Seabrook na noite em que Keith Russo foi assassinado. Sua resposta foi: "Acho que sim. Alguém disse que viram ele na Pounder's Store." Sra. Walker, a sua resposta foi verdadeira?

Ela começa a responder, mas sua voz falha. Ela engole em seco, olha direto para o ex-marido e diz entre os dentes:

– Não, senhor, não foi verdadeira. Eu nunca ouvi ninguém falar nada sobre o Quincy estar pela cidade naquela noite.

– Obrigado – diz Cannon, e joga os papéis sobre a mesa.

Carmen Hidalgo se levanta lentamente, como se não tivesse certeza de como proceder. Ela hesita enquanto analisa a testemunha e percebe que não será capaz de marcar um único ponto ali. Frustrada, ela diz:

– Sem perguntas, Excelência.

– Obrigado, Sra. Walker – diz o juiz Kumar. – Está dispensada.

June deixa o banco das testemunhas o mais rápido possível. À minha frente, Quincy empurra a cadeira para trás num gesto súbito e se levanta.

Sem a bengala, ele passa por trás de Bill Cannon e manca em direção a June. Ela reduz o passo, como se estivesse assustada, e por um segundo todos ficamos paralisados à medida que um potencial desastre se anuncia. Então Quincy abre bem os braços e June vai em direção a eles. Quincy a abraça e os dois começam a chorar. Duas pessoas que tiveram três filhos um dia, mas passaram uma vida inteira se odiando, se abraçam na frente de estranhos.

– Eu sinto muito – sussurra ela repetidas vezes.

– Está tudo bem – responde ele num sussurro. – Está tudo bem.

47

Vicki e Mazy estão ansiosas para conhecer Quincy. Elas conviveram com o caso dele por muito tempo e sabem várias coisas sobre sua vida, mas nunca tiveram a chance de estar com ele em pessoa. Deixamos o tribunal e nos reunimos no Mercy Hospital, onde ele ainda é paciente e prisioneiro. Ele agora está num quarto localizado num novo anexo, onde ficam as instalações de reabilitação, mas o encontramos na lanchonete do subsolo. O guarda que toma conta dele é um policial de Orlando que acompanha tudo de longe, entediado.

Depois de 23 anos comendo o que servem na prisão, ele não reclama da comida ruim da lanchonete. Ele quer um sanduíche e batatas fritas, e eu vou pegar, enquanto ele, Vicki e Mazy falam sobre as aventuras daquele dia no tribunal. Frankie se senta a seu lado, sempre pronto a ajudar. Luther Hodges está por perto, partilhando aquele momento e feliz por ter sido incluído. Quincy quer que jantemos com ele, mas nós temos outros planos para mais tarde.

Ele ainda está emocionado com o encontro com June. Ele a odeia há tanto tempo e com tanta força que fica surpreso com a velocidade com que a perdoou. Sentado ali, ouvindo-a confessar suas mentiras, algo aconteceu com ele, talvez o Espírito Santo, e ele simplesmente não conseguiu mais odiá-la. Ele fechou os olhos e pediu a Deus que o libertasse de todo aquele ódio, e de repente sentiu um enorme fardo sair de seus ombros. Ele de fato foi capaz de sentir o peso indo embora quando soltou o ar. Perdoou Zeke Huffey e Carrie Holland, e se sente maravilhosamente, incrivelmente leve.

Luther Hodges sorri e assente. É o tipo de mensagem que lhe agrada.

Quincy mordisca seu sanduíche, come umas batatas fritas, diz que seu apetite ainda não voltou. Está pesando 64 quilos, muito abaixo dos habituais 82. Ele quer saber o que acontecerá amanhã, mas prefiro não especular. Presumo que o juiz Kumar prosseguirá com os depoimentos, refletirá sobre o caso e em semanas ou meses irá proferir a sentença. Ele dá toda a impressão de ser solidário à nossa causa, mas aprendi anos atrás a sempre esperar o pior. E a nunca esperar que a justiça ande rápido.

Após uma hora conversando sem parar, o guarda diz que nosso tempo acabou. Damos um abraço em Quincy e prometemos vê-lo pela manhã.

O ESCRITÓRIO DE advocacia de Bill Cannon possui filiais nas seis maiores cidades da Flórida. O sócio que administra o escritório de Orlando é o mestre dos casos de negligência médica cujo nome, Cordell Jollie, provoca calafrios nos profissionais incompetentes. Ele destruiu financeiramente muitos deles e está longe de encerrar a carreira. Os veredito e acordos nos quais teve participação lhe forneceram os meios necessários para comprar uma mansão numa região luxuosa de Orlando, num condomínio fechado com portões e ruas arborizadas, ladeadas por outras casas caríssimas. Paramos bem em frente à casa e notamos um Bentley, um Porsche e um Mercedes cupê estacionados. A frota de Cordell vale mais que o orçamento anual da Guardiões. E na frente deles está, orgulhoso, um velho fusca, sem dúvida de propriedade de Susan, que já chegou.

Normalmente nós da Guardiões teríamos recusado o convite para um jantar como esse, mas é quase impossível dizer não a Bill Cannon. Além disso, somos curiosos o bastante para querer visitar uma casa que, se não fosse por isso, veríamos apenas em fotos de revista. Um cara de smoking nos recebe na porta da frente, e é a primeira vez que conheço um mordomo em pessoa. Nós o seguimos por um enorme salão com tetos abobadados, um cômodo maior que a maioria das casas comuns, e de repente nos damos conta das nossas roupas.

Frankie teve a presença de espírito de declinar o convite. Ele, Quincy e Luther Hodges planejam assistir a um jogo de beisebol na televisão.

Esquecemos das nossas roupas quando o próprio Cordell sai correndo de outro quarto usando camiseta, uma bermuda encardida e chinelos.

Ele está segurando uma cerveja e aperta nossas mãos com vigor. Bill Cannon aparece, também de bermuda, e nós os seguimos pela gigantesca casa até uma varanda nos fundos, com vista para uma piscina tão grande que poderia abrigar uma corrida de veleiros. Há uma casa do outro lado da piscina que comporta tranquilamente umas quinze pessoas. Um cavalheiro todo de branco leva nossos pedidos de bebida, enquanto somos conduzidos até uma área coberta com ventiladores barulhentos. Susan toma uma taça de vinho branco enquanto espera por nós.

– Eu apresentaria vocês à minha esposa, mas ela foi embora no mês passado – diz Cordell em voz alta, enquanto desaba numa poltrona de vime. – Terceiro divórcio.

– Eu pensava que era o quarto – comenta Cannon em tom sério.

– Poderia ser. Acho que já deu. – É fácil perceber que Cordell é dedicado demais, trabalha demais, bebe demais e não deixa nada para depois. – Ela quer ficar com esta casa, mas acho que se esqueceu do acordo pré-nupcial que assinou antes do casamento.

– Vamos falar de outra coisa? – diz Cannon. – Nosso escritório vive com medo do próximo divórcio do Cordell.

Sobre o que será que devíamos estar falando neste momento?

– O dia foi bom hoje no tribunal – digo. – Graças ao Bill.

Vicki, Mazy e Susan têm os olhos arregalados e parecem estar com medo de falar.

– Sempre ajuda quando os fatos estão a nosso favor – diz Cannon.

– Sem dúvida – acrescenta Cordell. – Adoro esse caso. Faço parte do comitê de contencioso do escritório e, no dia em que Bill apresentou esse caso, eu disse: "Vambora!"

– O que seria um comitê de contencioso? – pergunto.

Cordell está do nosso lado, e adora falar, então há uma chance de aprendermos muito.

– Todo caso que chega pra gente precisa passar pela triagem de um comitê formado pelos sócios-gerentes dos seis escritórios. Recebemos muita porcaria e também muitos casos bons que são ou impossíveis de ganhar, ou muito caros. Pra gente assumir um caso, é preciso haver uma boa chance de recuperação de pelo menos 10 milhões de dólares. Simples assim. Se não vemos potencial pra 10 milhões, passamos adiante. O do Quincy vai passar bem mais do que isso. Vocês têm a Flórida a seu favor, porque o estado não impõe limite de valor pras indenizações. Vocês já têm 4 milhões congelados nas contas bancárias do xerife, fora o dinheiro parado no exterior. E vocês têm o cartel.

– O cartel? – pergunto.

O garçom volta com uma bandeja de prata e nos serve as bebidas. Cerveja para mim. Vinho branco para Mazy. E vinho branco para Vicki também – desde que a conheci, acho que essa é a segunda vez que a vejo beber.

– Não é uma abordagem nova, mas é algo que nunca tentamos antes. Estamos trabalhando com um escritório da Cidade do México que investiga os ativos de narcotraficantes. É um trabalho perigoso, como dá pra imaginar, mas eles tiveram algum sucesso em penhorar contas bancárias e congelar propriedades. O Cartel Saltillo tem um pessoal novo, principalmente porque os antigos foram mortos, mas alguns dos diretores ainda são conhecidos. Nosso plano é conseguir uma decisão importante aqui e dar um jeito de fazer essa sentença valer em qualquer lugar onde a gente possa encontrar os ativos.

– Processar um cartel parece meio perigoso – comento.

Cordell dá uma risada e diz:

– Provavelmente não é tão ruim quanto processar empresas de tabaco, fabricantes de armas ou grandes indústrias farmacêuticas. Sem falar nos médicos corruptos donos de companhias de seguros de saúde.

– Quer dizer que o Quincy Miller vai receber pelo menos 10 milhões de dólares? – pergunta Mazy lentamente, como se não estivesse acreditando.

Cannon ri outra vez e responde:

– Não, a gente nunca dá garantia de nada. Muita coisa pode dar errado. Processo judicial é isso, sempre depende da sorte. O estado vai querer fazer um acordo, mas o Pfitzner não. Ele vai morrer lutando e vai tentar a todo custo proteger o dinheiro. Ele tem bons advogados, mas vai lutar de dentro da prisão. Estou dizendo que o caso do Quincy tem muito potencial, descontados, claro, os nossos honorários.

– Isso aí – diz Cordell enquanto esvazia a garrafa de cerveja.

– Quanto tempo isso vai levar? – pergunta Vicki.

Bill e Cordell se entreolham e dão de ombros.

– Dois, talvez três anos – diz Bill. – O escritório do Nash Cooley sabe brigar, então vai ser apertado.

Observo Susan enquanto ela acompanha tudo de perto. Assim como a Guardiões, sua organização sem fins lucrativos não pode dividir honorários advocatícios com escritórios de advocacia de verdade, mas ela me confidenciou que Bill Cannon prometeu doar 10% dos honorários ao Projeto Pró-Inocência do centro da Flórida. Ela, por sua vez, me prometeu metade do que receber. Por um segundo, tenho devaneios nos quais imagino nossos advogados mexicanos confiscando contas bancárias no Caribe entupidas de imensas quantias de dinheiro que são capturadas e distribuídas, e no fim dessa cadeia está a nossa pequena Guardiões da Inocência, com a mão estendida à espera de alguns milhares de dólares.

Existe uma relação direta entre a quantidade de dinheiro que arrecadamos e o número de inocentes que conseguimos libertar. Se conseguíssemos uma grana inesperada, provavelmente reestruturaríamos a organização e contrataríamos mais pessoas. Talvez eu consiga trocar os pneus ou, melhor ainda, comprar um outro carro, usado, mas melhor.

As bebidas alcoólicas ajudam e conseguimos relaxar e esquecer nossa pobreza, à medida que os copos vão sendo reabastecidos e o jantar é preparado. Quando bebem, advogados são capazes de contar histórias fascinantes, e Cordell nos diverte com uma sobre um ex-espião da CIA que ele contratou e se infiltrou no coração de uma companhia de seguros envolvida em negligência médica. O cara foi responsável por três sentenças de valores exorbitantes e se aposentou sem ser pego.

Cannon conta uma sobre como chegou ao seu primeiro veredito no valor de um milhão de dólares, aos 28 anos, ainda um recorde na Flórida.

Depois, Cordell nos conta como foi seu primeiro caso envolvendo um acidente de avião.

É um alívio quando o garçom nos informa que o jantar está servido e passamos para uma das salas de jantar dentro da mansão, onde a temperatura está muito mais agradável.

48

O Excelentíssimo Juiz Ansh Kumar assume a tribuna novamente com um sorriso e diz bom-dia. Estamos todos em nossos devidos lugares, impacientes pelo início do dia e ansiosos pelo que pode acontecer a seguir. Ele olha para Bill Cannon e diz:

– Depois que encerramos ontem, entrei em contato com o laboratório forense em Tallahassee e conversei com o diretor. Ele disse que o analista, o Sr. Tasca, estaria aqui às dez da manhã. Dr. Cannon, o senhor tem outra testemunha?

Bill se levanta e diz:

– Talvez, Excelência. Agnes Nolton é agente especial do escritório do FBI aqui em Orlando e responsável pela investigação do ataque brutal que Quincy Miller sofreu quase cinco meses atrás. Ela está pronta para dar seu depoimento sobre essa investigação e sobre a relevância dela para este caso.

Encontrei Agnes bem cedo para tomar café da manhã e ela está disposta a ajudar da maneira que for possível. No entanto, temos dúvidas se o juiz Kumar irá considerar seu depoimento necessário, por mais restrito que seja.

Ele sabia que este momento ia chegar, pois falei sobre isso durante o recesso na véspera. Ele reflete por algum tempo. Carmen Hidalgo se levanta devagar e diz:

– Excelência, com a devida vênia, estou tendo dificuldades em entender por que esse depoimento pode nos ajudar neste momento. O FBI não teve nada a ver com a investigação do assassinato de Keith Russo, nem com a acusação contra Quincy Miller. Me parece perda de tempo.

– Tendo a concordar. Eu já li os indiciamentos, o processo, as matérias na imprensa, então sei alguma coisa a respeito da conspiração organizada para assassinar o Sr. Miller. Obrigado, agente Agnes Nolton, por sua disposição em depor, mas não será necessário.

Dou uma olhada para Agnes e ela está sorrindo.

Sua Excelência bate o martelo e convoca um recesso até as dez horas.

O SR. TASCA analisa amostras de sangue para o estado da Flórida há 31 anos. Ambos os lados solicitam a verificação de suas credenciais. Carmen faz isso porque ele é o perito do Estado. E nós, porque queremos que ele deponha. Carmen diz que não vai interrogá-lo. Ela alega que somos nós os requerentes, não ela. "Sem problemas", diz Bill Cannon, pondo mãos à obra.

Leva poucos minutos. Bill pergunta:

– Sr. Tasca, o senhor analisou o sangue retirado da camisa e a amostra de sangue da lente da lanterna, correto?

– Isso mesmo.

– E o senhor leu o parecer elaborado pelo Dr. Kyle Benderschmidt?

– Li, sim.

– O senhor conhece o Dr. Benderschmidt?

– Claro. Ele é muito conhecido em nossa área.

– O senhor concorda com a conclusão dele de que o sangue na camisa veio de um humano e o sangue na lente da lanterna veio de um animal?

– Sim, não há nenhuma dúvida em relação a isso.

Cannon então faz algo que não me lembro de ter visto antes num tribunal. Ele começa a rir. Rindo do absurdo de tomar mais depoimentos. Rindo da falta de provas contra nosso cliente. Rindo do estado da Flórida e de seus esforços patéticos para manter aquela condenação. Ele abre os braços e pergunta:

– O que estamos fazendo aqui, Excelência? A única prova física que liga nosso cliente à cena do crime é a lanterna. Agora, sabemos que ela não estava lá. Nunca foi de propriedade de nosso cliente. Não foi recuperada do local do crime.

– Mais alguma testemunha, Dr. Cannon?

Ainda abismado, Bill balança a cabeça e deixa o púlpito.

– Dra. Hidalgo, alguma testemunha? – pergunta o juiz.

Ela nega fazendo um gesto com a mão e está pronta para sair correndo pela porta mais próxima.

– Os doutores desejam fazer as alegações finais?

Bill para diante da mesa da defesa e diz:

– Não, Excelência, acreditamos que já foi dito o suficiente e instamos o tribunal a tomar uma decisão o mais rápido possível. Quincy Miller foi liberado pelos médicos e deve retornar à prisão amanhã. Isso é uma afronta. Ele não tem nada o que fazer naquele presídio agora, como não tinha vinte anos atrás. Ele foi injustamente condenado pelo estado da Flórida e deve ser libertado. Justiça atrasada é justiça negada.

Quantas vezes já ouvi isso? Esperar é um dos riscos desse negócio. Vi uma dezena de tribunais empurrarem com a barriga casos envolvendo homens inocentes, como se o tempo não importasse, e desejei centenas de vezes que esses juízes pomposos fossem obrigados a passar um fim de semana na prisão. Apenas três noites, e isso faria maravilhas por sua ética de trabalho.

– Vamos fazer um recesso até a uma da tarde – diz Sua Excelência com um sorriso.

CANNON ENTRA NUMA limusine e corre para o aeroporto, onde seu jatinho particular o aguarda para levá-lo a uma reunião em Houston, onde ele e sua equipe vão destroçar uma empresa farmacêutica que pegaram falsificando as atividades de pesquisa e desenvolvimento. Ele está quase tonto de tanta expectativa.

O restante do nosso grupo se aconchega numa cafeteria em algum lugar nas profundezas do fórum. Luther Hodges se junta a nós para a primeira rodada de café. Um grande relógio numa parede indica 10h20, e parece que o ponteiro dos segundos parou. Uma repórter se intromete e pergunta se Quincy responderia a algumas perguntas. Eu digo que não, a puxo para o corredor e converso com ela.

Durante a segunda rodada de café, Mazy pergunta:

– Então, o que pode dar errado?

Muitas coisas. Estamos convencidos de que o juiz Kumar está prestes a anular a condenação e a sentença. Não há outra razão para ele retomar a audiência à uma da tarde. Se ele planejasse se pronunciar contra Quincy, simplesmente esperaria alguns dias e daria a sentença por escrito. As provas estão do nosso lado. O juiz é amigável, ou tem sido até agora. O Ministério Público praticamente desistiu. Suspeito que Kumar queira um pouco do mérito para si.

No entanto, ele poderia levar Quincy de volta à prisão só para cumprir o protocolo. Ou remeter o caso de volta ao condado de Ruiz e determinar que Quincy fique lá até as autoridades locais estragarem tudo de novo. Ele poderia determinar que Quincy voltasse à prisão em Orlando, para aguardar o recurso do Ministério Público contra a sua decisão. Não quero criar expectativas de que vou sair com ele hoje pela porta da frente, diante das câmeras.

O relógio mal se move e tento evitar olhar para ele. Ao meio-dia, beliscamos alguns sanduíches só para passar o tempo. Às 12h45, retornamos à sala de audiências e aguardamos um pouco mais.

Às 13h15, o juiz Kumar assume a tribuna e pede ordem. Ele acena para o taquígrafo e pergunta:

– Algo a acrescentar, doutora?

Susan balança a cabeça negativamente do nosso lado, enquanto Carmen faz o mesmo do outro.

Ele começa a ler:

– Estamos aqui em razão do pedido de revisão criminal apresentado com base na lei estadual nº 3.850 pelo requerente, Quincy Miller, solicitando a este tribunal que anule sua condenação por homicídio ocorrida há muitos anos no 22º Distrito Judicial. A legislação da Flórida deixa claro que a reparação só pode ser concedida se novas evidências forem apresentadas ao tribunal, evidências que não poderiam ter sido obtidas mediante o procedimento de diligência prévia durante a investigação original. E não basta alegar que há novas evidências, mas também deve ser comprovado que as novas evidências teriam alterado o resultado. Exemplos de novas evidências podem ser retratações de testemunhas, descoberta de provas exculpatórias ou a descoberta de novas testemunhas desconhecidas na ocasião do julgamento. No caso em questão, as retratações de três testemunhas, Zeke Huffey, Carrie Holland Pruitt e June Walker, fornecem uma prova clara de que seus depoimentos durante o julgamento foram imprecisos e, portanto, comprometidos. O tribunal considera que agora são testemunhas sólidas e confiáveis. A única evidência física que ligava Quincy Miller à cena do crime era a lanterna, e ela não foi apresentada no julgamento.

Sua descoberta pela equipe de advogados de defesa foi notável. A análise das manchas de sangue por peritos de ambas as partes prova que o objeto não estava no local do crime, e que provavelmente foi plantado no porta--malas do carro do réu. A lanterna é uma prova exculpatória da mais alta categoria. Portanto, decido pela anulação da condenação por homicídio e da respectiva sentença, com efeito imediato. Suponho que exista alguma chance de o Sr. Miller ser indiciado e julgado novamente no condado de Ruiz, embora eu duvide que isso vá acontecer. Caso aconteça, esse será outro processo, para um outro dia. Sr. Miller, o senhor, por favor, pode ficar de pé junto com seus advogados?

Quincy esquece sua bengala e se levanta num pulo. Eu agarro seu braço esquerdo enquanto Susan agarra o direito. Sua Excelência prossegue:

– Sr. Miller, os responsáveis pela condenação injusta atribuída ao senhor há mais de vinte anos não estão hoje neste tribunal. Ouvi dizer que alguns já estão mortos. Outros estão sumidos por aí. Duvido que sejam responsabilizados por esse erro judicial. Não tenho poder para ir atrás deles. Antes de encerrar, no entanto, sou obrigado a pelo menos reconhecer que o senhor foi absurdamente maltratado pelo nosso sistema jurídico e, como faço parte dele, peço desculpas pelo que aconteceu com o senhor. Farei tudo o que puder para auxiliar nos procedimentos formais de sua libertação, incluindo a questão da indenização. Boa sorte, Sr. Miller. O senhor está livre.

Quincy assente e murmura:

– Obrigado.

Suas pernas fraquejam e ele se senta e enterra o rosto nas mãos. Nós nos reunimos em torno dele, Susan, Marvis, Mazy, Vicki, Frankie, e por um longo tempo pouco se fala enquanto todos choramos. Todos menos Frankie, um cara que não derramou uma única lágrima quando saiu da prisão depois de quatorze anos encarcerado.

O juiz Kumar se aproxima, já sem a toga, e lhe agradecemos profundamente. Ele poderia ter esperado um mês, seis, ou alguns anos, e poderia ter decidido contra Quincy e nos enviado para o vórtice dos recursos, onde nada é certo e ninguém dá importância ao tempo. É improvável que ele tenha outra chance de libertar um homem inocente depois de duas décadas na prisão, então está saboreando o momento. Quincy se levanta para abraçá-lo. E, uma vez que o abraço começa, é contagioso.

É a décima vez que libertamos uma pessoa inocente, a segunda em um ano, e cada vez que olho para as câmeras e para os repórteres tenho dificuldade em saber o que dizer. Quincy é o primeiro e fala sobre estar grato e assim por diante. Ele diz que não tem planos, não teve tempo de fazer nenhum, e só quer costeletas assadas e uma cerveja. Decido seguir o caminho mais seguro e não culpo os responsáveis. Agradeço ao juiz Kumar por sua coragem em fazer o que era correto e justo. Aprendi que, a quanto mais perguntas você responde, maiores são as chances de estragar o momento, então, depois de dez minutos, agradeço a eles e partimos.

Frankie havia estacionado sua caminhonete junto ao meio-fio numa rua transversal. Digo a Vicki e Mazy que nos encontraremos em Savannah daqui a algumas horas, e depois sento no banco do carona. Quincy entra no banco de trás e pergunta:

– Que diabo é isso?

– Isso se chama cabine dupla – responde Frankie, saindo com o carro devagar.

– Está na moda hoje em dia, pelo menos pros brancos – provoco.

– Eu tenho amigos que têm um desse – retruca Frankie na defensiva.

– Só dirige, cara – diz Quincy, absorto em sua liberdade.

– Você quer ir até o Garvin pegar suas coisas? – pergunto.

Os dois riem.

– Talvez eu precise de um novo advogado, Post – diz Quincy.

– Boa sorte. Ele não vai te cobrar menos que eu.

Quincy se inclina para a frente no console.

– Diga lá, Post, a gente ainda não falou sobre isso, mas quanto eu vou receber do Estado, sabe, por conta disso tudo?

– Cinquenta mil pra cada ano de pena cumprido. Mais de um milhão de dólares.

– E quando eu vou receber?

– Vai levar alguns meses.

– Mas é certo, não é?

– Praticamente.

– Quanto é a sua parte?

– Zero.

– Fala sério!

– Não, é verdade – confirma Frankie. – Eu recebi uma bolada do estado da Geórgia e o Post não aceitou nem um centavo.

Me dou conta de que estou na presença de dois milionários negros, embora suas fortunas tenham sido conquistadas de formas que desafiam a razão.

Quincy se inclina para trás, respira fundo, dá uma risada e diz:

– Não acredito nisso. Acordei hoje de manhã e não fazia ideia, achei que iam me levar de volta pra cadeia. Pra onde a gente está indo, Post?

– Estamos saindo da Flórida antes que alguém mude de ideia. Não me pergunte quem. Não sei quem, nem onde, nem como, nem por quê, mas vamos nos esconder em Savannah por alguns dias.

– Quer dizer que alguém pode estar atrás de mim?

– Eu acho que não, mas não vamos nos arriscar.

– E o Marvis?

– Falei pra ele encontrar a gente em Savannah. Vamos comer costeletas hoje à noite e eu sei exatamente o lugar.

– Quero costeletas e uma cerveja! Quem sabe até conhecer alguém.

– As costeletas e a cerveja eu garanto – digo.

Frankie me olha como quem já pensou numa amiga para apresentar a Quincy.

Depois de meia hora de liberdade, Quincy quer parar para comer um hambúrguer em algum lugar da movimentada rodovia. Entramos e eu compro refrigerantes e batatas fritas. Ele escolhe uma mesa perto da janela da frente e tenta explicar como é se sentar e comer como uma pessoa normal. Livre para entrar e sair. Livre para pedir qualquer coisa do cardápio. Livre para ir ao banheiro sem pedir permissão e sem se preocupar com a possibilidade de algo ruim acontecer lá dentro. O coitado está completamente sensibilizado e chora o tempo todo.

De volta à caminhonete, pegamos a interestadual 95 e subimos pela Costa Leste. Falamos para Quincy escolher a música e ele gosta da primeira geração da Motown. Por mim tudo bem. Ele é fascinado pela vida de Frankie e quer saber como o colega sobreviveu aos primeiros meses fora da prisão. Frankie o avisa sobre o dinheiro e todos os novos amigos que ele provavelmente atrairá. Então Quincy cochila e não ouvimos nada além da música. Passamos por Jacksonville e estamos a trinta quilômetros da fronteira da Geórgia quando Frankie murmura:

– Merda.

Eu me viro e vejo as luzes azuis piscando. Sinto um aperto no peito quando Quincy acorda e as vê também.

– Você estava correndo? – pergunto.

– Acho que sim. Não estava prestando muita atenção.

Uma segunda viatura se junta à primeira, mas, estranhamente, os policiais permanecem em seus carros. Isso não pode ser bom. Pego a minha pasta, tiro um clérgima e o coloco.

– Ah, então você é um pastor agora – diz Quincy. – Melhor começar a rezar.

– Você tem mais um desse? – pergunta Frankie.

– Claro.

Eu lhe entrego um clérgima e, como ele nunca usou um antes, eu o ajudo a ajustá-lo corretamente em volta do pescoço.

Por fim, o policial da primeira viatura sai e se aproxima pelo lado do motorista. Ele é negro, usa óculos escuros modelo aviador, chapéu de campanha, tudo o que tem direito. Forte, não abre nem um meio sorriso, um verdadeiro durão. Frankie abaixa o vidro e o policial olha para ele, meio assustado.

– Por que você está dirigindo isso? – pergunta ele. Frankie dá de ombros, não diz nada. – Eu estava esperando um branco da Geórgia e dou de cara com um pastor negro. – Ele olha para mim e nota meu clérgima. – E um branco também.

Ele olha para o banco de trás e vê Quincy de olhos fechados, absorto em oração.

– Documento do carro e carteira de motorista, por favor.

Frankie faz o que ele pede e o policial retorna à viatura. Minutos se arrastam e não dizemos nada. Quando ele se aproxima de novo, Frankie abaixa o vidro e o oficial lhe devolve os documentos.

– Deus me disse pra liberar vocês.

– Louvado seja o Senhor! – dispara Quincy do banco de trás.

– Um pastor negro dirigindo uma caminhonete com um pastor branco a tiracolo acelerando pela interestadual. Tenho certeza de que tem alguma história aí.

Entrego a ele um dos meus cartões de visita e aponto para Quincy.

– Esse cara acabou de sair da prisão depois de 23 anos encarcerado. A gente provou que ele era inocente lá em Orlando e o juiz soltou ele. Estamos indo passar alguns dias em Savannah.

– Vinte e três anos.

– Eu passei quatorze anos preso na Geórgia, por um assassinato cometido por outra pessoa – diz Frankie.

Ele olha para mim e diz:

– E você?

– Ainda não me condenaram.

Ele devolve o cartão e diz:

– Me segue.

Ele entra no carro, mantém as luzes azuis acesas, liga o motor, assume a liderança e, em segundos, estamos a 120 quilômetros por hora com direito a escolta.

Nota do autor

A inspiração veio de duas fontes: uma, um personagem; outra, uma trama.

Em primeiro lugar, o personagem. Há cerca de quinze anos, eu estava pesquisando um caso em Oklahoma quando esbarrei com uma caixa de documentos com o logotipo da Centurion Ministries. Naquela época eu sabia muito pouco sobre o trabalho dos grupos pró-inocência e nunca tinha ouvido falar na Centurion. Perguntei para alguns conhecidos e acabei chegando ao escritório deles em Princeton, Nova Jersey.

James McCloskey fundou a Centurion Ministries em 1980, época em que era seminarista. Trabalhando como capelão do presídio, ele conheceu um preso que insistia em afirmar que era inocente. Jim acabou acreditando nele e começou a trabalhar para provar sua inocência. Tirar esse homem da prisão inspirou Jim a pegar outro caso, e mais outro. Por quase quarenta anos, ele viajou pelo país, geralmente sozinho, indo atrás de pistas perdidas pelo caminho e testemunhas evasivas, em busca da verdade.

Até o momento, 63 homens e mulheres devem sua liberdade a Jim e à dedicada equipe da Centurion Ministries. O site deles conta uma história muito mais detalhada. Dê uma olhada e, se tiver alguns dólares sobrando, faça uma doação. Mais dinheiro significa libertar mais pessoas inocentes.

É triste dizer, mas a trama de *Cartada final* é baseada numa história verídica, e envolve um preso do Texas chamado Joe Bryan. Há trinta anos, Joe foi injustamente condenado por assassinar a esposa, um crime bárbaro ocorrido numa noite em que Joe estava dormindo num quarto de hotel a duas horas de distância de casa. A investigação foi malfeita desde o começo. O verdadeiro assassino nunca foi identificado, mas fortes evidências apontam para um ex-policial que se suicidou em 1996.

O Ministério Público não conseguiu estabelecer o que motivou Joe a matar a esposa, porque não havia motivo. Eles não tinham problemas no casamento. A única evidência física que supostamente o vinculava ao crime era uma misteriosa lanterna encontrada no porta-malas de seu carro. Um perito disse ao júri que as minúsculas manchas detectadas na lente tinham sido resultado de respingos de sangue da vítima. Portanto, conforme testemunhou o especialista, a lanterna teria estado presente na cena do crime, apesar de não ter sido recuperada do local.

O depoimento do perito foi exagerado, especulativo e não tinha embasamento científico. Ele também se achou no direito de criar a teoria de que Joe provavelmente tomou um banho após o crime para remover manchas de sangue do corpo, mas não apresentou nenhuma prova disso. Tempos depois, o perito reviu o próprio depoimento.

Joe devia ter sido libertado anos atrás, mas isso não aconteceu. Seu recurso está apodrecendo em algum lugar do Tribunal Criminal do Texas. Ele tem 79 anos e graves problemas de saúde. Em 4 de abril de 2019, seu pedido de liberdade condicional foi negado pela sétima vez.

Em maio de 2018, a *The New York Times Magazine* e a ProPublica publicaram em conjunto uma série em duas partes sobre o caso de Joe. É uma reportagem investigativa da mais alta qualidade. A jornalista, Pamela Colloff, fez um trabalho magistral ao abordar a fundo todos os aspectos do crime e do trabalho da acusação, além de tratar do colapso do sistema judicial.

Então, obrigado a Jim McCloskey e a Joe Bryan por suas histórias. É uma pena que Jim não tenha tido a oportunidade de tomar conhecimento do caso de Joe trinta anos atrás. Agradeço a Pamela Colloff por seu excelente trabalho e por levar essa história ao conhecimento de um público muito mais amplo.

Agradeço também a Paul Casteleiro, Kate Germond, Bryan Stephenson, Mark Mesler, Maddy deLone e Deirdre Enright.

CONHEÇA OUTRO LIVRO DO AUTOR

Justiça a qualquer preço

Mark, Todd e Zola ingressaram na faculdade de Direito porque queriam mudar o mundo e torná-lo um lugar melhor. Fizeram empréstimos altíssimos para pagar uma instituição de ponta e agora, cursando o último semestre, descobrem que os formandos raramente passam no exame da Ordem dos Advogados e, muito menos, conseguem bons empregos.

Quando ficam sabendo que a universidade pertence a um obscuro operador de investimentos de alto risco que, por acaso, também é dono de um banco especializado em empréstimos estudantis, os três se dão conta de que caíram no grande golpe das faculdades de Direito.

Então eles começam a bolar uma forma de se livrar da dívida esmagadora, desmascarar o banco e o esquema fraudulento e ainda ganhar alguns trocados no caminho. Mas, para isso, precisam abandonar a faculdade, fingir que são habilitados a exercer a profissão e entrar em uma batalha contra um bilionário e o FBI.

Arranje uma poltrona bem confortável, porque você não vai conseguir largar *Justiça a qualquer preço*.

CONHEÇA OS LIVROS DE JOHN GRISHAM

Justiça a qualquer preço

O homem inocente

A firma

Cartada final

O Dossiê Pelicano

Acerto de contas

Tempo de matar

Tempo de perdoar

O júri

A lista do juiz

Em lados opostos

O resgate

Para saber mais sobre os títulos e autores da Editora Arqueiro,
visite o nosso site e siga as nossas redes sociais.
Além de informações sobre os próximos lançamentos,
você terá acesso a conteúdos exclusivos
e poderá participar de promoções e sorteios.

editoraarqueiro.com.br